Uma noite, Markovitch

Ayelet Gundar-Goshen

Uma noite, Markovitch

tradução
Paulo Geiger

todavia

Para Yoav

O punho uma vez foi uma mão aberta e dedos.

Iehuda Amichai

antes

I

Iaakov Markovitch não era feio. Que não se conclua disso que era bonito. Garotinhas não desatavam a chorar por causa de seu aspecto, tampouco sorriam ao ver seu rosto. Ele era, seria possível dizer, um glorioso meio-termo. Mais do que isso: suas feições eram espantosamente destituídas de singularidade, a ponto de o olho não conseguir se demorar nelas, seguindo adiante para se fixar em outras coisas. Uma árvore na esquina, um gato num canto qualquer. Para continuar a percorrer a aridez do rosto de Iaakov Markovitch era preciso despender enormes esforços, de modo que raramente as pessoas o faziam durante muito tempo. Isso também tinha suas vantagens. O comandante de seu pelotão logo as percebeu. Ele olhou para o rosto de Iaakov Markovitch apenas durante o tempo necessário e desviou o olhar. Então disse: Você vai contrabandear armas. Com esse rosto, ninguém vai perceber. E ele tinha razão. Iaakov Markovitch contrabandeou armas, talvez mais do que qualquer outro membro do Irgun, e jamais esteve nem perto de ser apanhado. O olhar dos soldados britânicos deslizava por seu rosto como óleo numa pistola. Se os membros do Irgun o admiravam por sua ousadia, Iaakov Markovitch nunca chegou a saber. Poucos falavam com ele.

Quando não estava contrabandeando armas, trabalhava no campo. Nos fins de tarde, sentava-se no quintal da casa e alimentava pombos com migalhas de pão. Muito rapidamente reunia-se lá um bando permanente, que comia de sua mão e pousava em seu ombro. Se os garotos da comunidade agrícola o vissem certamente cairiam na risada, mas ninguém pulava a cerca de pedra. À noite ele lia textos de Jabotinsky. Uma vez por mês viajava para Haifa e transava com uma mulher, a quem pagava. Às vezes era a mesma, às vezes era outra. Não se detinha no rosto delas, nem elas no dele.

Iaakov Markovitch tinha um amigo: Zeev Feinberg era antes de mais nada um bigode à frente dos olhos azuis, das sobrancelhas espessas, dos dentes afiados. O bigode era famoso em toda a região, e, segundo alguns, no país inteiro. Quando um membro do Irgun voltou de uma operação no sul, contou que "uma garota, enrubescendo, perguntou se o sultão bigodudo ainda estava conosco". Todos riram, e Zeev Feinberg mais do que todos. Quando o fazia, o bigode tremia, tempestuosamente, em ondas sucessivas, trepidante e alegre como estivera seu dono entre as coxas da garota. Era evidente que Zeev Feinberg não estava destinado a contrabandear armas, porque seu bigode o antecedia como se fosse um desfile de pontos de exclamação pretos. Era preciso ser cego e bobo para não o notar. De fato os ingleses eram bobos, mas seria demasiado otimismo supor que também fossem cegos. Se Zeev Feinberg não podia contrabandear armas, ele sabia afugentar árabes muito bem, e isso ele fez em muitas noites, nos arredores da colônia.

Poucas eram as noites que Zeev Feinberg passava sozinho. Quando se sabia que era seu turno de guarda, logo alguns amigos se juntavam a ele. Uns queriam ouvir as aventuras de seu bigode entre as coxas das mulheres, outros queriam conversar sobre a situação política e os malditos alemães, e outros ainda queriam apenas se aconselhar quanto a criação de gado de corte, erradicação de ervas daninhas e como arrancar dentes do siso – alguns dos assuntos nos quais Zeev Feinberg se julgava um especialista. Garotas iam também. Zeev Feinberg era sem dúvida um guarda atento e responsável, com um dedo sempre no gatilho, mas assim mesmo é preciso lembrar que Deus dotou os homens de dez dedos, e não sem motivo. O cheiro dos campos após a chuva, um sabor de perigo – um farfalhar ali, um árabe ou um porco selvagem – e os gemidos, que às vezes se ouviam através das paredes. E às vezes quem ia até ele era Iaakov Markovitch, levando debaixo do braço o exemplar desgastado dos escritos de Jabotinsky, já impregnado com seu suor. Zeev Feinberg o recebia de bom grado, como recebia todos os outros. Estava tão acostumado com companhia que não saberia como não ser sociável mesmo se o quisesse. Nem os ingleses ele detestava de verdade, e quando matava um homem o fazia a contragosto, embora com muita eficiência. Tinham conversado pela primeira vez quando Iaakov Markovitch, tarde da noite, voltava de Haifa.

"Alto!", trovejou a voz de Zeev Feinberg no escuro. "Quem é você e de onde vem?"

Iaakov Markovitch sentiu as pernas tremerem, mas respondeu com a voz firme: "Sou Iaakov Markovitch. Estou vindo de transar".

A gargalhada de Zeev Feinberg acordou as galinhas. Quando se sentaram para conversar ele fez mais perguntas, e Iaakov Markovitch respondeu de boa vontade. Falou dos bicos dos seios da mulher, que eram muito jeitosos, e concordou em descrever com detalhes suas nádegas e suas pernas, sem exigir de Zeev Feinberg nem mesmo uma libra como pagamento por uma informação que lhe custara metade de sua renda semanal.

No fim, Zeev Feinberg inclinou-se para Iaakov Markovitch e perguntou: "Diga, estava muito molhado ali?".

O bigode de Zeev Feinberg fazia cócegas na bochecha de Iaakov Markovitch, mas ele não ousou se mexer. Nunca ninguém tinha olhado para ele durante tanto tempo.

Por fim percebeu que não podia refugar mais e respondeu: "Do que está falando?".

"Do que estou falando?" O bigode de Zeev Feinberg deu uma chicotada em Iaakov Markovitch e o empurrou para trás. Seus olhos azuis se arregalaram num espanto tão grande que quase engoliram o outro e os escritos de Jabotinsky. "Estou falando da vagina dela, amigo. Estava molhada, e quanto?" O nome explícito deixou Iaakov Markovitch tonto, levando-o a sentar em uma pedra. Zeev Feinberg sentou-se a seu lado. "Você deve saber, ou assim espero, que pode haver vários graus de umidade. As levemente úmidas, as molhadas e até algumas – hihihi – nas quais você pode se afogar como se fosse o Mar Negro. Isso depende, é claro, da alimentação da garota e do clima, e mais ainda do desejo que existe entre o homem e a mulher." Depois disso Zeev Feinberg tornou a perguntar quão molhado estava, e Iaakov Markovitch teve de reconhecer que não notara nem um pingo de umidade. "Nada nada?"

"Nada nada. Seca como os campos no final de agosto."

Então foi a vez de Zeev Feinberg ficar calado por um longo tempo. Por fim, ele disse: "Neste caso, amigo, sugiro que verifique se ela não tem outros. Com certeza conhece a lei da conservação da matéria. No corpo humano há uma quantidade limitada de fluidos, e eu temo, meu amigo, que sua mulher lá em Haifa os esteja pondo para fora na presença de outro homem".

Iaakov Markovitch respirou aliviado e declarou que agora tudo estava claro: a mulher de Haifa tinha dito que ele era o quarto naquela noite, e, tendo em vista a lei da conservação da matéria, era lógico ele não ter encontrado água por lá. Zeev Feinberg soltou uma estrondosa gargalhada, e Iaakov Markovitch sentiu-se obrigado a se juntar a ele. Não sabia do que estava rindo, e não queria saber. Era agradável rir com aquele homem cujo bigode preenchia o vale inteiro e cujo riso ecoava pelo país. Se havia alguma zombaria no riso de Zeev Feinberg, ela logo se desfez. O riso em si continuou por muito tempo. Ele riu e riu até aparecer uma pequena mancha nas calças na altura da virilha, e quando percebeu isso riu ainda mais. A partir daquela noite Iaakov Markovitch e Zeev Feinberg ficaram amigos.

Iaakov Markovitch salvou a vida de Zeev Feinberg duas vezes na mesma noite. Quando voltava uma vez de Haifa, foi correndo para o posto da guarda, porque pela primeira vez na vida havia visto dois seios que não tinham o mesmo tamanho. Enquanto pensava no que Zeev Feinberg diria daquilo, vislumbrou um jovem árabe agachado entre uns arbustos, o cano de seu fuzil apontado para um vulto em movimento que, tudo indicava, devia ser Zeev Feinberg montado em alguma mulher. Seria tentador dizer que Iaakov Markovitch não hesitou. No entanto, até aquela noite só tinha contrabandeado armas, e, com exceção das ratazanas que infestavam os campos e cujas cabeças ele esmagava, nunca havia matado nenhuma criatura. Mesmo assim, superou o tremor nas pernas, ergueu uma pedra branca e lisa do chão em silêncio e num só golpe forte esmagou a cabeça do jovem. O barulho de um tiro varou a escuridão e os tímpanos de Iaakov Markovitch. Ele apalpou o corpo para ver se estava ferido e constatou que a pistola de Zeev Feinberg tinha errado o alvo. "Sou eu", gritou, "não atire!"

Os balbucios de agradecimento de Zeev Feinberg se perderam nas ondas de vômito. Bastou Iaakov Markovitch olhar para o jovem estirado no solo para seu estômago transbordar. O sangue brilhava ao luar e o cérebro exposto o deixava enjoado. Os grilos, apesar de tudo, continuavam a cricrilar. Em seu desespero, Iaakov Markovitch fechou os olhos, trancou as portas de sua mente à visão do jovem e de seu cérebro derramado e agarrou-se com todas as forças aos seios da mulher de Haifa. Quando abriu os olhos, eles estavam diante de outros seios, admiravelmente simétricos. Rachel Mandelbaum, tremia seminua de pé ali, ao lado de Zeev Feinberg. O choque fora tamanho que se esquecera de se cobrir, e estava à sua frente em todo o seu esplendor, gemendo e soluçando ao ver o corpo do árabe. Quando Iaakov Markovitch olhou para os seios de Rachel Mandelbaum seu membro intumesceu e endureceu. Quanto mais endurecia, mais sua mente relaxava até deixar completamente de lado a imagem do árabe esmagado. Devagar, penetrou em seu cérebro a percepção de que estava olhando para os seios de Rachel Mandelbaum, apesar de ele não ser, de modo algum, Avraham Mandelbaum. Ante essa constatação Iaakov Markovitch parou de olhar para os seios dela, virou-se para Zeev Feinberg e disse: "Avraham vai matar você".

Conhecedores e leigos discordavam quanto ao número de pessoas que Avraham Mandelbaum tinha matado. Havia quem dissesse dez, outros, quinze. E havia os que descartavam com desprezo esses exageros e afirmavam taxativamente que não eram mais do que quatro. Por fim entraram num acordo em um número típico: sete. Embora todos supusessem que se tratava de árabes, no máximo algum inglês, ninguém podia garantir. As moscas pensavam duas vezes antes de se aproximar de Avraham Mandelbaum. Os gatos não se esfregavam em suas pernas. Se houvesse uma guilhotina na colônia, Avraham Mandelbaum seria escolhido para operá-la. Como não havia, teve de se contentar com a função de *shochet*, o magarefe ritual. Poucos sabiam que, enquanto dormia, ele chorava de saudades em polonês, murmurando frases sem sentido sobre um cordeirinho branco, uma maçã do amor e as maldades das crianças. Rachel Mandelbaum ouvia e entendia, e saía da cama em silêncio. Fora em silêncio também que saíra do navio cinco anos antes. Ficara ali calada, no porto de Haifa, esperando que alguma coisa acontecesse. Havia se valido de toda a sua coragem para sobreviver à viagem até a Palestina e, agora que chegara, não tinha mais forças a não ser para ficar ali de pé e esperar. E não teve de esperar por muito tempo. Meia hora depois Avraham Mandelbaum aproximou-se e se apresentou.

Comprou um refrigerante num quiosque para ela e a levou para sua casa. Rachel Mandelbaum foi atrás dele como um patinho que saía do ovo, deixando-se levar da entrada do porto pela primeira figura que vira.

Tempos depois, ela se perguntava o que ele tinha ido fazer no porto no dia da chegada do navio. Não tinha nada nas mãos e não comprara nada durante todo o tempo que ficara com ela naquele dia. Ele não tinha parentes, por isso Rachel Mandelbaum supôs que não fora receber ninguém. Nisso ela estava enganada. Com intervalos de algumas semanas, Avraham Mandelbaum ia até o porto para receber navios. Quando a fome é grande, só olhar basta para preencher, e bem, o vazio no estômago. Avraham Mandelbaum olhava as pessoas que desciam do navio, seus rostos esverdeados, seus membros pálidos, e tentava identificar neles algum traço conhecido. Após algum tempo todos se dispersavam, e Avraham Mandelbaum voltava para casa. No dia em que avistou Rachel ele soube imediatamente, porém esperou trinta minutos angustiantes para ter certeza. Ninguém foi recebê-la. Ela não deu um passo sequer. Em seu vestido verde, parecia ser uma garrafa que fora jogada em alto-mar e chegara até a praia, enquanto ele era o sobrevivente solitário que ia recolhê-la e ler sua mensagem. Avraham Mandelbaum a levou para casa e casou com ela, mas nunca conseguiu decifrar as palavras escritas.

Rachel Mandelbaum, quando solteira Kenzelfuld, despiu o vestido verde e fez cortinas com o tecido. Do vestido de festa vermelho fez duas toalhas e uma capa de almofada. Cinco semanas após ter desembarcado, quase nada restava da garota de cidade. A casa toda estava cheia de monumentos de sua vida anterior, que desbotavam cada vez mais, desfaziam-se cada vez mais, até parecer que nunca tinham estado lá, na Palestina. As outras mulheres olhavam para ela com um misto de admiração e espanto. Por um lado, era bom constatar como se adaptava bem, não como aquelas mulheres mimadas que chegavam pensando que estavam numa estância de veraneio perto de Zurique. Por outro, com que indiferença fez modelos da última moda virarem cortinas, o *crème de la crème* de Viena se transformando em suas mãos num pano de mão no açougue do marido. Rachel Kenzelfuld também deixou de falar alemão. No momento em que pisou no porto de Haifa jurou que só falaria hebraico. Como não sabia uma só palavra, preferia ficar calada, mesmo que seu interlocutor falasse alemão. Quando funcionários da direção comunitária foram visitar a colônia, um deles ouviu dizer que a mulher bonita na porta do açougue também tinha nascido na Áustria. Foi imediatamente falar com ela, num ímpeto emocionado que teve como resposta uma expressão vazia e muda. Rachel se entrincheirou em seu silêncio e a comitiva, constrangida, tratou de ir embora. As mulheres, que tinham aprendido a gostar daquela jovem tão séria, elogiaram sua dedicação à língua hebraica. A história da imigrante atrevida que dera uma lição ao funcionário no tópico "hebreu, fale hebraico" ganhou impulso, e muitos a cumprimentavam na rua. Rachel respondia com um ligeiro sotaque. Seus verdadeiros motivos permaneceram ocultos, talvez até mesmo para ela. Numa percepção profunda, sabia que se deixasse a mais estreita brecha o luto de sua vida anterior ia transbordar e preencher o país inteiro. Os vestidos, as festas, a luz que se refletia nas pedras lavradas do calçamento das ruas, os flocos de neve – tudo fora trancado atrás de grades e cadeados. Um único olhar para trás e, como Eurídice, ela ia despencar até o doce, tão doce, inferno europeu.

Durante o dia, Rachel Mandelbaum ajudava o marido no açougue, o cheiro de sangue a envolvendo como um perfume. À noite, sentava-se na cama e tricotava, com os pontos bem apertados, para que não se esgueirasse um único pensamento sobre o passado. Porém, uma vez por mês, largava o tricô e saía silenciosamente da cama. Avraham Mandelbaum gemia num polonês antiquado, Rachel acariciava sua cabeça com mão hábil e saía de casa. Lá fora, a Palestina dormia. A terra respirava pesado, com seu hálito de cheiro de terra, laranjais e palha. E no meio de tudo aquilo Zeev Feinberg a estava esperando. Ela fechava os olhos e ele beijava seu pescoço. O bigode dele arranhava sua pele delicada, transparente. Mas Rachel não afastava o pescoço. Ao contrário: mais e mais ela se esfregava nos pelos duros. E, para além dos laranjais, da palha, do porto, do grande mar, vinha-lhe a lembrança do bigode de um soldado austríaco, Johann era seu nome, e do cheiro de vinho que emanava de seus lábios quando a beijava, e do sangue em suas veias quando a deixava tonta numa longa valsa vienense. Naqueles momentos os olhos de Rachel Mandelbaum ficavam úmidos, assim como sua vagina.

2

Na noite em que Iaakov Markovitch esmagou a cabeça do jovem árabe, os olhos de Rachel Mandelbaum não tiveram tempo de ficar úmidos. Alguns momentos antes Zeev Feinberg tinha despido a blusa dela e sem demora enfiado o rosto entre seus seios. O soldado austríaco chamado Johann nunca chegara a visitar o vale entre seus seios. O contato do bigode de Zeev Feinberg ali não despertou sensação alguma, exceto, talvez, a de uma leve comichão. Rachel Mandelbaum ponderou por um instante se seria apropriado desviar a cabeça de Zeev Feinberg de seus seios para seu pescoço, porém antes que conseguisse chegar a uma decisão ouviu o som asqueroso de um crânio sendo esmagado. Rachel conhecia esse som muito bem. Apesar de ser pouco frequente, no momento em que o ouvido o capta ele é inequívoco. Numa noite clara em Viena, quando caminhava de sua casa para o café da praça, Rachel Kenzelfuld tinha visto três rapazes empurrando um judeu idoso. Passavam-no de um a outro, como se fosse uma bola, e Rachel espantou-se ao descobrir nas feições deles a inocência e o prazer tão característicos de crianças brincando. Então um deles empurrou de modo desajeitado o velho, que tropeçou e caiu na calçada. Sua cabeça chocou-se com a beirada de pedra. O judeu já não era mais uma brincadeira, e sim um brinquedo quebrado, uma bola murcha, vazia. Os jovens olharam para ele assustados. Após alguns instantes um deles engoliu em seco e disse: "Vamos embora. Achamos outro". Eles seguiram seu caminho, e

Rachel o dela. Uma semana depois embarcava no navio. Todas as noites, quando seu ventre parecia que ia explodir de náusea e de saudades, ela se lembrava do som do crânio se esfacelando.

Quando Iaakov Markovitch disse a Zeev Feinberg "Avraham vai matar você", Rachel Mandelbaum se deu conta de que estava com o torso nu diante dele. Um rápido olhar em seu rosto bastou para ver que Iaakov Markovitch não tinha nem sombra de bigode, de modo que Rachel Mandelbaum não viu justificativa alguma para aquilo, e tratou de cobrir-se rapidamente, perturbada com a ideia de que agora três homens da comunidade conheciam a marca que tinha no seio direito. Se soubesse o que se passava no espírito de Iaakov Markovitch provavelmente não estaria preocupada. Em comparação com os seios assimétricos da mulher de Haifa, os de Rachel Mandelbaum eram uma criação celestial, e Iaakov Markovitch decidiu que sem dúvida valiam o sacrifício de um árabe imolado. No entanto, pensou, o sacrifício de um árabe já era mais do que suficiente, e não era necessário acrescentar àquilo o de Zeev Feinberg, que afinal tinha parado de agradecer e agora soltava palavrões em russo como um marinheiro.

"Idiota, imbecil, maldita seja a cadela que pariu você." No início Iaakov Markovitch supôs que ele estava se dirigindo ao árabe, mas, enquanto o amigo alisava o bigode com sua mão ursina, compreendeu que estava xingando a si mesmo. "Dentro de três minutos vão chegar aqui trinta homens, e isso ainda não vai bastar para livrar meu pescoço das mãos de Avraham Mandelbaum. Aaahh, seu porco em engorda, hoje você vai para o matadouro." Zeev Feinberg voltou a cofiar o bigode, e Iaakov Markovitch sentiu que ia assistir, bem na sua frente, à extinção de uma das maravilhas do mundo, como se à queima da Biblioteca de Alexandria.

"Largue esse bigode", urrou, assustado com o som da própria voz. "Vamos enfrentá-lo nós dois."

Zeev Feinberg obedeceu, para alívio de Iaakov Markovitch e Rachel Mandelbaum. O medo em seu rosto deu lugar a uma expressão que, de certos ângulos, parecia ser de desprezo. Era mais de uma cabeça mais alto que Iaakov Markovitch e quase duas vezes mais largo. Os setenta e oito quilos de Iaakov Markovitch não iam decidir aquele embate, que na verdade terminara antes de ter começado. Ele percebeu sua expressão e sentiu um aperto no coração. Ouviram-se ao longe as vozes dos homens que tinham despertado com o tiro. Avraham Mandelbaum com certeza vinha na frente.

"Corra", gritou Iaakov Markovitch. Zeev Feinberg não se moveu. "Vou dizer que estava voltando de Haifa e vi um árabe atacando Rachel. Você estava fazendo a ronda no setor norte, ouviu gritos e atirou para o alto. Vá, vá!" Sob o bigode, os lábios de Zeev Feinberg se entreabriram de espanto. Não demorou muito para saltar em cima de seu cavalo e sair a galope. Rachel Mandelbaum olhava para Iaakov Markovitch como se o estivesse vendo pela primeira vez. Palavras de apreço em alemão lhe vieram à cabeça, mas não sabia dizê-las em hebraico, por isso ficou calada. E talvez fosse melhor assim. Não fora por ela que Iaakov Markovitch tinha ousado se arriscar tanto. De fato os seios de Rachel Mandelbaum eram redondos e bonitos, mas o bigode de Zeev Feinberg era mais único e especial do que eles. Era o único bigode que se erguia quando Iaakov Markovitch chegava, num sorriso de boas-vindas.

Os homens cercaram Iaakov Markovitch num meio círculo. Nunca tantos olhos tinham se fixado nele ao mesmo tempo. Contou sua história pela segunda vez, olhando para Rachel a cada poucas frases, como a pedir confirmação. Os assentimentos dela lhe pareceram exagerados, e ele temeu que fossem ser prejudiciais. Afinal, ninguém grita na rua que dois e dois são quatro, basta dizer isso baixinho, mas a cabeça de

Rachel subia e descia com uma devoção quase religiosa. Avraham Mandelbaum também percebeu. O rubor nas faces de sua mulher pareceu-lhe vermelho demais, e embora lhe fosse difícil distinguir entre o rosado que colore o rosto no rancor e o do prazer, os lábios dela estavam intumescidos, como no coito. Quando Zeev Feinberg chegou afinal, montado em seu cavalo, as sobrancelhas de Avraham Mandelbaum se contraíram como duas cabras pretas que se apertam uma contra a outra numa noite fria.

"Você demorou a chegar", observou o secretário-geral da comunidade. "Dei a volta em todo o perímetro para ver se havia outros."

Balbucios de aprovação foram ouvidos do público, e Iaakov Markovitch permitiu-se respirar afinal, inalando ar normalmente.

"E você, no que estava pensando quando saiu para vagar por aí a uma hora dessas?"

Rachel Mandelbaum fixou o olhar no solo e disse: "Insônia".

A lua tornara a surgir entre as nuvens e a iluminava como um refletor no palco. Parecia tão frágil, com seus olhos baixos e sua blusa rasgada, que não houve um só varão que não desejasse tomá-la nos braços e defendê-la na própria cama, e se não fosse Avraham Mandelbaum era razoável supor que fariam aquilo. Só ele não olhava para a própria mulher, os olhos fixos na braguilha de Zeev Feinberg, aberta como uma boca clamando aos céus. Zeev Feinberg enxugou uma lágrima de solidariedade com a dor de Rachel Mandelbaum, notou o olhar do marido dela e apressou-se a fechar a braguilha.

"Não é agradável contar isso, mas quando ouvi o tiro ia urinar pela sexta vez esta noite. Isso é o que acontece quando não se tem com quem conversar, ocupa-se a boca bebendo. Passo noites inteiras assim, bebendo e urinando. Bebendo e urinando."

Os homens soltaram uma gargalhada, enquanto Rachel Mandelbaum sorriu educadamente. Avraham Mandelbaum ficou calado.

No dia seguinte, por volta das sete e meia, ouviram-se batidas fortes na porta de Iaakov Markovitch. Era Zeev Feinberg. "Arrume-se rápido. Ele descobriu." A caminho de Tel Aviv, quando o matraquear das rodas do trem silenciava as convulsões do estômago de Iaakov Markovitch (fazer o desjejum tinha sido impossível), Zeev Feinberg contou o que havia ocorrido. "Quando amanheceu, Avraham Mandelbaum resolveu transar com a mulher. Despiu sua blusa e descobriu uma horrível erupção vermelha no peito dela. Reação alérgica ao atrito do bigode, por causa da pele delicada da região. Aiaiai, que pele linda. Puro leite. E ainda tem aquela marca, você viu?" Iaakov Markovitch respondeu que não, mas que gostaria de saber como Zeev Feinberg se salvara da faca do magarefe. "Essa é exatamente a questão, ele não resolveu a tempo qual faca usar. Levou cinco minutos para escolher, tempo suficiente para Rachel ir correndo dizer à minha Sônia que nos alertasse. Só que Sônia é muito menos seletiva e exigente que Avraham Mandelbaum." Zeev Feinberg arregaçou a camisa e mostrou a Iaakov Markovitch cinco arranhões compridos e vermelhos. "Juro, essa mulher tem a força de dez homens." Iaakov Markovitch assentiu com admiração. Zeev Feinberg começou a comparar Sônia com uma série de mamíferos, desde o lobo até a hiena, mas Iaakov Markovitch só olhava, com inveja, para os cinco sulcos sanguinolentos abertos no peito do outro. "Nunca pensei que seria possível uma mulher sentir tudo isso por você." No mesmo instante Zeev Feinberg parou de falar da cadela do mato que tinha parido Sônia e assentiu. "O coração dela é do tamanho de um pombo, e uma vagina que é pura água doce." A essa altura Zeev Feinberg começou a fazer uma descrição detalhada da vagina de Sônia, sua doçura, sua cor rosada, a umidade morna e alegre com que o recebia. "Seios como os de Rachel talvez Sônia não tenha, mas ela faz você rir até seus ovos se enrolarem." Neste ponto Zeev Feinberg irrompeu num riso tão grande que o trem acelerou a marcha, e por fim suspirou: "Quando voltarmos vou me casar com ela. Vou mesmo, de verdade".

Os olhos de Zeev Feinberg estavam cheios de boas intenções, e Iaakov Markovitch quase acreditou nele. Mas aí ele baixou o olhar para o bigode e lembrou-se de como se eriçava quando via, com o canto do olho, uma mulher lhe sorrir, trêmulo como os delicados bigodes de um gato quando um rato se aproxima. E lembrou-se também do gato que ficava na porta do açougue esperando as esmolas de Rachel Mandelbaum, saciado e gorducho, e mesmo assim, quando dava com um passarinho ferido, o maltratava, não tanto por instinto de caçador quanto por hábito. Zeev Feinberg era um verdadeiro revolucionário, comunista na plena acepção da palavra. Dividia seu amor em partes iguais, sem dar preferência a uma ou a outra. "Vou me casar com ela", repetiu Zeev Feinberg, batendo com a mão na coxa, como a declarar que o negócio estava fechado. "Desta vez, vou me casar com ela."

Quando o trem chegou a Tel Aviv, Zeev Feinberg estava mergulhado em descrever a Iaakov Markovitch o banquete do casamento. Já tinham servido nas mesas arenque, *chalá* doce e carne assada. Iaakov Markovitch comia com as orelhas, que aparentemente conduziam o alimento para o estômago de outra pessoa. Sua barriga estava vazia havia muitas e longas horas. Por fim, ousou interromper Zeev Feinberg e perguntar para onde estavam indo e se haveria comida lá.

"Vamos encontrar Froike", disse Zeev Feinberg. "Se o conheço bem, você não vai sair de lá com fome."

Iaakov Markovitch gelou no assento. "Está se referindo ao vice-comandante do Irgun?"

"Ele mesmo."

"De onde o conhece?"

O comandante do pelotão do grupo de combate de Iaakov Markovitch falava do vice com a maior reverência. O próprio Iaakov Markovitch nunca ousara sequer sonhar em encontrar com o homem, que segundo constava estaria disposto a engolir uma granada e expeli-la pelo ânus se fosse ajudar na redenção do país.

"Chegamos juntos no mesmo navio", declarou Zeev Feinberg, e continuou a andar.

Mas é claro que havia algo mais. Naquele navio tinham chegado mais quatrocentas pessoas, e nenhum passageiro havia se ligado a outro do mesmo jeito que Zeev Feinberg e aquele que viria a se tornar o vice-comandante do Irgun. Eles compartilhavam o mesmo amor pelas mulheres, piadas e o jogo de xadrez, o que também acontece com muitos outros, só que em pouquíssimos casos com tanta força e intensidade. Como o navio era pequeno, com cerca de cinquenta mulheres solteiras, quase trinta boas piadas e um só jogo de xadrez, decidiram deixar para trás o espírito de posse exclusivista europeu e dividir tudo equitativamente. Só num aspecto continuaram a ser fanáticos como antes: vencer. Quando o navio chegou às costas da Palestina os dois estavam imersos num tempestuoso jogo de xadrez. Ao ouvir o grito do capitão do navio, Zeev Feinberg pôs o bispo sobre a mesa e se levantou. O futuro vice-comandante do Irgun lançou-lhe um olhar petrificante. Desde que saíra da Europa nenhuma lâmina tocara seu rosto, e já parecia de novo com o aluno de *ieshivá* que um dia fora – somente seus olhos diziam que já tinha provado do pecado e não ficara saciado. "A quem começa uma *mitsvá* se diz que a complete", ele o repreendeu. "Esperamos dois mil anos, vamos esperar mais quinze minutos." Enquanto todos se agitavam à sua volta e os botes eram descidos até a água, eles continuaram a jogar.

Nenhum dos dois olhou para o relógio. Tantas bocas doces esses dois já tinham saboreado que nenhum deles se apressou a lamber os torrões da Terra Santa. Após vinte minutos, o capitão do navio irrompeu no quarto. "Se os ingleses pegarem vocês, vão poder jogar xadrez durante todo o percurso de volta à Europa!" O futuro vice-comandante do Irgun pareceu considerar seriamente a hipótese. Por fim acedeu. "Espero que consiga nadar com um braço só, Feinberg, pois com o outro vai levar suas peças de xadrez."

Com a mochila estourando de cheia às costas e o jogo de xadrez na mão, correram para o convés. Cada um levava suas peças, guardando o tempo todo a posição em que estavam no tabuleiro. Então o capitão dirigiu-se a eles e mandou que ajudassem uma grávida e suas duas filhas pequenas. Quase se negaram. Por fim decidiram: entre a mochila, as imigrantes ilegais e o jogo de xadrez interrompido, sacrificaram a mochila. Zeev Feinberg agarrou a grávida e as peças pretas. O futuro vice-comandante do Irgun dividiu sua atenção energicamente entre as duas meninas chorosas e as peças brancas, garantindo que não desaparecessem entre as ondas. Quando chegaram à praia, despediram-se da mulher agradecida, roçaram os lábios num beijo de cortesia no rosto enrugado da Terra Santa, e descobriram estarrecidos que tinham esquecido qual era a situação no tabuleiro. Passaram a noite inteira na praia, em suas cuecas ensopadas e de peito nu, discutindo qual era a posição correta. Quando os ingleses chegaram na manhã seguinte era como se os dois tivessem estado na praia desde sempre. Por fim partiram para percorrer o país, de cueca. Zeev Feinberg seguiu para o norte e o futuro vice-comandante do Irgun foi para Tel Aviv, onde se tornou o vice-comandante do Irgun. Em uma das vezes em que se encontraram, quando Zeev Feinberg perguntou como era possível que um homem que quase largara uma imigrante ilegal grávida em troca de uma torre no jogo de xadrez fosse dirigir o programa sionista de imigração ilegal, seu amigo respondeu que ele só tinha trocado uma obsessão por outra. "Aqui também temos peões brancos e pretos. E aqui também eu detesto perder."

Iaakov Markovitch e Zeev Feinberg estavam sentados diante da mesa do vice-comandante do Irgun. O primeiro, encolhido e contido, o corpo como que sugado por si mesmo. O segundo, altivo, com pernas abertas e membros relaxados. Apesar de seus olhos se fixarem continuamente no vice-comandante do Irgun, Iaakov Markovitch não conseguia deixar de atentar para a diferença abismal entre sua postura e a de Zeev Feinberg. Iaakov Markovitch pensou consigo mesmo: há pessoas que caminham pelo mundo como se tivessem caído nele por engano, como se a qualquer momento alguém fosse pôr a mão em seu ombro e gritar em sua orelha: "O que é isso? Quem lhe permitiu entrar? Por favor, rápido, fora daqui". E há pessoas que não caminham pelo mundo. Elas navegam nele, cortam as águas em todo lugar por onde passam, como um barco seguro de si. Não era inveja de Zeev Feinberg que Iaakov Markovitch sentia naquele momento. Era um sentimento mais complexo. Iaakov Markovitch ficou ali sentado na sala do vice-comandante do Irgun, olhando as pernas estiradas de Zeev Feinberg, constrangido ao ver as próprias pernas encolhidas, pensando em quantas salas ainda ia se sentar com os membros recolhidos junto ao corpo e se algum dia conseguiria estirar os membros com tanta liberdade mesmo não estando sozinho. Foram esses pensamentos que o fizeram se aprumar de repente, estender a mão para o vice-comandante do Irgun, que até aquele momento não lhe dirigira uma só palavra, e dizer: "Iaakov Markovitch, a seu dispor".

No silêncio que se seguiu, compreendeu que cometera um erro. Pelo visto os dois estavam no meio de uma conversa importante: planos ousados para a defesa da Terra Santa, posições sexuais especialmente complicadas, uma jogada brilhante de xadrez a ser analisada e aprimorada – e a declaração de Iaakov Markovitch não se encaixava em nenhum desses casos. O vice-comandante do Irgun examinou Iaakov Markovitch com um olhar parecido com o do médico da colônia agrícola quando avaliava um exame de fezes e depois virou-se de novo para Zeev Feinberg. "E de que tamanho é essa marca que ela tem?" O vice-comandante do Irgun era um conhecido apreciador de marcas de nascença. Seus rivais alegavam que preferia as marcas ao próprio corpo da mulher. Quando Zeev Feinberg contou o caso que começara com os seios de Rachel Mandelbaum e terminara na faca de Avraham Mandelbaum, o vice-comandante do Irgun ignorou a faca – disso ele já tinha mais do que o bastante – e focou nos seios. Zeev Feinberg não se importou com aquilo. Admirava seu amigo por saber separar o joio do trigo, e voltou alegre aos seios de Rachel Mandelbaum. Só que então aconteceu uma coisa estranha: sempre que evocava os seios dela, eles se transformavam a seus olhos nos de Sônia. Embora os de Rachel fossem mais bonitos – redondos, doces e muito, muito firmes, diante dos seios de Sônia ele se enchia de tal alegria que não queria expulsá-los do pensamento. E, assim, o que ocorreu foi que descrevia para o vice-comandante do Irgun os seios de Rachel enquanto via na imaginação os seios de Sônia, até que de repente ficou com medo de se confundir e começar a descrever para o amigo os seios de Sônia, o que não queria fazer.

Zeev Feinberg parou de falar. Pela primeira vez desde seu encontro com o vice-comandante do Irgun no convés do navio sentiu ter nas mãos algo que não tinha intenção de compartilhar. Iaakov Markovitch também ficou calado. Ainda se maldizia pelo que havia dito. Apesar de toda a sua agitação, percebeu a mudança que ocorrera em Zeev Feinberg: até então ele recapitulava suas conquistas como se estivesse ruminando, prolongando o prazer da refeição da véspera. Agora, quando falava, seus olhos expressavam um verdadeiro anseio: não era um homem saciado elogiando a refeição que fizera, mas um homem faminto, acossado por saudades. O brilho que se espalhava pelo rosto de Zeev Feinberg quando parecia estar se lembrando dos seios de Rachel Mandelbaum era maior que a alegria que sentira ao estar de fato com ela. Tendo em vista seu fracasso na intervenção anterior, Iaakov Markovitch precisou de toda a sua ousadia para abrir a boca e dizer: "Você ainda vai voltar para Sônia". Zeev Feinberg olhou para ele surpreso. Depois sorriu. Mesmo assustado no início com a clareza com que Iaakov Markovitch tinha lido seus pensamentos mais secretos, logo esse susto se transformou em alívio – ante o fato de que seu amigo era capaz de penetrar nos mistérios de sua alma, os hieróglifos que, havia muito tempo, perdera a esperança de que alguém além dele mesmo soubesse decifrar.

No primeiro momento o vice-comandante do Irgun se enganou e pensou que era só uma dor de barriga. Só depois compreendeu que a pontada aguda em seu ventre não era outra coisa senão ciúme. Pois havia algo ali, entre os dois homens sentados à sua frente, algo de que ele não participava; e apesar de aquele Iaakov Markovitch não passar de um verme – e Zeev Feinberg devia ter percebido, como não perceberia? –, ele tinha tecido finas teias de seda, encasulara seu amigo com elas e o deixara de fora.

Embora não fosse um grande apreciador da dor, certamente não na própria barriga, o vice-comandante do Irgun ficou contente por sentir os efeitos do ciúme, como quem acha algo que tinha perdido. Havia muitos anos que não sentia uma dor como aquela. Conquanto no exercício de sua função tivesse se especializado em todas as dores que um homem pode infligir a alguém – uma pancada no diafragma, um soco de quebrar o nariz, uma unha arrancada e um talho definitivamente desagradável junto ao órgão genital –, quase esquecera a existência de outras dores. As dores da plenitude. Só quem tivesse usufruído da plenitude, de algo além de si mesmo, poderia sofrer quando a perdesse. Quando abandonou a *ieshivá* na Polônia e partiu para a grande cidade, as dores da plenitude quase o mataram. Ele marchava pela rua principal e em tudo havia a ausência de Deus. Tudo estava limpo de Deus. Cheio de secularidade. Um pão não era mais do que um pão. Num cálice de vinho não havia uma só gota da *shechiná*, o espírito divino. O mundo se apresentava diante dele tal qual era, despido de anjos, tremendo de frio, sem a promessa do mundo do além com a qual se cobrir. Na primeira noite na grande cidade o vice-comandante do Irgun sentiu, com toda a sua alma, saudades de Deus; sua cabeça latejava como o rufar de tambores nas festas pagãs. Em seu quarto na hospedaria, ele raspou a barba na escuridão da noite.* Não estava enxergando nada. O sangue dos cortes grudou em seus pelos, e eles caíam no chão, tufo após tufo. Deveria ter esperado para fazer isso pela manhã, mas sabia que as saudades empurrariam seus passos de volta, direto para a oração matinal, por isso continuou raspando a barba, e quando terminou atacou os cabelos, as mãos trêmulas, mãos de Dalila, e depois as sobrancelhas também, e os pelos do corpo. Quando a aurora chegou, encontrou-o despido, totalmente nu diante do vazio.

Passaram-se anos. Os pelos do vice-comandante do Irgun tornaram a crescer, e seu coração endureceu cada vez mais. Sentado em sua sala diante dos dois homens, ele ficou mexendo sem perceber numa mecha de cabelo espessa e eriçada. Quando se deu conta, largou imediatamente. Um gesto tão desligado, tão sentimental, não ficava bem num

---

* Raspar a barba, neste caso, significa deixar de cumprir os mandamentos religiosos. [N. T.]

vice-comandante do Irgun. Para corrigir aquela distorção optou por um gesto másculo, característico de vice-comandantes de organizações onde quer que se encontrem, e desferiu um forte soco na mesa. Zeev Feinberg e Iaakov Markovitch voltaram os olhos para ele, o primeiro com curiosidade, o segundo com reverente pavor. Depois de ter socado a mesa sem uma justificativa, o vice-comandante do Irgun teve de pensar rapidamente em algo para dizer. "Parece que vocês estão numa encrenca séria." Iaakov Markovitch e Zeev Feinberg assentiram.

O vice-comandante do Irgun tinha a rara capacidade de dizer coisas óbvias de um jeito que as fazia parecer admiravelmente novas e inovadoras. "Esse Mandelbaum, ele viria até Tel Aviv?"

"Até Tel Aviv?", trovejou Zeev Feinberg. "Ele irá atrás de nós até o Mar Vermelho, se for preciso!" O vice-comandante do Irgun começou a rir, Iaakov Markovitch suspirou baixinho.

"Livre-me disso, Froike", disse Zeev Feinberg. "Gosto demais disso que tenho entre as pernas para deixar à mercê da faca do *shochet*."

"Claro que vou livrar você disso, Feinberg. Para que servem os amigos se não para salvar os testículos do outro? Quanto a este seu amigo aqui já não tenho tanta certeza, inclusive não me parece que faça uso deles." O vice-comandante do Irgun soltou uma gargalhada. Zeev Feinberg se juntou a ele, o que Froike interpretou como entusiástica concordância, enquanto Iaakov Markovitch definiu como gesto de cortesia. Quando terminaram de comentar o uso limitado que Iaakov Markovitch fazia de seus testículos, o vice-comandante do Irgun ficou sério e inclinou-se para eles por cima de sua mesa: "Feinberg, vou enviar você para a Europa".

No rosto de Zeev Feinberg surgiu uma expressão que se surgisse no rosto de outra pessoa poderia ser chamada de "confusa". Porém ele, com cento e vinte quilos de energia e músculos, bigode não incluso, não era homem de ficar confuso. A sensação deslizou rapidamente por seu rosto e não encontrou onde se agarrar. Escorreu dos olhos azuis, da boca que continuava sorrindo como antes, do pelo das sobrancelhas espessas. Somente no bigode encontrou uma brecha onde se radicar, e assim a confusão ficou pendurada no canto do bigode de Zeev Feinberg, no lado direito, que quando ouviu a palavra "Europa" eriçou-se, erguendo-se de modo estranho.

"Por Deus, Froike, se isso é mais uma de suas tramas de arenque, eu arranco sua língua." O vice-comandante do Irgun e Zeev Feinberg caíram numa gargalhada capaz de adoçar segredos e salgar peixes. Iaakov Markovitch tentou completar com a imaginação algo que não estava captando, e seria de supor que a história que ia tecendo em seu íntimo era muito mais impressionante do que a realidade.

"Não, Feinberg, juro, arenque nunca mais." O vice-comandante do Irgun enxugou as lágrimas de riso no canto dos olhos, como que a contradizer descuidadamente o mito segundo o qual vice-comandantes não choram. "O caso é o seguinte: a Europa fechou as portas, isso você sabe, e aqui tampouco elas estão realmente abertas. Mas descobrimos uma brecha: o casamento. Uma judia da Polônia ou da Alemanha que se casar com um jovem da Palestina pode sair da Europa sem problema. Um judeu da Palestina que voltar com a noiva da Europa pode entrar em sua pátria sem discussões. Nos últimos meses mobilizamos jovens que vão viajar para a Europa para se casar lá. Depois de voltar, vão se divorciar, e até logo – mais uma nova imigrante na 'Terra Santa', mais um jovem todo corado ao receber um beijo de agradecimento. E, talvez, mais do que isso. Sou capaz de apostar que pelo menos dois desses casais vão continuar casados. Uma viagem de navio costuma aproximar corações, você bem sabe disso, e nem todos combatem o tédio jogando xadrez. Por isso, meus cumprimentos, Feinberg. Está prestes a se casar."

Enquanto o vice-comandante do Irgun falava, começou novamente um novo assalto na luta contra o bigode de Zeev Feinberg. Ao ouvir a última frase, a confusão não se limitou à extremidade direita do bigode, espalhando-se em todo o comprimento daquele monumento, eriçando muitas dezenas de pelos em diversas e estranhas direções, emprestando a Zeev Feinberg o aspecto de uma vassoura que saiu do controle.

"Casar?" Iaakov Markovitch podia jurar ter ouvido um tremor na voz de Zeev Feinberg. "Não tem outro jeito?"

"Só no papel, Feinberg, só no papel. Só que eu, em seu lugar, deixaria minha assinatura nesse papel também!"

Zeev Feinberg ignorou a piscadela do vice-comandante do Irgun. Tinha finalmente decidido se dedicar apenas a Sônia – só uma, em nome de Deus! – e já o diabo assumia a figura do vice-comandante do Irgun e sussurrava coisas em seu ouvido. Onze dias seria a duração da viagem de navio da Europa à Palestina. Nenhum macho resistiria à tentação. E embora soubesse que a vagina das garotas europeias era árida como as estepes da Sibéria, e mesmo que se enchesse de fluido ficaria frio como as águas do Reno, sabia também que ia mergulhar nas águas geladas e se apresentar a Sônia trêmulo de frio e culpa. Ah, Sônia, deusa de âmbar da Palestina. De fato também ela fora uma vez um iceberg europeu, porém o sol do Mediterrâneo tinha aquecido sua medula e embebido em sua pele aromas de laranjas (a precisão histórica exige que se esclareça que a pele de Sônia estava longe de ter a tonalidade do âmbar e que ela nunca tinha conseguido se bronzear, passando direto do branco leitoso para um vermelho doentio, mas Zeev Feinberg não prestava atenção a isso).

"Arranje outra pessoa, Froike, eu não vou viajar." O vice-comandante do Irgun olhou para Zeev Feinberg com espanto, e este apressou-se a falar antes que se arrependesse. "Você fez uma proposta tentadora e salvadora, quanto a isso não há dúvida. Mas prefiro ficar aqui. Com certeza tem um esconderijo muito bom, um camelo em cujo estômago possa se esconder para contrabandear explosivos, uma aldeia de camponeses árabes nas montanhas de Jerusalém que tenham de expulsar seus habitantes e ficar de guarda nas ruínas. Posso ir para qualquer um desses. Mandelbaum não vai me achar."

"Vai achar, sim", disse Iaakov Markovitch, com os olhos baixos. Uma noite, quando não conseguia dormir, de seu salário não sobrara o bastante para uma mulher em Haifa e os escritos de Jabotinsky não atenuavam sua solidão, saíra para dar uma volta em torno da colônia. Quando voltava, suas pernas fizeram-no passar pela casa do *shochet*. Através da cortina ele viu Rachel Mandelbaum andando pela sala. Remendando uma blusa, espanando o pó de uma almofada bordada, bebericando chá, com o olhar perdido. Rachel Mandelbaum perambulava em casa, mas sua sombra dançava no quintal. Enquanto andava pela sala, a sombra movimentava-se nos canteiros da entrada. Quando batia na almofada para tirar o pó, sua sombra batia nas paredes da casa. Quando bebia o chá, a sombra ficava imóvel e se estendia até a metade do caminho para casa. Depois de algum tempo Iaakov Markovitch percebeu que não estava sozinho. Sentado na cerca de pedra na entrada do quintal estava Avraham Mandelbaum, olhando de fora para a própria casa, guardando a sombra de sua mulher. Como se o *shochet* temesse que a sombra fizesse o que sua mulher não ousava fazer: erguer-se e desatar a correr toda a distância até o porto de Haifa para embarcar num navio que zarpava para a Europa. Quando Iaakov Markovitch se lembrou da expressão do *shochet* no momento em que o vento fez a sombra de Rachel dançar nos canteiros de flores, soube que ia achá-los. "Nada de esconderijo recôndito, nada de se ocultar na barriga de um camelo, não vamos subir às montanhas de Jerusalém. Vamos para a Europa juntos. E quanto às mulheres, não se preocupe: vou protegê-lo de si mesmo."

3

Eles embarcaram num navio quatro dias depois. O mar estava sereno e o pôr do sol, banal. Iaakov Markovitch ficou um pouco decepcionado. Era um homem prático, não um panaca sentimental, mas assim mesmo tinha esperado que no primeiro dia da jornada as poderosas forças da natureza se mobilizassem para apresentar uma cena inaugural digna de nota. Que um bando de cegonhas passasse no céu, que um golfinho arisco se aproximasse da costa, que o sol se pusesse com uma cor especial. Afinal de contas, não era uma simples viagem para a Europa – o que começava ali era a jornada de sua vida. Desde o dia em que nascera, Iaakov Markovitch tinha a sensação de que não era senão uma figura secundária na história dos outros, um enredo marginal, uma lua distante recebendo a luz de algum sol. Era filho de seus pais, subordinado ao comandante de seu grupo de combate e amigo de Zeev Feinberg. Pela primeira vez na vida, Iaakov Markovitch tinha a sensação de ser Iaakov Markovitch, vivendo uma vida que merecia ser contada. Tudo o que acontecera até então tinha sido apenas um esboço, rabiscos distraídos de um artista um momento antes de começar o desenho real, intencional. Por isso não ficou pensando em sua casa na colônia nem teve saudades de seus habitantes, apenas lamentava ter deixado para trás, na fuga, os escritos de Jabotinsky, e ficou com pena dos pombos.

Depois de vomitar até a alma durante meia hora, Iaakov Markovitch olhou para seu reflexo na água. Entre os fragmentos de vômito flutuando, ele discerniu os olhos inexpressivos, o nariz rotineiro, a linha da mandíbula indefinida a ponto de ser tediosa. Mas em sua testa viu algo novo, uma linha agressiva que antes não estava lá. Quando havia surgido ele não sabia. Teria sido quando esmagara com uma pedra a cabeça do árabe, quando mentira descaradamente para Avraham Mandelbaum, ou talvez quando insistira com o vice-comandante do Irgun, chegando a discutir, que se recusava a incluí-lo naquela jornada? De qualquer maneira, aquilo era um sinal inequívoco. Iaakov Markovitch examinou aquela linha nova em sua testa, a fenda pela qual irromperia a qualquer momento o verdadeiro homem que ele estava destinado a ser. Limpou os restos de vômito nos cantos da boca e voltou para o convés.

Logo constatou que tinha se enganado. A vida num navio era diferente em quase tudo da vida na colônia, mas no que concernia a Iaakov Markovitch ela continuava sendo a mesma. Os olhares dos passageiros deslizavam por seu rosto e seguiam adiante, como as gotas de urina que os homens, na extremidade do convés, despejavam toda noite no mar. Ninguém o odiava ou zombava dele – mas ninguém tampouco buscou proteção no salvador de Zeev Feinberg, o matador de árabes, o enganador de açougueiros, Iaakov Markovitch. Se antes tinha pensado que ia sair da casca primeva de sua juventude, descobria agora que não era uma casca, e sim sua própria pele. Quando Iaakov Markovitch quis se consultar a respeito com seu amigo, descobriu que era uma causa perdida: Zeev Feinberg fora coroado como o inquestionável rei da viagem ainda antes que o navio deixasse o porto. Caminhava pelo píer cercado por um grupo de rapazes, cãezinhos babando querendo sugar mais e mais histórias de quem era sabidamente o melhor amigo do vice-comandante do Irgun. E Zeev Feinberg os atendia. Contava histórias até ficar rouco, cantava canções picantes até a língua perder o fio, fazendo seus ouvintes rir, e rindo mais alto do que eles, afugentando de sua rota um bando de aves migratórias. Embora não tivesse sido designado como comandante daquela operação – o vice-comandante do Irgun tinha confiado a missão alguns meses antes a um jovem chamado Katz –, não havia dúvida quanto a quem seria efetivamente o comandante. Se Zeev Feinberg ordenasse um desvio na rota por três dias nas costas da Grécia para apreciar as garotas locais banhando-se nuas, o capitão teria obedecido, e era razoável supor que Zeev Feinberg teria feito isso se seu coração não estivesse ardendo de saudades de Sônia. Mas continuou a falar, a cantar e a rir, e só às vezes sentia que sua voz se desprendia do corpo, galopando à frente. Mesmo estando o próprio Zeev Feinberg tão longe, ele ficava cansado de ser Zeev Feinberg. Iaakov Markovitch nunca entendera aquilo, como seria possível se cansar de ser Zeev Feinberg.

Ao amanhecer, sempre se encontravam no convés. Iaakov Markovitch ia verificar se o sol realmente tinha nascido enquanto Zeev Feinberg rumava para a cama após uma noite de bebida e histórias. Ficavam sentados um ao lado do outro em silêncio, Iaakov Markovitch reunindo suas forças para o dia que começava, Zeev Feinberg criando coragem para enfrentar os horrores da noite. Nesses momentos pairava entre eles certa ternura, da qual nunca tinham ousado falar.

Os dias pareciam todos iguais, e assim mesmo iam passando. Quanto mais se aproximavam da Europa mais se sentia um frêmito de inquietação entre os passageiros, que aumentou a ponto de parecer que todo o navio estremecia sobre as ondas, no fervor da expectativa. Falavam sobre isso no café da manhã e no jantar, de pé no convés e deitados na cama. Tanto falaram sobre a Europa que quando finalmente a avistaram calaram-se todos, como se não acreditassem que por trás de suas palavras havia um continente real. Iaakov Markovitch, de pé no convés, olhava para a terra. Parecia que o navio avançava mais rápido do que nunca, atraído ao porto por alguma força magnética. O terceiro polo, o polo europeu, em torno do qual giravam todos os passageiros do navio, ia se concretizando diante de seus olhos. Zeev Feinberg estava a seu lado de olhos fechados, recusando-se a reconhecer com um olhar esse berço de prazeres, no qual só de pensar o coração amolece e o membro endurece. Com a língua fazia rolar repetidas vezes o nome de Sônia, agarrando-se a ele para aplacar tentações e bruxas. Mas a língua parecia sentir de longe a manteiga e o cacau, a macia carne de cervo e bicos de seios endurecendo, e Zeev Feinberg suspirou pela última vez "Sônia", sem acrescentar mais nada.

Naquele mesmo momento, Sônia estava na costa da Palestina olhando para o mar. Zeev Feinberg tinha finalmente aberto os olhos e via a terra da Europa se aproximar cada vez mais. Ela estava de olhos abertos e não via nada a não ser água. Onze dias antes, exatamente na mesma manhã em que o navio zarpava do porto de Haifa, um sentimento se apossou de Sônia e a levou a contemplar o mar. Daria para ver naquilo uma coincidência armada pelo destino, testemunho da ligação mágica entre um casal de amantes, não fosse o fato de que o sentimento a tinha levado à praia também nos três dias anteriores. No comportamento de Sônia não havia nada de que se pudesse inferir uma suprema intuição feminina, dessas que despertam uma mãe no meio da noite com a percepção de que seu filho foi ferido em combate, ou que a fazem ir correndo assar um bolo na vaga certeza de que ele vai chegar. Não era intuição, e sim dedicação. Quando Zeev Feinberg coçava o nariz, as narinas dela não comichavam. Enquanto ele punha os intestinos para fora por causa da diarreia generalizada no navio, ela dormia o sono dos justos. Não sentiu nada com a aproximação do navio à Europa, assim como não tinha profetizado a data de sua partida do porto de Haifa. Sabia apenas que tinha de esperar por sua volta, e que quando voltasse seria do mar.

As amigas de Sônia zombavam dela por causa da espera. Zeev Feinberg era um homem muito querido, incomparável quando se tratava de diversão, mas não havia bigode que valesse ficar na praia o dia inteiro com cara de Anna Kariênina. Sônia dava de ombros e continuava ali de pé, maldizendo Zeev Feinberg com uma linguagem que era pimenta pura. Mesmo que tivesse sido condenada a esperar, mesmo que amaldiçoada com o pendor vergonhoso das mulheres, onde quer que estejam, para achar um pedaço de areia e dele ficar olhando o mar na expectativa da volta de um homem, pelo menos ela tinha a coragem de se revoltar contra aquilo. Então amaldiçoava Zeev Feinberg com entusiasmo e fervor, em alta voz e com toda a convicção. Seu preeminente bigode tornava-se "uma coleção de vermes pretos" sobre a boca, e seu membro – famoso em todo o vale – era rebaixado diariamente a um nível dos mais rasteiros. Ela às vezes o chamava de "cebolinha verde", às vezes de "abobrinha que não vingou", às vezes o declarava um "criadouro de piolhos". Um dia afirmou que uma carne tão estragada não era adequada para consumo. Rapidamente pessoas começavam a se juntar para ouvir Sônia insultar Zeev Feinberg. Ela fazia aquilo com uma dedicação que não era menor que aquela com que esperava seu regresso.

Os rapazes da colônia iam até lá para cortejá-la. E não porque fosse bonita. Seus olhos ficavam afastados um do outro um milímetro a mais do que a estética postulava. O sol tinha espalhado sardas em seu rosto, e seu nariz aquilino confirmaria as palavras de qualquer publicitário alemão. Estatura média, seios razoáveis, nádegas sobre as quais nada havia a dizer, a não ser que existiam. Mesmo assim iam todo dia vê-la ali de pé. Os tímidos com um olhar de noiva envergonhada, os ousados com palavras provocantes, incitando-a a desistir de Feinberg e se entregar a um deles. De fato não tinham bigode, e o som de seu riso não fazia cair a folhagem das árvores, mas pelo menos estavam ali, o que não era coisa de desprezar. Sônia lhes agradecia de todo o coração e continuava a amaldiçoar Zeev Feinberg. As mulheres, por sua vez, começaram a amaldiçoá-la. Perguntas do tipo "Mas o que tem ela de especial?" enchiam o ar como um enxame de vespas. Havia quem dissesse que sua dedicação enfeitiçava. Bem no fundo do coração todo homem, mesmo quem não sai para o mar, quer uma mulher que fique esperando na praia por seu regresso. Romantismo barato, e nada mais. A dedicação por si mesma não enfeitiça, a magia depende de a quem se está dedicando. Uma abóbora sem graça de pé numa praia acabará ficando coberta de musgo ou virando um farol. Outros falavam de uma fragrância de laranjas. A pele de Sônia exalava mesmo um cheiro de laranja, pesado, doce e inconfundível. Quando um homem ficava ao lado dela durante o trabalho e inspirava profundamente, sentia-se de imediato no porto de Jaffa, cercado de caixotes da fruta. O cheiro da laranja é realmente inebriante, mas o aroma do jasmim e do figo também. Por todo o país havia muitas mulheres que tinham impregnado na pele um aroma especial; todos conheciam a história da moça de Degania que tinha de usar luvas para que os insetos não fossem atraídos pelo mel de suas mãos, e havia uma garota em Rishon LeZsion que diziam recender a mirra tão intensamente que quem fosse alérgico começava a espirrar. Fragrância de laranja é algo muito bom e agradável, mas daí até a loucura do amor é longo o caminho.

O que a dedicação e a laranja não chegavam a explicar, talvez o ardor explicasse. O fogo que ardia em Sônia derretia o gelo, aquecia entranhas, fazia formigar as pontas dos dedos. Nos dias chuvosos de inverno, quando a água escorria pelo rosto e enchia os sapatos de lama e de desânimo, os homens olhavam para Sônia e se excitavam. E no verão, quando toda a colônia ficava coberta por um véu de poeira e as casas se revestiam de um fino açúcar feito de areia e sufoco, ela era a única cujas cores não desbotavam. Não era bonita, todos sabiam, mas assim mesmo voltavam-se para ela, como girassóis.

Um dia, quando estava na praia, Avraham Mandelbaum foi visitá-la. No início ela não notou sua presença. Estava mergulhada numa descrição detalhada de como ia arrancar cada unha de Zeev Feinberg em sua volta. Quando reconheceu o *shochet*, teve medo de que, ao ouvir o que ela dizia, adotasse algumas daquelas ideias. Logo se acalmou ao lembrar que um *shochet* experiente como Avraham Mandelbaum não precisava das sugestões dela para lidar com carne e unhas, então perguntou a ele por que estava lá. Desde o dia da fuga de Iaakov Markovitch e Zeev Feinberg eles se evitavam ao andar pelas ruas. Avraham Mandelbaum estalava, constrangido, seus dedos grossos, e Sônia pensou que, não fossem seus quase dois metros e seus mais de cento e sessenta quilos, pareceria um menino. Com olhos baixos e voz hesitante, disse que tinha ido ali se contagiar com a raiva dela.

"Não é uma gripe, você sabe."

"Sim, mas quem sabe?" Ele contou que já fazia muitos e longos dias que não estava com raiva de Zeev Feinberg, nem mesmo um pouco. Toda vez que tentava soprar o fogo de sua ira e avivá-lo, com pensamentos detalhados sobre Zeev Feinberg curvado sobre sua mulher, nenhum sinal de raiva se manifestava em seu coração.

"Já que é assim, o que é que tem?"

"Às vezes, no açougue, quando acabo de desmembrar algum animal, fico lá com os pedaços de carne tentando juntá-los novamente na minha cabeça. Às vezes dá certo, e vejo tudo ficar inteiro de novo, como na visão do Apocalipse, a carne que está sobre a mesa, os órgãos internos no lixo, a pele jogada no chão e a cabeça, que sempre embrulho num pano para Rachel não ver, pois lhe causa náuseas. Mas às vezes não dá, e eu fico sentado ali no banquinho, cercado de pedaços de carne, perguntando-me onde está o cordeiro."

Sônia registrou em seu íntimo que aquela era sem dúvida a conversa mais longa que já mantivera com Avraham Mandelbaum. Talvez imaginando também que era a conversa mais longa que Avraham Mandelbaum mantivera em toda a sua vida.

"Acho que não estou entendendo. Qual é a ligação entre o cordeiro e Zeevik?"

"Não estou achando, Sônia. Não estou achando a raiva. Quando fui à casa de Feinberg naquela manhã estava disposto a esfolá-lo vivo. Mas quando voltei para casa já não queria matar ninguém. Estava cansado."

Pela primeira vez desde sua chegada à praia, Sônia desviou os olhos do mar. Ela virou-se para Avraham Mandelbaum e segurou suas mãos, de açougueiro e *shochet*. Os olhos dela eram afastados um do outro o bastante para dividir o que estava sentindo: o olho direito era todo tristeza; o olho esquerdo era todo compaixão.

"Não é da minha raiva que você precisa, Avraham. Use a sua. Faça alguma coisa com ela."

À noite quem a visitou foi o vice-comandante do Irgun. Antes de partir para a Europa, Zeev Feinberg o tinha feito jurar que iria até o norte e diria a ela que havia viajado. "E o mais importante", salientara Feinberg, "diga que voltarei." O vice-comandante do Irgun contou para Sônia qual era o objetivo da viagem, ressaltando que era o único jeito de "salvar o traseiro dele, que, assim entendo, é muito importante para você". Depois olhou em frente, contemplando pela janela a noite para a qual poderia voltar dentro de um instante, com o ouvido pronto para escutar os balbucios da gratidão dela. Quando eles demoraram a vir – o que aconteceu com "o que faríamos sem você?", "ele deve a vida a você, e eu também"? –, enviesou seu olhar e a examinou novamente. Muito treino e um estrabismo na infância tinham feito dele um especialista nas investigações com o canto do olho. Um observador de fora poderia se enganar e pensar: lá estão um homem e uma mulher numa sala, ela olhando para a parede e ele, para a janela. Quanto à mulher, teria razão, mas quanto ao homem estaria longe da verdade. O vice-comandante do Irgun olhava para Sônia com a mesma concentração com que estudava um mapa topográfico com as características físicas do alvo do próximo ataque noturno. Ele recapitulou as dela em todos os seus detalhes: os olhos afastados um do outro, tantas e tantas sardas a distâncias mais ou menos constantes, queixo largo. Notou também uma ruga sulcando o espaço entre o nariz e o lábio e descobriu que quando sorria o fazia erguendo um pouco o canto esquerdo da boca, movimento que inegavelmente tinha certo encanto. No geral, era bem comum, definitivamente não um motivo de se incomodar em percorrer toda aquela distância de Tel Aviv. O vice-comandante do Irgun em seu íntimo tinha pena de Zeev Feinberg, um touro reprodutor desperdiçado, que optara por estabelecer residência numa região tão esquecida, não só com um solo que era um útero bloqueado, mas também com mulheres decididamente medianas.

Ele tornou a se afastar da janela. Mais um instante e ia se despedir dela. Mais um instante e sairia por aquela porta. O caminho para Tel Aviv seria escuro e frio, e nele surgiriam todo tipo de visões, daquelas com que um homem só depara ao andar sozinho no meio da noite. Já começava a se levantar quando ouviu a voz de Sônia: "Você o conheceu no navio, não é?".

O vice-comandante do Irgun respondeu que sim, que conhecia Zeev Feinberg desde o navio, mas "agora, se me permite, o tempo urge".

Sônia lançou-lhe um olhar divertido e agressivo, cópia exata do olhar dele quando se dirigia a um subordinado, e disse: "Já que você o fez subir num navio, o mínimo que pode fazer é me contar sua história".

"Por quê?"

"Se não posso vê-lo no presente, pelo menos vou ouvir um pouco sobre seu passado."

O vice-comandante do Irgun tornou a sentar-se com uma expressão de raiva no rosto. Nunca tinha gostado de remoer as aventuras do passado. Para que ficar ruminando quando se pode dar uma mordida na carne do futuro? Falar muito de suas lembranças as desgastava, como uma camisa que é lavada vezes seguidas até a cor desbotar. Só que ele logo descobriu que enquanto contava a Sônia as histórias do que tinha vivido com Zeev Feinberg no navio elas ganhavam vida própria, surgindo ante seus olhos em cores mais vivas do que nunca. No início, atribuiu aquilo a seu raro talento de contador de histórias, mas logo foi obrigado a reconhecer que não era por causa dele. Era por causa de Sônia. Parecia que cada poro dela se abria para absorver suas palavras. Quando contou como deixara sua família e fora para a cidade, e depois para um navio, os olhos dela se encheram de compaixão. Quando descreveu como quase tinham se afogado numa tempestade, suas narinas tremeram, numa pequena demonstração de medo. Quando relembrou as piadas que tinha contado a Feinberg, ela estremeceu de tanto rir. E alguma coisa no vice-comandante do Irgun estremeceu também. O passado já não era o passado ao ser contado no ouvido de Sônia. Tão grande era sua atenção, tão sincera era sua participação, que aquilo que antes pareciam ser restos frios e obscuros de lembranças voltava a se aquecer, amadurecer, enchendo seu âmago de alegria. Ficaram lá até tarde da noite. Ele derramava nas orelhas dela as piadas contadas no convés, até mesmo as mais indecentes, espantando-se ao não constatar qualquer rubor de vergonha em seu rosto, e sim um largo sorriso de satisfação. Descreveu em detalhes os brilhantes lances de Feinberg no xadrez e seus estilosos contra-ataques, e ela, mesmo sem entender nada, aplaudia alegre os momentos de reviravolta. Para não magoá-la, ele evitou no início contar as aventuras com mulheres, mas quando Sônia o fitou com um olhar de quem sabe, cedeu e entrou em detalhes. Para uma, disseram que eram irmãos; quando ela não acreditou, alegaram que tinham a mesma marca de nascença no órgão genital, convencendo-a a verificar por si mesma. E houve uma que encheu o corpete com meias no início da viagem, mas o frio obrigou-a a calçá-las durante a noite. Seus seios exalavam cheiro de chulé. E a que tinha declarado que não se entregaria a Feinberg enquanto ele não raspasse o bigode, ao que o vice-comandante do Irgun respondera que não ia aceitá-la enquanto ela não deixasse crescer um bigode. Por fim, ele contou a Sônia sobre a noite de sua chegada à Palestina. Tal foi seu espanto que os olhos afastados se aproximaram, e ele quase não conseguia completar uma frase sem que ela o interrompesse com alguma pergunta: "Com as imigrantes em uma das mãos e as peças de xadrez na outra?", "O que disseram os ingleses quando viram vocês?", e, por fim, aquela que alegrou o coração do vice-comandante do Irgun mais do que todas as outras: "E qual era a posição das peças no tabuleiro?".

Ele saiu da casa dela ao amanhecer. Depois de ter falado durante tantas horas sobre Zeev Feinberg ficara com saudades de seu amigo do outro lado do mar. Passou todo o percurso de volta a Tel Aviv relembrando saudoso sua viagem juntos. O vice-comandante do Irgun estava tão ocupado com as saudades de Zeev Feinberg que somente após dois dias inteiros compreendeu que também sentia saudades de Sônia.

Nos dias que se seguiram, ele sentia o aroma de laranjais em todo lugar aonde fosse. Suas pernas o levavam seguidamente ao porto de Jaffa, onde os comerciantes se assustavam ao vê-lo farejar os caixotes com um olhar saudoso. Por vezes pensava que devia ter se enganado, não era possível que um corpo de mulher exalasse tal perfume, talvez houvesse no quarto uma bacia cheia de tangerinas. Mas bem no íntimo sabia – não havia lá tangerinas nem toranjas. Por fim seu desejo prevaleceu: comprou um caixote de laranjas, levou-o para seu gabinete no comando e não permitiu que ninguém comesse uma sequer.

Enquanto as laranjas apodreciam no gabinete do vice-comandante do Irgun, Sônia florescia de pé na praia. O ar marinho foi bom para ela. O sol brilhava entre seus seios, e a torrente de maldições que lançava sobre a cabeça de Zeev Feinberg emprestava um rubor permanente a suas faces. Mais do que tudo, era a falta de uma expectativa concreta em suas ações, o aspecto rotineiro daquela espera, a maravilhosa ausência de lógica, que lhe acelerava o sangue e enchia seu corpo de vitalidade.

Ao cabo de uma semana, o vice-comandante do Irgun bateu à sua porta, sentindo-se um homem perdido no meio de um laranjal. Tinha mobilizado toda a sua capacidade verbal para se envolver numa autonegação, convencendo a si mesmo de que de maneira nenhuma estava traindo seu grande amigo Zeev Feinberg. Desde sempre eles partilhavam tudo com que deparavam – mulheres, histórias, garrafas de bebida. Por que seria diferente com Sônia? Porém, mesmo assim sabia, contra a própria vontade, que era diferente. Quando o aroma de laranja já ameaçava enlouquecê-lo, decidiu que a coisa toda ficara desproporcional. Sônia não era senão mais uma amiga de Zeev Feinberg (que com certeza estava em seu caminho passando pelos leitos das mulheres do navio), e só ia alegrá-lo o fato de o vice-comandante do Irgun passá-la um pouco em revista na ausência dele. Estava claro que Zeev Feinberg saberia apreciar a dedicação de seu amigo, que percorrera toda aquela distância até o norte para passar algum tempo com a mulher cujos olhos ficavam apartados um milímetro a mais do que postulava a estética.

Quando chegou à porta quase se arrependeu. Passou perto de uma hora entre as sombras, olhando para a lamparina que ardia na sala. Resolveu então sair da escuridão para a luz, e bateu à porta. Sônia perguntou: "Quem é?". O vice-comandante do Irgun hesitou um instante, pensando em como responder, então disse: "Efraim".

Quando ela abriu a porta, não o reconheceu. Nele não havia nada do homem que tinha visto uma semana antes. A segurança e a arrogância haviam desaparecido completamente, e em seu lugar Sônia percebeu uma debilidade gaguejante, que a fez lembrar os primeiros passos de um cordeirinho, logo após o parto. Entregou-se a ele sem hesitar, mas a gratidão que o homem demonstrou a deixou constrangida. Ele era bonito demais para ter de implorar os favores de qualquer mulher, e o fato de, entre todas, ter implorado exatamente os dela causou-lhe mais embaraço do que prazer. De qualquer forma, sua consciência não a incomodou. Não havia nela nem a satisfação da vingança nem a culpa pela traição. Só a tranquilidade de um corpo satisfeito. Já se haviam passado mais de três semanas desde que Zeev Feinberg escapara da ira de Avraham Mandelbaum, e a verdade era que o corpo de Sônia não causava grande impressão aos que o viam, mas era fonte de considerável prazer para ela própria. Não havia qualquer razão para fazê-lo acumular poeira. Desde a viagem de Feinberg, ela passava as noites sentadas na poltrona, com a garganta rouca das imprecações do dia, tomando chá e mergulhando um dedo róseo no vidro de mel. Com exatamente aquele dedo, ela percorria o baixo-ventre de Feinberg, e pulava para as coxas. Agora, em sua ausência, seu corpo estava órfão e entediado. De fato várias vezes Feinberg subia nela enquanto dormia, e Sônia por sua vez punha-se habilmente sobre ele, deitada em sua cama ao amanhecer, mas as elucubrações da imaginação não se comparavam às carícias da vida real. Por mais selvagem que fosse o sexo em sua cabeça, não deixava sinal algum em seu corpo. E Sônia gostava daqueles sinais quase tanto quanto do próprio ato. Quando estava no campo, no meio do dia, lançava um olhar furtivo ao arranhão que Feinberg deixara em seu seio, à marca de uma mordida que dera em seu ventre. Quando o sol fustigava sua cabeça, ela se consolava com as lembranças que as marcas da noite evocavam, uma saudação da lua. E agora suas noites eram inanimadas e seu corpo não tinha marcas. Por isso, a presença do melhor amigo de Zeev Feinberg em sua cama pareceu-lhe até mesmo justa: um estava viajando, então o outro cumpria suas obrigações. Até mesmo a prateleira que Zeevik tinha prometido consertar o vice-comandante do Irgun consertara antes de irem dormir.

Assim como Zeev Feinberg antes, ele descobriu que o corpo de Sônia não era outra coisa senão um poço de água doce. Bebia-se dela sem nunca ficar saciado. Mas quando acordou na manhã seguinte a cama estava vazia. Em vão procurou por Sônia entre as paredes da casa e nos caminhos da colônia – ela já fora ocupar seu lugar na praia, maldizendo e xingando Zeev Feinberg com renovadas forças e em voz tonitruante, de todo o coração, com toda a convicção.

4

Quando Iaakov Markovitch e Zeev Feinberg desembarcaram, caminharam pelo cais acometidos de tontura. O fenômeno era conhecido por quem viajava no mar, e portanto não lhe atribuíram importância. Mas a cabeça continuara a girar no dia seguinte. E no outro. Por fim, Zeev Feinberg disse que a causa não estava no navio, e sim na terra em que pisavam. Eles tomavam café sentados a uma pequena mesa, que rangia sob o peso de Zeev Feinberg. A parte superior de seu corpo cobria toda a sua superfície, e seu cabelo cacheado enfeitava o centro da mesa como uma planta ornamental que haviam se esquecido de podar. Ante a ocupação total da mesa, Iaakov Markovitch foi obrigado a segurar na mão seu copo de café, o de Zeev Feinberg, dois garfinhos e uma torta de creme. A exibição de equilíbrio certamente lhe renderia algumas moedas caso se apresentasse na praça ali ao lado, onde Zeev Feinberg depositara uma dúzia delas no chapéu de um artista que ficara totalmente imóvel durante todo um quarto de hora. Iaakov Markovitch ficara olhando para o artista numa crescente sensação de desconforto e quase o agarrara pelos ombros para sacudi-lo e gritar: "Mexa-se, criatura! Não fique parado aí como um *golem* quando tudo está mudando sem parar; seja outro, outro!". Ao passo que Zeev Feinberg ficava cheio de esperança diante daquele exemplo de estabilidade, da capacidade de virar as costas para a movimentação da rua, para as pessoas que passavam instando-o a se juntar a seu riso e a suas histórias, excitando-se com algum dito mais picante. Sua língua com certeza estava queimando dentro da boca selada.

No momento em que tinha se afastado do artista, a cabeça de Zeev Feinberg começara a girar novamente. "Vem, vamos nos sentar", ele dissera a Iaakov Markovitch, e fora assim que Iaakov Markovitch ficara segurando uma montanha feita de pires de cerâmica, café e torta enquanto Zeev Feinberg se mantinha estirado sobre a mesa sem intenção aparente de se levantar. De dentro de seus abundantes cachos ouvia-se um murmúrio abafado, e Iaakov Markovitch inclinou-se para ouvir melhor. Com aquilo, a montanha que tinha nas mãos perdeu o equilíbrio e se estilhaçou no chão polido do café. O ruído da louça quebrando pareceu aos ouvidos de Iaakov Markovitch só um pouco mais baixo que os da Noite dos Cristais. Uma garçonete aos resmungos precipitou-se em sua direção empunhando uma vassoura como se fosse um fuzil com baioneta. Iaakov Markovitch abriu um sorriso envergonhado para ela, que não surtiu efeito. Quando a mulher se inclinou para juntar os cacos ele espiou o vale entre os seios dela, sentindo-se um bebê. Aquilo sempre acontecia na presença daquelas mulheres, a personificação da eficiência, da ordem e da limpeza, um cheiro levemente azedo de leite e migalhas de bolo no avental. Iaakov Markovitch sentia-se atraído por garçonetes de cafés na mesma medida em que se retraía diante delas, que nunca olhavam para ele, a não ser quando quebrava alguma coisa, para então fulminá-lo com os olhos cheios de rancor antes de se curvar para juntar os cacos, os seios despontando debaixo da boca sussurrando raivosa. Ainda dividido entre a doçura dos seios e a queimação da vergonha, Iaakov Markovitch percebeu que Zeev Feinberg continuava balbuciando, com a cabeça sobre a mesa. Na verdade não tinha parado de balbuciar.

"O que você disse?"

Zeev Feinberg afinal ergueu a cabeça, ignorou os fragmentos da torta de creme e os estilhaços no chão, emitiu um murmúrio de admiração pelos seios da garçonete e dirigiu-se a Iaakov Markovitch. "Eu lhe disse que não estou gostando daqui, Markovitch. Não estou gostando nada daqui."

Iaakov Markovitch permitiu-se duvidar das palavras do amigo. Nos cinco dias que se passaram desde que haviam descido do navio, Zeev Feinberg tinha engordado cinco quilos, dormido com cinco mulheres e enfiado no bucho cinquenta litros de bebida. Assim como os outros rapazes que estavam no navio, fora atacado por um acesso de vômito, e satisfazia todos os seus sentidos com os prazeres do continente antes de pô-los para fora e voltar à Palestina.

"Isso lhe parece estranho, não?", disse Zeev Feinberg enquanto seus olhos tornavam a examinar os seios da garçonete. Através da pele muito branca ele vislumbrou um delicado tecido de veiazinhas azuladas. Ficou olhando para a obra de arte durante alguns instantes e dirigiu-se de novo ao amigo. "Você entende, Markovitch, voltar para a Europa é como deitar com a mulher que você amou quando era jovem. Está tão entusiasmado e saudoso que não é capaz de reconhecer que ela não existe mais. Vai chafurdar em sua carne e olhar em seus olhos em vão. Talvez encontre um tênue resquício da mulher que amou, porém não mais do que isso. Tanto eu quanto os rapazes, desde que descemos do navio, temos ido aos mesmos lugares de antes, tomado as mesmas bebidas de antes. Sussurramos as mesmas frases obscenas nos ouvidos das garotas. Tudo em vão. Daí essa tontura, meu amigo, por isso cambaleamos como bêbados desde o momento em que desembarcamos. A diferença de pressão entre então e agora é sentida pelos tímpanos e compromete o equilíbrio!"

Iaakov Markovitch assentiu debilmente, seus olhos percorrendo a rede de veiazinhas azuladas no decote da garçonete.

Como nunca tinha deitado com a mulher que amava quando era jovem, era-lhe difícil compreender que defeito Zeev Feinberg tinha encontrado ao tornar a fazê-lo. Mas de repente viu se juntarem as veiazinhas no decote da garçonete, parecendo, a seus olhos, ser a fronde da árvore que havia no quintal de seus pais, e então compreendeu. A maior parte dos anos de sua infância ele passara lutando com aquela árvore, que para ele era a mais elevada de todas, e as cicatrizes em seus joelhos eram a documentação detalhada de seu relacionamento com ela: aqui o joelho ralado quando tentava trepar nela pelo lado direito, aqui o machucado de quando tentou subjugá-la pelo galho da esquerda, aqui de quando se atirou contra o tronco com toda a ira de um garotinho que fracassava em conquistar a árvore todas as vezes. Os terrores noturnos do menino Iaakov Markovitch não eram diferentes dos de outros, mas seus sonhos bons entrelaçavam-se com os ramos da árvore. Toda noite ele sonhava com a verde fronde, milhares de folhas que mãos humanas jamais tinham tocado estremecendo de repente, quando sua cabeça surge entre os galhos. A árvore lhe falava com dezenas de matizes de verde, e Iaakov Markovitch respondia com palavras afetuosas. A paisagem que se avistava da copa estendia-se aos quatro cantos do mundo, e Iaakov Markovitch contemplava os ursos do polo sul, dos oceanos e das montanhas, e também castelos cujas torres beijavam os céus. Embaixo, mais além dos ninhos de passarinhos e das tocas dos duendes, além das folhas e dos galhos, junto ao grosso tronco, estavam seus pais. Seus rostos pareciam difusos, mas suas palavras eram claras e nítidas. A mãe gritou: "Segure firme"; o pai gritou: "Tenha cuidado". Mas na verdade os dois estavam dizendo: "Iaakov, Iaakovzinho, como é bom saber que você chegou lá".

Eles deixaram a casa quando Iaakov Markovitch tinha dez anos, e ele tornou a vê-la quando completou vinte. O Iaakov

Markovitch adulto circundou rapidamente a construção que descascava, ignorou as roseiras no quintal e as cuecas de estranhos penduradas no varal, e foi até sua árvore. Num primeiro momento pensou que tinha sido trocada, que, assim como haviam substituído os quadros nas paredes e as roupas no varal, os novos moradores haviam colocado uma árvore nova no lugar da antiga. Mas, quando examinou com horror a textura do tronco, quando amassou uma das folhas, não pôde negar que se tratava da mesma árvore. Daquela vez ele não teria de lutar com ela. Em menos de um minuto já olhava por entre as folhas da copa, os galhos gemendo sob seu peso. Lá embaixo espalhavam-se os quintais mais próximos, tapetes e mais tapetes de roupa colorida a secar e telhados cheios de goteiras. De ursos polares e de duendes nem sinal, mas num quintal vizinho avistou um gato faminto tentando em vão caçar um pombo. Iaakov Markovitch desceu da árvore e nunca mais voltou.

Sete anos depois, num café luxuoso cuja tranquilidade tinha profanado, ele olhava para a copa da árvore que se formara por um momento entre os seios da garçonete. "Tem razão, Feinberg", disse, "o homem não deve voltar a um lugar que amou." Já estava prestes a propor que voltassem para o quarto no albergue e não saíssem dele até o encontro com as mulheres com quem iam casar, que dessem as costas ao presente que arruína o passado, quando Zeev Feinberg sorriu por trás do bigode, como se tivesse tomado uma decisão, então levantou-se da cadeira e ofereceu ajuda à garçonete.

Ela se chamava Ingrid, e tinha uma vida espiritual muito complexa, na qual Zeev Feinberg não estava minimamente interessado. Eles passaram juntos toda a tarde e a noite, que se seguiu sem que Ingrid dissesse uma única palavra sobre os poemas que havia escrito em segredo e as saudades que sentia do pai, que a abandonara quando tinha seis anos. Um mês após o encontro, ela não se lembrava do nome dele, que nem ia reconhecê-la caso se cruzassem na rua (embora a possibilidade de acontecer fosse maior se ela estivesse encurvada no mesmo ângulo em que ele a contemplara no café). O encontro deles foi tão sem sentido que, assim como aconteceu, poderia não ter acontecido. Na verdade, houve dúvida quanto à sua realização.

Assim mesmo, houve alguém profundamente influenciado pelo encontro de Zeev Feinberg com Ingrid, cujo sobrenome não se ficou sabendo. Foi Iaakov Markovitch. No momento em que outra torta de creme era depositada sobre a pequena mesa, Iaakov Markovitch estava indo sozinho para o albergue. De fato nas noites anteriores também tinha ido sozinho para o albergue, mas daquela vez seus passos foram mais pesados. Se algum dos hóspedes do albergue o tivesse visto chegar, com certeza pensaria consigo mesmo: eis aí um homem que fez uma lauta refeição. Seu lento caminhar e sua mão sobre o ventre estavam dizendo aquilo. Mas a barriga de Iaakov Markovitch estava empanturrada de solidão, não de comida, e o sentimento pesava em seus passos e o direcionava ao quarto. Se estivesse em sua casa, na colônia, sairia para o quintal e alimentaria os pombos. Quando uma criatura viva come de sua mão, você não se sente só. Mas ele não queria alimentar os pombos europeus. Embonecados demais para seu gosto, até mesmo presunçosos, lembrando muito a águia de ferro se vistos de certo ângulo. Sendo assim, Iaakov Markovitch foi para a cama. A noite estava fria, e ele se aqueceu com um edredom e autopiedade, a qual derrete pés congelados melhor do que penas de ganso. Evocava repetidamente a lembrança dos seios da garçonete curvada para a frente, a rede de veiazinhas azuladas, que tangia como se fosse uma harpa. Continuou nisso até que as melodias se transformaram e desenrolaram em sua imaginação, como um gigantesco caderno cheio de notas, como aqueles que seu pai usava e só raramente lhe permitia olhar.

Depois de estudar os seios da garçonete nos mínimos detalhes, Iaakov Markovitch decidiu escolher outros nos quais pensar. Primeiro convocou Rachel Mandelbaum e a dona do albergue, mas logo enjoou de seios reais e passou ao maravilhoso reino das possibilidades. No dia seguinte, por exemplo, ia conhecer vinte garotas judias das quais eles tinham vindo redimir a aflição. Dezenove mulheres agradecidas de um modo geral, e uma – a que ia se casar com ele – agradecida de modo específico. Para deixar tudo organizado, Iaakov Markovitch dispôs as primeiras dezenove em fila, e as passou em revista uma a uma, sem dedicar muito tempo aos rostos. Quando chegou à vigésima, não teve coragem de olhar para seus seios. Era verdade que só no papel, numa operação de resgate, e apenas durante a viagem de navio, mas, assim mesmo, era sua mulher. E não seria de bom-tom um homem passar em revista os seios de uma mulher sem sua concordância. Em vez disso, Iaakov examinou por longo tempo seu rosto, no papel, tanto como pintor e apreciador entusiasmado, como esboçando seus traços na imaginação e admirando sua beleza.

Apesar das feições vulgares de Iaakov Markovitch, não se detinha nelas nem por um instante um olhar fugaz, o rosto da garota em sua imaginação era o contrário absoluto disso. E como uma pessoa não pode imaginar o que nunca viu, o rosto de sua "mulher por três semanas" era um soma espetacular de partes de rostos que conhecia. Ele lhe deu os lábios de Guila Shatzman, que eram intumescidos como um figo explodindo de maduro, o nariz de sua mãe, pequeno e bem definido, as faces de veludo de Iona, de enlouquecer os touros com seu rubor, e os cabelos de Fania, que o fazia enfiar as mãos nos bolsos para não ceder à tentação de acariciá-los. Por fim restaram apenas os olhos, que perturbaram o descanso de Iaakov Markovitch durante duas horas inteiras. Os azuis lhe pareciam frios, os verdes, malvados, os castanhos, conhecidos. Os de

Ahuva eram grandes demais, os de Fania pequenos demais, e ele não conseguia isolar a desilusão que estava estampada neles. Já perto do amanhecer, ficou excitado com a brilhante solução que encontrou e atribuiu-lhe os olhos de Sônia, depois de aproximá-los um do outro um milímetro. Quando finalmente olhou para o rosto completo, passou por Iaakov Markovitch um frêmito de calor, no qual não havia nenhuma pena ou autopiedade. O que havia era esperança.

5

No dia seguinte, às sete horas da noite, Iaakov Markovitch e Zeev Feinberg saíram para ir a um apartamento na parte leste da cidade, onde fora marcado o encontro com as garotas. A certa distância deles caminhavam os outros rapazes, alguns aos pares, outros em pequenos grupos de três ou quatro. Embora todos tentassem assumir uma aparência tranquila e um falar relaxado, um cheiro penetrante de perfume e de loção pós-barba os denunciava. Quando chegaram à rua contígua à do apartamento, os rapazes e os grupos já haviam se grudado uns aos outros, formando um só bloco de excitação contida. O chefe oficial da operação, Michael Katz, perscrutou as fisionomias, insatisfeito. Imaginara que ia levar ao apartamento um grupo de combatentes impecáveis, a nata do Irgun na Palestina. Tinha esperado apresentar àquelas garotas pálidas vinte rapazes impávidos, bronzeados pelo sol do Mediterrâneo e fortalecidos pelo trabalho que realizavam. A expectativa ansiosa nos rostos fazia com que os músculos de seus braços, motivo de seu orgulho, mais parecessem uma fantasia vestida por um menino. Afinal, eram vinte jovens varões um momento antes de encontrar com vinte jovens mulheres. Quando entravam no apartamento, o próprio Michael Katz constatou que estava com as mãos suadas. Ao começar a falar, percebeu, chocado, que mais parecia um mestre de cerimônias anunciando o início da festa.

"Minhas senhoras, sou Michael Katz, responsável por esta operação do Irgun em Erets Israel." Do grupo de mulheres ouviu-se um rumor generalizado de assentimento e reconhecimento, e Michael Katz permitiu-se lançar um olhar rápido àquele harém no meio da sala. A maioria delas se apertava em quatro sofás surrados, e as que não tinham achado um lugar neles estavam sentadas em cadeiras colocadas perto, como querendo formar um só grupo. Uma das mulheres estava de pé, de costas para ele, olhando pela janela. Junto à parede havia cinco cadeiras vazias, mas como nenhum dos rapazes ousou pegar uma, temendo que fosse a da mulher na janela, todos ficaram de pé. O representante do Irgun na cidade apertou a mão de Katz e começou a discorrer sobre os detalhes da operação. Nos seis dias que haviam se passado desde a chegada do navio, ele tinha subornado quase todos os funcionários que atuavam no âmbito municipal. Na manhã seguinte, com um pouco de sorte, os combatentes iam se casar com as garotas, e no outro dia, com muito mais sorte, partiriam para a Palestina. Quando chegassem em Erets Israel desfariam os casamentos de imediato, mas claro que todas ficariam gratas aos "combatentes do Irgun que salvaram vinte mulheres judias das tenazes de ferro do inimigo!". As últimas palavras foram pronunciadas com tal celebração que todos os presentes, homens e mulheres, irromperam numa salva de palmas. Michael Katz também, com as mãos suadas, mas em seu íntimo amaldiçoando o representante por ter falado tão bem. Zeev Feinberg aproveitou a agitação geral para passar em revista as mulheres no sofá, retorcendo prazerosamente o bigode, enquanto seus olhos passeavam pela sala.

O olhar de Iaakov Markovitch também fora atraído para os sofás, mas logo vagueara para a mulher de costas à janela. Michael Katz pigarreou, limpando a garganta, com a língua pronta para proferir um discurso floreado que tornaria pálidas as palavras do representante, mas este tornou a se antecipar a ele. "Como não resta muito tempo até o casamento propriamente dito, eu me permito propor que dediquemos o resto do tempo a que os casais, formados ao acaso, se conheçam brevemente. Talvez até consigam brigar um pouco, marca principal dos casados."

Os presentes riram da piada, e o discurso de Michael Katz morreu dentro dele; com sua irritante língua ferina, o representante tinha desfeito a seriedade festiva que reinava na sala, destruíra a elevação daquele momento e não deixara ao comandante em exercício da operação nada a fazer senão tirar cerimoniosamente a lista que tinha no bolso e ler numa voz que esperava que fosse ouvida em toda a sua majestade.

"Guid'on Gottlieb e Rivka Rosenberg."

"Iehuda Grinberg e Fruma Schulman."

À medida que Michael Katz lia os nomes, sua raiva ia se aplacando, para ceder lugar a uma exaltação espiritual. Todo casal fictício que ele anunciava lhe parecia ser como que um escudo e uma espada, uma bala e um fuzil, uma granada e sua trava, em suma, a formação de um par combatente pelo futuro de Israel. Naquele momento sua cabeça não era perturbada por pensamentos românticos. Quase esquecera que se tratava de homens e mulheres, pensava apenas na oposição armada e nas operações de imigração ilegal, a fênix que voltaria a voar ainda que lhe cortassem a cabeça.

Já os combatentes do Irgun tinham esquecido por um momento o futuro do povo judeu e cuidavam de examinar o que o destino lhes havia oferecido. Quando era anunciado o nome de um homem, ele dava um passo à frente; quando se anunciava o de uma mulher, ela se levantava do sofá ou da cadeira. Apertavam-se formalmente as mãos e iam para algum canto da sala, que se enchia cada vez mais de casais conversando. Embora os homens estivessem controlando muito bem a expressão, não foi possível ignorar o sorriso vitorioso no rosto de Iehuda Grinberg enquanto apertava a mão de Fruma Schulman, mão que continuava num braço e terminava num ombro alvo como leite, abaixo do qual estavam dois seios doces como chantili. Tampouco passou despercebida a decepção de Chanan Moskovitch, que tinha investido um bom dinheiro em água de colônia e agora estava perto da porta, oculto pelas carnes opulentas de Chava Blobstein. O sorriso no rosto de Zeev Feinberg não se anuviou nem um pouco quando descobriu que ia se casar com uma garota baixinha com um bigode ralo chamada Iafa. Sabia que, de qualquer maneira, ia visitar todas elas. Beijou sua mão como um cavalheiro e a conduziu até a janela, deixando Iaakov Markovitch sozinho. Quando este olhou à sua volta, viu que toda a sala estava tomada por casais que conversavam, e só restava a mulher que estava de pé, de costas para todos. Aquilo não escapou a Michael Katz, que elevou a voz de modo especial ao anunciar com muita pompa o último casal fictício.

"Iaakov Markovitch e Bela Zeigerman."

Por muito tempo, Iaakov Markovitch ia se maldizer pela expressão de seu rosto no momento em que a mulher que estava à janela se virou. A boca aberta, os olhos esbugalhados, tudo aquilo ia persegui-lo aonde fosse. Em vão xingou seu queixo, que despencara como se tivesse vida própria, e suas sobrancelhas, que se projetaram para além da testa. Mas ninguém teria reação diferente se deparasse, num apartamento na parte leste da cidade, com o rosto que pouco antes do amanhecer tinha finalmente completado em sua imaginação.

Por fim Michael Katz foi obrigado a intervir. Esperou alguns instantes, na esperança de que Iaakov Markovitch fechasse a boca escancarada e se aproximasse de Bela Zeigerman, mas ele não demonstrou qualquer sinal de que faria isso. E Bela Zeigerman, que fizera o favor de se virar, não parecia ter a intenção de fazer algo mais. Era necessária uma intervenção externa, uma ação operacional enérgica e precisa, que interrompesse aquele estranho feitiço no meio da sala. Michael Katz compreendeu aquilo e dirigiu-se a Iaakov Markovitch num tom amigável que encerrava uma advertência: "Então, Markovitch, não vai apertar a mão da senhora?". Iaakov Markovitch olhou para ele estarrecido, como se a ideia em si mesma já fosse uma profanação de algo sagrado. Bela Zeigerman sorriu educadamente, e Michael Katz se perguntou como podia ter acontecido que uma mulher daquelas fosse se casar com Iaakov Markovitch, enquanto quem o esperava no outro lado da sala era a macilenta Miriam Hochman. Com enorme esforço Iaakov Markovitch conseguiu se controlar e estendeu a mão para Bela Zeigerman, segurando seus dedos como se levantasse um filhote de passarinho que caiu do ninho. O olhar de Bela Zeigerman pousou um instante em seu rosto. Era a mulher mais bonita que já tinha visto. O olhar dela não se deteve e seguiu adiante.

Agora estavam ali calados. Michael Katz compreendeu que tinha fracassado. Sem dizer mais uma palavra foi em direção a Miriam Hochman, amaldiçoando em seu íntimo todos os homens menos dotados e todas as mulheres bonitas. Enquanto Michael Katz se preparava para cumprir sua obrigação de manter uma conversa cortês com sua futura esposa, Zeev Feinberg se afastava da sua, deixando Iafa no sofá, enrubescida por algo que ele acabara de lhe sussurrar. Zeev queria ver o que a sorte tinha reservado ao amigo, e mais uma vez reiterou a si mesmo que aquela cadela continuava a dar nozes a quem não tinha dentes. Pois Bela Zeigerman era, sem sombra de dúvida, a mulher mais bonita no apartamento. E apesar de, diferentemente de Iaakov, não achar que era a mais bonita que já tinha visto, sem dúvida pertencia àquele Olimpo em que não se sabia se eram mulheres ou deusas, onde Iaakov Markovitch não seria admitido nem mesmo como criado. Zeev Feinberg sentiu pena do amigo, pois percebeu que seu olhar ia para onde quer que Bela Zeigerman voltasse a cabeça, enquanto o olhar dela buscava tudo o que não fosse ele.

Sem que fosse intenção dela, quase aconteciam na sala as mesmas coisas que acontecem entre quatro paredes quando entre elas há uma mulher bonita. Os homens, que finalmente tinham visto o rosto que precedia aquelas costas, começaram a elevar a voz nas conversas com seus pares, para que seus ditos espirituosos lhe chegassem aos ouvidos. Os que tinham conseguido achar um bom pretexto – "Gostaria de um copo d'água?", "Aposto que quer tomar um pouco de ar" – voltavam de seus exílios nos cantos da sala e se agrupavam em torno de Bela Zeigerman. As mulheres ficavam ao lado deles, olhando para Bela Zeigerman com uma frieza à qual ela já se habituara, acostumada que estava ao frio europeu no qual tinha nascido e crescido.

Contra a própria vontade, Zeev Feinberg percebeu que também estava cortejando Bela Zeigerman com sua conversa. Força do hábito. Resolveu contar-lhe sua ousada fuga da faca do *shochet*, história que já conquistara um lugar de honra entre os rapazes e foi recebida com as esperadas exclamações de espanto ao ser contada agora, pela trigésima vez. Os rapazes bateram palmas nas passagens certas, e as mulheres, para quem aquilo era novidade, inclinavam-se para a frente interessadas, até Zeev Feinberg já saber quais entre elas arrancavam os pelos do bigode e quais não precisavam fazer aquilo. Nos longos dias a bordo do navio, Zeev Feinberg tinha aprimorado a história a um nível de obra de arte, encurtando passagens sem importância e alongando a faca de Avraham Mandelbaum. Sabiamente, ele interrompia a narrativa ao som das risadas, anuía às exclamações de espanto e tentava com todas as forças expulsar a visão do mímico em sua pantomima imóvel na praça da cidade.

Afinal, quem o fez foi a própria Bela Zeigerman, ao tocar com a mão em seu braço, dizendo: "Mas diga-me, isso realmente aconteceu?".

Zeev Feinberg a olhou, a mente buscando febrilmente a frase que a faria ser sua. Mas de repente viu que os olhos de Bela Zeigerman eram nada menos que os olhos de Sônia, e compreendeu que jamais deitaria com ela. Decidiu, portanto, ajudar seu companheiro.

"Verdade verdadeira, minha senhora. Temos aqui o testemunho de meu amigo Iaakov Markovitch, que salvou minha vida da ira do *shochet*."

Ao dizer aquilo, virou-se à procura de Iaakov Markovitch, que já desaparecera fazia algum tempo, com dor de barriga. O rosto de Bela Zeigerman contraiu-se ao tentar lembrar.

"Iaakov Markovitch, conheço esse nome."

"Claro que conhece, madame, ele é seu marido."

Desde a infância, Bela Zeigerman tinha certa resistência a aceitar o mundo como ele era. Certa queixa silenciosa que se fosse expressa poderia se resumir a uma interrogação espantada: "O quê? É só isso?". Ela olhava os pombos na praça, os lampiões na rua, a cor que desaparecia do céu quase na hora do pôr do sol, e decidia que não era possível que terminasse assim. Uma toalha de algodão engomada. Uma garrafa de leite com a validade vencida. Aquilo não era tudo. Não podia ser. Outra garota talvez se sentisse atraída por alguma seita religiosa. Bela Zeigerman optou pela poesia. O bom Deus não tinha nada a oferecer a não ser o mundo que tinha criado: pombos na praça, lampiões de rua, toalhas e garrafas de leite. Mas, diferentemente do bom Deus, um poeta não se limita a seis dias de criação, e acorda a cada manhã para destruir mundos e criá-los novamente.

Por isso Bela Zeigerman amava poesia, e amava poetas. Quando perdeu a virgindade na cama de um, ele comparou o sangue no lençol ao florescer de uma rosa, e a dor entre suas pernas imediatamente passou. Como os fazedores de milagres que transformam cajados em serpentes, água em vinho, aquele mortal tinha transformado um fluido corporal numa flor. Depois, irrompera a guerra. O poeta tentara criar com suas palavras um mundo justo e desaparecera de sua casa no meio da noite. Outros poetas também foram presos, ou fugiram, ou se submeteram às exigências do regime e criaram com suas palavras tipos de mundos que Bela Zeigerman não queria visitar. Depois de ler num jornal a tradução de um poema sionista escrito por um poeta hebreu, ela decidiu ir para a Palestina. Seus pais suspiraram aliviados. Uma moça tão bonita em tempos tão difíceis era receita certa para encrenca.

Quando Bela Zeigerman passou a ser Bela Markovitch e embarcou no navio, seus pais deixaram de se preocupar, mas as preocupações de Michael Katz estavam só começando. Ao se imaginar comandante daquela operação, num quarto cheio de umidade e mofo na rua Bar Kochba, em Tel Aviv, planejara como ia ludibriar os alemães e enganar os soldados britânicos. Nunca chegara a pensar que a maior ameaça ao sucesso do programa viria de uma moça judia que pesava mais ou menos cinquenta quilos. Enquanto estavam na metrópole, a beleza de Bela Zeigerman não tivera uma influência devastadora, pois a cidade era grande o bastante para que o veneno se espalhasse pelas ruas e se dissipasse sem causar danos. Mas agora latejava como se fosse uma ferida no âmago do navio. Os rapazes eram atraídos por ela como moscas e as mulheres se aninhavam nela como vermes. Durante quase dois dias o navio seguiu na direção contrária só porque o capitão ficava olhando Bela em vez dos instrumentos. Irrompiam pelo menos duas brigas por dia quando seu nome era pronunciado. Os soluços de Chava Blobstein roubaram o sono do navio inteiro quando Chanan deixou claro que ela podia ser sua mulher no papel, mas o coração dele pertencia a Bela.

Mesmo depois que Chava Blobstein adormeceu, e com ela todo o navio, os olhos de Iaakov Markovitch continuaram abertos. Na verdade quase não os tinha fechado desde que Bela Zeigerman virara-se para ele no apartamento no setor leste da cidade duas semanas antes, como a temer que ela sumisse no meio do sono e nunca mais conseguisse encontrá-la. Estava deitado de costas pensando no navio a caminho de Erets Israel, onde Bela Zeigerman seguiria um caminho e ele outro. Ela para o Olimpo, ele para a colônia. Quase saiu correndo até a sala das máquinas para fazer o navio parar. A aventura de sua vida chegaria ao fim dentro de alguns dias, e Iaakov Markovitch voltava como tinha ido, pois, se por um lado seu coração transbordava, por outro suas mãos estavam vazias.

Ele queria se aconselhar com Zeev Feinberg, mas mesmo sem levantar a cabeça sabia que seu amigo não estava na cama. Desde que tinham zarpado da Europa ele passava as noites no convés, e Iaakov Markovitch supunha que, metódico como sempre, o amigo passava em revista as camas das mulheres em ordem alfabética. Estava enganado. Desde que fitara os olhos de Bela Zeigerman, que pareciam em tudo com os de Sônia, exceto que eram mais próximos um do outro em um milímetro em relação à medida que a estética postulava, não queria outra coisa além de estar com ela. Passava noites inteiras na companhia de Bela Zeigerman, discorrendo para ela sobre as qualidades de Sônia e lamentando suas traições no passado. Bela, que não estava acostumada com um homem a seu lado pensando em outra, achou que era uma novidade curiosa. Nele não havia poesia, sem dúvida, mas era inegavelmente uma daquelas figuras sobre as quais se escreve poesia. Com seus olhos azuis e seu espesso bigode, parecia um Odisseu de segunda voltando para Penélope. Embora tivesse prevaricado em suas jornadas, havia dominado seus impulsos malgrado a súplica das sereias. E elas suplicavam, não havia dúvida. Iafa, com seu bigode, embora soubesse muito bem que não ficaria com ela quando chegassem em Erets Israel, esperava seus favores durante a viagem de navio. E Fruma Schulman, agora Grinberg, cujos seios de chantili estremeciam diante dele aonde quer que fosse. Também Miriam Katz, que no início se enchera de orgulho pelo fato de ter sido unida pelo destino ao comandante da operação em pessoa, logo começou a buscar a proximidade do comandante de fato. Toda noite Zeev Feinberg subia para o convés, ignorava as piscadelas, respondia com um educado aceno de cabeça a propostas mais ou menos implícitas, e olhava nos olhos de Bela até sua cabeça ficar clara e límpida como água. Depois descia para a cama e dormia o sono dos justos.

Iaakov Markovitch não sabia daquilo. Estava tão imerso em seu amor por Bela que todo o tempo que passava com o amigo usava para falar dela. Não perguntava a Zeev Feinberg o que ele fazia toda noite, e ele por sua vez tampouco contava. Afinal de contas, não tinha mesmo nada para contar, pois desde que conhecera Bela Zeigerman havia se tornado puro como um bebê.

Naquela noite, Iaakov Markovitch se revirou na cama sem parar, sabendo que, por mais que se revirasse, não conseguiria mudar a direção do navio, que continuava firme em sua rota, rumo ao tribunal rabínico. Por fim, quando não conseguiu mais aguentar as vozes dentro de sua cabeça, saiu para ouvir vozes de outras pessoas. Talvez ouvisse as conversas dos casais no convés, talvez, se a sorte lhe sorrisse, encontrasse Zeev Feinberg em suas jornadas noturnas, talvez – o coração fremia só de pensar – desse de cara com Bela. Desde que subira no navio só estivera com ela por alguns minutos, e, para sua tristeza, poderia contar com os dedos de uma mão as palavras que tinham trocado. A conversa mais longa que haviam tido até então acontecera numa sala de espera abarrotada, um dia depois de tê-la visto pela primeira vez, minutos antes de seu casamento. Os combatentes do Irgun e suas mulheres fictícias tinham combinado de não vestir roupas de festa, como forma de distinguir entre o sagrado e o profano, entre casamentos voluntários e por falta de alternativa. Mas Iaakov Markovitch brilhava, irradiando luz, sob os olhares de censura de Michael Katz c os risinhos dos rapazes, e Bela Zeigerman, apesar de não sentir qualquer emoção excepcional, irradiava aquela luz de mulheres bonitas na qual outras mulheres se queimam e por cujo calor os homens são atraídos. Enquanto esperavam pelo rabino, Iaakov Markovitch reuniu toda a coragem que tinha e ficou de frente para Bela Zeigerman. Ela era meia cabeça mais alta que ele, por isso Iaakov Markovitch se consolou com a ideia de que o olhar de Bela seguia o padrão habitual quando continuou a se fixar no horizonte, e não nele.

"Está emocionada com a viagem para a Palestina?"

Não ousou esperar que se emocionasse com o casamento, mas esperava que a emoção pela proximidade da Terra Santa se passasse um pouco para os meios usados para se chegar lá, ou seja, ele mesmo.

"Com certeza. Li muito sobre laranjas."

Bela Zeigerman parou ali, sem acrescentar mais nada. Disso, Iaakov Markovitch concluiu, alegre, que sua mulher gostava de ler sobre agricultura, como ele próprio. Na estreita prateleira de livros em sua casa na colônia apertavam-se, ao lado dos escritos de Jabotinsky, todo tipo de guias agrícolas – cultivo de trigo e aprimoramento das cepas, como plantar uma árvore e fazer um enxerto, como cortar o caule sem machucar a planta. Bela Zeigerman sabia declamar Goethe de cor, mas era duvidoso que recitasse a lista de pragas capazes de ameaçar o vinhedo com o mesmo sucesso. Quando mencionou as laranjas foi por ter se lembrado de um verso de um poeta hebreu publicado num jornal:

O sol, laranja como da laranja a cor,
enche o coração de heroísmo e vigor.

O recorte do jornal, cuidadosamente dobrado, fora inserido num pingente que repousava entre seus seios. Antes daquilo tinha guardado ali o retrato de seu amante poeta, mas seu coração se confrangeu à ideia de que o retrato ia durar mais do que seu modelo. Decidiu portanto substituí-lo pelas palavras do poeta hebreu, que eram – graças a Deus – uma promessa para o futuro, e não um monumento ao passado. Era da natureza daquelas palavras junto à sua pele que abrissem caminho para dentro. E, de fato, as palavras do poeta hebreu – poéticas, elevadas, impregnadas da essência da fruta – chegaram à pele de Bela Zeigerman e causaram uma irritação. Ela coçou-se um pouco e olhou contrariada para sua pele já ficando vermelha, mas não tirou o pingente.

"Então a senhora gosta de laranja?"

Bela Zeigerman assentiu de forma enérgica, firme e inequívoca, mas com um pequeno ponto de interrogação atrás. Gostaria mesmo de laranja? Tinha comido uma pela primeira vez no verão anterior, mas seu preço lhe parecera então exagerado, e era dezenas de vezes inferior à maçã. Mas no momento em que seus olhos pousaram no poema no jornal ficou completamente encantada por laranjas. Ela insistiu com seus pais e conquistou o direito de comer uma por dia, sabendo que para aquilo teriam de abrir mão de outros produtos. Mas agora tentava se lembrar do gosto e não conseguia, porque o real sabor dos gomos em sua boca era sempre encoberto pela expectativa. Bela Zeigerman mordia diariamente a polpa com os olhos vidrados, e diante deles havia vinhedos e campos verdejantes, colinas cobertas com tapetes de flores. Entre as árvores passavam os fazedores de milagre, transformando um cajado numa serpente, água em vinho, sangue em rosa. O poeta hebreu estendia a mão para colher uma laranja e eis que tinha na mão o próprio sol, dando-o de presente a Bela Zeigerman.

"Sim", ela disse a Iaakov Markovitch, "gosto muito muito de laranja."

Iaakov Markovitch prometeu que lhe compraria laranjas assim que chcgassem à Palestina. Bela Zeigerman sentiu o contato do pingente em seu seio e sorriu, deixando Iaakov Markovitch todo alegre.

Desde então quatro dias haviam se passado. Ele tentou em várias oportunidades continuar a conversa, discorrendo para Bela Zeigerman sobre vários tipos de laranjas e de pulgões, e sobre um novo método para aumentar a colheita. Mas o olhar de Bela desviava-se dele para o mar. "O que vê lá?", perguntou Iaakov Markovitch a Zeev Feinberg quando se encontraram uma noite. "Pela expressão no rosto dela daria para pensar que um cardume de baleias!" Bela Zeigerman não tinha nenhum interesse em baleias, da mesma forma que não tinha o menor interesse por pulgões ou pela melhora das colheitas, ou mesmo por laranjas. Ela olhava para a água porque era uma visão opaca, o material adequado onde as laranjas da expectativa podiam navegar, uma trilha alaranjada que se espraiava a partir do pequeno navio para muito longe, até a Palestina.

Depois de se revirar cento e trinta vezes na cama, Iaakov Markovitch compreendeu que não podia esperar mais. Só faltavam alguns dias para que a viagem chegasse ao fim, e se quisesse ficar com Bela a primeira coisa a fazer era sair da cama e procurá-la. Enquanto percorria o convés pensando em qual seria a segunda coisa, ele avistou o perfil de Bela Zeigerman. Ela estava sentada num caixote, conversando com um homem que estava de costas para Iaakov Markovitch. A luz da lua incidia no cabelo dela e o pintava com faixas prateadas. O homem disse alguma coisa, e Bela Zeigerman começou a rir. O coração de Iaakov Markovitch contraiu-se, mas não foi dilacerado. Bem no íntimo sabia que só um milagre tinha feito com que se encontrassem. Como ousara pensar em acrescentar ao milagre do encontro a expectativa de que ela se entregasse? Mas então o homem virou a cabeça e o coração de Iaakov Markovitch por fim se dilacerou, pois embora estivesse escuro eram bem distinguíveis as linhas que desenhavam um bigode espesso, imponente e encaracolado.

6

Nas longas noites em que tentou fazer o navio parar com a força do pensamento, Iaakov Markovitch não imaginou que tivesse um sócio na empreitada. Durante o dia, o vice-comandante do Irgun cumpria suas obrigações. Organizava remessas de armas, participava das decisões do alto-comando e era objeto da admiração de todo combatente. Mas, à noite, deitado na cama, rezava por correntes marítimas que atrasassem um pouco o retorno de Zeev Feinberg. Como era um homem racional, o vice-comandante do Irgun sabia que a salvação não viria das correntes marítimas, por isso depositou sua esperança no fator humano. Vinte mulheres europeias no mesmo navio; teria de haver entre elas uma que conquistasse o coração de Zeev Feinberg. Então, quando voltasse nos braços de outra, talvez Sônia finalmente deixasse de amaldiçoá-lo, pois o contrário do amor não é o ódio ou impropérios, e sim a indiferença silenciosa. Mas em seu íntimo o vice-comandante do Irgun sabia que Feinberg não ia encontrar outra mulher. Como poderia? Se ele mesmo, apesar de ter procurado tanto por uma alternativa, voltava a bater à porta de Sônia.

Três dias antes da data marcada para a chegada do navio, com os cabelos de Sônia espalhados como um leque em seu ventre, ele perguntou-lhe o que faria quando Feinberg voltasse.

"Acho que vou lhe dar uma boa surra."

"Talvez você não tenha motivo para tanto, Sônia. Talvez de tudo isso tenha resultado o bem. Resultado nós."

Ela ergueu a cabeça. Onde as mechas de seu cabelo tinham aquecido o ventre do vice-comandante do Irgun batia agora um vento frio. Olhava-o com espanto. Um homem bonito, generoso e corajoso, assim como Zeev Feinberg. Viria o dia em que eles seriam nomes de ruas tangenciando um cruzamento movimentado. Por que deveria se ligar a um deles em detrimento do outro? Mas exatamente por aquele motivo tinha de perseverar em sua decisão, caso contrário ficaria passando toda a vida de um homem bonito, generoso e corajoso a outro homem bonito, generoso e corajoso. Como uma pessoa que devora muitas paisagens, mas nunca fica num mesmo lugar tempo suficiente para cultivar uma flor. Sônia voltou a se deitar. Seu corpo decididamente mediano despertava no vice-comandante do Irgun sentimentos nada medianos. Ele quis tecer rimas a seu ventre e enfeitar com palavras seu rosto, mas como era mais militar do que poeta acabou declarando que mataria quem ousasse erguer a mão contra ela. O vice-comandante chafurdou em sua carne até o sol nascer, e Sônia, depois de ter lhe dado seu corpo para viagem, abriu a porta e disse: "Agora vá. Não volte. E não diga a ele uma só palavra". Depois beijou-o pela última vez e sussurrou: "Efraim", e o vice-comandante do Irgun deixou por um momento de ser o vice-comandante do Irgun e voltou a ser Efraim pela última vez na vida.

Três dias depois o navio entrou no porto de Jaffa. Os homens em terra batiam palmas e as mulheres no convés levavam lencinhos à testa para enxugar o suor. Fazia calor. Muito calor. Os seios de chantili de Fruma Grinberg desmoronaram ao próprio peso com grandes gotas de suor. O bigode de Iafa Feinberg brilhava à luz do sol. O único consolo das mulheres foi descobrir que até mesmo uma egressa do Olimpo como Bela Zeigerman tem sob suas axilas glândulas sudoríparas. Sua alegria foi prematura: as duas manchas redondas sob as mangas de seu vestido só deixaram claro para os homens que ela era humana, não uma visão delirante, e agora dedicavam toda a sua energia a tecer laços que perdurassem após o fim da viagem. Bela Zeigerman desceu do navio com cerca de dez homens disputando quem ia carregar seus pertences, enquanto suas esposas legais curvavam-se sob o peso das próprias malas. O vice-comandante do Irgun, que estava no píer, pálido e encurvado, saudava os recém-chegados. Seu aperto de mão era enérgico como sempre, mas seu aspecto assustou os combatentes, e espalhou-se o boato de que fora ferido por um projétil numa operação misteriosa algumas noites antes. A história do projétil, por mais exagerada que pudesse parecer, era muito mais lógica do que qualquer tentativa de atribuir sua fisionomia a um coração partido. E assim o heroísmo do vice-comandante do Irgun ferido que fora receber seus homens deixou de ser um boato para ser um fato consumado, elevando seu status e pregando o último prego no caixão de quem fora um dia Efraim Handel. O último a descer do navio foi Iaakov Markovitch. Nos dias anteriores não cruzara a porta de sua cabine, e havia concordância geral de que fora acometido de um enjoo de rara intensidade. Quando o vice-comandante do Irgun apertou sua mão, soube imediatamente que não se tratava de enjoo, assim como Iaakov Markovitch soube que não fora um projétil que atingira o vice-comandante. Ambos entreolharam-se como quem olha seu reflexo no espelho, e mesmo não tendo trocado uma só palavra souberam tudo o que precisavam saber.

Quando Michael Katz começou seu discurso festivo, o vice-comandante do Irgun percebeu que não tinha visto Zeev Feinberg. Ele procurou entre os rapazes: Grinberg estava lá, e também Moskovitch; Gottlieb trocava piscadelas cheias de significado com Breverman, e Markovitch estava junto ao píer com expressão taciturna. De Feinberg, nem sinal. Embora não quisesse perturbar o discurso de Katz, e dava para ver que tinha sido aprimorado e polido a cada dia de viagem, o vice-comandante do Irgun não conseguiu se conter. Enquanto Katz ainda mencionava a pátria que abria os braços para receber os que chegavam, ele o interrompeu para perguntar: "E onde está Feinberg?".

Katz parecia irritado com a interrupção, mas teve o bom senso de se controlar quando viu quem tinha falado. "Pulou do navio quando estávamos chegando", disse. "Obrigou-nos a navegar até o lugar que lhe convinha e simplesmente nadou até a praia."

Na verdade não tinha sido tão simples. Zeev Feinberg era certamente um homem robusto, mas os dias passados no navio o tinham enfraquecido, e já fazia muito tempo que não nadava no mar, com uma imigrante em uma das mãos e peças de xadrez na outra. Quando saltou para a água, as aclamações dos homens chegaram a seus ouvidos, e o espanto das mulheres debruçadas na amurada aqueceu seu corpo. Mas então perdera o navio de vista e apenas o mar se estendia à sua frente, faltando pelo menos cinco quilômetros até chegar a Sônia. Ele não sabia que ela o esperava na linha d'água, mas assim mesmo fora dominado por um ímpeto misterioso de deixar o navio antes que aportasse, numa posição que o deixava – ou assim esperava – bem em frente à trilha que levava à colônia.

A ideia lhe ocorrera alguns dias antes, quando conversava no convés com Bela Zeigerman, altas horas da noite. Tinha acabado de discorrer sobre as qualidades de Iaakov Markovitch, na vã esperança de despertar nela ao menos uma centelha de interesse. Bela escutava educadamente, mas logo ficou enfastiada de falar sobre seu primeiro marido, um homem afável mas esquecível, e perguntou a Feinberg o que ia fazer quando encontrasse Sônia. Ao cabo de longos dias passados no mar, Bela Zeigerman sentia em relação a ela aquela proximidade que um menino sente em relação aos heróis das lendas que lhe contam na hora de dormir. Porque todas as noites ouvira as aventuras de Sônia contadas por Zeev Feinberg, e já sabia como tinha dado à luz um bebê fazendo o parto ela mesma e como afugentara sozinha ladrões de cavalos, uivando como um lobo escondida nos arbustos.

Zeev Feinberg teve de desistir de sua tentativa de ajudar Iaakov Markovitch e entrou em outras searas. Contou como ia morder os lóbulos das orelhas de Sônia, como ia aspirar o aroma de laranjas no pescoço dela, como ia se desviar se tentasse bater nele por causa de suas prevaricações, o que era muito provável que fizesse. Enquanto falava, lamentava as horas insípidas que perderia entre Tel Aviv e a colônia, e finalmente tomara uma decisão. "Quando nos aproximarmos da Palestina vou dizer ao capitão do navio que costeie o litoral e passe pelo ponto em frente à localização da colônia. Aí vou pular e nadar até ela." Bela Zeigerman caiu na gargalhada. O luar coloria seus cabelos com linhas prateadas, que Zeev Feinberg nem percebia, tão imerso estava nos planos de seu retorno para Sônia. Subitamente assomou-o um forte desejo de contar seus planos para Iaakov Markovitch. Ele ia compreender. Porque o ilógico não parecia mais ser ilógico quando era contado para Iaakov Markovitch. E apesar de a maioria dos passageiros do navio não lhe lançarem mais do que um rápido olhar, ele ainda assim era o melhor amigo de Zeev Feinberg.

Zeev Feinberg despediu-se de Bela e correu para a cabine que dividia com Markovitch, onde encontrou a porta trancada e um bilhete, que leu com dificuldade: *Passando muito mal. Favor não incomodar.* Nos dias seguintes voltou a bater à porta, primeiro para receber notícias sobre a saúde do amigo, depois para pegar pelo menos suas cuecas limpas, mas continuava trancada. Finalmente Zeev Feinberg resignou-se e imaginou que voltaria a ver o amigo na hora do divórcio. Quando se despediu de Bela, fê-la prometer que transmitiria lembranças suas.

Zeev Feinberg nadou para a praia cheio de ansiedade. Quando cansava, ficava boiando por alguns momentos, mas logo imaginava estar sentindo o aroma de laranjas e voltava a nadar. Nadava, nadava, nadava, nadava e nadava, depois nadava e nadava, e nadava mais um pouco, até que finalmente chegou.

Naquele mesmo momento Sônia estava na praia, olhando para a água. Em sua última visita o vice-comandante do Irgun tinha lhe dito que o navio estava a caminho do porto de Jaffa, e a força do hábito a fizera continuar olhando o mar, e não na direção sul, por onde Zeev Feinberg deveria chegar. A espera na estrada é diferente da espera na praia. Na estrada passa muita gente, e o coração toda vez dá um sobressalto e volta a se acalmar, oscilando entre a esperança e a decepção como um barco em mar agitado. Mas da água não vem ninguém, apenas um pequeno caranguejo ou uma gaivota gorducha, enviados obtusos cuja fala não se entende, de modo que o ouvido achará nela o que quiser achar. Naquela manhã Sônia ficou olhando a dança do caranguejo, inspirando-se no que via para amaldiçoar Zeev Feinberg. "Tomara que crave as tenazes em sua genitália... depois que eu pegar você, vai andar de lado, como ele, por toda a vida." Mas sua voz estava mais fraca do que de costume e suas imprecações tinham azedado como leite. Depois de tão longa espera, a raiva de Sônia se dissipara. De fato todos falavam nele, que seu nome se espalhara por todo o vale, mas por isso mesmo afastara-se da realidade, a ponto de Sônia ter dificuldade de reconhecê-lo.

Também foi-lhe difícil reconhecer Zeev Feinberg. Quando saiu da água – nu, molhado, os músculos tremendo com o esforço e os olhos das cores das profundezas – pensou que estava tendo uma visão de Netuno. Quando ele deu o primeiro passo na areia, os caranguejos fugiram e a deixaram sozinha. Quando caiu de joelhos à sua frente, exausto, envergonhado e grato, as gaivotas saíram voando com um grito estridente. Então Sônia olhou para o homem que saíra do mar e seus olhos se encheram de ira, a boca, de palavras de censura e de raiva, como se não tivessem se passado muitos dias desde que estivera pela primeira vez naquela praia. Ela começou a maldizer Zeev Feinberg em voz alta e ressoante. Os caranguejos cavaram e se esconderam, as gaivotas voaram mais alto, mas não conseguiram escapar daquelas invectivas. Enquanto isso Zeev Feinberg não tentava escapar; continuava ajoelhado, o rosto erguido para absorver as palavras dela, a chuva abençoada de vitupérios e xingamentos. Finalmente Zeev Feinberg se ergueu e a beijou, seus lábios salgados da água do mar, os dela adoçados pela espera. Assim que a língua dele saía de sua boca ela voltava a xingar e a amaldiçoar, como uma garrafa cuja rolha se retira. Zeev Feinberg riu e a ergueu em seus braços, e Sônia aumentou a vituperação. E foi assim que percorreram todo o caminho até a colônia, ele a carregando nos braços e ela o xingando a cada passo que dava.

7

Avraham Mandelbaum estava acabando de abater e retalhar um bezerro de pelo dourado quando viu pela janela Zeev Feinberg, com Sônia em seus braços, andando pelo caminho principal. Feinberg não vestia nada a não ser um pedaço de pano que rasgara do vestido dela. O ressoar das imprecações de Sônia fazia estremecer os umbrais das portas e os caixilhos das janelas. Avraham Mandelbaum pegou sua faca e a limpou bem. Sempre a limpava após o abate, para não misturar sangue com sangue, o do animal já morto com o do que seria morto. Na outra extremidade do açougue a cabeça do bezerro olhava para ele. Anos antes, quando ainda estava começando em sua atividade, tinha a impressão de ver raiva nos olhos dos animais mortos, e não gostava de ficar entre eles depois que escurecia. Depois pensou que aquilo não era raiva, mas resignação, talvez até mesmo compaixão. Hoje sabia que nos olhos do bezerro não havia nada, a não ser o que ele mesmo punha lá. Então ele pôs compaixão e fechou a cortina. Quando se virou viu Rachel Mandelbaum com a mão na barriga. Havia pouca luz e ele quase não enxergava seu rosto, mas pareceu-lhe que estava sorrindo.

Quando acordou na manhã seguinte, Zeev Feinberg assustou-se ao ver que Sônia já estava vestida.

"Aonde vai?"

"Trabalhar. Dificilmente se ganha o pão ficando na praia."

Ele a tomou nos braços e disse: "Hoje não. Hoje você vai comigo para Tel Aviv".

"O que você tem a fazer em Tel Aviv?"

"Tenho de me divorciar. E me casar."

Quando Zeev Feinberg e Sônia chegaram à sede do comando do Irgun encontraram o lugar agitado e apinhado de gente. Além dos vinte casais fictícios, estavam no prédio da rua Bar Kochba combatentes que não tinham participado da operação mas pretendiam flertar com as novas divorciadas, assim como funcionários e dirigentes, homens públicos e curiosos. O vice-comandante do Irgun manobrava entre toda aquela gente com um contido ar de majestade. Naquele dia apertou mais mãos do que apertara em toda a vida, mas cuidou de prolongar cada aperto um enésimo de segundo, fazendo o outro acreditar que havia autêntica estima ali. Ele sentiu que Sônia havia chegado ainda antes de vê-la, pois no decorrer das seis últimas semanas aprendera a identificar o cheiro de laranja até mesmo numa rua movimentada. Teve, assim, alguns segundos para se recompor antes de estar diante dela num vestido azul, imagem de uma doce rotina que não era dele. O aviso antecipado de sua chegada de nada adiantou. Bastou o vice-comandante do Irgun olhar para Sônia para perder a cor. Zeev Feinberg não o percebeu, e lançou-se em sua direção com todo o seu entusiasmo.

"Meu caro e bom Froike! Não há o que dizer, devo muito a você." O vice-comandante do Irgun balbuciou algumas palavras convencionais que tinha guardado em mente para horas de aperto como aquela, em que a alma está em polvorosa, mas a boca cumpre sua missão. "O que você disse? Não dá para ouvir, amigo! Você tem de aprender com minha Sônia, que ontem fez a colônia inteira ouvir seus gritos." O vice-comandante do Irgun fez o máximo que podia para sorrir. Como era um homem com muitas aptidões, conseguiu produzir uma imitação de sorriso absolutamente verossímil. Zeev Feinberg deu

uma batidinha em seu ombro e beijou Sônia no rosto. O vice-
-comandante do Irgun apalpou a pistola no bolso em busca de
consolo. Não tinha nenhuma intenção de atirar em Feinberg
ou em si mesmo, claro, porém o metal frio arrefeceu o sangue
em suas veias e o fez lembrar de que ainda havia muitos árabes
para matar, e que talvez o sucesso da vitória da pátria adoçasse
o fracasso no amor. Zeev Feinberg seguiu adiante em direção
ao público. Sônia foi atrás dele, demorando-se mais um instante junto ao vice-comandante do Irgun, que aspirou a plenos pulmões o perfume de laranjas e viu os lábios dela, perfeitos em sua simplicidade, sussurrarem "obrigada".

Os homens alegraram-se ao ver Feinberg e as mulheres
olharam admiradas para Sônia. "Por causa de uma mulher assim, viver como um monge franciscano?" Iafa Feinberg foi
além, e começou a chorar. Sônia caiu nas graças daquelas mulheres quando correu para oferecer um lenço à esposa fictícia
de seu amado. Ela ainda consolava a chorosa Iafa quando Zeev
Feinberg aproximou-se e a pegou pela mão.

"Venha. Tem alguém que quero apresentar a você."

Zeev Feinberg teve de abrir caminho através do círculo de
homens que cercava Bela Zeigerman. Quando afinal ficaram
frente a frente, ele e Sônia de um lado, Bela do outro, os olhos
desta última se iluminaram.

"Então os tubarões não devoraram você."

Sônia bufou, com desdém. "Que tubarão ia querer morder
um porco imundo como esse?"

Enquanto os três riam, Bela e Sônia avaliavam-se mutua-
mente. Além dos olhos idênticos, não havia entre elas nada
em comum, mas mesmo assim a simpatia foi imediata. Zeev
Feinberg fez uma apresentação formal: "Bela Markovitch, minha noiva Sônia".

"Markovitch?", perguntou Sônia, interessada. "Foi você que
se casou com nosso Iaakov?"

"Não por muito tempo", respondeu Bela. "Os rabinos vão chegar a qualquer momento. Daqui a pouco haverá aqui vinte casais divorciados." Aquilo foi dito em voz alta demais, pois Iafa Feinberg recomeçou, conseguindo ainda contagiar Chava Blobstein. Michael Katz percebeu tudo aquilo e suspirou, ansiando pelo momento em que finalmente estaria livre de problemas lindos como Bela Zeigerman, voltando a se ocupar com atividades mais simples, como contrabando de armas. Afastou--se então para esclarecer onde estavam os rabinos e dar uma olhada nas anotações para seu discurso.

Depois de acalmar as mulheres que choravam, Sônia perguntou a Bela Zeigerman onde estava Iaakov Markovitch. Ela respondeu que não tinha a menor ideia. "Acho que ele ficou doente no fim da viagem. Ontem eu o vi no porto e lhe transmiti lembranças do nosso nadador aqui. Logo depois nos conduziram ao albergue."

Zeev Feinberg franziu o rosto, preocupado. "Coitado. Devia estar bem mal. O que achou do aspecto dele ontem?" Bela Zeigerman respondeu que Iaakov Markovitch lhe parecera estar perfeitamente bem, mas que melhor resposta seria dizer que não lembrava. Desde que tinham se conhecido seu olhar não se demorara no rosto dele, e claro que aquilo não havia mudado num dia tão cheio de reviravoltas como o anterior. Desde o momento em que descera do navio ficara cercada de jovens hebreus, e cada um deles lhe parecia ser um poeta em potencial. Fora levada, com todas as outras mulheres, para o albergue. O sol lhe ofuscava a visão, e quase não conseguia ver a paisagem das ruas. O suor lhe brotava em bicas. Diferente das outras, que gemiam de calor, Bela Zeigerman alegrou-se com o suor, como se estivesse expelindo de si todas as lágrimas da Europa, camadas e mais camadas de gelo e podridão que escorriam dela para as calçadas e de lá fluíam para o mar. Quando chegaram ao albergue, ela adormeceu de imediato, embalada pelas vozes das mulheres que olhavam para ela e cochichavam: "Princesa". Dormiu a tarde e a noite inteira, e só acordou quando Fruma Grinberg foi sacudir seu ombro dizendo: "Venha, Bela, vamos nos divorciar".

Quando os rabinos chegaram, todos aplaudiram. Michael Katz esperou que as aclamações se extinguissem e começou seu discurso. "Este é um dia emocionante, um dia de festa." Aqui interrompeu seu discurso um rabino de rosto irado e barba comprida.

"Peço licença, mas discordo. Vinte casais se divorciando não é motivo de festa. Para nós está claro que neste caso vidas foram salvas, por isso não criamos dificuldades, mas por favor... sem comemoração." Enquanto um perplexo Michael Katz pensava em como protestar, o rabino tirava do bolso uma lista e lia os nomes de Fruma e Iehuda Grinberg. Os seios de chantili de Fruma fremiam de expectativa e Iehuda os contemplou com saudade quando caminhavam para uma sala ao lado, acompanhados pelos rabinos.

Nos trinta minutos seguintes tudo decorreu normalmente. Duas pessoas entravam casadas na pequena sala e saíam dela alguns minutos depois com os documentos do divórcio. Alguns saíam de mãos dadas. Avishai Gottlieb e Tamar Aizenman, por exemplo, tinham combinado comemorar juntos com um almoço. Havia cada vez menos gente. Quando Zeev Feinberg e Iafa entraram na sala, só Bela e Sônia esperavam do lado de fora.

"Onde está Markovitch?", pensou alto Bela, com uma ruga de preocupação em sua testa perfeita.

"Talvez ainda dormindo", sugeriu Sônia. "Tem certeza de que ele parecia estar bem ontem?"

Bela Zeigerman ainda tentava processar aquilo mentalmente quando Iaakov Markovitch entrou na sala. Estava pálido e tinha emagrecido, mas caminhava ereto como um soldado.

Sônia correu para abraçá-lo, mas naquele momento a porta da sala ao lado se abriu para expelir a chorosa Iafa, e a voz de Zeev Feinberg ressoou lá de dentro: "Sônia! Venha! Vamos nos casar!". Ela beijou Iaakov Markovitch no rosto e apressou-se a entrar na sala, radiante. Iaakov Markovitch e Bela Zeigerman ficaram a sós. A luz do meio-dia entrava pela vidraça da janela e se fragmentava nos desenhos dos azulejos. Bela Zeigerman continuou linda de doer durante os minutos que se passaram até abrir-se a porta da sala lateral. Zeev Feinberg saiu com Sônia Feinberg nos braços. Ela já não imprecava nem xingava, às gargalhadas. O riso de Sônia ecoava pelas paredes e fazia os rabinos se remexerem, incomodados, em suas cadeiras.

Quando Zeev Feinberg notou a presença de Iaakov Markovitch, o sorriso em seu rosto se alargou. "Você melhorou! Gostaria de abraçá-lo, meu amigo, mas, como pode ver, minhas mãos estão cheias." Ao dizer aquilo ele ergueu Sônia bem alto. "Vamos descer e trazer vinho para comemorar o acontecimento. Prometa que não vai sumir antes de voltarmos!" Zeev Feinberg não esperou pela resposta. E por que deveria? Em seus braços tinha a única resposta, fundamental, a toda pergunta, a tudo o que pudesse acontecer. E a resposta era "sim".

Mais uma vez, Iaakov Markovitch e Bela Zeigerman ficaram sozinhos na sala. Ele não olhava para ela e ela não olhava para ele. Iaakov Markovitch precisou reunir todas as suas forças para tal. Já Bela Zeigerman não precisou fazer força alguma. Os dois cometeram um erro crasso ao não se olhar. Iaakov Markovitch errou ao não aproveitar a última oportunidade que teve de olhar para Bela Zeigerman ainda calma, tranquila e afável. Bela Zeigerman errou ao não olhar para Iaakov Markovitch para ver a mudança que nele ocorrera. Pois, ainda que, como sempre, se chamasse Iaakov Markovitch, era outra pessoa. O erro de Bela Zeigerman foi mais grave que o de Iaakov Markovitch. Como o erro de alguém querendo atravessar um rio que conhece e diz: "Sei que a correnteza é fraca", não toma cuidado e se afoga, pois era inverno e as águas tinham subido. Bela não prestou atenção em Iaakov Markovitch, que se enchera de águas turvas.

"Iaakov Markovitch", a voz do rabino trovejou da sala lateral. Bela Zeigerman foi até lá. Iaakov Markovitch ficou onde estava. Ela virou-se e olhou espantada para ele.

Iaakov Markovitch olhou para Bela Zeigerman e disse: "Não".

"Como assim, 'não'?"

"Não vamos nos divorciar."

Pela primeira vez desde que se conheceram, Bela Zeigerman olhou longamente para o rosto de Iaakov Markovitch. Muito longamente. Devagar, perscrutou suas feições, demorando-se na linha determinada que se formara em sua testa, nos olhos duros, nas costas eretas. Tinham estado lá todo aquele tempo sem que os tivesse percebido, sem se precaver em notar sinais de perigo num olhar profundo no rosto do marido? Talvez – assustou-se – tudo aquilo fosse consequência da viagem no navio, fruto do desânimo em longos dias de uma expectativa que não levaria a nada. Bela tentou evocar a imagem de Iaakov Markovitch quando o conhecera, no apartamento num subúrbio da cidade. Embora não conseguisse totalmente – só lembrou que sua boca se abrira de maneira bastante ridícula –, estava certa de que não tinha então aqueles olhos de rocha. O homem tinha mudado, ela não sabia exatamente quando ou por quê, mas de qualquer maneira perguntas desse tipo não ocorrem a um animal encurralado. Bela Zeigerman lançou a Iaakov Markovitch um olhar de corça e disse: "Se você é um homem honrado, vai me deixar ir embora".

Iaakov Markovitch disse consigo mesmo: *Ela não me quer*. E admirou-se de que uma constatação tão trivial pudesse causar uma dor tão forte. Então pensou: *Mas isso é proibido, é proibido*.

E por um momento sentiu seu coração se aplacar, e entre os joelhos aquela tepidez edematosa que se segue a uma decisão: *Agora fique tranquilo e volte para casa, vá para sua terra e sua solidão.* Ele voltaria para casa e para a mulher de Haifa, que na verdade era muitas mulheres, mas ao mesmo tempo era uma mesma mulher de pernas abertas, e, ainda que seu gosto fosse diferente, o gosto amargo da vergonha em sua boca a caminho de casa era o mesmo. Ele viveria sua vida – trabalhar no campo pela manhã, alimentar os pombos ao meio-dia, folhear Jabotinsky à tardinha. A imagem de Bela Zeigerman iria se apagar aos poucos e por partes: primeiro as sobrancelhas, depois o busto, por fim os olhos e as orelhas. Ele ia se esquecer dela dia após dia, mas de sua derrota não: ter estado tão perto de viver sua vida com uma mulher como Bela Zeigerman, mas perder a coragem. Com o pensamento, o coração de Iaakov Markovitch tornou a enrijecer, a pulsar com tal força desafiadora que assustou por um instante seu dono. "Não", anunciou o coração de Iaakov Markovitch. "Não e não e mais uma vez não." E aquele homem, que até então era um gaguejar constante, um longo e monótono "talvez", sentiu o não se arredondar dentro dele, preenchê-lo. Sabia agora que não ia desistir de Bela. Viveria com ela, e sua vida seria um inferno absoluto. Mas preferiu a certeza do inferno à eternidade da dúvida.

Quando Zeev Feinberg e Sônia subiram pela escada com uma garrafa de vinho, encontraram na sala uma Bela Zeigerman pálida e três rabinos em torno dela em suas roupas pretas. Em sua palidez, Bela parecia um cadáver que circundavam para a *tahará*. Mesmo sem saber o que tinha acontecido, ambos recuaram, como uma pessoa saudável que se afasta de um doente, como alguém alegre que evita alguém triste. Foi um passo pequeno, mas Bela percebeu, porque durante toda a sua vida as pessoas tentavam se aproximar dela, e daquela vez estavam se afastando. Ante aquele pequeno passo, Bela fez algo que não tinha feito – nem quando Iaakov Markovitch virou-se e saiu, apesar de suas súplicas, nem quando os rabinos a acossaram pondo as garras para fora e fazendo perguntas humilhantes. Quando Bela viu Zeev Feinberg e Sônia recuarem, começou a chorar.

Sônia percebeu toda a sua angústia e correu para abraçá-la. Olhou para seus olhos lacrimosos e começou a chorar também. Pois eram idênticos, e a partir de então nenhuma das duas poderia chorar sem que a outra chorasse. Ainda estavam abraçadas chorando quando tudo estremeceu à voz de Zeev Feinberg, com uma garrafa de vinho agora supérflua numa mão e a barba de um rabino na outra.

"O que está acontecendo aqui?"

Ao ouvir seu grito, a intensidade do choro de Bela aumentou, e o rabino ficou imóvel e calado. Não é todo dia que um gigante enfurecido como Zeev Feinberg, com olhos irados e o bigode em chamas, pega você pela barba. Os dois outros rabinos começaram a gritar com Feinberg para que largasse seu colega, e seus gritos se misturavam aos soluços de Bela como se fosse um dueto entre um órgão e um violino. Foi então que Sônia falou, numa voz tranquila e clara que silenciou os dois rabinos e fez Zeev Feinberg largar o que restava da barba do terceiro.

"Foi Markovitch, Zeevik. Ele não concorda em conceder o divórcio."

Bela parou de chorar e olhou para Sônia – como conseguira decifrar o motivo de seu choro? Mas não fora de Bela que Sônia compreendera o que tinha acontecido, e sim de Markovitch. Ao contrário dela, Sônia tratara de olhar para o rosto de Markovitch quando ele entrara na sala. E apesar de estar a ponto de explodir de alegria e expectativa, percebera como sua expressão tinha endurecido. Talvez por estar então toda "sim" conseguira sentir nele o "não" que ia se formando. Mas naquele momento Zeev Feinberg a tinha chamado para se casarem, e Sônia parara de atuar como um sismógrafo para os sentimentos alheios e dedicara-se aos próprios sentimentos. Agora culpava-se pelas atrevidas demonstrações de amor que fizera a Zeev Feinberg diante de Iaakov Markovitch. Em seu orgulho tinham pensado que seu amor ostensivo seria como uma chuva redentora, e na verdade fora um ácido corrosivo para o coração daquele homem solitário.

Os pensamentos que passavam pela cabeça de Zeev Feinberg eram outros. Não culpava a si mesmo, tampouco Sônia, claro, e sim o enjoo que tinha acometido seu amigo e confundira suas ideias. Conquanto fosse um especialista em todos os prazeres da carne e todas as artes da sedução, Zeev Feinberg era um homem ingênuo. Ainda não tinha compreendido que não fora por motivo de doença que seu Markovitch tinha se trancado em sua cabine, mas por ter ficado aflito quando vira sua esposa conversando com seu melhor amigo. Mesmo se Iaakov Markovitch lhe dissesse: "Vi vocês naquela noite", Zeev Feinberg não ia se constranger nem um pouco, pois sabia que nada acontecera naquela ou em qualquer outra noite. Zeev Feinberg era realmente um homem ingênuo, e não sabia que as coisas que acontecem dentro da cabeça de alguém são muito mais importantes do que as que acontecem diante de seus olhos.

Os rabinos se remexiam em seus lugares, desconfortáveis. Ainda tinham de realizar casamentos naquele dia, e enterrar pessoas, e em algum lugar era provável que um menino estivesse comemorando seu *bar mitsvá*. Quanto tempo ainda teriam de passar na companhia daqueles três – uma mulher linda a ponto de seduzir os mais pios, outra que adivinhava o que se passava no coração de alguém, e o terceiro, que Deus os livrasse. Começaram a se encaminhar para a porta. Zeev

Feinberg percebeu e deu um pulo. "O marido está doente, meus senhores, sua cabeça está girando. Mas é claro que a mulher pode ter seu divórcio, ela não vai continuar casada só porque ele está com enjoo marítimo." Os rabinos tiveram de reunir toda a sua coragem para dizer que pessoas continuavam casadas por muito menos que um enjoo marítimo e que não se concedia um divórcio sem a concordância do marido. Se Zeev Feinberg quisesse lhes arrancar as barbas, só passaria vergonha. Divórcio, de qualquer modo, não ia haver.

Os rabinos saíram da sala e o choro de Bela recomeçou ainda mais forte. Era inacreditável que um corpo tão pequeno fosse capaz de verter tantas lágrimas. Zeev Feinberg já era um homem casado, mas ainda não suportava ver uma mulher chorar. Ele lhe serviu vinho, acariciou seus cabelos como se ela fosse uma menina e garantiu que, quando passassem os últimos sintomas do enjoo, Iaakov Markovitch concordaria em desfazer o casamento. Bela Markovitch ouviu e acreditou, não exatamente por força dos argumentos de Zeev Feinberg, e sim de sua esperança.

Naquela mesma noite, Michael Katz foi à casa do vice-comandante do Irgun, triste e um tanto deprimido. Uma hora antes tinham ido à sua casa Zeev Feinberg e aquela mulher inexpressiva com quem tinha se casado, acompanhados por uma criatura frágil parecida em tudo com Bela Zeigerman, só que a cor desaparecera de seu rosto como se tivesse sido apagada com um pano qualquer. Com expressão séria, Zeev Feinberg lhe dissera que Iaakov Markovitch tinha viajado de Tel Aviv sem conceder o divórcio a Bela Zeigerman, sua esposa absolutamente fictícia e espantosamente legal. "Suponho que o enjoo tenha confundido sua cabeça", disse Feinberg. "Com certeza virá dentro de um ou dois dias para completar o processo. Seja como for, é melhor informar Froike." Michael Katz olhou para

Zeev Feinberg com rancor. Não bastara tirar dele o comando da operação, agora vinha se exibir mencionando o nome do vice-comandante do Irgun, que o próprio Michael Katz não ousava pronunciar.

"Por que não lhe conta você mesmo, Feinberg, já que Markovitch foi para a missão como uma concessão, para acompanhá-lo?"

"Ficamos sentados durante três horas na entrada do comando, esperando que ele voltasse. Precisamos ir para a colônia. Vá esta noite à casa dele, talvez até lá tenha voltado da ação em que deve estar. Sônia, Bela e eu vamos ficar esperando em minha casa por alguma notícia sua." As últimas palavras, Zeev Feinberg disse de costas para Katz, indo em direção à porta. Já com a mão na maçaneta, virou-se. "E lembre-se: Iaakov Markovitch é meu amigo. Se falar mal dele vou cuidar para que nunca mais fale mais nada." Zeev Feinberg saiu. Sônia saiu. Bela Zeigerman saiu.

Quando a porta se fechou, Michael Katz escondeu o rosto nas mãos. Mesmo que Iaakov Markovitch tivesse sido um agregado de Zeev Feinberg, estava sob sua responsabilidade. Seus primeiros passos como comandante iam levá-lo a um beco sem saída se não fosse capaz de fazer nem mesmo com que um homem como Markovitch cumprisse suas ordens.

Tenso e aflito, foi até a casa do vice-comandante do Irgun. Vinte metros antes da porta já chegava a seu nariz o cheiro de laranjas. Preenchia a rua toda, infiltrava-se entre as lajes da calçada, circundava as latas de lixo. Seria um estratagema dos ingleses? Uma manobra diversionista para enganar a Legião Árabe? Michael Katz avançou com passos cautelosos. Enquanto batia discretamente à porta, olhou em volta para verificar se não fora seguido. Nas janelas das casas brotavam rostos que olhavam para ele com espanto, as narinas se dilatando para aspirar o aroma cítrico. A rua inteira acompanhava com os olhos os eflúvios daquele odor, direto até a casa do vice-comandante. Quando a porta se abriu, o choque da cena o atingiu com toda a sua força: centenas, talvez milhares de laranjas rolavam pelo chão, entre grandes e pequenas, cor de laranja e esverdeadas, algumas com a folha ainda no pedúnculo, outras sem qualquer sinal que lembrasse a árvore de onde tinham vindo. O vice-comandante do Irgun dirigiu-se ao interior da casa e Michael Katz foi atrás, lutando para manter o equilíbrio entre os obstáculos esféricos. Em vão. Exatamente quando o vice-comandante do Irgun tinha acabado de tirar as laranjas que cobriam um dos sofás e se sentar nele, Michael Katz tropeçou em uma das malditas frutas e se estatelou no chão. Quando ergueu a cabeça, envergonhado, o vice-comandante olhou para ele com seu rosto amarelo-alaranjado e disse: "Suponho que preciso me explicar".

"Não!", gritou Michael Katz, ainda tentando se levantar do monte de laranjas, "absolutamente não! Compreendo perfeitamente, comandante, é um estratagema genial, camuflar o cheiro dos explosivos com laranjas, ideia realmente brilhante! Com isso vamos finalmente pôr no ridículo os cães britânicos!"

O vice-comandante do Irgun olhou para Michael Katz com o rosto totalmente desprovido de expressão. Depois abriu um sorriso amargo. Até mesmo a loucura de amor de Efraim Handel, loucura que não seria possível passar despercebida, na medida em que enchera a casa com milhares de laranjas, até mesmo aquela loucura era expropriada de Efraim Handel e se transformava num ato heroico do vice-comandante do Irgun. Por um momento ele pensou que, mesmo que se matasse, com a saudade que sentia de Sônia, com certeza todos diriam que tinha havido ali a mão dos ingleses.

Michael Katz finalmente conseguiu se levantar e agora buscava um lugar para se sentar. O vice-comandante do Irgun abriu espaço para ele a seu lado, e o coração de Michael Katz disparou, de reverência e de medo. Reverência por estar sentado ao lado de uma figura tão importante, e medo do que estava a ponto de contar. Ele narrou então a visita de Zeev Feinberg e o que ele lhe dissera, ignorando a advertência e culpando Iaakov Markovitch com todo o empenho. Quanto mais culpa atribuída a Markovitch, maior a esperança de não se atribuir culpa a Michael Katz, que, apesar de ter comandado a operação, sem dúvida não poderia ser considerado responsável por tal comportamento. "E a parte mais terrível é que, em minha opinião, Feinberg está enganado. Não é enjoo marítimo. Ele simplesmente não tem a intenção de deixá-la ir embora."

O vice-comandante do Irgun prestava atenção, interessado. As preocupações de Michael Katz começaram a se aquietar. O cenário assustador que tecera em sua mente não se concretizara: o comandante não bateu com o punho no encosto do sofá, não ergueu a voz numa admoestação, não interrogou Katz com perguntas acusatórias. Mais do que tudo, a expressão em seu rosto era de uma curiosidade divertida, misturada com certa admiração.

"Então você acha que ele vai manter sua recusa."

"Exatamente! Pense nisso: um verme como Markovitch a quem por milagre oferecem uma fruta madura como Bela Zeigerman... ele não demonstrou ter compromisso algum com o ideal nacional, com a grandeza da hora, não atentou para a mácula que causou à grandiosidade de nossa operação aos olhos da história."

Quando Michael Katz ainda mencionava os olhos da história, o vice-comandante do Irgun ponderou que a história não tinha nada a ver. Os que se esgueiravam entre suas páginas, não o faziam para inscrever seu nome com a tinta das ações heroicas, e sim para rasgar furtivamente um cantinho de uma folha. O vice-comandante do Irgun, cujas ações visavam à eternidade, e as fazia com o objetivo sagrado da redenção do país, não conseguia não ter um pouco de inveja de Iaakov Markovitch, que realmente era um verme, mas o tipo de minhoca que está livre do anzol da história.

Por fim Michael Katz percebeu que seu interlocutor não estava prestando atenção ao que dizia. O vice-comandante do Irgun olhava para as laranjas que havia na sala parecendo sonhar com algo inatingível, e por um momento passou pela cabeça de Michael Katz a ideia de que fora loucura, e não um ardil, que trouxera até ali centenas de laranjas. Mas logo ele abandonou aqueles pensamentos heréticos, despediu-se e dispôs-se a ir embora.

"Dê-lhe uma semana", disse o vice-comandante do Irgun. "Se não lhe conceder o divórcio, irei até a colônia."

8

Eles o encontraram no quintal, alimentando os pombos. Como ficara alegre ao constatar que as aves tinham esperado por ele, que não tinham batido as asas para outras colônias e migalhas de pão. Agora as distribuía a mancheias, sem limite, já que o haviam esperado. Os escritos de Jabotinsky estavam sobre a mesa, mas não mais queria olhar para aquilo. Que sentido fariam agora aquelas palavras poéticas e grandiosas? Havia tomado a maior atitude de sua vida, e agora restavam apenas as migalhas e os pombos. E os visitantes. Primeiro, Feinberg sozinho. Depois, Sônia. Então o vice-comandante do Irgun, que o repreendera com palavras enquanto o invejava com os olhos. Eles falaram, pediram, gritaram e bateram os pés. Admoestaram, censuraram e ameaçaram com castigos do céu e da terra. Iaakov Markovitch os recebia com chá e castanhas, e trancava o portão assim que saíam, agarrando-se a seu "não" como alguém se afogando se agarra à sua tábua de salvação.

Depois vieram outros, com tábuas de verdade nas mãos. Foi Michael Katz quem teve a ideia, e o vice-comandante do Irgun não se opôs. Com toda a simpatia que se tinha por Markovitch, um vexame como aquele não poderia durar muito tempo. Michael Katz reuniu os rapazes mais violentos, cujos instintos fervilhavam e estavam a ponto de explodir, de modo que seria melhor que alguém os direcionasse para algo útil. Uma semana antes tinham quebrado as pernas de um carroceiro árabe que descarregava mercadorias no porto, porque bloqueava seu caminho. Aquilo os aquietara por um tempo, mas agora Katz estava identificando em seus olhos aquele anseio por ação que os tirava do sério. Então lhes deu Markovitch. Bateram à sua porta por volta das oito horas, e ele a abriu com uma expressão de quem adivinhava o que estava por vir. Durou menos de cinco minutos, e no fim Iaakov Markovitch ficou com dois dentes a menos, uma costela quebrada, um olho preto e a promessa de outra visita se não concedesse o divórcio. Mas quanto mais golpes lhe aplicavam, mais lhe vinha à lembrança o motivo, a imagem de Bela, e Iaakov Markovitch recebia as pancadas ostentando um sorriso de agradecimento.

Iaakov Markovitch ficou deitado de costas por algum tempo, no mesmo lugar em que os rapazes o tinham deixado. Com o olho inchado, as estrelas pareciam ser especialmente grandes. Uma pessoa comum que esteja do lado de fora ao anoitecer se emociona com a visão das estrelas, mas algo sempre a leva para dentro de casa. Um filho que precisa ser alimentado, uma meia que se tem de cerzir, algo terreno que não se pode adiar. Aquela noite, Iaakov Markovitch sabia que teria de ignorar o que fosse. Ia ficar deitado de costas olhando as estrelas pequenas com o olho bom e as grandes com o olho machucado. Uma grande serenidade o invadiu ao constatar que, apesar de o mundo ter virado de cabeça para baixo, a Ursa Maior tinha aparecido na hora certa, no lugar de sempre. Por fim, Iaakov Markovitch adormeceu em meio a suas dores. Quando acordou, com o corpo gelado e a cabeça girando, descobriu que enquanto dormia fios de sangue tinham escorrido de sua boca. Ainda meio tonto, pensou que eram saliva, como a que escorria quando era criança e adormecia no colo da mãe. Mas quando ficou totalmente consciente percebeu que não estava apoiado nela, e sim na terra dura, com um gosto de sangue insípido e enjoativo na boca. Iaakov Markovitch olhou para a

Ursa Maior com expressão irada. Para ela dava no mesmo brilhar para um menino no colo da mãe ou para um homem sangrando. Não quis mais olhar para as estrelas.

À uma da manhã, ele bateu à porta de Zeev Feinberg. Disse que tinha ido buscar remédios e ataduras. Na verdade, queria que curassem aquele insulto, tratassem sua humilhação. Zeev Feinberg atendeu ao primeiro pedido, e recusou o segundo. Não perguntou: "Quem fez isso?", e não exclamou: "Vamos atrás deles", nem mesmo xingou a cadela que os tinha parido depois de deitar por engano com um porco. Tratou das feridas de Iaakov Markovitch com mãos experientes, limpou os fluidos que tinham se acumulado em seu olho e arrancou um terceiro dente que balançava na boca. Quando terminou, abriu a porta da casa e disse a ele que fosse embora.

Os rapazes cumpriram sua promessa. Uma vez a cada tantas noites, Iaakov Markovitch ia bater à porta de Zeev Feinberg. Uma vez entrou com o nariz quebrado, outra manquejou para dentro, outra ainda ficou parado no umbral da porta, com medo de desmaiar se desse mais um passo. Feinberg sempre cuidou dele com desvelo e em silêncio, mandando-o embora sem uma palavra mais. Às vezes Iaakov Markovitch se surpreendia querendo a visita dos rapazes, para que pudesse entrar novamente na casa de seu amigo, cuja porta agora só se abria para ele em troca de sangue. Sônia e Bela nada sabiam daquelas visitas noturnas. Quando Iaakov Markovitch batia à porta estavam mergulhadas em sono profundo, cada uma com os próprios sonhos (embora às vezes o sonho de uma escorresse para o sono da outra, como acontece com almas que habitam a mesma casa). Mas um dia Sônia quis limpar um corte que sofrera ao cozinhar e vira que o frasco com iodo estava quase vazio.

"Ele vem muito aqui?"

"A cada três dias."

Sônia virou-lhe as costas. Zeev Feinberg captou a mensagem. As lágrimas que Bela derramara no colo dela seriam suficientes para irrigar três laranjais. Como ia se compadecer do homem que era o motivo de todo aquele choro? Zeev Feinberg olhou para as costas aprumadas de sua mulher, para a mão que deixava o iodo na mesa. Levantou-se da cadeira e foi até ela, mas derrubou o vidro com um esbarrão. Algumas gotas de iodo caíram na toalha e logo se espalharam por ela, um círculo roxo que foi crescendo, infiltrando-se pelas fibras de algodão até que se transformou de um círculo numa monstruosa borboleta. Zeev Feinberg ficou olhando para a borboleta, como que hipnotizado. De repente notou um leve tremor nos ombros de sua mulher.

"Basta, querida, não fique com raiva." Quando tocou seus ombros, percebeu que não estava com raiva, e sim chorando.

"Esse pobre homem. Esse pobre, pobre homem."

Os rapazes de Michael Katz estavam ficando cansados. Meio dia só para chegar à colônia, meio dia para voltar, e talvez cinco minutos de satisfação profissional. Além disso, Markovitch era um alvo muito problemático. Não se defendia e não tentava revidar, de modo que a sensação era de estar batendo numa boneca de pano, e não num homem (boneca não, tentou lhes explicar Michael Katz, um caule de junco que se curvava ao vento e portanto nunca quebrava, invencível em sua desventura). Iaakov Markovitch não se considerava um caule de junco nem uma boneca de pano. Imagens como essas não têm lugar na cabeça de um homem espancado e estatelado no chão. Só havia uma imagem na cabeça dele quando era surrado pelos rapazes: a imagem de Bela. Cada soco que levava trazia, junto com a dor, a lembrança do motivo. A Iaakov Markovitch bastava evocar o rosto de Bela para mitigar seu sofrimento.

Finalmente, os rapazes de Katz decidiram fazer uma última incursão, durante a qual, talvez por excesso de motivação, o braço direito de Iaakov Markovitch sofreu uma fratura. Quando Zeev Feinberg viu, não conseguiu se manter calado.

"Mas por quê? Diabos, diga-me por quê."

Iaakov Markovitch olhou para ele surpreso. No decorrer do mês tinha se acostumado ao silêncio do amigo, silêncio que no início lhe fora ensurdecedor, e no fim o envolvera como um útero. Agora, quando finalmente Feinberg lhe dirigia a palavra, percebeu quanta saudade tinha de sua voz.

"Porque eu a amo."

"Mas ela não ama você, amigo. Não ama. Como é que amaria, com você a prendendo a seu lado a vida inteira por força das regras da religião? Ela vai odiar tanto você que o sangue vai secar em suas veias, cortando sua garganta no meio da noite."

"O sangue já estava seco, Feinberg. É isso que você não entende. É isso que você, Sônia, o vice-comandante do Irgun e todos esses brutamontes que vêm me visitar não conseguem entender. Que meu sangue já estava seco. Que nada me corria nas veias além da espera de que alguma coisa finalmente acontecesse. Você alguma vez teve de esperar que lhe acontecesse algo? Não. Pessoas do seu tipo não precisam esperar. Para vocês as coisas vêm por si mesmas. Como andar. Como falar. Como rir. Mas pessoas como eu têm de esperar que algo lhes aconteça. E, quando finalmente esse algo acontece, acaba logo. Pimba! Eis a mulher mais bonita que você já viu. Pimba! Você está casado com ela. Pimba! Já não está mais. Preciso dessa beleza a meu lado, Feinberg. Preciso dessa beleza a meu lado porque o céu não vai me enviar uma coisa assim duas vezes. Se não a agarrar com toda a força, se deixá-la ir embora porque me quebraram um dente ou um braço, não a mereço. E ela vai me amar, eu lhe asseguro. No fim, vai me amar. Vou esperar com calma e paciência, vou trabalhar duro, vou provar que a mereço. No fim, ela vai me amar."

Zeev Feinberg suspirou, então terminou de enfaixar o braço de Markovitch, que àquela altura ganhara uma cor acinzentada. Depois foi até a porta e a abriu. "Você é meu melhor amigo, Markovitch. Mas só vai tornar a entrar nesta casa quando for um homem divorciado."

Bela ficou dois meses na casa de Sônia e Zeev Feinberg. Toda noite os dois a deixavam e iam tentar convencer seu marido. Toda noite voltavam com os olhos baixos. Ela passava os dias com pena de si mesma, e nada melhor do que isso para passar o tempo, embora lhe prejudicasse muito a pele. Bela ainda não percebera o quanto até o vice-comandante do Irgun visitar a casa. Ela notou que ele olhava o tempo todo para o rosto de Sônia, mas não lançou um só olhar ao dela. Bela ficou muito assustada e imediatamente parou de sentir pena de si mesma. Quando se livrou da autopiedade começou a ajudar nas tarefas de casa. Uma semana depois tornou a aparecer o vice-comandante do Irgun. Aparentemente só viera para tentar demover Iaakov Markovitch. Se o medo não tinha funcionado, quem sabe um tom amigável funcionaria? Quando foi visitá-los reconheceu que mais uma vez fracassara, mas prometeu tentar novamente. Ao dizer aquilo não olhava para Bela Zeigerman, e sim para Sônia, o que era estranho. Bela, acostumada a que todos os olhares fossem dirigidos a ela, sentiu a carência daquele olhar como alguém que descobre de repente que perdeu a carteira.

Por fim, Bela entendeu que devia ir embora. Feinberg e Sônia não a tinham pressionado, mas uma tênue nuvem lhes cobria o rosto quando olhavam para ela, e já não tentavam sufocar seus risinhos noturnos. Assim mesmo, quando lhes contou de sua intenção, eles protestaram.

"Mas para onde você vai?", perguntou Sônia.

"Como assim, para onde ela vai?", espantou-se Zeev Feinberg. "Para Markovitch! Se ele não lhe deu o divórcio, ela é mulher dele. A casa dele é a casa dela. O dinheiro dele é o dinheiro dela. Pelo menos nisso Markovitch tem a obrigação de se comportar como uma pessoa honrada."

Numa manhã de domingo Iaakov Markovitch despertou ao som de fortes batidas na porta. Primeiro temeu que os rapazes tivessem voltado para surrá-lo, logo agora que a maioria das lesões tinham sarado. Ainda de pijama, saiu da cama e atravessou a sala. Abriu a porta e lá estava sua mulher. Bela Markovitch parecia ainda mais linda naquela manhã de domingo do que nas outras manhãs da semana. Fazia frio lá fora, e ele apressou-se a fechar a porta depois que ela entrou. Constatando que o frio tinha penetrado na sala, Iaakov Markovitch acendeu um aquecedor a querosene, pensando que ia aquecê-los. Estava enganado. A partir do momento em que Bela Markovitch entrara em sua casa, ela nunca mais seria quente.

9

Longa e difícil foi a guerra travada por Bela Markovitch contra Iaakov Markovitch. Se nunca se soube o nome da contenda não foi porque lhe faltaram batalhas de vida ou morte, manobras sofisticadas ou sacrifícios amargos. Para sorte de Bela Markovitch, a guerra aconteceu num momento em que todos lutavam. Os judeus da Europa, por suas vidas. Os franceses, pelo que restava de sua honra. Os russos, por suas estepes geladas. Os britânicos, pelo império. E, enquanto lutavam, lutavam também todos os outros – os chineses, os japoneses, os indianos e os africanos. Paralelamente, continuavam as guerras costumeiras – os lobos para caçar suas presas, as lebres para não serem caçadas, peixes grandes comendo peixes menores. Aves de rapina lançavam suas sombras sobre os ratos do campo. Durante esse tempo todo Bela Markovitch continuava lutando por sua liberdade. E embora não houvesse o menor sinal de sua guerra nas fontes oficiais – nenhuma palavra nos jornais ou nos livros de história natural – os colonos a acompanhavam tensos e preocupados.

"Ontem ela não dormiu em casa de novo."

"A luz na casa dele ficou acesa até quinze para as três."

"Ela vai acabar matando o homem com essas prevaricações todas."

"E o que ele fez com ela? Muito pior!"

Os colonos estavam horrorizados com o que Iaakov Markovitch fizera a Bela Markovitch. Tão horrorizados que não davam trégua àquela história nem por um instante. Quando passavam por ele na rua, balançavam a cabeça numa condenação muda; quando o viam trabalhando o campo, estalavam a língua, num muxoxo de desdém; quando uma conversa em torno de uma mesa morria por falta de assunto, bastava lembrar seu nome e todos se incendiavam naquele fogo pós-refeição; quando dois deles discutiam a ponto de quase brigar, tentavam introduzir Iaakov Markovitch na conversa, então se juntavam em suas censuras e estalos de língua. Iaakov Markovitch fez um grande favor à colônia quando se recusou a conceder o divórcio a Bela Markovitch: foi uma atitude tão terrível que era só olhar para ele para que se sentissem puros.

Também gostavam de olhar para Bela Markovitch, conquanto por outros motivos. Embora não a tivessem conhecido antes da recusa ao divórcio, assim mesmo podiam imaginar como tal beleza agiria sobre eles caso fosse concedido. O desejo dos homens e o ciúme das mulheres certamente não eram menores do que no navio, pois apesar de a colônia estar cercada de pomares, e não de água do mar, ela era, em muitos aspectos, uma ilha. Feliz tinha sido a Europa, grande o bastante para conter uma beleza como a de Bela Markovitch. Mas a Palestina era pequena, e a colônia, menor ainda. Se Bela tivesse chegado como uma mulher livre, os homens iam amá-la e as mulheres, odiá-la. Mas, tendo chegado como chegou, um esplêndido animal atrás de grades e ferrolhos, os homens simpatizavam com ela e as mulheres sentiam pena. Simpatia e piedade, sentimentos adequados às medidas de uma pequena colônia. Os deuses finalmente tinham castigado Bela Markovitch por sua beleza, e agora os humanos podiam tolerá-la.

Pela primeira vez na vida ela tinha amigas. Sônia ia vê-la todos os dias, levando presentes. Conchas do mar (bastava tocar numa delas para ficar com a boca salgada e ouvir as ondas), um cordeirinho do redil (em cujo focinho úmido Bela esfregou o rosto e chorou, lembrando-se do veludo negro da loja de tecidos), um pão quentinho meio queimado que as duas comeram ali mesmo, zombando do próprio apetite com um riso sem graça. Um mês depois juntou-se a elas Rachel Mandelbaum. A barriga aumentava a cada dia e ela a carregava com orgulho, como um menino segurando um balão que comprou na feira. "Pensei que talvez você quisesse estudar hebraico." Bela respondeu que queria muito, e desde aquele dia Rachel não ficou mais sozinha no açougue. Avraham Mandelbaum ficava olhando para elas admirado, pois não compreendia por que sua mulher queria mergulhar na tristeza daquela beldade prisioneira. Nem por um momento lhe ocorreu que não havia no açougue só uma beldade prisioneira, mas duas, nem que, ao mergulhar na tristeza de Bela, um pouco da própria tristeza era varrido de Rachel.

A graça da compaixão ajudava a melhorar o estado de espírito de Rachel Mandelbaum, porém sua gravidez ajudava mais ainda. Dia após dia, a saudade que sentia da vida que perdera era substituída pela expectativa da vida que ainda ia viver. Já não evocava a lembrança do soldado austríaco nem do brilho da neve. Em seu ventre crescia uma bebezinha, com dez dedinhos macios e dois olhos fechados. Assim que Rachel Mandelbaum tinha um acesso de tristeza, logo a expulsava com o azul dos olhos da bebê em seu útero, pois a tristeza não resistia àquela cor. Ela passava dias inteiros a olhar para os olhos da bebê, a aspirar seu cheiro doce, a ouvir sua risada. O riso ressoava em seu ventre em muitas ondas, que subiam e se espraiavam em seu rosto, marolinhas que aqueciam o coração de Avraham Mandelbaum e davam alguma satisfação à própria Bela. Satisfação que desaparecia quando ela voltava para a casa de Iaakov Markovitch. Nunca chamava o lugar simplesmente de "casa", era sempre a "casa de Markovitch", três palavras que deixavam bem claro que, apesar de dormir, comer e se banhar lá, não era seu lar. Bela não varria a sala para a qual Markovitch tinha se exilado nem limpava o quarto em que ela mesma morava. Se colhia flores pelo caminho, jogava-as fora antes de entrar. Deixava seus vestidos amarrotados na mala, apesar de o armário branco que Markovitch tinha lhe preparado estar de portas abertas, à espera. De vez em quando passava noites em outra cama, não movida por paixão carnal, mas por cálculos frios de um estrategista sofisticado. Bela Markovitch tinha jurado que ia infernizar a vida de Iaakov Markovitch, nem que tivesse de infernizar a própria vida. Assim, apesar de sentir muitas e intensas saudades de Rachel e de Sônia, às vezes deixava a colônia por algumas semanas sem dizer nada, só para aumentar o sofrimento dele.

Iaakov Markovitch não saía à sua procura. Trabalhava no campo, alimentava os pombos e enchia de chá os copos de Zeev Feinberg e Sônia, que iam de vez em quando conversar com ele, e do vice-comandante do Irgun, que ia uma vez por semana. As visitas para tentar convencer Markovitch ficavam cada vez mais curtas, enquanto os relatórios que escrevia na presença de Sônia ficavam cada vez mais longos. No decorrer dos dias, apesar de não sair do lugar, o espírito de Markovitch vagueava pelo país inteiro. Via Bela nos braços dos trabalhadores no porto de Jaffa, banhando-se no lago Kineret com pescadores de Tiberíades, debruçada na muralha de Jerusalém com um oficial britânico debruçado sobre ela. Ele a via vivendo o socialismo nos *kibutzim*, montada num cavalo percorrendo laranjais, convertendo judeus religiosos na Galileia, aprendendo com um beduíno a arte da flauta doce. Ele a ouvia gemer e via seu corpo se distender, arrancando os pedaços de pão com tal fúria que os pombos não queriam mais comê-los. Mesmo assim não ia atrás dela, mas deixava o lampião aceso, pois temia que voltasse no escuro e não encontrasse a casa. Iaakov Markovitch não soube a decepção que aquilo causou à esposa: quando ela voltou e viu o clarão à distância teve esperança de que a casa estivesse pegando fogo, com seu dono dentro, mas quando chegou mais perto a encontrou de pé, com Markovitch vivo, inteiro e obstinado.

Quando Bela retornava de suas jornadas, desaparecia o ardor do ciúme que queimava os alicerces da casa e voltava o frio. Iaakov Markovitch viu-se acendendo a lareira no final de abril, em plena primavera, e se perguntou se alguma vez o lugar voltaria a ter uma temperatura compatível com uma casa. Toda vez que Bela desaparecia, Markovitch exalava rios de suor imaginando coisas. Toda vez que regressava, ele começava a tremer com o frio que soprava nos cômodos da casa. As paredes de pedra de que tanto se orgulhava, que isolavam a casa do frio durante o inverno e o protegiam do calor no verão, tinham caído sob um feitiço maligno com um só objetivo: dificultar a vida de Iaakov Markovitch a cada minuto. Se levava frutas do pomar para a cozinha, o frio atacava e já não se podia comê-las. Se o cobertor escorregava ao se virar na cama à noite, acordava resfriado e tossindo como se tivesse dormido ao ar livre. Bela tinha se acostumado às loucuras do tempo sem qualquer esforço, quase como se as tivesse ela mesma encomendado. De fato o frio penetrara nos ossos dela também, e às vezes ficava pensando como era possível que do lado de fora fizesse um calor agradável enquanto na sala havia uma tempestade de neve, mas agradava-lhe a ideia de que a casa não era mais do que a imagem de seus moradores. Que as paredes não ficassem indiferentes às pessoas que se movimentavam entre elas. À medida que crescia seu ódio pelo homem que morava ali, crescia sua estima pela própria casa. Bela continuou a se referir a ela como a "casa de Markovitch", porém mais de uma vez passou uma mão sobre a parede fria em uma carícia, e chegou até a colar sua face macia no umbral da porta.

À tardinha, quando Markovitch alimentava os pombos, Bela experimentava suas próprias migalhas: tirava o pingente do pescoço, pegava o recorte de jornal e lia as palavras do poeta hebreu, aquelas que a tinham atraído para lá, para a Palestina.

O sol, laranja como da laranja a cor,
enche o coração de heroísmo e vigor.

Seria o sol realmente laranja como a laranja? Às vezes, quando saía para passear com Rachel e Sônia ao pôr do sol, elas viam aquela bola ardente a caminho do mar. Sônia dizia: "Olhem para eles, como dois amantes prestes a se encontrar". E Rachel: "Como um suicida que vai mergulhar e morrer". E Bela: "Como uma ilusão de óptica, nada mais que uma ilusão de óptica. Milhões de quilômetros os separam, e isso todos esquecem". Naqueles momentos o sol era laranja como uma laranja, mas em outros não. Às vezes ficava vermelho como o olho de um boi moribundo, às vezes, naqueles dias poeirentos detestáveis, ficava branco e gosmento como clara de ovo. Nunca se conseguia adivinhar, observando o sol em certo dia, qual seria sua cor no dia seguinte. Mas não era o que diziam as palavras do poeta hebreu, desbotando do recorte de jornal num ritmo constante, quase imperceptível. Primeiro o preto escuro da tinta virou só preto. Depois, azul-escuro, então infiltrou-se ali um tom de cinza. Quando a letra *zain* da palavra hebraica *izuz* desbotou, ela resolveu ir procurar o poeta. Ao sair, não disse uma só palavra a Iaakov Markovitch, mas quando ele viu que tinha levado consigo todos os seus vestidos compreendeu que talvez não voltasse. Em sua ausência, permitiu-se fazer o que não fazia em sua presença: pegou uma camisola simples que ela deixara e adormecia abraçado a ela. Às vezes temia que Bela voltasse no meio da noite e o encontrasse segurando a roupa sem sua licença, mas já não conseguia adormecer sem as mangas da camisola enroscadas em seu braço. Se alguém espiasse pela janela de Iaakov Markovitch ia pensar que perdera a razão. Ele próprio às vezes pensava isso.

10

Naquela manhã Rachel Mandelbaum acordou com um grande desejo de comer uvas. Fazia calor, e quando sua língua tocava o céu da boca mais parecia uma lixa. Avraham Mandelbaum tinha ido bem cedo para Haifa. Voltaria à noite, com facões novos. Quando saiu, o galo no quintal cantou de alegria, e todos os bichos da colônia respiraram aliviados. O *shochet* tinha saído e só ia voltar à noite. As ovelhas baliram mais alto. As galinhas ficaram atrevidas. Rachel Mandelbaum permaneceu deitada pensando em como algumas uvas adoçariam sua boca. A bebê em seu ventre deu um chute, confirmando. Também queria uvas. E talvez desde o início a vontade da mãe não tivesse sido nada mais que a vontade da bebê. De qualquer modo, a vontade era muito forte, e expulsou Rachel da cama.

Seus seios estavam cheios e pesados, e mais de uma vez gotejara leite na camisola. Quando Avraham Mandelbaum percebia aquilo apressava-se a desviar o olhar, mas o brilho que seu rosto irradiava enchia o recinto. Naquele momento, ele estava a caminho de Haifa, e Rachel Mandelbaum queria uvas. Estava disposta a matar para consegui-las. Colocou um vestido bem largo e saiu para o campo em busca de um cacho.

Desde que engravidara, não saía muito de casa. Por um tempo, Avraham Mandelbaum a restringira por ciúme. Agora, o fazia por preocupação. Rachel Mandelbaum deu-se conta de que fazia muitos dias que não caminhava sozinha. A bebê em seu ventre chutou de novo para lembrar que nem agora estava sozinha. Rachel Mandelbaum acariciou o ventre e sussurrou "Shh, shh", um pouco para a bebê, um pouco para si mesma. O campo lhe pareceu muito bonito naquela manhã, embora não fosse mais do que terra e espinheiros. Mas, pelos espinheiros, ela era capaz de adivinhar as flores que viriam, assim como era capaz de adivinhar como seria a bebê a partir de seus chutes. Ia fazer uma grinalda com aquelas flores, para pôr no cabelo dourado e sedoso de sua filha. O cabelo de Rachel era preto e espesso, enquanto o de Avraham Mandelbaum era castanho encaracolado, mas ela sabia que os cabelos da bebê seriam dourados como trigo, e que olhar para eles lhe daria tanta saciedade quanto um pão. Ela teria uma filha, pequena e linda, que ia cobrir com vestidos, e para a qual tricotaria um cachecol. Se Avraham Mandelbaum não lhe desse nada além daquilo, já seria o bastante.

Durante mais de uma hora Rachel andou pelas trilhas do campo. O calor a fez confundir o caminho: todo lugar em que imaginava ter visto parreiras era só terra seca. Por fim sentou-se, exausta, debaixo de uma alfarrobeira. Já não queria uvas, e sim água. Água pura e cristalina para amaciar a lixa que havia em sua garganta. Ela tentou se levantar e não conseguiu. A alfarrobeira rodopiava acima dela, seus frutos como línguas marrons a censurá-la: *Por que veio sozinha para o campo? No nono mês de gravidez, que falta de responsabilidade! Você queria uvas, e não conseguiu se controlar.* Rachel Mandelbaum fechou os olhos para não ver as alfarrobas. Tampouco queria ouvir seus reproches, que logo cessaram. Agora só conseguia ouvir seu coração, a pulsação nas têmporas. "Você está secando", sussurrou para si mesma, e as batidas do coração ecoavam: se-can-do, se-can-do, se-can-do. A cadência, no início ameaçadora em sua essência, aos poucos assumiu a melodia de uma canção de ninar, e Rachel deixou-se embalar por ela até seus olhos se fecharem. Acordou em meio a uma poça d'água. Imediatamente olhou para cima para saudar as nuvens que tinham se compadecido dela, mas o céu estava azul de doer. A água não tinha vindo de cima, e sim de baixo, de seu próprio corpo. Rachel levou dois dedos trêmulos entre as pernas. Não podia ser, era cedo demais. Então veio a pontada, aguda como só ela pode ser, que agarrou Rachel e fez sua voz tremer, deixando claro que sim, podia ser.

Uma mulher agachada para dar à luz junto a uma alfarrobeira, enquanto a tarde caía. Seu marido viajara, só voltaria à noite. Seus pais estavam longe, do outro lado do mar. O caminho estava deserto. Rachel Mandelbaum prestou atenção, tentando ouvir vozes. Um galho estalou perto dali, um rato do campo esbarrou num espinheiro em sua fuga. A loucura dos pássaros ao entardecer. Mas som de passos humanos, o doce som de passos humanos, só em sua mente. Ou talvez não. Pois agora se ouviam claramente passos. O som de espinheiros estalando sob as solas de sapatos, a respiração de um homem. Não era possível que fosse criação de sua cabeça. E, de fato, numa curva do caminho apareceu Iaakov Markovitch, com a expressão preocupada. Fazia dois meses que não via Bela. Continuava a dormir segurando a camisola, mas o pano tinha perdido o cheiro dela e só restava o algodão, despido de qualquer fragrância. Quando compreendera que não adiantava forçar as narinas, que não adiantava apertar o pano contra o nariz, que não restava a menor partícula do corpo que uma vez o tecido envolvera, levantara-se da cama e fora bater à porta de Zeev Feinberg. "A partir de agora vou vigiar os campos todas as noites. Não será mais necessário fazer rodízio. Eu não durmo mesmo."

Zeev Feinberg abrira a boca para responder, mas mudara de ideia e assentira. No dia seguinte os colonos souberam que estavam dispensados das noites de guarda graças a Iaakov Markovitch. E, apesar de sua recusa em reconhecer que lhe deviam um favor, voltaram a lhe acenar com a cabeça quando passava pela rua principal. Quase sempre o aceno só durava até Markovitch passar, quando se ouviam novamente os estalos de língua e muxoxos, e assim os colonos conseguiam ser gratos e acusadores ao mesmo tempo. Quanto a Iaakov Markovitch, ele circulava em torno da colônia todas as noites, de fuzil na mão, olhos vigilantes. Talvez Bela voltasse de repente, e ele poderia protegê-la de arruaceiros árabes e de assediadores judeus. Poderia escoltá-la até a casa deles em meio à densa escuridão e dizer como a noite estava bonita. A cada dia começava mais cedo sua ronda, assim que o sol começava a se pôr ele já saía de casa, antes que as paredes o enganassem com visões delirantes. Pois na hora do crepúsculo, quando as sombras avançam e se estendem, a casa começava seu ataque, fazendo Markovitch ouvir passos de mulher na soleira da porta, incitando um galho de buganvília a assumir a forma de um perfil projetado na cortina. Iaakov Markovitch via aquilo e sentia desejo e saudade. Como não conseguia suportar, começava sua ronda mais cedo.

Rachel Mandelbaum viu Iaakov Markovitch e soltou um gemido alto no qual se misturavam o desespero, a esperança e as dores do parto. Por um só e feliz instante Iaakov Markovitch pensou que a mulher debaixo da árvore não era outra senão Bela, mas quando notou a protuberância de seu ventre compreendeu que se enganara. Nem teve tempo de se decepcionar, pois logo lhe chegaram aos ouvidos as palavras de Rachel: "Markovitch, estou dando à luz".

Muitas vezes Iaakov Markovitch tinha ajudado vacas a parir bezerros, e quando contrabandeava armas para o sul do país tinha visto o nascimento de um camelo. Mas Rachel Mandelbaum estava longe de ser uma camela ou uma vaca, e ele era um lavrador, não um médico. Aqueles pensamentos fizeram Iaakov Markovitch dizer a Rachel Mandelbaum: "Vou buscar ajuda", e começar a correr, mas a menos de dez metros ele ouviu de novo seu gemido. A voz de Rachel Mandelbaum era diferente da voz de vacas prestes a parir, mas assim mesmo Iaakov Markovitch voltou, pois identificou nela o que ia acontecer. Ele se ajoelhou ao lado de Rachel Mandelbaum e enxugou o suor de sua testa. Deu-lhe água, segurou sua mão e sussurrou-lhe palavras tranquilizadoras, nas quais nem ele mesmo sabia se devia acreditar. As contrações ficavam cada vez mais frequentes, e ela apertava os dedos de Iaakov Markovitch com tamanha força que ele temeu que fosse quebrá-los. Mesmo assim soltou sua mão enquanto dizia: "Força, força", lembrando a voz da parteira dizendo a mesma coisa à sua mãe no outro quarto, lembrando a tensão no rosto do pai, que estava com ele na sala, lembrando o silêncio terrível que encheu a casa quando ela parou de fazer força, com o bebê parido, mas sem choro. Talvez Iaakov Markovitch se demorasse um pouco na evocação daquela lembrança da noite depois da qual a casa silenciou, seu pai começou a evitar sua mãe e sua mãe passou a evitar a própria vida, porém os gemidos de Rachel Mandelbaum o pregavam no presente. Agora gemia muito alto, e Iaakov Markovitch teve esperança de que em alguma das casas da colônia alguém ouviria e diria: "Rápido, para o campo!", mas elas fervilhavam de muxoxos, anuências, espetadelas e abraços, e ninguém percebeu que não era o vento que uivava lá fora, e sim Rachel Mandelbaum.

Com o correr das horas os gritos de Rachel Mandelbaum assumiram novo formato, em alemão. O cadeado linguístico que impusera à sua boca no dia em que descera do navio ia sendo arrombado a cada pontada em seu ventre. A dor era tão cortante, o medo era tamanho, que Rachel não poderia expressá-los a não ser em alemão. Quando o sabor da língua chegou à boca, não tinha como parar. Nos intervalos entre as contrações, cada vez mais curtos, lamentava amargamente na língua materna tudo o que deixara lá e não voltaria mais. Os salões de festa e as pedras lapidadas do calçamento das ruas, o soldado austríaco em seu lindo paletó de veludo, o judeu com o crânio esmagado que a fizera correr de Viena para o navio, e Avraham Mandelbaum, que a tirara do porto para ser a mulher de um *shochet*. Iaakov Markovitch teve vontade de tapar as orelhas, pois sabia que era testemunha de uma torrente interior, um rio subterrâneo que irrompia de repente da terra, diante de olhos estupefatos. Com Rachel Mandelbaum chorando seu passado, em alemão, ele sentiu um constrangimento maior do que o daquela noite em que vira seus seios. Pois agora ela se revelava a ele na nudez de sua genitália.

A lua já brilhava quando Rachel Mandelbaum parou de chorar e gritou em alemão: "Está saindo!". Iaakov Markovitch olhou, envergonhado, entre as pernas dela. A vergonha virou felicidade quando viu uma cabeça pequenina e vermelha despontar para o mundo. Ele apressou-se a segurá-la e gritou para Rachel: "Força! Força!". Ela fez força e mais força, e então o bebê finalmente saiu. Por um momento houve um terrível silêncio.

Mas só por um momento, pois logo depois os pequenos pulmões se encheram para soltar um grito amargo. Iaakov Markovitch tirou do bolso um canivete e cortou o cordão umbilical. Ele embrulhou o bebê, que ainda berrava, em sua camisa, e o depositou nos braços da mãe. Pensou consigo mesmo que ele tinha toda a razão em chorar, como o fazia, pois tinha se lembrado de Bela e da crueldade do mundo, depois pensou em como estava errado ao chorar, pois de novo sentiu o contato da cabeça do bebê em suas mãos no momento em que nascera, e o sentimento era de graça.

Rachel Mandelbaum tinha nas mãos a camisa de Iaakov Markovitch, de dentro da qual lhe berrava um pedacinho de gente corado de tanto chorar. Tinha esperado quase nove meses por aquele momento, em que teria nos braços uma filha de cabelos dourados e olhos azuis, branquinha e cheirosa. Na camisa de Markovitch jazia um filho homem de cabelo preto e com a cara de Avraham Mandelbaum. Em sua mente eram tão vivas as feições da bebê, após todo o tempo que passara em sua companhia, que quase entrcgou o menino a Markovitch dizendo: "É um engano". Em vez disso, devolveu a Markovitch a camisa com seu filho dentro e sussurrou: "Cuide dele até eu me recuperar". Na verdade, o que queria dizer era: "Quem é este menino que cresceu em meu ventre quando meu coração ansiava por uma menina?". Tão exauridos estavam Iaakov Markovitch e Rachel Mandelbaum – ela pelo esforço de dar à luz, ele pelo esforço de ajudar – que adormeceram ali mesmo pouco depois. Quando os colonos chegaram, com Avraham Mandelbaum à frente, o menino dormia no colo de Markovitch.

A distância de Avraham Mandelbaum para os colonos era atribuível à sua excitação, mas também ao temor dos outros. Embora querendo ajudar o *shochet* a encontrar sua mulher grávida que desaparecera, ninguém queria estar perto dele se a busca terminasse em tragédia. Durante os meses da gestação de Rachel os colonos tinham aprendido a estimar Avraham Mandelbaum, que começara a cantarolar enquanto trabalhava no açougue e a colher violetas para alegrar o coração da esposa. Primeiro a mudança provocou zombarias, e os colonos esperavam a cantoria do *shochet* para colher também violetas e oferecer às mulheres com trejeitos exagerados. Mas é típico do cantarolar que, mesmo zombando-se dele, acabe pegando, e logo os colonos o estavam fazendo com entusiasmo. E é típico das violetas que, mesmo sendo oferecidas com uma piscadela, seu cheiro acabe por encher a casa, e os colonos agradeceram a Avraham Mandelbaum por lembrá-los daquilo. Mas quando Avraham Mandelbaum irrompeu de sua casa naquela noite e urrou "Rachel!" o cantarolar sumiu, e das violetas não ficou lembrança. A expressão no rosto do *shochet* era selvagem, primeva, e os colonos hesitaram à porta de suas casas. Só quando se ouviu o chamado de Zeev Feinberg se decidiram. Não por causa do que ele disse, pois foi muito lacônico, mas por causa de quem era. Se Feinberg ousava sair de sua casa para se pôr ao lado de Avraham Mandelbaum, como não ousariam todos os outros?

Eles percorreram em grupos o perímetro da colônia sem achar qualquer traço de Rachel Mandelbaum. Enquanto isso, procuravam Iaakov Markovitch, porque talvez o vigia tivesse visto alguma coisa, mas ele também havia desaparecido. Houve quem expressasse sua preocupação com Rachel em forma de hostilidade para com Iaakov Markovitch, sibilando: "Que grande vigia ele é", mas logo se calava quando passava perto de Zeev Feinberg. Finalmente chegaram à alfarrobeira. Quase não perceberam a presença de Rachel Mandelbaum e Iaakov Markovitch, no pesado sono de pura exaustão que os acometera, mas a careca de Markovitch brilhava ao luar o bastante para que Zeev Feinberg a avistasse e gritasse: "Para lá!".

Avraham Mandelbaum pulou à frente, correndo. Quando viu o bebê dormindo nos braços de Iaakov Markovitch e Rachel Mandelbaum de mãos vazias, ficou confuso. Ajoelhou-se ao lado de Rachel e desatou a chorar. Ela acordou e olhou para aquele rosto corado de esforço e de lágrimas, então ficou pensando se o bebê tinha crescido tão depressa a ponto de parecer tanto assim com Avraham Mandelbaum. Os colonos deram um passo atrás, embaraçados ao ver aquilo. Mas, mesmo quando recuavam, quando se viravam para voltar a suas casas, ouviram, contra sua vontade, os mugidos do *shochet*: "Pensei que você tinha ido embora. Para o porto. Para a Europa. Pensei que tinha ido embora". Rachel Mandelbaum tornou a fechar os olhos e sussurrou: "Shh, shh". "Shh" para Avraham Mandelbaum e seus temores, "shh" para o bebê tão parecido com ele que agora acordara e começara a chorar, "shh" para os colonos que cochichavam ao longe. Se todos se calassem poderiam ouvir o riso da bebê de cabelos dourados e olhos azuis que carregara no útero de sua imaginação durante nove meses, e que agora não existia mais.

Iaakov Markovitch sabia que já não precisavam mais dele. Seus joelhos doíam depois de ter ficado tanto tempo apoiado neles ao lado de Rachel Mandelbaum, e seus dedos ainda estavam dormentes do aperto da mão dela. Mesmo assim se sentia contente, pois na camisa que tinha nas mãos chorara um bebê que ele mesmo tinha tirado do útero da mãe. Nunca sentira tal plenitude. Zeev Feinberg ajoelhou-se a seu lado, pousando a mão em seu ombro nu. "Foi muito grande o que você fez hoje." Iaakov Markovitch olhou para o amigo e seus olhos encheram-se de lágrimas. "Ora, vamos, Markovitch, já se chorou bastante por aqui. Venha, entregue esse pacote a Rachel – a menos que queira ficar com ele também – e vamos sair daqui. Estou com fome."

Foram andando em direção à colônia, enquanto os grilos entoavam seu canto nupcial. Zeev Feinberg não parava de elogiar a bravura de Markovitch. "Saiba que são poucos os homens capazes de enfrentar isso. Eu, por exemplo, posso matar um homem usando só as mãos, se não tiver alternativa, mas ver uma vagina numa situação dessas faria com que desmaiasse." Iaakov Markovitch guardou as palavras na memória, repasto para viagem, como alguém que continua a mastigar um pedaço de favo cheio de mel horas depois de ter sugado toda a doçura. Quando chegaram à casa de Zeev Feinberg detiveram-se. Feinberg se remexia, claramente embaraçado, e Iaakov Markovitch pensou que era a primeira vez, desde que haviam se conhecido, que seu amigo parecia constrangido.

"Não posso convidá-lo a entrar, Markovitch. Eu lhe disse que não faria isso enquanto não liberasse Bela, e estava falando sério." Iaakov Markovitch pôs as mãos nos bolsos e virou-se para ir embora. Não chegou a dar três passos quando ouviu a voz de Feinberg atrás dele: "Para onde está correndo, amigo? Se não podemos comer lá dentro, vamos comer aqui fora".

O pão estava duro e o queijo conhecera dias melhores. "Você não pode esperar que uma mulher como Sônia saiba assar um pão", declarou Feinberg. "Ela vai queimar a massa, no melhor dos casos, e queimar você, no pior." Mas na casa havia uma romã que tinha amadurecido antes de suas colegas e que agora estava sendo cortada com toda a pompa no quintal. Zeev Feinberg pegou mais um punhado de grãos na mão já vermelha do sumo da fruta. "Pequenos e doces", falou, pondo-os na boca. "Pequenos e doces pecados, como têm de ser, Markovitch, pequenos, doces e inofensivos. Não como você, que durante a vida inteira não fez mal a uma mosca e de repente comete um pecado que fica entalado na garganta, e não dá nem para vomitar nem para engolir, só para sufocar. Já ouviu falar de alguém que tenha sufocado com uma romã? Não, nem ouvirá."

Iaakov Markovitch também experimentou a fruta. Estava doce, assim como sua conversa com Feinberg, mas a camisola de Bela era mais doce ainda. Quando contou a Zeev Feinberg, ele o olhou com desdém. "Deitar-se e dormir com a camisola na esperança de que quando acordar haverá dentro dela uma mulher? Você pirou. Isso não vai acontecer. Nem agora, nem dentro de um ano, nem dentro de vinte."

"Então nem em trinta ou quarenta. Sabe o quê, Feinberg? Talvez nunca. Mas tenho esperança, e isso também é alguma coisa. E talvez, se eu tiver bastante esperança, uma esperança muito muito forte, ela se transforme em algo real. Olhe só para nós, olhe para esta terra, durante dois mil anos temos esperanças em relação a ela, aguardamos por ela, dormimos à noite abraçando a manga da camisola, pois o que é a história senão a manga de uma camisola sem cheiro? E pensa que ela nos quer?

Acha que esta terra corresponde ao nosso amor? Besteira! Ela vomita em nós o tempo todo, nos manda para o inferno, bate-nos sem piedade. Usando os romanos, os gregos, os árabes e os mosquitos. E alguém aqui está dizendo: 'Sc ela não me quer então tenho de ir embora'? Alguém aqui está dizendo: 'Não tem sentido se agarrar à força numa terra que desde o momento em que você chegou só tem tentado se livrar de você'? Não. Ninguém está dizendo isso. A gente se agarra a ela com toda a força. Na esperança de que no fim olhe em volta, nos veja, e diga: 'É isto. É isto que eu quero'."

II

Em sua procura pelo poeta, Bela chegou a Tel Aviv. E talvez se possa dizer que a cidade a convidou. Seu primeiro encontro tinha sido breve e amargo. Dessa vez, ele se prolongou e adoçou. A visita começou na casa do vice-comandante do Irgun, que ignorou seu decote e a ternura de seus lábios, mas olhou longamente em seus olhos. Bela sabia que não era ela que ele estava vendo. As noites que passara no convés do navio na companhia de Zeev Feinberg tinham lhe ensinado a reconhecer quando era o objeto do desejo e quando não passava de um sucedâneo por falta de alternativa. Bela compreendia quem o vice-comandante do Irgun estava querendo ver ali quando a fitava nos olhos. Sentiu pena dele e deixou que olhasse à vontade. Quando se saciou, propôs que ela dormisse em sua casa. De qualquer maneira, estava saindo para uma missão que ia mantê-lo fora por algumas noites, ainda que não soubesse quantas. Por que não pernoitar ali enquanto isso? Bela Markovitch examinou o apartamento com interesse. Embora não lhe faltasse nada, faltava alguma coisa que ela não conseguia discernir o que era. Só ao cabo de três dias compreendeu que faltava qualquer coisa que pudesse caracterizá-lo: um quadro na parede, um tapete surrado que não se quisesse jogar fora, um objeto com um passado. O apartamento do vice-comandante do Irgun não era a casa de alguém em particular, com objetos e sentimentos misturados. Em vão ela levara flores que tinha colhido, e um bordado que terminara, porque a casa ignorava tudo que era pessoal como se fosse estranho a ela. As flores murcharam e o bordado parecia ridículo a ponto de acabar por enfiá-lo em sua bolsa. Porém, às vezes, quando uma brisa mais forte soprava do mar e fazia as paredes estremecerem, Bela tinha a impressão de sentir um leve aroma de laranjas, que exalava dos sofás e das lajotas do chão, dissipando-se no momento seguinte.

Ela encontrou o poeta no lugar em que todos tinham dito que ia encontrá-lo. Na mesa mais à direita num café em frente ao mar. A aparência do lugar expressava a importância que ele se arrogava. As cadeiras, as mesas de madeira e os cinzeiros juntavam-se para anunciar ao observador que era um engano estarem lá, entre a areia da praia, e não nas ruas de Berlim. Os frequentadores do café não aderiam à declaração, mas tampouco podiam ignorá-la. Então sentavam-se contritos nas cadeiras, tratavam as mesas de madeira com dignidade e usavam os cinzeiros com reverência religiosa. Sabiam com quem queriam parecer, e sabiam que não pareciam com eles, por mais que tentassem. Poderiam vestir roupas europeias, comer tortas preparadas com receitas europeias, assoar o nariz em lenços bordados na Europa e declamar versos de poetas europeus. Mesmo assim nunca conseguiriam fazer tudo aquilo com a mesma leveza e a nobreza natural daqueles que eram, realmente, filhos da Europa. Daqueles que não eram judeus. A tão almejada serenidade, insuportável, de poloneses, alemães ou austríacos era inimitável. Mesmo ali, na Palestina, não havia como errar em sua identificação. Quando chegava no café algum visitante, logo todos o identificavam. Não tomava o café de um jeito especial, ou assoava o nariz com elegância excepcional, mas a displicente serenidade que sentia drapejava acima dele como uma bandeira. E sobre seus ombros havia apenas o peso de sua própria jornada, as próprias memórias, e não de dois-mil-anos-de-diáspora-e-sabe-se-lá-o-que-mais.

Os frequentadores do café ficavam olhando para o estranho, cujas preocupações eram só dele, cujas memórias eram só dele, cujos temores eram só dele, dele, dele, e pensavam em como era bom para alguém ser apenas alguém. Lançavam então olhares aos clientes em outras mesas, que mesmo estando sozinhos sempre tinham a seu lado as vítimas dos pogroms, da Inquisição, os que haviam sido expulsos de onde viviam, os que tinham se rebelado contra Roma, os trinta e seis justos, por que não? O povo judeu inteiro se amontoava às mesas do café, até mesmo quando estavam vazias.

A mesa do poeta era a mais carregada de todas, apesar de sempre estar sozinho. Ainda não perdera a esperança de que um dia, se acontecesse alguma coisa a Bialik, ele passaria a ser o poeta nacional, e por isso dedicava todos os seus dias a se tornar merecedor de tal encargo. Escrevia sobre os três patriarcas e sobre as quatro matriarcas, sobre a saída do Egito e sobre a visão profética dos ossos secos. E para não perder a relevância do aqui e agora ele escrevia mais, descrevendo todo pogrom, toda matança, todo crime, louvando em versos os desamparados. Assim, chamava para sua mesa, aonde chegavam em longas filas, judeus degolados, enforcados e espancados, olhava para eles de relance, só para capturar na página a imagem correta. E quando sentia que a mão empunhando a pena estava cansada, que a chama da memória se abrandara um pouco, pensava nos suplementos literários que tinham recusado seus escritos, e logo seus olhos se enchiam de lágrimas. Naquela hora, quando em sua mente os sofrimentos do povo judeu se mesclavam com a ofensa de ser recusado como poeta, saíam de suas mãos seus melhores poemas.

Um homem que dedica sua vida às maravilhas da poesia nem sempre tem tempo para as miudezas da higiene. Os cabelos lhe caíam na testa em mechas gordurentas, como caramujos sem casca arrastando-se pelo couro cabeludo. Quando

Bela aproximou-se dele estava inclinado sobre a folha de papel, de modo que por alguns momentos ela avistou apenas seu cabelo, num ângulo que não o favoreceu. Quando ele ergueu para ela seus olhos aflitos, Bela lembrou-se de um olhar semelhante no rosto de seu amado poeta morto, e soube que ele estava procurando uma rima. Os olhos revirando-se para cá e para lá, a boca levemente aberta para receber a extremidade mordida de um lápis, o corpo todo contraído na expectativa, como se suas costas estivessem coçando terrivelmente e você esperasse que a mão finalmente se desse ao trabalho de tocar no ponto certo e esfregar com força. Bela sorriu para o poeta que procurava uma rima, e ele parou de procurar. Embora estivesse a ponto de ter uma inspiração, quase achando a rima para a palavra *mechorá* (as candidatas definitivas eram *seará* e *nemerá*) – rimas, afinal, existem muitas, e uma mulher bonita à sua mesa só existia uma. De fato várias vezes mulheres bonitas tinham circundado sua mesa: Raquel, chorando seus filhos, Ester, que salvara seu povo, e Jael, com os seios empinados e a cabeça de Sísara na mão. Porém uma mulher de verdade, carne e osso e nem um pingo de tinta, não estivera junto à sua mesa já havia muito tempo.

"A senhora não quer sentar?" A voz dele foi uma decepção para ela. Quando lia suas palavras no recorte de jornal, ela as ouvia alto e forte, como que recitadas por um ator shakespeariano, de voz poderosa e olhar vigoroso. Mas o tom dele era hesitante, e sua voz, um pouco fanhosa, como se tivesse engolido um filhote de gato que falasse lá de dentro. Assim mesmo, sentou-se. Apesar do cabelo de caramujos e da voz, ainda pertencia aos fazedores de milagres, que haviam transformado sangue em rosa, água em vinho, o sol numa laranja.

"Li um poema seu."

Talvez devesse ter suspeitado quando ele soube imediatamente de qual se tratava, concluindo que apenas um poema tinha sido publicado, mas Bela estava cansada demais para tal. Em vez disso, deixou que o poeta declamasse para ela outros poemas de seu caderno e improvisasse algumas rimas inspiradas em seu rosto. Já fazia muito tempo que alguém tinha cantado o rosto de Bela, que quase esquecera a influência benéfica de rimas de amor na pele. A secura nos lábios que a estivera incomodando desaparecera como se tivessem passado neles óleo de oliva, e era como se as olheiras escuras não tivessem existido. Depois de falar tanto tempo sobre o rosto dela, foi natural que o tomasse nas mãos e a beijasse. Sua boca exalava um cheiro de pasta de fígado, porém Bela, ainda agradecida pelo sumiço da secura que atormentava seus lábios, não o rejeitou.

Saíram do café e passearam pelas ruas da cidade. O poeta nunca tinha experimentado um ímpeto de criatividade tão forte quanto aquele que sentiu quando caminhava com Bela. Tudo lhe parecia merecedor de ser cantado num poema: um papel de embrulho jogado na rua, uma sebe viva na entrada de uma casa, um velho encurvado apoiado na bengala. E apesar de sentir que precisava escrever sobre tudo aquilo (pela primeira vez na vida brotava nele uma poesia que não tinha a ver com os sofrimentos dos judeus) e de que suas mãos formigavam o tempo todo enquanto os dedos buscavam uma pena à qual se agarrar, continuou passeando pelo mundo em vez de escrever sobre ele.

Bela Markovitch estava deitada de costas na cama do poeta, um tanto entediada. Já haviam se passado alguns minutos desde que olhara para ele, que sugava o bico de seus seios com um desvelo quase religioso. Agora enfiava a cabeça entre suas pernas, e Bela lembrou-se do cheiro de pasta de fígado que emanava de sua boca e retraiu-se um pouco. Apesar disso, não se levantou. Para sair de um lugar uma pessoa tem de acreditar que vai estar melhor em outro. Deitada de costas na cama do poeta, Bela não conseguia imaginar que lugar seria aquele. Tinha ansiado por tanto tempo pelo encontro com o homem que estava por trás daquelas palavras... Durante muito tempo acreditara que, não fosse por Markovitch, tudo teria sido como deveria ser. E eis que Markovitch não estava lá, o poeta hebreu estava, e o volume de lágrimas em sua garganta recusava-se a desaparecer.

Finalmente o poeta terminou o que estava fazendo e deitou-se de costas ao lado de Bela. Como ela não suportava mais seu hálito, pediu-lhe que buscasse algo para comer. Ele foi até a cozinha e voltou com um prato de gomos de laranja. Bela olhou para a fruta com interesse. Desde que embarcara no navio nenhuma laranja lhe chegara à boca, apesar de Iaakov Markovitch depositá-las na soleira de sua porta toda noite, lembrando que ela dissera gostar de seu sabor. Bela jogava as laranjas de Iaakov Markovitch pela janela. Ela as atirava aos campos, como fazia Perséfone com as romãs de Hades. Recusara-se a receber sua primeira laranja em Erets Israel das mãos de Iaakov Markovitch, jurando abster-se da fruta até que o momento de comê-la equivalesse à sua doçura. Então, quando os gomos de laranja lhe foram levados pelas mãos de ninguém menos que o poeta que a tinha atraído para lá com seus versos sobre ela, não conseguiu se conter. Bela estendeu a mão para a fruta cor de laranja e o poeta lembrou-se dos versos do único poema que tivera publicado, dizendo festivamente: "O sol, laranja como da laranja a cor, enche o coração de heroísmo e vigor".

Bela sorriu e mordeu a fruta. Depois, começou a chorar. Em vão o poeta tentou extrair o motivo do choro. Ela só ficava murmurando: "E eu nem gosto de laranja".

Quanto mais se prolongava a jornada de Bela, mais se encurtava o sono de Iaakov Markovitch. No fim já estava levantando da cama antes do amanhecer. Pegava um pedaço de pão e saía para alimentar os pombos, mas até mesmo eles estavam dormindo. Ficava, pois, esperando o sol nascer, e encaminhava-se para o estabelecimento do *shochet*. Avraham Mandelbaum o recebia com um cálido aperto de mão, que para ele era amistoso e para Markovitch era de esmagar os ossos. Aquele aperto de mão começou no dia seguinte a Rachel Mandelbaum dar à luz. Nas primeiras horas da manhã, Iaakov Markovitch ouviu batidas fortes à sua porta e tratou logo de se levantar. Ainda estava pensando se os rapazes de Tel Aviv tinham voltado para bater nele quando viu Avraham Mandelbaum com algo que uma vez fora um cordeiro nas mãos.

Por um instante ficaram um diante do outro, constrangidos, pois se lembraram da vez anterior em que Avraham Mandelbaum tinha batido à porta de Iaakov Markovitch. Daquela vez Mandelbaum não tinha um cordeiro na mão, e sim uma faca, e Iaakov Markovitch não tinha aberto a porta, e sim fugido com Zeev Feinberg de trem, onde haviam tido uma conversa agradável sobre a marca no seio esquerdo de Rachel Mandelbaum. Ao cabo de um instante, a alegria de Avraham Mandelbaum superou seu embaraço, e ele estendeu uma mão para Iaakov Markovitch. "*Mazal tov* para nós dois", disse, e Iaakov Markovitch, com a mão esmagada pela do *shochet*, pensou em como era bom que aquele encontro ocorresse em tempos de paz.

"Trouxe um presente em agradecimento", disse Avraham Mandelbaum, "vamos comê-lo juntos." Iaakov Markovitch agradeceu do fundo do coração e propôs que o comessem na casa de Mandelbaum, junto à nova mãe e ao bebê, que ele queria muito rever. Avraham Mandelbaum baixou os olhos e gaguejou algo sobre a fraqueza de Rachel, e Iaakov Markovitch foi generoso o bastante para assentir, profundamente convencido. Ele e Avraham Mandelbaum dividiram a carne do cordeiro, que estava gostosa, gorda e suave como veludo, e dividiram um silêncio igualmente aveludado, liso, concentrado e macio. Iaakov Markovitch não se perguntou quantas pessoas Avraham

Mandelbaum tinha matado, e Avraham Mandelbaum não ficou pensando quando finalmente Iaakov Markovitch ia liberar a infeliz com quem se casara. Se pensavam em alguma outra coisa que não a carne do cordeiro, era no bcbê de rosto corado que tinham visto na véspera, com seus dedos estendidos, sua penugem na cabeça, seu choro protestando: "Estou aqui, estou aqui, estou aqui". E como o bebê não poderia estar ali não fossem Avraham Mandelbaum e Iaakov Markovitch – o primeiro por tê-lo criado com sua semente, o segundo por tê-lo puxado para a vida com suas mãos –, o fato é que a existência dele era como que um testemunho e uma confirmação da existência deles.

Quando terminaram de comer, Avraham Mandelbaum levantou-se para voltar para sua casa. Depois de alguns passos, parou e olhou para trás. "Por que não vem comigo até em casa? Rachel está cansada, e por isso a visita vai ter que ser breve, mas você tem de ver o menino." De barriga cheia e com um sorriso de satisfação no rosto, os dois caminharam em direção à casa de Avraham Mandelbaum. Mas, quando chegavam à mureta de pedra que a cercava, a expressão no rosto deles ficou mais sombria. Lá de dentro saía o choro forte de um bebê, um choro desesperançado e desesperado, um choro que perdera toda a expectativa de que pudesse mudar alguma coisa, e só continuava por força do hábito. A quem o ouvia, não restava dúvida: o bebê que estava dentro daquela casa berrava havia muito tempo, talvez desde o momento em que Avraham Mandelbaum saíra pela porta, pois o desânimo e a tristeza que expressava eram insuportáveis. Iaakov Markovitch seguiu atrás de Avraham Mandelbaum, atravessando o quintal e a porta de entrada, indo direto para o quarto onde Rachel Mandelbaum estava sentada, com os olhos vidrados, observando o menino que gritava.

Ela não deu sinal algum de que tinha percebido que seu marido voltara. Não era fácil para ninguém deixar de perceber a presença de alguém como Avraham Mandelbaum, cujo corpo preenchia metade do quarto. Contudo, quando o *shochet* entrou em casa, foi como se tivesse perdido parte de seu peso e de seu tamanho, restando apenas a sombra de um gigante. Avraham Mandelbaum encarou sua mulher com um olhar de súplica, do tipo que não é destinado aos olhos de estranhos. Iaakov Markovitch sentia que era um estranho na maior parte dos lugares em que estava, e mais ainda naquela sala, na qual um homem, uma mulher e um bebê chafurdam em sua tristeza. Por isso recuou um passo e se dispôs a ir embora, porém o choro do bebê o deteve. Ainda na véspera o tinha ajudado a sair do útero da mãe, como poderia abandoná-lo em seu infortúnio? Atravessou a sala e postou-se diante de Rachel Mandelbaum, com o berço do bebê entre eles.

"Pegue-o."

"Não consigo."

"Então vou pegá-lo eu."

Iaakov Markovitch inclinou-se sobre o berço e ergueu o bebê. Rachel Mandelbaum fechou os olhos, aliviada. Tinha ficado o dia inteiro a olhar o menino, jurando que não desviaria os olhos até sentir finalmente todas as coisas que lhe haviam dito que sentiria quando se tornasse mãe. Uma ternura, uma compaixão, uma proximidade que nunca sentira antes. Ela contemplava aquele rosto pequenino até suas pupilas doerem, tentando encontrar nele aquilo que se supõe que uma mulher encontre em seu bebê – a suprema beleza, uma doçura irresistível, uma expressão que despertará nela um amor incondicional. Mas o rosto que lhe voltava parecia, mais que tudo, o de um macaquinho, e quando pensou que até mesmo as fêmeas de macaco revelavam uma afeição maternal por bebês humanos abandonados, invadiu-a um forte sentimento de culpa, tão intenso que não conseguia sair do lugar.

Quando Iaakov Markovitch pegou o bebê, o choro ficou mais alto e mais forte. Avraham Mandelbaum estalou os dedos, preocupado, mas Iaakov Markovitch sorriu, satisfeito. Se o choro do bebê tinha aumentado ao toque das mãos de uma pessoa era sinal de que ele não perdera sua fé em que essas mãos seriam capazes de lhe dar o que estava pedindo, já que ninguém exige nada de quem não acha que pode satisfazê-lo. Quando viu que o bebê não se acalmava dentro de casa, fez um sinal a Avraham Mandelbaum para que fosse com ele, e saiu para o quintal. O choro do bebê diminuiu de imediato, e quando passaram do quintal à rua cessou de todo.

Iaakov Markovitch e Avraham Mandelbaum caminharam lado a lado. Quando tinham antes se encaminhado para a casa de Mandelbaum, os dois haviam mantido um pacto de silêncio. Agora ele se ampliara para incluir o bebê aplacado, que passara dos braços do primeiro para os do segundo. Iaakov Markovitch riu. "Você o está segurando do mesmo modo que os rabinos seguram o livro sagrado na Simchat Torá." Avraham Mandelbaum não respondeu, apenas mudou o jeito como segurava o menino e diminuiu o passo, pois percebera que Iaakov Markovitch estava tendo de dar três passos para cada um dele. Continuaram caminhando por muito tempo, as pernas os levando da colônia e de suas ruas ao caminho dos campos, e finalmente até a alfarrobeira. Ao ver a árvore, a testa de Mandelbaum se franziu, e a expressão de seus olhos não pareceu nada boa.

"Deus sabe quantas horas ela ficou deitada aqui até você chegar, sozinha. Não é de admirar que esteja tão confusa." Iaakov Markovitch, um especialista em tudo o que concernia a solidão, sabia que não havia diferença entre uma alfarrobeira e um colchão com lençóis e cobertores. Uma pessoa podia estar solitária em qualquer lugar, até mesmo cercada por uma multidão. Mas assim mesmo não falou nada. Se Avraham Mandelbaum preferia direcionar sua tristeza à árvore, não ia represá-la.

"Segure-o um instante para mim." Mais uma vez Iaakov Markovitch se viu com aquele filhote de gente nos braços, enquanto Avraham Mandelbaum aproximava-se da árvore. No local em que os espinheiros estavam esmagados pelo peso de sua mulher no momento em que dava à luz, ele tateou a áspera casca da árvore. "Sozinha", repetiu. Começou então a golpear a árvore com os punhos cerrados. Batia sem piedade. Os galhos estremeceram todos, assim como Iaakov Markovitch. Ao décimo golpe todos os frutos se desprenderam de uma só vez, e uma chuva de alfarrobas caiu sobre Avraham Mandelbaum. O *shochet* continuou a bater na árvore com punhos que já estavam vermelhos de sangue. Socava, chutava e jogava seu corpo de encontro ao tronco. Somente quando a árvore cedeu, com seu tronco se partindo e suas raízes se revelando em sua nudez, ele parou de vingar o opróbrio da solidão da mulher. Enxugou as mãos nas calças e foi pegar seu filho, mas mudou de ideia e o deixou nos braços de Markovitch. Voltaram para casa pelo mesmo caminho.

12

Durante dois anos inteiros Bela Markovitch ficou na casa do poeta. Ao cabo de dois dias depois de seu primeiro encontro ela se acostumou ao cheiro de pasta de fígado, e agora só o sentia quando os dois brigavam. Toda manhã, quando o poeta saía para trabalhar, Bela arrumava todas as suas roupas numa sacola e se dispunha a ir embora. Às vezes abria a porta e dava alguns passos escada abaixo, às vezes chegava até o final da rua. E às vezes não fazia nem isso, só se postava diante da porta fechada por alguns momentos antes de voltar e desfazer a sacola.

O poeta não tinha conhecimento desse ritual matinal. Quando voltava do trabalho na redação do jornal, depois de passar a maior parte do dia redigindo obituários e aqui e ali uma saudação a alguém, encontrava Bela lavada e cheirosa. Ele a levava a cafés e ao cinema, passeava com ela pelas alamedas e até aceitava ir dançar com ela, pois, apesar de detestar, gostava dos olhares que lhe lançavam quando descobriam que um homem como ele estava dançando com uma mulher como ela. Mas um dia percebeu a distância que havia entre a alegria dela à noite e sua tristeza durante o dia. Foi numa manhã de fevereiro, quando os prédios da rua se apertavam uns contra os outros de tanto frio. O poeta, que saía de casa com um paletó leve e o ardor da paixão a manter o calor do corpo, deu-se conta rapidamente de que o ardor arrefecera e seus ombros tremiam. Deu meia-volta na esquina e voltou para casa, onde pretendia se envolver com um casaco quente e mais um abraço de sua amada. Quando chegou perto do prédio viu Bela de pé na entrada, com o olhar enevoado e os pertences na mão. O poeta parou, petrificado. O homem que nele habitava quis se lançar à frente, correr para ela, ajoelhar-se à sua frente e implorar que ficasse. Mas o artista ordenou-lhe que ficasse ali e observasse, gravasse no coração e na memória a expressão do rosto dela no dia em que estava indo embora, um rosto totalmente desconhecido aos olhos de quem a observava, um rosto que poderia decantar até o dia de sua morte. Enquanto o artista e o homem se digladiavam, Bela se virou e voltou para casa, e o poeta foi para o trabalho, confuso, magoado e congelando.

A partir daquele dia recomeçou a escrever poesia. Agora não tratava da ressurreição dos judeus, não louvava o labor agrícola ou as paisagens do país. Seus poemas eram simples, despojados, tocantes, falavam todos da possibilidade de que certa mulher fosse embora de certa casa. Não era uma grande poesia, longe disso, tampouco era uma poesia ruim, e nisso já havia algo novo. O dia em que o poeta vira Bela no umbral da porta se tornou o dia em que se transformara de um poeta fracassado num poeta mediano. Naquela época havia no país um excedente de grandes poetas, e tampouco faltavam poetas ruins. Os grandes eram cultuados, dos ruins se tinha pena. E de um poeta mediano extraíam uma grande alegria. Publicaram seus poemas nos jornais, mas se recusaram a publicá-los em livros. Convidavam-no para fazer a saudação de abertura em congressos de pouca importância, e sabiam que nunca teriam de dar seu nome a algum jardim – no máximo, a um banco de jardim.

Bela não lia os poemas dele. Desde o dia em que provara os gomos de laranja perdera a fé nas palavras. No passado tinha gostado de poetas porque achava que eram capazes de criar o mundo que quisessem. Agora sabia que aqueles mundos não eram mais que bolhas de sabão, do tipo que subia na água quando ela esfregava no tanque a roupa suja do poeta. Bolhas coloridas maravilhosas em que o corpo quer se aninhar, mas que logo estouram, espirrando água, e tudo o que resta são meias sujas e uma camisa que é preciso esfregar com sabão.

Mulheres começaram a querer se aproximar do poeta. Mulheres bonitas. A indiferença que lhes causavam seus poemas anteriores, poemas de sionismo e redenção do país, deu lugar a um véu de lágrimas ante seus poemas para a amada. Eles tocavam as cordas mais sensíveis de suas almas – seu desejo de serem elas mesmas objeto do amor de poetas um dia. Bela percebeu isso quando passeava de mãos dadas com o poeta ao entardecer. Agora ele já não emboscava o sorriso dela, e sim distribuía os seus, não fixava seus olhos nos dela, e sim os fazia correr à sua volta, da ruiva para a morena, da morena para aquela com busto grande. Quando voltaram para o apartamento do poeta, Bela foi atacada de enjoo, que permaneceu na manhã seguinte. Naquele dia não empacotou suas coisas, ficando junto à privada entre um vômito e outro. Botou para fora a torta que tinham comido na véspera e os olhares das mulheres que a fitavam enquanto comia. Vomitou o poeta hebreu que agora preferia escrever sobre ela indo embora do que sobre estar com ela. Vomitou todos os gomos de laranja que tinha comido na Europa sem sentir o gosto, pois sua língua só sentia a expectativa pela terra de onde tinham vindo. Vomitou a própria terra, um pedaço de alimento que não foi bem digerido, *chamsin*, areia, desamparo e esperanças sem perspectiva alguma de se realizar.

Depois de vomitar, Bela foi se deitar leve como um passarinho. Até mesmo a ardência no esôfago lhe agradava. Agora sabia que estava livre, poderia ir aonde quisesse. Que Iaakov

Markovitch apodrecesse em sua casa na colônia, ela viveria ali, em Tel Aviv. Ia deixar o poeta enganador naquele mesmo dia e encontrar um amor de verdade. Um homem simples e bom, distante da poesia, com os pés plantados em terra firme. Um médico. Talvez um funcionário público. Um homem avançado para quem o casamento não fosse um fator determinante. Decidiu também se inscrever num seminário para professores, para ensinar as crianças de Israel a não se sujeitar à baixeza e à traição que pelo visto eram incutidas nos homens daquele país. Iam chamá-la de "professora" com uma voz constrangida e respeitosa, e ela ia lhes ensinar tudo o que precisavam saber, matemática, história, geografia. Sobre as altas montanhas do Himalaia e a histórias dos judeus na Espanha. A soma dos ângulos de um triângulo e a estrutura de uma flor. Só não ia lhes ensinar poesia. Nem mesmo se pedissem. A falsidade das palavras era perigosa demais para os jovens. Iam tratá-la com respeito e ela não ergueria a mão contra nenhum deles. Quando andasse na rua com o médico ou o funcionário público, as mães iam cumprimentá-la e lhe agradecer.

Leve como um passarinho, a não ser pela leve ardência no esôfago, Bela ficou deitada de costas tecendo seus planos, sem saber que na manhã seguinte também ia estar debruçada na privada, e na próxima também. Quase duas semanas de enjoos e vômitos iam se passar até ela compreender que o vômito não era um meio de sua alma se livrar do passado, mas o modo de seu corpo anunciar o futuro.

Bela não disse nada ao poeta sobre a gravidez. Empacotou suas coisas em outra manhã e saiu de casa, sem se deter no umbral da porta ou na esquina. Mas a uma distância de quatro ruas da casa do poeta parou, pois não sabia para onde ir. Não queria ficar em Tel Aviv. Havia poetas demais circulando pelas ruas. Jerusalém lhe parecia sagrada demais. Gostava de Haifa, mas lá também o bebê correria o risco da bastardia. Talvez fosse melhor bater à porta de um dos *kibutzim*. Tinha ouvido dizer que não ligavam muito para questões de religião e de casamento, e que partilhavam o amor como partilhavam a comida. Mas quem ia querer receber uma jovem grávida que não sabia diferençar grãos de arroz dos de trigo? Ficou ali parada por um longo tempo. Pessoas atravessavam a rua em todas as direções, e, com elas, os pensamentos de Bela. De Tel Aviv para Haifa, de Haifa para Jerusalém, de Jerusalém para um *kibutz*. Como nenhum desses destinos lhe pareceu adequado, continuou a pensar e a chegar a mais alguns. Petah Tikva, Tiberíades, Rishon LeZsion. Os pensamentos de Bela percorriam o país inteiro, passavam pela colônia e logo se afastavam dela. Para lá não. Para lá não. E quanto mais tentava se afastar da colônia mais tornava a pensar nela. Pensou na fonte de água aonde Sônia a tinha levado, sua entrada guardada por uma figueira, atrás da qual tinham nadado nuas e penteado os cabelos uma da outra. Pensou na varanda na casa de Rachel Mandelbaum, onde agora certamente brincava um menino, e onde seu menino também poderia brincar. Por fim pensou em Iaakov Markovitch, homem mau e desprezível, mas hospitaleiro e dono de uma casa ampla.

Numa noite fria do mês de março, Bela voltou para a casa de Iaakov Markovitch. Voltou como tinha ido embora, sem lhe dizer uma só palavra. No momento em que entrou na residência, Iaakov Markovitch estava trabalhando no campo. De vez em quando erguia mecanicamente a cabeça do trabalho com a enxada, na esperança de divisar a figura esbelta de Bela na estrada. Durante dois anos inteiros tinha feito aquilo, e o movimento lhe causava uma dor persistente no pescoço, o que o deixava mais encurvado do que já era. Mas assim mesmo continuou a erguer a cabeça uma vez a cada vinte minutos mais ou menos, mais por hábito do que por esperança. No dia em que Bela voltou, Iaakov Markovitch ergueu a cabeça acima da enxada e viu um vulto de mulher caminhando à distância. Seu coração começou a palpitar como o de um passarinho, mas sua cabeça, severa, o silenciou. Nos primeiros meses após a partida de Bela, ele saía correndo do campo toda vez que via uma mulher na estrada. Baixa ou alta, magra ou gorda. Sabia muito bem que não era Bela, mas suas pernas se movimentavam sozinhas, percorriam correndo o terreno, andavam depressa pela estrada, detinham-se embaraçadas ante o vulto que tinham ido encontrar, e que, frente a frente, já não parecia nem um pouco com Bela Markovitch. Uma vez ou outra, quando o tédio superava toda medida de compaixão, um dos rapazes da colônia atava um pano sobre as calças e passava rebolando pela estrada principal. Iaakov Markovitch erguia a cabeça e via à distância um vulto corpulento que vestia uma saia e caminhava como uma mulher. Apesar de saber que alguma coisa estava errada – chegava a ouvir os risinhos dos rapazes escondidos nos arbustos –, ia em direção ao vulto, com os olhos cheios de esperança.

"Você está caindo no ridículo", disse-lhe Zeev Feinberg quando o viu voltar para o campo em meio a assobios de zombaria. "Ela não vai voltar."

Iaakov Markovitch respondeu "Veremos", mas parou de sair correndo cada vez que via uma mulher. Agora apenas erguia o olhar para vislumbrar o vulto à distância. Se parecia com Bela, saía correndo; senão ficava onde estava. E como eram poucas as mulheres cujo vulto lembrava o de Bela, ao menos daquela que ele tinha na lembrança, eram poucas as vezes em que deixava o campo. Ele avistou o vulto na estrada no dia em que Bela voltou. O coração, como sempre, quis sair correndo, mas as pernas permaneceram onde estavam. O andar da mulher na estrada era pesado, seus passos, lentos. Tinha quadris cheios, ombros um tanto encurvados. E o andar de Bela era altaneiro, seus passos eram ágeis, seus quadris, estreitos e os ombros, eretos. Iaakov Markovitch continuou a trabalhar no campo.

Quando entrou em casa, encontrou-a lá. Mais cheia, mais encolhida, e mesmo assim a mulher mais bonita que já tinha visto. Sua beleza agia sobre ele do mesmo modo que na primeira vez em que a vira, quando se virou da janela naquele apartamento na Europa. Mais uma vez ficou petrificado, mais uma vez sentiu como se alguém tivesse reunido todos os fragmentos de seu sonho num único todo, agora diante dele. Os lábios intumescidos como um figo que se abria de tão maduro, nariz pequeno e agressivo, sobrancelhas em arco como janelas de mesquitas, e aqueles olhos, que, é verdade, o fitavam agora com inequívoca aversão, mas assim mesmo o enchiam de vida.

"Você voltou."

As sobrancelhas em arco de Bela se ergueram um pouco, como a dizer que ela sabia muito bem que tinha voltado e não era necessário avisá-la. Iaakov Markovitch ainda estava no umbral da porta, e Bela se mantinha sentada no sofá, bordando. A contragosto, Markovitch sentiu-se um estranho na própria casa, como se fosse um visitante não convidado perturbando a tranquilidade dos donos. Então deu mais um passo para dentro e tornou a falar, numa voz que transmitisse autoridade: "Fez uma longa viagem. Vou preparar alguma coisa para você comer". Bela Markovitch não respondeu, e Iaakov Markovitch foi logo para a cozinha. Preparou chá, cortou um pão em fatias e, após ligeira hesitação, descascou uma laranja. Por um instante, ainda na cozinha, com o copo de chá em uma das mãos, o prato com pão, queijo e gomos de laranja na outra, Iaakov Markovitch pensou que tudo ia voltar ao seu lugar, ficar em paz.

Quando voltou para a sala viu que estava vazia. Bela Markovitch havia pegado seu bordado e saído. Primeiro temeu que tivesse ido embora novamente, mas logo viu suas coisas no quarto e um bilhete: "A partir de agora você voltará a dormir no sofá da sala. Pode levar a camisola com você".

Iaakov Markovitch não teve de esperar muito para saber aonde Bela tinha ido. O grito de surpresa de Zeev Feinberg foi ouvido em toda a colônia: "Você voltou!". Não expressava só alegria, mas também uma pergunta que não ousavam fazer, nem Feinberg nem Markovitch, um sozinho em sua sala, o outro na soleira da porta, abraçando Bela e chamando: "Sônia, venha ver quem chegou!". E bastou a Sônia um olhar em Bela para adivinhar o motivo de seu retorno. Não por causa do corpo, que ainda guardava seu segredo. Foram os olhos que lhe contaram, os olhos de Bela, que se pareciam em tudo com os dela própria, a não ser por estarem na distância exata um do outro que a estética postula, e que agora encerravam algo mais. Não era ternura, doçura ou qualquer dessas coisas que as pessoas esperam encontrar nos olhos de mulheres grávidas. Ao contrário: nos olhos de Bela havia agora alguma coisa firme e decidida, a ideia de que mais alguém dependia dela para existir. A ideia repercutiu nela quando estava a caminho da colônia, e quando chegou já se tornara parte dela. Alguém dependia de Bela para existir, uma pessoa secreta de que ninguém mais sabia, um bebê. A palavra lhe agradou tanto que a rolava em sua língua sem parar, saboreando-a durante todo o percurso até a colônia, sem se saciar, esperando que bastasse a doçura da palavra para compensar o gosto de todas as outras coisas. Sônia abraçou Bela com dois braços fortes e sussurrou: "*Mazal tov*". Num primeiro momento, Bela teve medo de que seu segredo não fosse tão secreto quanto estava pensando, mas logo se tranquilizou, sabendo que os olhos de Sônia não eram iguais aos das outras criaturas.

Naquela noite Bela ficou na casa de Sônia e Zeev Feinberg até muito tarde. À alegria do encontro com seus amigos mesclava-se a preocupação com o momento em que teria de voltar para a casa de Markovitch. Por isso deixou-se ficar no sofá, ouvindo com gosto as histórias de Feinberg (de um crocodilo no rio Alexander que teria devorado um menino de três anos se não tivesse lutado com ele com as próprias mãos), sorrindo ao ouvir as correções de Sônia (não com as próprias mãos, e sim com um fuzil; não um menino de três anos, e sim um homem de trinta; não um crocodilo, e sim um chacal). Por fim, soube que não poderia esperar mais e se despediu. À medida que se aproximava da casa seus passos ficavam mais vacilantes. Quando abriu a porta, ficou enjoada e correu para o banheiro. Esperou vinte minutos ao lado da privada. Levantou não porque tivesse passado, mas porque decidira agir apesar da náusea.

Iaakov Markovitch dormia no sofá da sala. A expulsão da cama em si mesma não o incomodava. Desde que Bela tinha ido embora era mais uma câmara de tortura do que um lugar de repouso. Passava as noites de olhos abertos, tenso, atento aos passos de Bela na soleira da porta. Preferia o gélido ar noturno ao calor dos lençóis, carregado de expectativa, e passava as noites de guarda, sentinela da colônia. A noite da volta de Bela foi a primeira em dois anos na qual Iaakov Markovitch dormiu o sono dos justos. Bela aproximou-se do sofá. Não olhou para ele enquanto tirava a blusa nem quando despiu a saia. Tirou rapidamente o sutiã e a calcinha, como alguém decidido a mergulhar em águas geladas, sabendo que se hesitasse ia acabar recuando. Bela Markovitch inspirou profundamente e se enfiou debaixo dos lençóis do marido.

Iaakov Markovitch não acordou de imediato. Dormira sozinho toda a sua vida, e seu corpo logo interpretou o contato com a pele macia como mais um engodo de um sonho. Mas ao se passarem vários segundos e o contato continuar, e a ele se juntar o hálito de uma mulher, Iaakov Markovitch abriu os olhos. Bela Markovitch estava deitada a seu lado, de olhos fechados, com o corpo exposto. Iaakov Markovitch não teve coragem de se mexer. Tão grande era aquele milagre que estava claro que bastaria um pequeno erro para desaparecer como se nunca tivesse ocorrido. Não ousou nem mesmo olhar para ela, só ficou deitado de olhos fechados aspirando seu cheiro, um pouco de orvalho e um pouco de mel. Depois de alguns instantes tornou a abrir os olhos. Ela ainda estava lá. Nua. Esplêndida. Abandonando seu corpo aos olhos arregalados dele. Até mesmo em sua nudez continuava orgulhosa. Uma escultura de mármore perfeita, que multidões acorreriam para ver, arriscando uma mão atrevida para acariciá-la quando o guarda não estivesse olhando. Mas sua beleza era somente sua, por mais que a contemplassem. Naquele momento, não sabia o que olhar primeiro: os ombros de marfim, que notava sorrateiramente quando ela andava pela casa e se curvava para levantar alguma coisa, repousavam a seu lado. Abaixo deles erguia-se um par de seios perfeitos, duas romãs redondas cujas coroas em forma de bicos se empinavam para o céu. Mais além, um ventre arredondado, puro mel, e a moeda de ouro do umbigo. E abaixo dele. Abaixo dele. Iaakov Markovitch olhou para o triângulo da nudez mais secreta de Bela Markovitch e teve vertigem. Tornou a fechar os olhos. Quando os abriu novamente desviou-os rapidamente da nudez mais íntima de Bela Markovitch – quanta felicidade um homem é capaz de suportar? – e olhou para suas coxas. Recentemente aqueles membros tinham causado grande tristeza a Bela, quando descobrira que estavam cobertos de veiazinhas azuis e celulite. Mas na escuridão da noite Iaakov Markovitch não percebeu aqueles defeitos, e dificilmente os perceberia à luz do dia também. Não que tivesse alguma deficiência visual. A visão de Iaakov

Markovitch não era pior que a das pessoas em geral, no sentido de que ela também tentava mostrar a seu dono aquilo que ele queria ver e esconder dele todo o resto. E os pés de Bela eram exatamente o tipo de coisa com a qual o olho quer alegrar seu dono – pequenos, arredondados, uma obra de arte no planejamento e na execução.

Quando terminou de percorrer o corpo de Bela da cabeça aos pés, passou a contemplá-lo dos pés à cabeça. Prazer especial obteve em seu rosto. Apesar de tê-lo olhado muitas vezes – fosse em carne e osso, fosse como fruto da imaginação –, parecia ser outro rosto quando ligado a um corpo nu. O rosto era o resultado do corpo assim como o corpo era a promessa que se personificava no rosto. A vermelhidão dos lábios combinava com o róseo do bico dos seios. A curva do queixo imitava as curvas do pé. O arco das sobrancelhas sinalizava o triângulo do sexo.

Atrás das pálpebras cerradas, Bela Markovitch esperava o toque das mãos de Iaakov Markovitch. Tensa como alguém à espera de que lhe extraíssem um dente. Engolia as lágrimas antes que escorressem dos olhos, revelando seu segredo. Tanto sal. Contanto que não prejudique o bebê. No momento em que pensou nele ressurgiram aquelas imagens – um menino chorando de fome e ela incapaz de alimentá-lo. Um aluno de escola cujos livros não tinha recursos para comprar. Um jovem que o termo "bastardo" perseguia aonde quer que fosse. Se pudesse, sairia de sua prostração e excitaria Markovitch com as próprias mãos, mas, como não podia, fez a única coisa que poderia fazer: "Deito com você, se quiser".

Uma fração de segundo se passou até que Iaakov Markovitch compreendesse o que significavam aquelas palavras. A lacuna entre o tom da voz dela e o sentido das palavras o confundiu. Tentando resolver aquele desequilíbrio disse a si mesmo que ela estava constrangida, envergonhada de seu comportamento anterior. Os rapazes que tinham sido enviados para espancá-lo, os olhares de desprezo dos colonos, a vingança da casa que ele construíra com as próprias mãos – tudo aquilo com certeza afligia a consciência dela e endurecia sua voz. E eis que Bela Markovitch compreendia agora o quanto Iaakov Markovitch a amava, compreendia que um sentimento da parte dela, mesmo difícil de admitir, poderia ser criado com trabalho duro e muita dedicação, e ali estava ela deitada em sua cama esperando ser perdoada. Iaakov Markovitch, homem inteligente, quase se convenceu de que era aquilo que estava acontecendo, até tocar com a mão trêmula o ombro de sua mulher.

A retração de Bela foi inequívoca. O corpo se impusera à sua dona. Os lábios de figo se contraíram, as pálpebras se comprimiram, o arco das sobrancelhas achatou-se completamente. Iaakov Markovitch retirou a mão e sentou-se. Por longos minutos ficou pensando, com os olhos cerrados. Pensou nos muitos meses em que Bela estivera longe dele, no homem que com certeza deixara para trás quando voltara, em seu caminhar derrotado pelo caminho que levava à colônia, no corpo que se avolumara um pouco. Quando tornou a abrir os olhos viu que Bela estava olhando para ele, coberta pelo lençol.

"Não precisa se preocupar", disse. "Este bebê, que é o motivo de você ter vindo... vou cuidar dele. E agora saia desta cama e não volte para ela até que realmente queira."

Daquele dia em diante a casa voltou a seu calor normal. A buganvília também parou com suas loucuras, para a alegria de Iaakov Markovitch, que já estava pensando em arrancá-la. A sala continuou com sua tristeza, pois não é possível que os móveis se alegrem numa casa onde não existe amor, mas pelo menos pararam de congelar quem neles sentava. Iaakov Markovitch não se iludiu com a ideia de que aquilo estava acontecendo por causa dele. No ventre de sua mulher despontara um bebê, e a casa tinha interrompido sua guerra com Markovitch para propiciar o crescimento daquele filho. Não foi só a casa que se mobilizou para ajudar a gravidez de Bela: o próprio Iaakov Markovitch se propôs a cuidar dela e facilitar sua vida. O bebê em seu ventre era como uma hipoteca, uma garantia de que ia ficar. Estava disposto a sustentá-lo a vida inteira se com aquilo assegurasse que sua mãe ficaria com ele.

13

Iaakov Markovitch e Avraham Mandelbaum nunca tornaram a falar da noite em que o *shochet* tinha derrubado a alfarrobeira com as próprias mãos. Desde que Bela havia voltado, Markovitch ia todo dia ao açougue para escolher uma pequena peça de carne para sua mulher grávida. O *shochet* lhe vendia uma peça pela metade do preço e apertava sua mão, depois do que só metade de seus dedos tinham sensibilidade. Quando Markovitch saía do estabelecimento os colonos paravam para olhar e refletir. Agora sentia que os olhos deles o acompanhavam aonde quer que fosse. Os mesmos olhos que no passado não dedicavam a Iaakov Markovitch mais do que um olhar fortuito, agora o examinavam longamente, seguiam seus passos ao longo de todo o percurso até sua casa, até fechar-lhes a porta e entrar para ver como Bela estava. E mesmo então os olhos continuavam onde estavam, faiscando sobre a porta fechada, esforçando-se por atravessar as camadas da madeira pintada de branco e esclarecer por que a mulher de Iaakov Markovitch tinha voltado.

Os rumores não começaram de imediato. Naquele ano as pessoas tinham outras coisas com que se ocupar. O avanço das forças aliadas, quanta munição a maldita Alemanha ainda tinha, o que os árabes estavam tramando – enfim, questões de alta relevância. Porém ali, mais embaixo, o ventre de uma mulher bonita estava crescendo e intumescendo, e ao cabo de mês e meio ninguém poderia andar pelas ruas da colônia e não perceber. Foi assim que as grandes preocupações deram lugar às pequenas perguntas, e por fim a pensamentos mesquinhos, daqueles que não trazem mais do que briga e discórdia, e mesmo assim satisfazem o paladar.

"Não é dele, esse filho."

"Como é que você sabe?"

"Esqueceu como ela desaparecia durante a noite?"

"Mas desde que voltou não desapareceu mais."

"Talvez tenha voltado trazendo consigo a surpresa."

No início aquelas coisas eram ditas no recôndito dos quartos, aos sussurros, quando se apagava a luz e o casal procurava se conciliar com fofocas. Da alcova, passaram à hora da refeição, talvez temperando a sopa. E da mesa foram para fora, para os pomares e os campos, divertindo ouvidos cansados. Por fim os rumores assumiram caráter financeiro, depois que Michael Nudelman prometeu pagar vinte liras a quem confirmasse os detalhes da história com Iaakov Markovitch. Naquela época, Michael Nudelman era um jovem rapaz, e Iaakov Markovitch um homem adulto, mas o primeiro compensava a diferença em anos com uma diferença de vinte centímetros em estatura e largura. O irmão mais moço de Michael, Chaim, aceitou o desafio. Esperou Iaakov Markovitch voltar do açougue, com as mãos nos bolsos e uma falsa expressão de inocência no rosto.

"Bom dia, Markovitch."

Iaakov Markovitch acenou em resposta e continuou caminhando. Lembrava-se muito bem de Michael e de Chaim Nudelman daquelas tardes em que imitavam o caminhar de uma mulher na estrada de terra, esperando que corresse até eles, de forma patética e esperançosa.

"Trazendo carne para a madame?" Agora Chaim Nudelman caminhava a seu lado, as espinhas de adolescente brilhando em seu rosto como constelações. "Carne é muito bom para o bebê. Principalmente se nascer anêmico, não é, Markovitch? Não, claro que não, já estou vendo seu rosto ficar vermelho. Será que a madame é anêmica? Ela decididamente não parece ser, com aquele cor-de-rosa no rosto. Talvez alguma outra pessoa seja anêmica, hã, Markovitch? Talvez o pai..."

Àquela altura a verbosidade de Chaim Nudelman foi interrompida por um soco absolutamente surpreendente de Iaakov Markovitch. Teria mesmo de ser desferido de surpresa, ou não haveria a menor possibilidade de que um homem com a estatura e o tamanho de Iaakov Markovitch conseguisse fazer se estatelar no chão um homem com a compleição de Chaim Nudelman. Agora Iaakov Markovitch estava ajoelhado sobre Chaim Nudelman, sacudindo diante de seu rosto o pedaço de carne sangrenta que tinha recebido do açougueiro.

"Se você, ou qualquer outro, tornar a colocar em dúvida quem é o pai do bebê, vou cuidar para que seu rosto se pareça com este bife cru."

Foi a primeira briga de Iaakov Markovitch em toda a sua vida. Ele já tinha levado surras no passado, claro, mas daquela vez reagira como o mais macho dos machos, batendo em Chaim e em Michael até ouvir o som maravilhoso de uma costela se partindo ao impacto de seu punho. Foi derrotado, claro, mas, quando os irmãos o deixaram na rua, batido e machucado, não puderam ignorar o sorriso em seu rosto. Quando se arrastou de volta para casa, Bela saiu a seu encontro. "Nojentos", disse, e o coração de Iaakov Markovitch palpitou de felicidade, pois nunca vira no rosto dela aversão tão grande que não fosse dirigida a ele mesmo. No dia seguinte voltou mais cedo do campo. Encontrou-a bordando na sala, de roupão.

"Vista-se, vamos dar uma volta."

Bela ergueu os olhos do bordado. "Muita coisa mudou entre nós, Markovitch. Porém, o único lugar para o qual estou disposta a ir com você ainda é o rabinato."

"Como quiser. Mas os rumores de que o bebê é bastardo não vão parar a não ser que demonstre que voltou por minha causa e queria estar comigo."

Bela Markovitch ficou pensando naquilo por alguns momentos e por fim levantou-se com um suspiro. "Se é assim, vamos dar uma volta."

A partir daquele dia Iaakov e Bela Markovitch trataram de sair todo dia para um passeio vespertino nos caminhos da colônia. Ela caminhava junto ao marido, mas nunca de braços dados, e pouco olhava para ele, a não ser quando cruzavam com outros transeuntes. Iaakov Markovitch pouco falava, e Bela estava agradecida por isso. Às vezes encontravam Sônia e Zeev Feinberg. Eles os reconheciam de longe, pois os dois andavam muito juntos um do outro, parecendo uma pessoa que caminha com quatro pernas e fica rindo em duas vozes. Iaakov Markovitch focava no modo de andar e na voz do casal de amigos, evitando seu olhar, pois do contrário perceberia um véu de tristeza corroendo as íris azuis de Zeev Feinberg. Já fazia um ano que ele não usava preservativo, e procurava Sônia para um amor pleno de intenções, que transcendiam a paixão carnal e buscavam o futuro. Mas o ventre dela continuava irritantemente achatado, e em vão buscava nele a bela curvatura do início de uma vida. Nas últimas semanas já não conseguia tocar em sua mulher sem que lhe ocorressem palavras como "óvulo", "célula", "sêmen" e "útero", cujo lugar é nos livros de biologia e não na mente de um homem que lambe uma vagina amada.

Preocupações que Zeev Feinberg não se aventurava a articular, e, como não falavam sobre elas, cresciam e ganhavam corpo, como sempre acontece. O bigode de Zeev Feinberg foi o primeiro a senti-lo, um sismógrafo que registrava cada mudança na alma de seu dono. Toda vez que Feinberg via Sônia usando absorventes, os caracóis de seu bigode eram atingidos, e a força de atração pesava um pouco mais em seus cabelos. Começou a se irritar com miudezas. Uma janela deixada aberta, uma comida que queimara ao cozinhar. E Sônia, que em dias normais lhe dava um puxão no bigode por reclamações daquele tipo, percebeu o que estava havendo com ele – o bigode – e decidiu relevar. Zeev Feinberg percebeu que sua mulher estava disposta a aturar coisas com que antes não concordava, aumentando a pressão. Não por maldade, não por crueldade. Se lhes for oferecida uma cadeira, a maioria das pessoas vai preferir depositar sobre ela o peso de seu corpo em vez de suportá-lo com as próprias pernas.

Quanto mais se aproximava o momento do parto mais as coisas se acomodavam entre Iaakov e Bela Markovitch. De fato Bela evitava a companhia dele a não ser na hora do passeio, e continuava a trancar sua porta toda noite, mas parou de dormir com uma faca a seu alcance. No entanto, enquanto o sono de Bela melhorava cada vez mais, o de Iaakov Markovitch mais uma vez cedia à insônia. Desde que Bela voltara já não rolava na cama torturado pelo ciúme e todo tipo de pensamento – agora ficava deitado nos lençóis sobre o sofá, o corpo tomado de desejo. Ele recusara a oferta de Bela para fazer amor no dia em que tinha voltado porque não podia se imaginar deitando com ela se não o quisesse. Era sua mulher, não uma prostituta da cidade, e por isso só deitaria com ela quando realmente o desejasse, sem regateios ou por alguma vantagem qualquer. Mas o contato com seu corpo nu tinha queimado sua pele, e sua alma ia repetidas vezes em busca do triângulo dourado de seu sexo. Durante o dia ele repelia com força os pensamentos, mas no momento em que ia para a cama não conseguia fazer outra coisa senão se dedicar a eles. Desde que Bela tinha voltado, as noites de Iaakov Markovitch eram dominadas por uma ereção permanente. Não demorou para que seu membro não se satisfizesse em se manifestar nas horas de repouso, começando a constrangê-lo em pleno dia. Bastava Iaakov Markovitch olhar para uma fruta avermelhada – fosse uma ameixa, um morango ou uma maçã – e suas calças intumesciam e suas bochechas enrubesciam. Toda fruta o fazia lembrar o bico dos seios de Bela, todo talo de trigo lhe entoava a música de seu sexo. Quando o *shochet* lhe cortava uma peça de carne, Iaakov Markovitch engolia saliva tão alto que Avraham Mandelbaum olhava para ele preocupado. Quando os olhos de Zeev Feinberg encontravam os de Iaakov Markovitch, contra sua vontade, eram atraídos para as calças do amigo, pois enquanto seu rosto continuava a ser bastante banal, sua ereção permanente estava longe da banalidade.

"Por que não vai para Haifa? Com bastante bebida e bastante vontade dá para acreditar que uma mulher é outra." Iaakov Markovitch aceitou a sugestão do amigo. A cada algumas semanas ia descarregar seu desejo na mulher de Haifa. Mas bastava pôr o pé na porta de casa e seu membro se aprumava cheio de expectativa e alegria.

Enquanto isso o membro de Zeev Feinberg ia murchando. Se no passado seu bigode se eriçava à simples visão da curva de seios ou de nádegas fornidas, agora, quando apareciam diante dele, ficava indiferente. Só quando avistava uma mulher grávida seus olhos voltavam a brilhar, e ele perscrutava seu ventre com um olhar sonhador. Se no passado se orgulhava de nunca ter complicado a vida de uma garota, pois dormia com todas mas não havia engravidado nenhuma, agora estava cada vez mais preocupado que não tinham sido seus cuidados que o haviam defendido de uma paternidade indesejada, e sim outra coisa. E a ideia o ameaçava tanto que foi buscar nele uma maldade cuja existência desconhecia, e agora se dirigia toda a Sônia. Zombava dela em qualquer oportunidade e preferia passar noites de guarda em vez de na cama. Quando ela falava os olhos de Zeev Feinberg ficavam percorrendo o quarto e quando ela ria ele a olhava de tal modo que sua voz despencava como um pássaro atingido por um tiro. Bela percebeu o sofrimento de Sônia e ficou furiosa. Por fim foi procurar Feinberg quando ele estava no campo, trabalhando.

"Você escolheu uma leoa como esposa, mas a transformou numa galinha depenada. Por quê?"

Zeev Feinberg olhou para ela espantado. A beldade chorosa que conhecia tinha desaparecido, e no lugar dela estava diante dele uma mulher com ventre volumoso e faces coradas, olhos chamejantes e mãos em punho. "Há coisas que só dizem respeito a um homem e sua mulher."

"Não nesta colônia, Feinberg. O trabalho na terra talvez seja feito aqui por cada lavrador em separado, mas todo o resto vocês fazem juntos. Não há quem saiba disso melhor do que eu."

Zeev Feinberg pôs a mão sobre a mão dela cerrada em punho. "Vá para casa, Bela, todo esse esforço não vai fazer bem ao bebê."

Ele pronunciou esta última palavra com tal tristeza que Bela ficou arrepiada.

A ereção permanente de Iaakov Markovitch chegou afinal aos ouvidos do vice-comandante do Irgun. "Não é hora nem lugar para isso", trovejou o abnegado comandante. "Este país está a caminho da guerra e nosso contrabandista de armas lá no norte, um homem que foi escolhido a dedo exatamente porque não chama a atenção, fica andando pelas ruas com um mastro dentro das calças?!" Michael Katz anuiu, e observou que já fazia tempo que queria afastar Iaakov Markovitch definitivamente das fileiras do Irgun por causa do escândalo de seu casamento, que ainda não chegara a uma solução. Mas o vice-comandante do Irgun determinou que casamento e pistolas eram coisas diferentes. "Tudo bem excomungar Iaakov

Markovitch em tempos de paz, não a um minuto de estourar a guerra. Cuide desse problema e o envie na próxima missão." Michael Katz saiu do comando xingando e resmungando. Sabia falar quatro línguas e fingir que falava oito. Sabia desmontar uma pistola de olhos fechados e tornar a montar com uma mão amarrada atrás das costas. Mas certamente não sabia, nem queria saber, como se cuidava de um problema como aquele de Iaakov Markovitch.

Por fim, comprou barbante, amarrou nele uma argola e dirigiu-se para a colônia. Quando Iaakov Markovitch abriu-lhe a porta percebeu logo o tamanho do problema. Iaakov Markovitch não era mais o suprassumo da banalidade. Mesmo se estivesse atrás de um balcão, seu rosto brilharia no forte rubor de um homem que estava pensando em uma transgressão.

"Isso não me importa, Markovitch", disse Michael Katz, apontando com repulsa para as calças do lavrador. "Há um estoque que temos de transportar para Metula, e é você quem vai fazer isso. Então pegue isso…" Katz jogou o barbante para Markovitch. "Amarre onde precisa ser amarrado. Esta noite você vai."

"Minha mulher está para dar à luz", disse Markovitch, "vou ficar aqui."

"Esperemos que o filho saiba fazer rimas como o pai", respondeu Michael Katz, e contou a Iaakov Markovitch sobre o poeta de Tel Aviv com quem Bela dividira seu leito durante um ano inteiro. "Que casal encantador eram, ela com suas longas pernas e ele com suas longas frases." Iaakov Markovitch quis bater a porta na cara dele, mas permaneceu imóvel. Da língua de Michael Katz projetavam-se animais maldosos aos rebanhos e aos bandos, e todos galopavam para dentro da casa. Katz contou sobre os cafés nos quais Bela ficava segurando a mão do poeta e sobre os passeios vespertinos na alameda. Falou da graciosidade de seus movimentos quando dançava e do sorriso que aflorava no rosto de quem tinha a oportunidade de ouvi-la rir. Lentamente a casa de Iaakov Markovitch foi se enchendo com o passado de Bela, até não restar nela lugar para ele próprio. Quando Bela voltou de uma visita a Sônia encontrou o lugar vazio. Michael Katz estava à porta, com um barbante enrolado no dedo.

"Onde está Markovitch?"

"Saiu. Numa missão urgente."

"Para onde?"

"Temo não poder responder a isso, minha senhora."

Muitos quilos tinham se acrescentado a Bela Markovitch desde a última vez que Michael Katz a vira. Seu cabelo estava despenteado, a testa, suada, e assim mesmo Michael Katz não conseguiu não estremecer um pouco quando Bela lhe lançou um olhar gélido e tornou a perguntar: "Para onde?".

"Para o norte. Pelo menos por uma semana."

Michael Katz olhou para o rosto fechado de Bela Markovitch e ainda assim o achou maravilhosamente belo. *Altaneiro e nobre como sempre*, pensou, *e mesmo agora não revela sua alegria por tê-la livrado do verme ao menos por uma semana*. Mais uma olhada no rosto de Bela Markovitch e Michael Katz cedeu à tentação de contar que se tratava de uma missão das mais perigosas, e que não tinham como saber se Iaakov Markovitch ia conseguir voltar ou não. E que era muita sorte Bela ter voltado para lá, para a casa, que com certeza valia alguma coisa, em vez de ficar em Tel Aviv, carente de tudo.

"Que pena", disse Bela, "que não fui eu quem recebeu você aqui em casa antes." Michael Katz olhou para ela surpreso. "Se tivesse sido eu, poderia expulsá-lo daqui agora."

Bela entrou em casa e bateu a porta na cara dele. O silêncio na sala lhe agradou. Ficou de pé por alguns momentos, examinando o aposento como se o estivesse vendo pela primeira vez, despido da presença de seu dono. Por fim, sentou-se no sofá.

A roupa de cama estava cuidadosamente dobrada debaixo de uma das almofadas. Uma fronha, um lençol e um cobertor, entre os quais descobriu, dobrada, sua antiga camisola. Bela levou-a ao rosto e inalou o cheiro de um sabão que não conhecia, misturado ao de um corpo que não era o seu. Tinham sido tantas noites que Iaakov Markovitch passara abraçado à manga da camisola que seu cheiro se incrustara no tecido. E agora ele tinha ido embora. Bela Markovitch jogou a camisola contra a parede. Depois jogou no chão a fronha e o lençol. Deitou-se de costas no sofá, o ventre empinado, os olhos fechados. Assim estivera deitada ali sete meses antes, pronta para suportar o toque daquele homem horrível para comprar com aquilo a segurança do bebê em seu ventre. Ele lhe oferecera segurança e a eximira de seu toque, e ela lhe era agradecida por isso, mas o abominava por todo o resto. E se ele morresse agora? Não ia desejar que sim. Não ia esperar que não.

Três dias após a partida de Iaakov Markovitch, o vice-comandante do Irgun foi até a colônia. As crianças que ouviram o barulho do motor e correram para recebê-lo voltaram chorando. Ele tinha dito a elas que ajudassem seus pais e as tinha interrogado sobre seus deveres de casa com um olhar tão petrificante que quase molharam as calças. E as crianças que não haviam ouvido o barulho do motor também choraram, pois tinham perdido a visita daquele de quem todos falavam aos sussurros, aquele que dava uma granada de verdade a toda criança que ia recebê-lo, ou pelo menos era o que elas diziam. As mães enxugaram o nariz dos filhos com a manga da blusa, deram tapinhas de consolo na cabeça chorosa delas e desejaram do fundo do coração que as visitas de figuras históricas só acontecessem depois da hora em que os punham para dormir.

O vice-comandante do Irgun deixou seu carro bem no meio da colônia, onde seria muito bem lubrificado pelos olhares das pessoas, e se encaminhou para a casa de Iaakov Markovitch. Teve um momento de hesitação antes de bater à porta. Não havia visto Bela desde aquela noite em que deixara sua casa em Tel Aviv e saíra à procura do poeta. Não sabia por que tinha voltado para Markovitch ou como reagira à sua partida para a missão. Um ou dois minutos de avaliação da situação poderiam ajudar, mas as crianças tinham seguido atrás dele à distância, até a casa de Bela, e agora contemplavam o vice-comandante do Irgun com admiração. Ele sabia que a educação da nova geração seria muito prejudicada se percebessem alguma hesitação na geração mais velha, por isso bateu à porta com mão firme e coração apreensivo.

Bela Markovitch não abriu de imediato. Seus passos eram pesados e seu corpo transbordava os limites. Quando afinal apareceu, seu rosto estava lindíssimo, e a semelhança de seus olhos com os de Sônia fez um arrepio que não tinha nada a ver com o frio matinal percorrer o corpo do vice-comandante do Irgun.

"Vim ver como a senhora está passando."

"A senhora está bem", respondeu Bela. Ela bateria com a porta na cara dele se não tivesse se lembrado de sua generosa permissão para ficar em sua casa em Tel Aviv. Por isso o fez entrar e preparou-lhe um café. Enquanto o vice-comandante o tomava, perguntou-lhe o que Michael Katz dissera a Markovitch, fazendo com que partisse com tanta pressa. O vice-comandante do Irgun demorou a responder. "Com certeza conversou com ele sobre a grandiosidade desta hora. Sobre a importância suprema de sua missão. A qualquer momento pode irromper uma guerra."

"E isto?" Bela apontou para a barriga. "Não pode irromper a qualquer momento?"

"Exatamente por isso vim até aqui", respondeu o vice-comandante do Irgun, "para estar a seu lado caso algo aconteça enquanto seu marido está em missão."

Bela Markovitch jogou a cabeça para trás e desatou a rir. Veiazinhas azuis serpenteavam sob sua pele muito branca.

"Estar a meu lado? Para isso você poderia enviar um inútil qualquer. Mas para estar ao lado *dela* é preciso você."

O vice-comandante do Irgun baixou os olhos. Enquanto tentava pensar em alguma desculpa, Bela pôs a mão em seu braço.

"Desculpe. Sei que sua intenção não era me prejudicar com essa missão de Markovitch. Talvez até pensasse que seria bom para mim. Eu também pensava assim, pelo menos até algum tempo atrás."

O vice-comandante do Irgun continuou com os olhos fixos no chão da sala, dividindo-o mentalmente em tantos e tantos quadrados, aumentando e reduzindo sua área, calculando se poderia servir como esconderijo, tentando, contra a vontade, não fazer a única pergunta que queria fazer: como sabia que tinha vindo por causa dela? Nem ele mesmo sabia até Bela ter dito aquilo. Havia resolvido ir visitar a mulher compulsória de Iaakov Markovitch enquanto seu marido arriscava a vida cumprindo sua obrigação. Naquele momento não compreendera que não era Bela quem queria ver, e sim Sônia. Já não a via fazia mais de um ano, e até mesmo Feinberg ele estava evitando o máximo possível. Sempre que o vice-comandante do Irgun apertava a mão daquele homem não conseguia deixar de pensar no corpo que tinha tocado antes, e no momento em que pensava naquele corpo não resistia à tentação e corria até o mercado, onde matava sua saudade de laranjas. Mas laranjas eram caras e seu trabalho era importante demais para ser interrompido pela loucura do amor, por isso o vice-comandante do Irgun evitava se encontrar com seu bom amigo e evitava o quanto podia olhar em direção ao norte. Durante muitos meses as visões da imagem de Sônia continuaram a se arrastar atrás dele, mas finalmente cessaram, como gatos de rua que se acaricia distraidamente e seguem atrás da mão que fez a carícia por algum tempo, até desistirem. Agora o vice-comandante do Irgun estava a uma distância de poucas casas da mulher que amava, e sentia as pulsações da vida dela em seu corpo. Andando pela cozinha. Irrigando o jardim. Pondo atrás da orelha uma mecha de cabelo rebelde. Poderia continuar com aquilo o dia inteiro se Bela não tivesse gemido e pegado sua mão. "Vá chamar Feinberg e Sônia. Está começando."

Zeev Feinberg foi o primeiro a chegar. Irrompeu na casa com o bigode eriçado e os olhos prontos para o combate. Logo atrás veio Sônia, ofegando com o esforço da corrida. Depois deles entrou um grupo de crianças que tinha corrido para chamá-los por ordem do vice-comandante do Irgun. Foram logo expulsas e voltaram a suas posições em torno da cerca, aguardando a próxima missão da qual o vice-comandante do Irgun ia encarregá-las.

O próprio vice-comandante do Irgun preparou-se para a aguilhoada do amor de Sônia e Feinberg. Nas outras vezes em que os vira juntos o rosto de Sônia estava iluminado e o sorriso de Feinberg estendia-se até a linha dos olhos. Mas agora ela parecia uma vela apagada com um sopro, e o rosto de Feinberg estava triste e severo. O vice-comandante do Irgun os examinava enquanto se ajoelhavam junto a Bela, ele à sua direita, ela à sua esquerda. Olhou para Sônia quando foi ferver água e seguiu o olhar de Feinberg quando ela voltava. Além da eficiência de seus movimentos, de suas palavras tranquilizadoras, dos gemidos de Bela, formava-se diante dele um quadro informacional surpreendente, até mesmo revolucionário. Pois Zeev Feinberg não olhara sua mulher nos olhos uma única vez, e a voz de Sônia, aquela voz gutural, profunda, calorosa, parecia débil como a voz de alguém que se perdeu no caminho e pede ajuda sem receber resposta.

"Respire fundo, Bela, as crianças já vão chegar com o médico."

"Não vai chegar, não. Não vai chegar, não", gritou um menino na porta. "A mulher disse que ele foi tratar de um homem com malária na aldeia."

O vice-comandante do Irgun e Zeev Feinberg entreolharam-se por cima da barriga de Bela. "Vou levá-la no meu carro", disse o primeiro. "Fique aqui caso Markovitch volte."

"Está falando sério, Froike? Do jeito que você dirige? Com todos os pulos e guinadas do carro o bebê vai nascer no meio do caminho! Eu levo." O vice-comandante do Irgun tentou protestar, mas viu com que reverência e dedicação Feinberg enxugava o suor da testa de Bela e como beliscava o bigode com a mão direita, movimento reservado às situações especialmente graves.

"Por que não vamos todos, então?", perguntou o vice-comandante do Irgun.

"Não." A voz era tão fraca que por um momento o vice-comandante do Irgun pensou que fora Bela quem falara, e não Sônia. "Zeevik vai com Bela. Nós ficamos aqui."

Se Zeev Feinberg ficou surpreso com a decisão de sua mulher, não o demonstrou. Apenas continuou a enxugar o suor na testa de Bela, às vezes olhando furtivamente para seu ventre. O vice-comandante do Irgun olhou longamente para Sônia, depois tirou do bolso as chaves do carro e disse: "Em frente".

Cinco minutos depois o vice-comandante do Irgun e Sônia já estavam a sós, ela esvaziando no quintal a bacia de água fervida, ele tentando achar algo com que ocupar as mãos. Quando ela sentou-se a seu lado no sofá, ele começou a respirar apenas pela boca, pois não sabia como reagiria se o cheiro dela lhe chegasse ao nariz. "Olhe como são as coisas, Efraim, agora tudo está tranquilo aqui, mas amanhã, no máximo depois de amanhã, este lugar estará cheio do riso e do choro de um bebê."

Sônia não esperava por resposta, e ela não veio, pois depois de ouvir seu nome pronunciado por ela o vice-comandante não ouviu mais nada. Quando ela o beijou, ele desviou o rosto.

"Espere, primeiro vou tirá-la de você."

"Quem?"

"A tristeza."

Então beijou o rosto dela, do queixo até a testa, cobrindo sua pele com centenas de pequenos beijos. A depressão acima dos lábios, as bochechas, as narinas, os olhos. Em cada beijo o vice-comandante do Irgun aspirava o ar da pele, infestado de dúvidas. Quando percebeu que os beijos não davam conta da máscara de barro que endurecera em seu rosto, começou a lamber suas feições, com longos e úmidos movimentos da língua, nas faces, nos olhos, no nariz e nas orelhas. Só quando ela começou a rir com sua voz gutural, só quando pareceu novamente ser uma leoa gorgolejando, só quando lhe bateu com toda a força gritando "Basta! Bandido!", só então parou de lamber seu rosto, segurou sua cabeça com as duas mãos trêmulas e a beijou.

O sofá rangente de Iaakov Markovitch quase desabou sob o peso dos dois. O vice-comandante do Irgun era um homem corpulento, e Sônia não era das mais magrelas. Era verdade que o sofá estava acostumado com as reviradas noturnas de Iaakov Markovitch e seu membro ereto, mas o casal que agora transava em cima dele tinha o dobro de seu peso, sem contar com o peso da espera – mais de trinta meses, dezenas de caixotes de laranjas compradas no porto de Tel Aviv e uma esperança. Por mais que o vice-comandante do Irgun quisesse mergulhar nos labores do amor, não podia deixar de notar a mudança por que passara Sônia desde a última vez que tinha deitado com ela. Então, seu corpo o fazia lembrar um imenso parque de diversões, como se fossem duas crianças que tinham ido percorrer suas maravilhas. E agora Sônia fazia amor com ele de maneira obstinada, desesperada, como alguém que não priorizava os prazeres do corpo, e sim as moléstias da alma.

Depois, com uma agradável letargia em todos os membros, o vice-comandante do Irgun ficou deitado de costas, seu dedo traçando círculos imaginários em torno dos mamilos de Sônia. Nos lábios dela adejava um tênue sorriso, tão doce que o vice--comandante do Irgun reuniu forças e se soergueu para beijar o canto de sua boca.

"Sei o que você vai responder, mas assim mesmo vou perguntar."

"Se sabe o que vou responder, por que perguntar?"

"Talvez me surpreenda. Caso contrário, poderei dizer a mim mesmo que tentei convencê-la a vir comigo. E quem sabe você vem mesmo comigo, Sônia? Por que não vem? Não vai conseguir mentir para mim. Eu vi. Você não está feliz."

"Felicidade?" Os olhos cinzentos de Sônia se arregalaram de surpresa. "Desde quando felicidade e amor estão relacionados?"

Eles continuaram a conversar sobre outras coisas. Sônia prestou muita atenção quando o vice-comandante do Irgun contou de uma única carta que recebera de sua família na Europa e sobre os incidentes da última operação. Ria quando ele ria, ficava triste quando ele ficava, e durante todo o tempo sua mão direita acariciava o ventre desnudo. O ventre do qual nasceria dentro de nove meses o primogênito de Zeev Feinberg.

durante

I

Em toda a história da colônia nunca se tinha visto duas crianças tão ligadas uma à outra como o filho de Iaakov Markovitch e o filho de Zeev Feinberg. Tzvi Markovitch teve de esperar nove meses inteiros até que Iair Feinberg viesse ao mundo, mas depois seus caminhos não se separaram mais. Durante aqueles nove meses que Tzvi Markovitch ficou esperando pelo filho de Feinberg, recusou-se a crescer. Seus pais, que não sabiam qual era o motivo da demora, temiam que tivesse sofrido um dano qualquer ao nascer. Pouco chorava, pouco engatinhava, virava-se com preguiça, e o tempo todo ficava olhando para o espaço numa tensa expectativa. Por mais que Bela lhe oferecesse o seio, não lhe apetecia mamar, e se o pai lhe fazia uma espécie de brinquedo – pedaços de madeira reunidos para formar uma estrela – ele desviava os olhos. Como a dizer "ainda não, ainda não chegou a hora". Até ouvir pela primeira vez o choro de Iair Feinberg, um bando de pássaros romper o ar da colônia e a membrana de espera que o envolvia. Então Tzvi Markovitch abriu os olhos, que eram piscinas azuis e profundas, e abriu a boca também. Quando sua mãe ouviu o som que dela saía pegou a mão do marido e disse: "Ele está rindo! Ele está rindo!". E desde então não parou mais, a não ser para comer. A casa de Iaakov Markovitch ficou cheia de risos. E o quintal também. Quando ele trabalhava no campo, a uma distância de muitos minutos de caminhada, pensava estar ouvindo, por entre as plantas, ecos de risos que o vento carregara de seus domínios.

Até que um dia, quando trabalhava com a enxada no campo, chegaram-lhe aos ouvidos sons de guerra. Parecia o troar de canhões ribombando no céu. Tiros não se ouviam, e a terra não tremia sob os tacões de exércitos marchando. Assim mesmo Iaakov Markovitch largou a enxada e apressou-se a voltar para casa. As plantações desertas no caminho de volta eram prova de que tinha razão. Todos tinham ouvido. Todos tinham corrido para casa. Assim como os cavalos escoiceiam, inquietos, antes de uma tempestade, assim como os pássaros silenciam meia hora antes de uma catástrofe natural, as pessoas tinham sentido, com algo interior que amadurecera ao longo de gerações, a aproximação de um evento histórico.

A colônia estava agitada. Alguns corriam para comprar comida, outros penduravam roupa para secar, para que a guerra não os surpreendesse sem meias limpas. Houve quem fosse cobrar o que lhe deviam, porque em tempos como aquele toda moeda valia. Mas parecia que faziam com rapidez até mesmo o que não faziam. Viajavam rápido, falavam rápido, apertavam-se as mãos rápido, discutiam rápido e faziam as pazes rápido. Até as palmadas nos bumbuns das crianças eram aplicadas rápido, tentativa de injetar educação sob pressão antes que a guerra lhes ensinasse outras coisas.

Nesse formigueiro que fervilhava, Rachel Mandelbaum se destacava com seu andar lento, pensativo. Andava pela rua em passos comedidos, sem quase atentar para o zumbido dos homens e das mulheres. Quando esbarravam nela, balbuciava "Desculpe" e continuava a andar, e eles arqueavam uma sobrancelha e seguiam seu caminho. Mas, quando cruzou com Iaakov Markovitch, Rachel Mandelbaum se deteve e arrancou de suas profundezas um verdadeiro sorriso. "Markovitch, se até você está se apressando, deve ser verdade. Estamos à beira da guerra."

Ele avaliou com um olhar a frágil criatura à sua frente. Desde o parto debaixo da alfarrobeira Rachel Mandelbaum pouco saía de casa. Sua pele empalidecera cada vez mais e agora estava tão transparente que era fácil enxergar as lágrimas acumuladas sob as pálpebras. Fitando seus olhos castanhos e fundos, pensou que estava neles, e não no cutelo do *shochet*, aquilo que fazia chorar os animais no açougue.

"É verdade", Iaakov Markovitch respondeu, "a guerra vai começar. Talvez já tenha começado. Seja como for, é inevitável." O sorriso de Rachel morreu no nascedouro, e ele ficou pensando se fora sensato ao dizer o que dissera. Não que não fosse verdade, daquilo não tinha dúvida, mas por causa do estado emocional dela. Ao ouvir a palavra "inevitável", a pele de Rachel Mandelbaum ficou ainda mais pálida. Agora já se podiam ver os pensamentos a flutuar com o sangue nas veias. Pois ela viera de tão longe para escapar de uma guerra, como então outra guerra a esperava? Além do zumbido das pessoas na colônia, elevando-se acima dos campos, dos vinhedos e do Mediterrâneo, chegava até ela o som do crânio sendo esmagado que a tinha expulsado da Europa. Revia o rosto do velho judeu no momento em que era espancado por garotos numa esquina de Viena, tossindo e se contorcendo. Agora, tinha a impressão de haver visto nos olhos do velho a tristeza das vacas quando Avraham Mandelbaum afiava sua faca. Era o mesmo olhar, exatamente o mesmo, de quando a consciência do fim se abre como uma flor negra, cobrindo com suas folhas de veludo todo resquício de sensatez.

Rachel Mandelbaum continuou a pensar na flor negra, e Iaakov Markovitch foi obrigado a pigarrear para ser alvo de sua atenção novamente. Porém, mesmo quanto tornou a olhar para ele, não via outra coisa senão a expressão animal de obtusidade que aparecia no rosto de cabras e ovelhas, gansos e cordeiros, e agora também no dos colonos. *Estão farejando sua morte*, pensou consigo mesma Rachel Mandelbaum, *todas essas pessoas, que correm para comprar comida e pendurar meias e dar palmadas em crianças desobedientes. Não são diferentes dos animais que entram no açougue.* Rachel Mandelbaum apressou o passo, começando a correr e deixando Iaakov Markovitch onde estava, confuso.

Mas não por muito tempo. Assim que ela desapareceu de vista apareceu Zeev Feinberg, caminhando com passos rápidos, o bigode em erupção. Iaakov Markovitch avistou o amigo e correu para juntar-se a ele, ponderando em seu íntimo que um homem como Feinberg certamente saberia como se comportar quando os ruídos da guerra enchessem seus ouvidos. Estava enganado. Os ouvidos de Zeev Feinberg estavam cheios de balbucios de crianças, nenhum ruído externo penetrava neles. Seu andar apressado e o bigode em erupção transmitiam a forte impressão de que ele era um general, mas na realidade o bigode fervia no calor da canção infantil que cantarolava. E toda aquela pressa ao caminhar era porque sabia que seu filho o estava esperando no fim do caminho. "Markovitch, como é bom ver você. Sabia que o garoto já está quase andando? Isso é muito incomum na idade dele, muito incomum mesmo." Zeev Feinberg continuou a elogiar o menino, e Iaakov Markovitch continuou a assentir até que seu pescoço começou a doer. Finalmente ousou interromper a exaltação de Feinberg ("As fezes dele quase não têm cheiro algum, coisa das mais incomuns!") para perguntar se tinha ouvido algo sobre a guerra.

Feinberg parou com o falatório e lançou a Iaakov Markovitch um olhar vago. Guerra. Aquela palavra quase fora esquecida por ele entre as fraldas de pano, as panelas de água quente, as canções de ninar. Desde que Iair nascera, o aroma de laranjas de Sônia se misturava ao cheiro adocicado do leite materno. Zeev Feinberg caminhava como que embriagado pelos cômodos da casa, aspirando essa mescla de aromas a plenos pulmões, e sentia-se adoçar por dentro. Um tipo especial de cegueira ilude as pessoas, fazendo ver nos outros uma réplica de si mesmas. Assim, uma mulher querendo brigar vai pensar estar vendo zombaria até mesmo em olhos amorosos. E um homem cujo coração derreteu como manteiga pela influência benfazeja de aromas de laranja e de leite materno vai se enganar pensando ser de manteiga também o coração dos outros. Mas não é assim. Enquanto Zeev Feinberg contava repetidas vezes os dedinhos de Iair, havia quem estivesse contando quantas balas tinha em seu cinturão. Enquanto espremia para ele o suco avermelhado das romãs, havia quem estivesse treinando arremessar granadas que fariam pessoas virar grãos. Zeev Feinberg não enxergava aquilo porque estava cego de amor. Agora também, quando Iaakov Markovitch o fez perceber seu engano, não achou nada a dizer a não ser: "Que desperdício". Claro que logo depois ele se recompôs, pegou sua arma e matou muitos árabes, mas durante o tempo todo, quando a pólvora e os corpos carbonizados tentavam em vão penetrar suas narinas, Zeev Feinberg continuava a inalar o cheiro de laranjas e de leite, e se adoçava por dentro.

2

Será que um homem pode enfrentar com êxito uma guerra inteira quando sua alma está suave e inocente e ele dorme bem à noite? Quando o corpo até tem um ou outro arranhão, mas seu coração está incólume? Quando ressoam em seus ouvidos os uivos de dor de milhões de mães egípcias, mas nem uma só gota de água salgada tocou seus pés, seja do mar, seja das lágrimas das mães? O mar dividiu-se em dois e eles passaram no meio completamente secos. Ninguém parou para erguer um peixe violáceo que se debatia no chão e devolvê-lo a águas seguras. Zeev Feinberg passava por campos juncados de corpos com passos firmes e olhos que ficavam fechados até mesmo quando olhavam pela mira de um fuzil. Talvez por isso nunca errasse um tiro.

Numa noite enevoada de maio, alguns meses após seu encontro na rua com Iaakov Markovitch, Zeev Feinberg estava de guarda em seu posto no norte, olhando para a escuridão. É preciso reconhecer que Zeev Feinberg só usava metade de sua capacidade de visão na função de guarda, pois a outra metade era aplicada a um estudo detalhado do rosto de Iair quando Sônia o embalava para que adormecesse. Uma visão assim dividida não favorecia a capacidade de discernimento do guarda, por isso não foi de admirar que só depois de muito tempo ele percebeu um vulto que se aproximava cada vez mais, vindo da direção da aldeia árabe que estava vigiando.

Quando ajustou melhor o binóculo nos olhos, constatou, apesar do ar empoeirado, que um jovem se esgueirava de árvore em árvore a alguma distância, olhando o tempo todo para os lados. De vez em quando suas mãos procuravam a mochila que levava nas costas, conferindo se estava bem presa. Ao ver a mochila volumosa, Zeev Feinberg contraiu-se todo: devia estar cheia de explosivos, e talvez sua intenção fosse prendê--la à ponte. Porque, quando pessoas combatem, a terra inteira não tem descanso: árvores são arrancadas, pontes são lançadas aos ares e voltam ao solo como uma chuva de destroços, devastadora para alguns tipos de animais rastejantes. Porcos-espinhos e chacais são às vezes confundidos com pessoas e viram alvo de balas que sem dúvida não eram destinadas a eles. Em outros lugares o sangue enegrece o capim e as flores se curvam sob o peso dos corpos. De fato, guerra não é uma coisa das mais agradáveis, e o jovem árabe que se esgueirava com uma carga nas costas descobriria aquilo, pois Zeev Feinberg engatilhou sua arma. Quando apontou o fuzil para o inimigo no escuro, ele não sentiu nada, fora a expectativa de entrecerrar as pálpebras o mínimo necessário para poder se derramar todo no rosto do filho. Então veio o tiro, e depois o choro do bebê cortando a noite. Zeev Feinberg largou a arma.

Ela tinha dezesseis anos, talvez menos. Os seios rasos e o corpo de rapaz o tinham iludido, fazendo pensar que era um homem. Nas costas, envolto num cobertor, carregava o menino que por engano Zeev Feinberg pensara ser uma carga de explosivos. Ele ficou de pé, acima deles, ofegando após a corrida. Desde que o choro do bebê o fizera abandonar sua posição e correr para a figura atingida pelo tiro, não se ouvira mais sua voz. À distância chegavam-lhe aos ouvidos os sussurros dos soldados e do comandante que avançavam seguindo seus passos. Caminhavam devagar. Para chegar ao que os esperava não queriam se apressar. Zeev Feinberg ajoelhou-se junto ao corpo da garota. Estava estendida com o rosto para baixo e os braços abertos. Por entre as dobras do cobertor em suas costas despontavam as mãos do bebê. Por um instante, um instante esperançoso, Zeev Feinberg pensou ter visto os dedos se moverem. Então apareceu a lua, e não foi possível ignorar o buraco escuro no meio do cobertor, por onde tinha penetrado a bala disparada por ele, atravessando o bebê e sua mãe. A terra carregava nas costas a garota morta, e a garota morta carregava nas costas o menino morto, os braços de ambos abertos sobre as costas que os carregavam, dez dedos grandes e dez dedos pequenos. A terra argilosa era úmida e vermelha, e o sangue da mãe e do menino era úmido e vermelho e ainda estava quente, e as lágrimas de Zeev Feinberg eram grandes e quentes.

Ao fim de algumas semanas Zeev Feinberg foi mandado para casa. Já não estava se saindo bem na guerra. Para onde se virasse sentia um cheiro de leite materno azedo e laranja podre tão forte que tinha de pôr fogo em sua roupa para afastá-lo. Seus soldados apressavam-se a apagar o fogo, mas ele tornava a ateá-lo. Isso aconteceu cinco vezes. Por fim um oficial de alta patente ordenou que o deixassem queimar o que quisesse. Talvez pensasse que quando as roupas acabassem ele ia se acalmar. Mas é da natureza do espírito agarrar-se à dor mesmo quando a matéria vira cinzas. O cheiro de leite materno azedo e de laranja podre só aumentava. Agora penetrava também no sono de Zeev Feinberg. Muitas vezes acordava gritando, pois se via afogado em leite materno purulento e quente. Não demorou muito e já não conseguia dormir. Para ficar desperto, e principalmente para livrar sua pele do cheiro terrível, ficava lavando o rosto sem parar. Ele o limpava com água fria e com água fervendo, esfregando com folhas e depois com pedras. Sua pele começou a descascar, mas Zeev Feinberg não parou. Ao contrário. Toda vez que tirava do nariz mais uma tira de pele seca, como se abrisse um presente, esperava que, se esfregasse um pouco mais, afinal faria desaparecer o leite que azedara e o rosto do menino que não sentira seu gosto.

Quando Sônia avistou Zeev Feinberg no momento em que voltava, seu grito ecoou em toda a colônia. Não tinha gritado por causa de seu aspecto, apesar de naquele momento seu rosto ser uma ferida aberta de tanto ser esfregado e descascado. Tampouco por causa de seu cheiro, embora a caminho de casa tivesse rolado o corpo em tudo o que encontrava para eliminar a podridão da laranja e o azedume do leite. Foi por causa de seus olhos. Os olhos azuis e confiantes pareciam agora como se tivessem derramado ácido neles. Zeev Feinberg olhava para Sônia sem vê-la, recusava-se a olhar para seu filho. Talvez temesse contaminar a inocência do menino com seu olhar.

Zeev Feinberg não contou a Sônia sobre a bala que atravessara o menino e sua mãe. E Sônia não perguntou. Dizia a si mesma que era por causa de Zeev Feinberg que não perguntava, para o bem dele. Talvez assim a ferida cicatrizasse. Mas quando o sono soltava as cadeias da língua e ele começava a balbuciar os horrores do sonho, Sônia tapava as orelhas com mãos trêmulas. Não queria ouvir. Zeev Feinberg berrava, e Sônia apressava-se a sair silenciosamente de casa. No céu havia dezenas de milhares de estrelas, todas testemunhas de sua fuga. E ela não conseguia se obrigar a voltar para casa. Em sua cama estava deitado um animal ferido fantasiado de seu marido. Por mais que quisesse voltar para a cama e beijá-lo enquanto se contorcia em seus horrores, as pernas dela se recusavam a caminhar. Em sua infância, à margem de um lago azul, vira um homem que se afogava agitando os braços na água. As mulheres na margem gritavam, e um homem entrou correndo na água, sem tirar a roupa. Mas quando chegou ao que se afogava, em vez de conseguir levá-lo em segurança para a margem, também foi arrastado para as profundezas. O agarrão do afogado tinha sido mais forte que o do salvador, e o medo que sentia era muito forte. Em sua tentativa de montar no corpo do amigo para alcançar o tão desejado ar, ele o afundou. Os corpos foram encontrados quase uma semana depois. Até mesmo as viúvas tiveram dificuldade para determinar quem, daqueles blocos de carne em putrefação, era o afogado e quem era o salvador. Desde então muito tempo tinha se passado. Não era diante de um lago azul que estava Sônia, mas de lençóis de algodão branco. Mesmo assim não teve coragem de estender a mão para o homem que estava sobre eles, com medo de se deixar arrastar para as profundezas.

Sônia teve vergonha de si mesma por ser tão medrosa. Quanto mais se envergonhava, mais aumentava seu medo. Como temia falar com Zeev Feinberg sobre o segredo dele, tentava falar sobre outras coisas. Pois ainda havia o sol, e a perna de uma cadeira que quebrou, e jornais. Mas logo Sônia descobriu que tampouco conseguia falar sobre elas. A cada dia crescia mais o segredo de Zeev Feinberg. Por fim tinha crescido tanto a ponto de tapar os raios de sol. Sua sombra cobria a casa de Zeev Feinberg e Sônia. Já não era possível enxergar nada. Já não era possível dizer nada. O segredo os espreitava por trás de cada frase. Cada palavra. E se, por exemplo, Zeev Feinberg queria dizer: "Sabe, logo será primavera", sempre havia a possibilidade de que dissesse, em vez disso: "Matei uma mulher e o filho; ela abraçava o solo, e o filho a abraçava". Por isso ficava calado. Sônia se calava também, e Iair, numa idade em que a língua já lambia suas primeiras palavras, olhava para os pais e os imitava.

3

Iaakov Markovitch não sabia nada do que acontecia com Zeev Feinberg desde o dia em que tinham se encontrado na rua. Ele mesmo fora enviado depois daquilo para as montanhas da Galileia, onde ficara várias semanas. Não foi fácil partir. Seus superiores tiveram de ir até sua casa, despertar aquele estranho homem e sua linda mulher com vigorosas batidas na porta, ordenar que vestisse suas roupas e fosse cumprir suas obrigações. Por mais que tentassem focar nas feições inexpressivas de Iaakov Markovitch, seus olhos não conseguiam evitar vaguear para a criatura magnífica que era Bela Markovitch. Mesmo com um bebê agarrado a seu pescoço, seus olhos ainda brilhavam na escuridão, e seu cabelo dourado estava preso no alto da cabeça como um feixe de trigo. Contra a própria vontade, voltavam a olhar para Iaakov Markovitch e o repreendiam dizendo: "O que é isso, por que ainda está parado?", embora a resposta estivesse claramente à sua frente. Era por causa da mulher a seu lado que ele não se mexia. Aquela mulher, uma cabeça mais alta que o marido, que não o olhou nem uma só vez durante todo o tempo em que gritavam com ele, com o olhar distante na noite, como se não fosse uma discussão de vida ou morte que estava ouvindo ali, e sim o coaxar das rãs.

Por fim os comandantes ameaçaram confiscar a casa. Aquela terra, que Iaakov Markovitch recebera havia muitos anos, não era para desertores. Os bons homens lá de cima a tinham arrendado às mãos hebreias para que cultivassem nelas culturas hebreias. E das mãos hebreias exigia-se que brandissem a picareta e empunhassem o fuzil. Iaakov Markovitch ouviu atentamente e respondeu: "Durante todos esses anos cultivei videiras, olivas e também damasco. Às vezes as frutas que saíam das árvores eram doces, às vezes eram amargas. Às vezes não amadureciam, às vezes as larvas as comiam. Mas nunca, em todos esses anos, produziram uma fruta hebreia. A oliva continuou a ser oliva, as uvas, uvas, o damasco, damasco". Os comandantes começaram a considerar em seu íntimo se Iaakov Markovitch estava capacitado a atuar na guerra. Seus olhos voltaram a se fixar na mulher. Ele fizera um belo discurso, ainda que meio avoado, mas bastou um olhar para Bela Markovitch para saber que era só de fachada. Não era por causa de oliveiras, vinhedos ou damasqueiros que aquele homem se apegava à sua terra e negava seu caráter hebraico. Seria admissível que enquanto os combatentes se enterravam em suas trincheiras ele se enterrasse na carne de sua mulher? Ou ia com eles imediatamente, ou que procurasse outra casa onde morar com sua família.

Naquele momento Tzvi Markovitch parou de brincar com os cabelos de sua mãe e começou a chorar muito alto. Iaakov Markovitch lançou um olhar ao menino e disse: "Vou com vocês". Então entrou para preparar suas coisas. Os comandantes ficaram na porta, com a mulher e o menino. Quando reuniram coragem para arriscar mais um olhar para Bela Markovitch não compreenderam o que tinha acontecido. O cabelo dourado assumira uma cor loura absolutamente comum. Os feixes de trigo agora não passavam de mechas cacheadas, não muito bem-dispostas. Os olhos ainda brilhavam no escuro, mas seu brilho não diferia daquele dos olhos de um gato ou de uma vaca, quando se depara com eles no meio da noite. Ou seja, no momento em que Iaakov Markovitch desviara seus olhos de Bela Markovitch ela se tornara, de figura venerada que era, uma mulher de carne e osso. Iaakov Markovitch voltou e saiu de casa, com a mochila nos ombros. Beijou o menino no cocuruto e ele parou de chorar, olhando surpreso para o pai. Iaakov Markovitch nunca o tinha beijado antes. Os lábios secos, cheios de fissuras, tocaram logo acima da testa, incutindo nela calor e saudades.

Agora Iaakov Markovitch olhava para sua mulher. Os comandantes prenderam a respiração: era como se alguém tivesse levado um fósforo aceso a uma fogueira que já se apagara, reacendendo-a de uma só vez. Pois agora Bela Markovitch voltara a ser a mulher mais bonita que jamais tinham visto. Como era possível que antes seu cabelo lhes parecesse absolutamente comum, quando agora era visível que se tratava de fios de ouro puro – segundo um dos comandantes –, ou de mel escorrendo – como imaginou outro. Enquanto ainda hesitavam em seu íntimo quanto àquela questão, Iaakov Markovitch deu um único passo em direção a Bela Markovitch. Os comandantes desviaram os olhos. Um homem tem direito à privacidade ao se despedir do filho e da mulher, mesmo sendo um desertor. Por isso fixaram o olhar no chão, permitindo que ambos caíssem nos braços um do outro, talvez até unissem seus lábios, os lábios secos e rachados e os lábios vermelhos e túmidos. Porém nada daquilo aconteceu entre Iaakov Markovitch e Bela Markovitch. Por um longo instante ficaram olhando um para o outro, e talvez continuassem a se olhar durante muitos instantes mais se os comandantes não tivessem resolvido que toda despedida emocionada deve terminar em algum momento e começado a pigarrear ostensivamente. Iaakov Markovitch foi até eles e começou a se afastar da casa. Cada passo que dava o deixava mais leve, menos tangível. O centro de gravidade de sua vivência, a obsessão que morava em sua medula óssea, ficara na casa de pedra. Cercada de oliveiras, vinhedos e alguns damasqueiros.

Assim Iaakov Markovitch fora para a Galileia, ficando cada vez mais ausente. Lutava em combates sem qualquer expectativa durante o dia, escrevia cartas sem qualquer expectativa durante a noite. Bela nunca lhe respondia, mas lia as cartas com surpresa estampada nos olhos, como alguém a ouvir o canto de um pássaro sem compreender. Iaakov Markovitch não escrevia nada sobre a guerra, e não por tentar proteger sua mulher. Nunca se defrontara com ela, apesar de ter participado de combates todos os dias desde que saíra de casa. Mas a guerra não afetara sua vivência, que estava toda reservada a Bela. Um homem como ele move-se como um besouro sobre a terra do país, ainda mais se houver alguma bandeira desfraldada sobre ela. Claro que Iaakov Markovitch não era um besouro, e sim um lavrador hebreu, e ainda um desses que tinham em seu currículo contrabandos de armas e muitas histórias de heroísmo. Mesmo assim, parecia alguém que despertava de um sonho com os ouvidos cheios dos chamados daquelas figuras ficcionais, e não sabia se devia ou não lhes prestar atenção. De longe chegavam-lhe os gritos de seus comandantes, de seus companheiros, o estrondo dos obuses. E ficavam cada vez mais fracos conforme duvidava que fossem reais, pois todo som que não fosse a voz de Bela lhe parecia falso. Assim Markovitch ia aos poucos caindo para fora do mundo, e mesmo quando gritavam com ele, berravam em seu ouvido e o sacudiam para cá e para lá estava pensando no que escreveria a ela quando o dia terminasse.

Todos os dias que Iaakov Markovitch passou nos campos de batalha da Galileia, Bela Markovitch passou nos campos de batalha da colônia. Os pés do inimigo não chegavam aos limiares das casas, nem mesmo aos pomares, porém brigas de vizinhos eram mais que suficientes para amargurar a alma. As mulheres estavam cansadas, preocupadas e irritadas, e as crianças eram o reflexo das mães. Qualquer coisa, por menor que fosse, era motivo de choro, e o choro de uma contaminava rapidamente todas as outras, passando de uma a outra como se fosse catapora. Nos primeiros dias da guerra as mulheres ainda se sentiam solidárias, uma solidariedade que as unia e amenizava o menor sinal de briga. Mas à medida que passavam as semanas cada uma se fechou em sua própria infelicidade, empilhando seus tijolos de preocupações, temores e dúvidas.

"Não dá para acreditar que ela está fazendo geleia de damasco logo agora."

"O cheiro chega até o céu."

"Oferecer aos outros nem pensar."

Porém mesmo quando Bela passava pelas casas e oferecia geleia às mulheres, elas recusavam-se a aceitar. Apesar de naquele ano não ter dado muito damasco e do cheiro da geleia dar água na boca, não queriam comer um doce feito por Bela Markovitch. Pois desde o momento em que Iaakov Markovitch deixara sua casa era impossível não perceber a mudança que tinha se operado em Bela. Sua alegria era ostensiva demais, gritava aos céus. Seu cabelo dourado ofuscava os olhos das crianças, seus olhos fulgiam em tal entusiasmo que às vezes iludiam as forças ao longe, que viam naquilo sinais de fogo cheios de significados. E o pior de tudo – ela cantava. Enquanto sua voz tinha se represado, as mulheres conseguiam perdoar a beleza ofensiva de Bela Markovitch, que afinal não tinha sido escolha dela. Mas quando soltava a voz cantando não era possível ignorar o fato de que estava florescendo, pura e simplesmente. Pela primeira vez na vida sua beleza não era produto de um olhar exterior que a contemplava, e sim de um sentimento interior. E aquilo as mulheres não podiam perdoar. Uma coisa era brilhar em virtude do olhar dos homens, outra era brilhar por força de uma vontade própria. A beleza de Bela Markovitch maculava a colônia inteira.

Quando um homem vai à guerra, o que deseja para si mesmo? Que o mundo pare de se movimentar. Para uma pessoa que enterrou seus amigos com as próprias mãos, o crescimento tranquilo dos cereais é como uma cuspida na cara. Sem falar nos imensos tapetes de anêmonas. Que vergonha. Seria melhor que a terra da colônia fechasse seu útero e esperasse seus donos. Mas as árvores continuaram a dar frutos, as anêmonas avermelharam e os cereais cresceram num só ritmo. Bela Markovitch olhava para tudo aquilo com uma canção nos lábios, que ela mesmo compusera. Raramente pensava em Iaakov Markovitch. A casa ia se despindo da aparência dele. Seus pertences mais pessoais – os escritos de Jabotinsky, por exemplo – iam se livrando gradativamente da opressão do dono. Às vezes, quando Tzvi construía seus castelos na areia, o pensamento dela transcendia as semanas e os dias. Então perguntava a si mesma se seria possível que todos os dias fossem como aqueles, se realmente seu carcereiro fora embora para não mais voltar. Se ela ficaria entre aquelas paredes de pedra, numa prisão que se tornaria sua casa, e criaria seu filho numa solidão benfazeja e luminosa.

Mas as cartas de Iaakov Markovitch continuavam a chegar. Às vezes eram tão emotivas que Bela tinha de lavar as mãos logo após a leitura, antes que ficassem pegajosas. Uma ou outra vez caía na gargalhada ao deparar com uma imagem especialmente banal. Bela se sentia culpada, mas certamente perdoaria a si mesma se soubesse como estava sendo generosa em comparação com os companheiros de batalhão de seu marido. Desde o primeiro dia tinham percebido a peculiaridade de Iaakov Markovitch. Apesar de vestirem todos uniformes iguais, mesmo ali os outros conseguiam ver, até mesmo cheirar, a estranheza daquele homem silencioso. Nas longas noites, quando a fogueira se apagava e as histórias e lorotas tinham sido mastigadas até seu mais fino teor, havia quem reunisse coragem para surrupiar o caderno de Iaakov Markovitch. Então juntavam-se todos para ouvir o que diria daquela vez à sua amada, e acrescentavam a suas palavras todo tipo de gemidos e uivos de fazer as orelhas se avermelharem ao ouvi-los. Iaakov Markovitch pedia e implorava, batia com os pés e berrava, mas aquilo só inflamava a zombaria dos rapazes, como óleo que faz o fogo aumentar.

Uma noite Iaakov Markovitch procurou o caderno e não o encontrou. Das tendas não se ouvia nenhum rumor, motivo exato pelo qual soube que naquilo havia a mão dos rapazes. O silêncio, que envolvia o acampamento inteiro, era como o silêncio dos batalhões antes do fogo. Olhos em tocaia vigiavam seus movimentos. O que devia fazer? Correr de um lugar para outro numa busca febril? Ou ficar onde estava e implorar, o melhor combustível que existe para aquecer um grupo entediado? Mas Iaakov Markovitch não fez uma coisa nem outra. Os minutos passaram e ele ficou onde estava, sem dar um pio. A expectativa tensa dos rapazes se transformou em tédio. Naquela noite teriam de encontrar outra forma de diversão. Mas, enquanto pensavam como iam amarrar aquele soldado raso gordo do outro pelotão enquanto ele dormia, ouviram o ruído de um fuzil sendo engatilhado. Iaakov Markovitch estava lá, com a arma na mão, apontando-a para os arbustos onde se escondiam.

"O caderno, agora."

A maioria das pessoas sabe discernir facilmente diferentes tons de voz. Nem tantas sabem diferençar tipos de silêncio. O comandante de Iaakov Markovitch era uma delas. Não só sabia discernir facilmente entre a voz do gaio e a de uma coruja fazendo a corte, como também percebia a imensa lacuna que havia entre o silêncio de um sorriso e o do pânico. Durante todo o tempo em que os rapazes zombavam de Iaakov Markovitch, o comandante, deitado em sua tenda, nada ouvia. Mas no momento em que Iaakov Markovitch engatilhou sua arma, ele sentiu a densidade do ar fora da tenda. Apressou-se a sair, com a arma na mão, e viu-se diante daquele soldado raso, cujo nome não conseguia lembrar.

"O que está fazendo, soldado?"

"Meu caderno desapareceu, comandante. Eu o quero de volta."

"E por isso está ameaçando os arbustos com uma arma?"

"Não os arbustos, comandante. As pessoas que estão atrás dele."

O comandante forçou o olhar naquela direção, porém nada viu. Os rapazes, que antes tinham se calado por medo de Markovitch, não ousavam respirar por medo do comandante.

"E como é que você sabe que há pessoas lá, soldado?"

"Eu os sinto, comandante. Sinto a zombaria através das folhas."

O comandante avaliou Iaakov Markovitch com os olhos, considerando que às vezes há talentos fora do comum escondidos no corpo de pessoas muito comuns.

"Saiam daí e devolvam-lhe o caderno, seu bando de hienas. E você, depois de escrever o que queria, venha conversar comigo."

Iaakov Markovitch escreveu no caderno apressadamente, depois saiu de sua tenda para se apresentar ao comandante. Deixou o caderno bem à vista em seu leito, como a desafiar os soldados a tocar nele. Quando se encontrou com o comandante, ele o analisou longamente, com evidente decepção. Ao ver Iaakov Markovitch apontando sua arma para os arbustos, sentira o calor que emanava debaixo de sua farda, ameaçando atear-lhe fogo. Iaakov Markovitch quase resplandecia em sua ira. Mas agora que tivera a oportunidade de descarregar o que lhe ia no coração nas páginas do caderno, sua ira se amainara e não deixava a quem o contemplava mais do que as cinzas de seu rosto. Voltava a ser o que era nos momentos de paz: um homem simples, esquecível, envergonhado e de olhos aguados.

"Você com certeza sabe que eu poderia puni-lo. A arma que tem nas mãos não lhe foi dada para ameaçar nossos próprios combatentes."

Iaakov Markovitch demorou a responder, e o comandante temeu que seus instintos o tivessem enganado. Já tinha resolvido que puniria o soldado se ele ousasse se desculpar pelo que fizera. Mas então Iaakov Markovitch ergueu os olhos para encará-lo e disse:

"Faria tudo de novo."

E para a surpresa de Markovitch o comandante sorriu com a resposta e indicou que sentasse num gesto amigável.

"Devagar, soldado. Com isso que existe em você, digo. Deixei passar até agora, mas esta noite seria impossível me enganar quanto a isso. Com a ajuda de uma paixão como a sua, e só com essa ajuda, venceremos a batalha por esta terra."

O comandante de Iaakov Markovitch não ficou nem um pouco preocupado com o fato de que a paixão que ele tanto reconhecia tinha como causa uma mulher, e não o solo pátrio. A origem daquele fogo não lhe importava enquanto achasse que poderia atrelá-lo a seus objetivos. No decorrer de sua carreira militar tinha deparado com sonhadores e visionários aonde quer que fosse. Seus colegas erguiam uma sobrancelha incrédula, mas ele sabia muito bem que, a despeito da aparência ridícula, aqueles homens obcecados poderiam formar uma unidade de elite superior a todas as outras forças reunidas. Além de Markovitch, tinha adotado um apostador compulsivo que fora para a Palestina fugindo de seus credores americanos. Nem mesmo estava certo de que fosse judeu, mas o fogo que ardia em seus olhos quando avistava um par de dados fez com que o comandante o mantivesse por perto. Ainda antes de conhecer o apostador tinha insistido em receber em seu batalhão um jovem manco que, na opinião de todos, não ia se sair bem na guerra. Era rebento de uma família religiosa de Safed e se orgulhava do fato de que seus antepassados jamais tinham deixado o país. Após ter lhe aparecido em sonho o anjo Uriel e o instruído a se unir aos sionistas, saiu de casa e de sua cidade e manquejou todo o percurso até o comando, no vale de Jezreel. O responsável pelo alistamento riu na cara dele, mas o comandante lançou-lhe um olhar e ordenou que lhe entregassem uma farda. Finalmente arregimentou um comerciante de Jaffa, um tunisiano corpulento que tinha perdido todo o patrimônio e toda a família quando cedera à tentação do álcool. O comandante o conhecera quando batia no barman que lhe recusara mais uma dose, a ponto de fazê-lo desmaiar. Ele pagou pela dose e se comprometeu a pagar muitas mais se o comerciante concordasse em ir com ele.

Markovitch conheceu os três pouco tempo depois de sua própria conversa com o comandante. Desde aquele dia passava seu tempo numa tenda separada, ao lado do apostador compulsivo, do manco sonhador e do bebedor com braço de ferro. Não precisou mais se preocupar com seu caderno. Bastou um só olhar dos três para perceber que era lá que residia a paixão de Iaakov Markovitch. E eles a respeitaram, exatamente como respeitavam suas próprias paixões. Iaakov Markovitch não estava acostumado com tanto respeito. As palavras de censura quanto a sua atitude em relação a Bela o tinham acompanhado por tanto tempo que já tinham se integrado à mistura de sons cotidianos, como o cricrilar dos grilos à noite ou o borbulhar permanente da água no riacho. E eis que na tenda onde o comandante os colocara não havia sinal algum de censura nem um pingo de condenação. Seus companheiros de tenda o tratavam como próximo, até mesmo com amizade. Pela primeira vez na vida Iaakov Markovitch conheceu o doce sabor de fazer parte de um grupo.

À noite, quando o som das risadas e da música se elevava das outras tendas e chegava até eles, os quatro davam de ombros com desprezo. Um deles começou então a falar em louvor de sua paixão, e os outros ouviram em silêncio, com muita atenção e grande respeito. Iaakov Markovitch falava sobre os olhos de Bela, o comerciante de Jaffa enaltecia o veludo da embriaguez, o apostador fazia versos às faces dos dados e o manco glorificava o anjo Uriel. Toda vez que um deles terminava de falar – claro que não por ter se cansado, já que poderia continuar a enaltecer sua paixão até a eternidade, mas por consideração aos demais –, outro tomava seu lugar. Muitas vezes ficavam acordados até o amanhecer, quando o manco sorria com satisfação, ajeitava o solidéu na cabeça e dizia: "Os dias de sua vida: os dias. Todos os dias de sua vida: as noites".* De vez em quando o comandante visitava a tenda e se enchia de satisfação ao ver como a loucura de um alimentava a dos outros. Os quatro mantinham com ele uma conversa agradável, mas esperavam ansiosamente que fosse embora. A partir do momento em que tinham se conhecido não achavam mais graça em perder seu tempo com alguém cuja alma não fosse governada pela paixão. Não adivinhavam então que sob sua farda e suas divisas o comandante era como eles. Como um vulcão coberto por um tapete verde de grama, onde lava borbulhava por baixo das plantas e das pedras.

Até que um dia a montanha explodiu. O apostador estava contando como deixara sua casa para um credor cruel quando o comandante irrompeu na tenda, com os olhos chamejantes. "Esta noite!", ele urrou.

"Esta noite?", surpreendeu-se Iaakov Markovitch.

"Esta noite. Esta noite vamos conquistar a fortaleza."

---

* Citação da *Hagadá*, relato da libertação dos judeus da escravidão no Egito, que se lê no *seder*, o jantar cerimonial do início do Pessach. [N.T.]

E o comandante começou a lhes falar de sua paixão: uma fortaleza com muros fortificados, que dominava o vale a partir do oeste. Havia dez anos vinha batendo às portas da muralha com os olhos da alma sem obter resposta. Quase se acostumara a desejá-la à distância. Mas agora os ingleses a tinham transferido para os árabes, e aquilo ele não aceitava de modo algum. Já não dormia havia seis dias, o grito da pedra estuprada sob os tacões do inimigo enchia seus ouvidos. As probabilidades de vitória eram escassas, não ia esconder aquilo deles. Mas preferia o sofrimento do fracasso à vergonha da aceitação. Assim que o comandante terminou de falar, o coxo correu para abraçá-lo. O bebedor de Jaffa enxugou uma lágrima furtivamente e o apostador chorou sem demonstrar vergonha. "Iremos com você", disse Iaakov Markovitch, e os outros aderiram a uma só voz. Era uma grande honra para qualquer um combater a serviço de uma paixão tão grande, mesmo que não a própria.

Eles investiram sobre a fortaleza numa hora tardia da noite, avançando protegidos pela escuridão. Iaakov Markovitch e o apostador iam à frente, os rostos suados, o calor que emanava do comandante queimando suas faces. Um pouco atrás seguia o bebedor, levando nas costas o coxo agradecido. E talvez também o anjo Uriel, que o coxo alegava estar em seus ombros. Os outros soldados seguiam atrás dos quatro, segurando as armas nas mãos trêmulas. Ainda na hora de receber instruções, longe dali, na segurança do vale, já se preocupavam: os árabes tinham a vantagem da altitude, e a escassez de armas não era um bom agouro.

Quando surgiu a lua, prateada e traidora, o rosto de Iaakov Markovitch e de seus três companheiros foi inundado de uma luz preciosa. Eles a olharam afetuosamente. Pois a lua, como eles, devia sua existência a outra coisa, que lhe fornecia luz. Ela continuou a brilhar sobre as forças que avançavam, e o assobio das balas não demorou a vir. Iaakov Markovitch constatou que não estava surpreso. Sabia, desde o primeiro momento do ataque, que seriam descobertos. E mesmo assim reiterava de boa vontade as palavras que dissera na tenda, continuava a participar com total convicção daquela ação, carente de opções na mesma medida em que tinha inúmeras delas.

O ardor que irradiava do rosto do comandante ao investir iluminava o rosto de Iaakov Markovitch, mas o pavor dos soldados que seguiam atrás dele gelava suas costas. Mais do que o ruído dos passos que avançavam escalando o outeiro, ouvia sons de fuga para longe. Muitos recuavam. Alguns instantes antes, quando a lua iluminou o rosto transtornado do comandante, correu entre os combatentes o boato de que perdera a razão. Uma parte continuou com ele, pensando que era o ardor de um comandante que nele fervilhava, e não a loucura de uma paixão. Outra fugiu, buscando pretextos para isso em toda a sua vida. Iaakov Markovitch e seus companheiros lançaram-se à frente com um sorriso no rosto, cada um deles imaginando a fortaleza como a personificação de sua paixão. O bebedor olhava para as muralhas e via nelas uma caneca cheia da doçura da embriaguez. O apostador sabia que a fortaleza quadrangular não era outra coisa senão um gigantesco dado, suspenso no céu acima dele. O coxo avistou o anjo Uriel olhando para ele da torre de guarda, e caiu chafurdando no próprio sangue quando um tiro o atingiu sem a menor dificuldade. Iaakov Markovitch compreendeu muito bem que a recusa da fortaleza a ser conquistada não era senão a recusa de Bela, e por isso beijou o coxo na testa e seguiu rapidamente adiante, para o combate. Já bem junto à muralha tropeçou no corpo do apostador – tinha errado no cálculo estatístico da probabilidade de que o atirador que acertara o coxo conseguiria acertá-lo também. Iaakov Markovitch cerrou os olhos do amigo, que apesar de vazios estavam cheios de um contentamento sublime, e continuou a avançar. Agora já estava dentro da fortaleza, abrindo caminho entre os árabes. Foi quando avistou o bebedor, estirado com uma baioneta cravada no coração, o sangue escorrendo como vinho doce.

Iaakov Markovitch retirou a baioneta do corpo do amigo e fez uso dela como se deve, decretando o fim de muitos mais. Após ter terminado o massacre de todas aquelas pessoas, ouviu a voz do comandante, e pensou que tivesse ficado surdo com o assobio de uma bala perdida. Mas então o comandante berrou novamente a palavra "Recuar", e o rosto de Iaakov Markovitch expressou toda a sua desolação.

Sua tristeza não era por causa de seus amigos mortos, e sim pelo comandante que caíra no combate entre a voz da lógica e a da paixão. Naquele exato momento Iaakov Markovitch pensou em Bela dormindo na casa de pedra, na colônia. Aquela imagem, em vez de fazê-lo se apressar em deixar o campo de batalha, obrigou-o a segurar ainda mais forte seu fuzil, como se assim segurasse Bela com mais força. Os outros combatentes já começavam a recuar, mas Iaakov Markovitch continuou a recarregar sua arma com um pente de balas atrás do outro, atirando como louco para dentro da escuridão. Quando o comandante viu sua loucura, a dele próprio tornou a irromper. Durante longos momentos ficaram ali, de costas um para o outro, o comandante corpulento e alto e Iaakov Markovitch, o glorioso mediano, atirando nos soldados inimigos com um sorriso no rosto. Estavam tão tranquilos, tão belos e seguros, que se os documentasse um desenhista ou um fotógrafo com certeza seriam eternizados e distribuídos impressos em selos. Só que, infelizmente, não havia na fortaleza naquele momento nem desenhista nem fotógrafo, e mesmo se houvesse provavelmente estariam mortos ou feridos, pois era a situação da maioria das criaturas ali quando o dia amanheceu.

Os primeiros raios de sol surpreenderam o comandante. Nem por um momento tinha pensado que chegaria a ver o dia seguinte. Quando a lua surgira denunciando suas posições, quase cinco horas antes, já sabia muito bem que a batalha estava perdida. Continuou a avançar sem hesitação, mas ordenou aos soldados que recuassem quando viu quão demasiado era o número de caídos, sem condições de cumprir suas ordens. Mesmo então, quando ordenou a retirada, sabia que ele mesmo não ia descer o outeiro da fortaleza. Não estava esperando combater, e sim encontrar uma lâmina sobre a qual cair, como fizera o rei Saul quando chegara sua hora. Mas então viu Iaakov Markovitch transando com a própria loucura, e novamente encheu-se de uma paixão ardente. Os momentos em que ficou atirando no escuro, seu corpo tocando o corpo de Iaakov Markovitch e seu rosto voltado para as montanhas, foram os mais belos de sua vida. O comandante não quis que a luz do sol os maculasse, tornando visível a bandeira do inimigo ainda tremulando sobre a fortaleza. Tendo subido a montanha, não poderia voltar para o vale. Por mais um instante Iaakov Markovitch sentiu a pressão do corpo do comandante em suas costas, e então o comandante desatou a correr direto para a linha de fogo à sua frente. Iaakov Markovitch sentiu o corpo do comandante se destacar do seu, mas não olhou para trás. Disparou mais quatro tiros, um para cada um de seus amigos estirados na montanha, então recolheu a arma e começou a descer. Passou pelo corpo do comandante, que tinha o rosto enfiado na terra. As balas que assobiavam atrás dele não lhe permitiram virá-lo de costas, mas sabia muito bem que se o tivesse feito veria um sorriso no rosto tenso.

4

Quando Iaakov Markovitch voltou para o acampamento suas pernas estavam cansadas e seu coração palpitava. Não conseguiu dormir. Durante longas horas ficou deitado em vão em seu colchão na tenda deserta. O lamento dos outros colchões lhe chegava aos ouvidos e não lhe dava trégua. O leito do comerciante de Jaffa ainda exalava um cheiro forte de bebida, e junto ao colchão do apostador tinham ficado uns dados e dois baralhos. No colchão do coxo, havia um *sidur*, livro de orações, aberto no lugar de sempre: "À minha direita, Miguel, à minha esquerda, Gabriel, à minha frente, Uriel, atrás de mim, Rafael, sobre minha cabeça, a Presença Divina".* O *sidur* agora estava órfão. Assim como a garrafa de bebida e os dados. Iaakov Markovitch pensou em seus amigos que tinham ficado no outeiro, e sabia que havia uma grande missão a lhe pesar nos ombros. Pegou a garrafa de bebida e tomou um gole. Depois lançou os dados, apostando contra si mesmo. Após sair vencedor, pegou o *sidur* e leu os nomes dos anjos, detendo-se especialmente em Uriel, elevando a voz como fazia o coxo toda vez que chegava a ele. Em geral a elevação de voz era recebida com risadas oriundas da tenda ao lado, porém daquela vez Iaakov Markovitch não ouviu nada, ou porque os que moravam na tenda estavam machucados demais para rir, ou porque as lágrimas lhe enchiam os ouvidos. E assim Iaakov Markovitch continuou a

* Prece noturna de proteção, recitada na hora de dormir. [N. T.]

beber, a apostar e a rezar em memória de seus amigos, durante todo aquele dia e os dois dias seguintes, até que foram à tenda dizer que o novo comandante queria falar com ele.

No decorrer dos três dias que tinham se passado desde que deixara seus amigos na colina, Iaakov Markovitch havia aprimorado seus novos talentos. Agora já sabia rezar, beber e apostar ao mesmo tempo. Primeiro tomava um grande gole de bebida. Enquanto ela escorregava por sua garganta, lançava os dados. Então começava a rezar, desejando com todas as forças que a sorte fizesse o dado parar no número seis, o número de letras do nome do anjo Uriel em hebraico. Às vezes sua reza era perturbada por algum soluço provocado pela bebida. Então Iaakov Markovitch desculpava-se no maior fervor com o coxo e dirigia um tênue sorriso ao apostador. Quando os soldados foram chamá-lo, deixou escapar um pequeno soluço. Eles não compreenderam que era um monumento magnífico à memória do comerciante de Jaffa, ou talvez tivessem compreendido, mas não eram grandes apreciadores de monumentos. De qualquer modo, um deles logo tratou de estender a mão para confiscar a garrafa. Daquela vez Iaakov Markovitch não teve de engatilhar sua arma. Bastou um olhar para imobilizar a mão do soldado. À direita, o bebedor; à esquerda, o apostador; à frente, o coxo; atrás, o comandante; acima dele, uma paixão que se estendia pelo céu do país – foi assim que Iaakov Markovitch caminhou em direção à tenda do novo comandante.

"Entendo que você foi o único que sobreviveu."

O novo comandante se parecia com o comandante anterior quase em tudo, com exceção do fato de que estava vivo, enquanto o outro morrera. Tinha estatura elevada e ombros largos, cabelo cacheado e olhar firme. Mas seriam seus sonhos cheios de paixão também? Aquilo Iaakov Markovitch não saberia dizer.

"Muitos sobreviveram. O acampamento está cheio deles."

"O acampamento está cheio daqueles que recuaram. Mas dos que se lançaram à frente, dos suicidas na montanha, restou apenas você."

"Correto."

Iaakov Markovitch sentiu um soluço lhe subir pela garganta e rezou a Uriel para que o represasse em sua boca, apostando na probabilidade de que o anjo atendesse seu pedido. Mas então o comandante deu um suspiro profundo, ressoante, e o soluço de Iaakov Markovitch foi engolido por ele sem deixar rastros.

"Que desperdício. Que desperdício. Era evidente que vocês não tinham qualquer possibilidade de êxito."

Iaakov Markovitch não soube se o comandante estava esperando uma resposta, mas decidiu não dizer nada. Não tinha uma explicação lógica para apresentar, e a que poderia dar ou ele já saberia, por ser evidente, ou seria de todo inútil.

"E agora seremos obrigados a atacar novamente."

Iaakov Markovitch olhou para o comandante, confuso. Estava claro que a fortaleza não dominava os sonhos dele. Por que então tornaria a atacá-la?

"Senhor, se não temos chance, por que tentar?"

"Porque já fracassamos uma vez. Cada um dos soldados que desceu a montanha sabe que quase chegamos às portas da fortaleza. Se desistirmos agora, se formos para outras montanhas e outras fortalezas, o fracasso virá junto, agarrado às solas de seus sapatos, paralisando seus dedos no gatilho."

Iaakov Markovitch pensou no comandante anterior, cujo rosto com certeza ainda estava enfiado num monte de areia na colina. O sorriso em seu rosto teria se alargado e seus olhos vidrados se arregalado? Iam se fechar agora para o doce sono eterno? Pensamentos daquele tipo pairavam entre os vapores da embriaguez em sua cabeça, parecendo ser extremamente lógicos quando os contemplava através das brumas da bebida.

Na verdade, os olhos do comandante estavam fechados já no momento em que caíra, e a conquista da fortaleza não ia mudar nada, exceto pelo fato de que os germes que agora os habitavam seguiriam adiante, indo para outros corpos. Mas aquele pensamento não ocorreu a Iaakov Markovitch. E se ocorresse ele ia expulsá-lo a socos e pontapés. Em vez disso, dirigiu o olhar para o novo comandante e disse: "Se quiser, irei atrás de você para a fortaleza, pela segunda vez".

"Geralmente, quando uma pessoa se livra do inferno, não se apressa a voltar para ele."

Iaakov Markovitch hesitou. Quando olhava para o rosto do novo comandante, o que queria dizer era que tinha em vista a defesa das colônias do norte. Quando olhava o rosto do antigo comandante e de seus três amigos quase acreditava que era para honrar sua memória que suas pernas queriam correr para a montanha. Mas quando examinou sua alma com os olhos bem abertos, viu que não era nem uma coisa nem outra. Era para si mesmo que Iaakov Markovitch queria conquistar a fortaleza, e só para si. Quando estivera com as costas contra seu comandante morto, atirando dentro da noite, Iaakov Markovitch sentira uma serenidade maravilhosa como nunca antes. Cada parte de seu corpo atuava numa harmonia perfeita. Pela primeira vez na vida tinha certeza absoluta de onde estava e do motivo. Agora, embriagado, na tenda do comandante, quis sentir novamente a mesma e tão preciosa segurança, a firmeza dos pés sobre a terra quando as balas assobiam em torno dele. Iaakov Markovitch ergueu-se lentamente do assento, batendo continência ao comandante com a mão trêmula.

"Quando voltarmos a conversar, comandante, o vale de Jezreel estará todo estendido a nossos pés."

Não voltaram a conversar. O novo comandante de Iaakov Markovitch tombou não muito longe do lugar no qual tombara seu antecessor, só que de costas, com o rosto virado para cima, continuando a agonizar por um longo tempo. Iaakov Markovitch permaneceu a seu lado, tentando resgatar dos fragmentos de frases algo que pudesse repetir para sua família: patos; uma prova de conhecimento da Bíblia; Tamara; Rute; queimando; queimando. Iaakov Markovitch gravou as palavras na memória, pois achou que talvez houvesse nelas um consolo para alguém algum dia. Nunca conheceu os familiares do comandante e não soube qual era a aparência de Tamara nem de Rute. Mas jamais esqueceu o rosto do novo comandante, por mais que tentasse. Ele continuava a estertorar, continuava a gemer Tamara e Rute, Rute e Tamara, e Iaakov Markovitch sentiu que seus ouvidos iam explodir. Por isso voltou a pensar no nome de Bela, voltando a ele repetidas vezes, como os árabes reviram seus rosários na oração. Bela, Bela, Bela, Bela, deixando o nome preencher seus ouvidos e sua mente, aumentando e diminuindo o volume de acordo com os gritos do comandante.

Além do comandante foram mortos naquela noite mais vinte e um soldados. É perfeitamente plausível que também tivessem alguma Tamara, ou Rute, ou Bela, mas Iaakov Markovitch não tinha a menor intenção de se ocupar daquilo, pois sabia muito bem que fazê-lo custaria sua sanidade mental. Então fez o melhor que podia: parou de pensar a respeito. Totalmente. O novo comandante e o anterior foram enterrados um sobre o outro na sepultura de irmãos que havia nas profundezas de sua memória, ao lado do coxo, do bebedor, do apostador e dos outros vinte e um jovens que nem mesmo tinham um termo que os designasse. Iaakov Markovitch bateu bem a terra que os cobria e seguiu adiante sem olhar para trás. Um mês depois, quando passou pelo caminho sinuoso sob a fortaleza, olhando para a bandeira hebreia que tremulava lá em cima, sentiu descer sobre ele uma estranha tristeza que fez seus olhos arderem, e apressou o passo.

5

Iaakov Markovitch empurrou seu passado para um canto qualquer. Zeev Feinberg o vivia como se fosse um presente eterno sempre se estendendo. Rachel Mandelbaum sentia que a perseguia com as unhas de fora. Mais um pouco e ia alcançá-la e se tornar seu futuro. Repetidas vezes despertava na cama ao som do crânio esmagado do velho judeu em Viena. Já haviam se passado muitos anos desde que vira a cabeça do homem se chocar com a quina da calçada, longos anos, mas desde que irrompera a guerra aquele som doentio estava vivo e presente em seus ouvidos. Tão próximo que ela não acreditava mais que sua origem estava no passado. Rachel Mandelbaum sabia: a guerra aproximava-se cada vez mais da colônia. Sabia disso ainda que as manchetes dos jornais dissessem outra coisa. Ouvia crânios sendo esmagados por todo o país, e o eco daqueles sons de esmagamento a perseguia aonde fosse. Sabia agora que o som vinha dos campos de batalha no norte, das emboscadas no sul, das legiões que atacavam do leste, arrasando tudo o que encontravam pelo caminho. Os rapazes austríacos que empurravam o velho de mão em mão em sua brincadeira estavam agora à procura dela, e daria no mesmo se levassem na manga a suástica ou se tivessem escurecido a pele e o cabelo para se tornar árabes.

Rachel Mandelbaum continuou a regar as roseiras e a alimentar o bebê, que crescera e agora era um menino, mas o tempo todo seu ouvido estava atento aos sons que se aproximavam. De vez em quando interrompia no meio uma canção de ninar para ouvir melhor, e às vezes fazia exatamente o contrário: cantava mais alto. O menino, surpreso, olhava para ela e ria, e seu cantar era tão forte que o som dos crânios espatifados quase desaparecia. Quase; ela não contava a ninguém sobre aquilo, não tinha a quem contar. Avraham Mandelbaum fora enviado para o sul já fazia muitos dias, e mesmo quando estavam na mesma casa, as palavras que um dirigia ao outro navegavam por oceanos imensos antes de chegar a seu destino. Iaakov Markovitch tinha ido para o norte, e fora cinco cartas endereçadas a Bela nada se sabia dele. Quanto a Bela, seu rosto resplandecia e sua pele irradiava luz. Ela era só alegria. Rachel Mandelbaum não ousava perturbar a felicidade dela com seus temores. Um belo dia, pegou o menino pela mão e foi com ele à casa de Sônia e Zeev Feinberg. Chegando à porta ergueu a mão para bater, mas olhou pela janela e deixou-a cair. Zeev Feinberg e Sônia estavam sentados na sala, os dois em silêncio, os olhos dele voltados para a frente, os dela para o chão, e entre eles o menino Iair, sem dizer uma só palavra.

À noite, quando os uivos de hiena em seus ouvidos aumentavam e diminuíam como sirenes anunciando perigo, Rachel ficava esperando as bombas que viriam pelo ar. O silêncio da noite não a iludia nem por um instante. Ao amanhecer, com o corpo doído após horas de tensa expectativa, punha a mão entre as pernas, em busca de consolo. Já não pensava mais no soldado austríaco, seus pensamentos da madrugada não eram em nada diferentes dos horrores do dia, dos temores da noite. Mas, ao fim de algum tempo, quando mantinha aquele contato com uma insistência que beirava o desespero, passava alguns instantes de felicidade, com um arrepio delicado que fazia estremecer todo o seu corpo e calar – mesmo que por um minuto – aqueles sons.

Cometeremos um grande erro pensando que Avraham Mandelbaum não escrevia cartas para sua mulher. Era verdade que nenhuma delas fora enviada, nem mesmo posta no papel, mas mesmo assim Avraham Mandelbaum era um correspondente dedicado como ele só. Levava no bolso mensagens de saudação à sua mulher. Objetos diversos e estranhos que contavam o que se passava com ele e consolidavam seu amor. Uma pedra arroxeada beirando o vermelho. A tenaz de um escorpião que estava enterrada na areia. Um ramo de trigo em flor. À noite, quando seus companheiros de tenda estavam mergulhados nas cartas que escreviam, Avraham Mandelbaum tirava um deles do bolso e o observava longamente. A pedra arroxeada, por exemplo, era então um pôr de sol púrpura nos céus da colônia, um coração vermelho palpitante, um terceiro olho misterioso na testa de uma mulher indiana. Avraham Mandelbaum olhava para a pedra e se emocionava com as muitas possibilidades que tinha na palma da mão. Cerrava então as mãos sobre a pedra e imaginava os dedos de Rachel abrindo um envelope e descobrindo-a dentro dele. Entenderia? Ia se deter para contemplar o pôr do sol púrpura, ou a jogaria fora? Mas, na verdade, mesmo se fosse deixada no quintal, a pedra encontraria seu lugar. Como era agradável aquele pensamento: uma pedra que percorrera um longo caminho a partir das areias do Egito jazeria na soleira de sua casa. Mas toda vez que havia uma coleta do correio (os envelopes ficavam amontoados no banco traseiro da caminhonete, um aroma fresco de palavras que tinham acabado de ser colhidas), Avraham Mandelbaum mudava de ideia e deixava a pedra em seu bolso. *Que pena*, pensava, *que as pessoas tenham se acostumado a receber cartas nas quais tudo está escrito. Como seria bom se recebessem cartas nas quais não se dissesse nada, e assim pudessem adivinhar nelas praticamente tudo.*

É plausível imaginar que tais pensamentos nunca teriam ocorrido na mente de Avraham Mandelbaum caso fosse dotado de alguma medida de talento para escrever. Mas assim como não era homem afeito à palavra falada, tampouco era à palavra escrita. Palavras, por si mesmas, despertavam nele uma medida nada desprezível de desconforto. Incisivas demais, agudas demais, como uma matilha de cães salivando ou um grupo de mulheres zombeteiras. Ele amava Rachel por seus muitos silêncios, e amava o deserto porque nele as palavras pareciam inúteis. Qual era o sentido de declarar "Hoje está fazendo calor" quando o calor fazia derreter a frase que tentava descrever aquilo enquanto estava sendo dita? A aridez do deserto e sua completude esvaziavam as palavras de seu significado. Por mais que os outros soldados tentassem preencher o espaço imenso com conversas e anedotas, gritar um para o outro piadas obscenas e histórias pornográficas, logo suas vozes iam sumindo sem que se soubesse por quê. Avraham Mandelbaum olhava para os uádis e para as montanhas, via os matacões de rocha e as ravinas, sentia como as palavras ditas ali caíam depressa no solo como frutas podres. Liberado de palavras, livre para atirar, tendo no bolso uma pedra arroxeada, a tenaz de um escorpião e um ramo de trigo em flor, Avraham Mandelbaum estava feliz no deserto como nunca estivera feliz em toda a sua vida.

Às vezes, à noite, pensava no menino. Dentro de um mês completaria cinco anos. Reconheceria o rosto do pai quando voltasse? Avraham Mandelbaum não pensou se ele próprio reconheceria seu rosto. Havia mudado muito.

Era outono. O céu percebera a expectativa das pessoas e enchera-se de nuvens. As pessoas as viam e ficavam cheias de expectativa. A expectativa, pesando sobre as nuvens, fazia com que fendas se abrissem nelas. A água escorria por elas gota a gota. As pessoas olharam para o céu e disseram: "Chuva". Foi o bastante para as gotas cessarem e as nuvens seguirem adiante.

Após aquela chuva de mentira, o calor ficou mais opressivo do que antes. Por fim as pessoas deixaram de olhar para o céu, pois já não conseguiam suportar a expectativa. Era outono, e a expectativa pairava no ar como os ventos quentes de agosto. Como o frio de janeiro. E onde havia expectativa não havia nem ventos quentes nem frio, só esperança, que está sempre em temperatura ambiente. E quando a expectativa e a esperança começaram a se deteriorar como abóboras esquecidas no campo por tempo demasiado, quando as pessoas disseram que já não haveria chuva aquele ano e nem olhavam mais para cima em desafio, pensando "vocês vão ver só", quando o céu passou a ser supérfluo, foi então que veio a chuva e inundou o país. E depois vieram as flores, devagar, hesitantes, porque já tinham sido esmagadas pelo peso dos corpos na primavera anterior. E daquela vez também caíram corpos sobre elas, mais no início, depois menos, até que em certa manhã a guerra acabou exatamente como começara, os corpos foram sepultados e flores foram colhidas e depositadas sobre eles. Foi então que Avraham Mandelbaum voltou para casa e encontrou sua mulher enforcada no açougue.

Quando seu marido a encontrou, o corpo enrijecido de Rachel Mandelbaum já começara a se putrefazer. Ele ficou à porta do açougue olhando para aquele corpo pequeno, murcho, que ainda deixava perceber quão belo tinha sido. Os seios redondos, que desafiavam a força da gravidade, a trança castanha, quase tão grossa quanto a corda no pescoço. E, claro, as orelhas, conchas delicadas que não tinham conseguido mais suportar o ruído do crânio sendo esmagado, e que em sua dor ordenaram às mãos que amarrassem a corda e às pernas que subissem no banquinho e ao corpo que se inclinasse para a frente. Pois naquele exato momento, quando os sons da guerra tinham silenciado, quando as páginas dos jornais eram festivas e as pessoas dançavam nas ruas, Rachel Mandelbaum compreendera que as vozes em sua cabeça jamais iam cessar. Enquanto ainda se travavam combates, pensava que, se os judeus vencessem, o som nauseante do crânio sendo esmagado cessaria, e ela voltaria a ouvir outras coisas – o riso das crianças, o murmúrio do trigo ao vento, o mugido de uma vaca. Mas, quando a vitória fora declarada, não ouvira nada a não ser o som conhecido, e soubera muito bem que ia acompanhá-la para sempre. No momento em que descobrira que a guerra decididamente a tinha perseguido em todo o seu percurso desde que deixara a Europa, compreendera também que nunca saberia com certeza se os combates tinham cessado. Que estava em segurança.

Uma pessoa que não soube como viver só muito raramente sabe como morrer. Rachel Mandelbaum não poderia ter escolhido ocasião pior para se matar. O país inteiro se deixava levar numa onda de alegria e felicidade, flutuando no ar, tal era seu alívio. Os habitantes da colônia se cumprimentavam com expressão radiante, sorrindo até mesmo para os mais odiados vizinhos. Bolos eram assados, bandeiras eram penduradas, homens caíam nos braços das esposas e crianças abraçavam as pernas de seus pais. A alegria, não somente aquela que vem do estômago, tornara-se o imperativo da hora, uma verdadeira obrigação moral. Rachel Mandelbaum descumprira aquela obrigação. No museu que havia muito tempo fora erguido na estrada, junto à entrada da colônia, entre o quiosque de falafel e a loja de cerâmica, fora retirado o recorte de jornal que anunciava o fim da guerra. E por um bom motivo: os jornais glorificavam os festejos nas comunidades vizinhas, mas quando escreviam sobre a colônia só se lembravam de mencionar o suicídio de Rachel Mandelbaum, uma desconsideração, na opinião de todos.

Ao cabo de algumas semanas, quando a alegria passou e foi exigido ao coração se ocupar de outras coisas, os colonos começaram a se perguntar o que afinal tinha acontecido com ela, Rachel Mandelbaum. Enquanto ainda estavam sob as asas da exaltação, as pessoas eram cordiais, um só bloco sereno e unido. Mas agora que a exaltação tinha voado, elas se entreolhavam e se lembravam de que eram muito diferentes umas das outras. Uma tornou a descobrir o quanto lhe era odioso o rosto do marido. Outra lembrou como detestava seu trabalho. Dívidas esquecidas, brigas não resolvidas, esperanças e invejas, tudo tornou a aparecer quando passou a onda de alegria que tinha vindo com o fim da guerra. Aquela doce completude desapareceu, e agora as pessoas sentiam na boca o sabor insosso da rotina, da vida que voltava aos trilhos. Por mais que tivessem desejado aquilo quando a guerra estava em curso, por mais que tivessem rezado, querido, esperado, agora lembravam-se daqueles dias e um tom de saudade infiltrava-se em suas vozes. "Na época", suspiravam, após uma refeição, "estávamos juntos." Então olhavam em volta e não viam nada de "juntos". Porém, ao avistar o açougue de Avraham Mandelbaum, souberam que, se havia uma oportunidade de recuperar o sentimento, era lá. Assim, depois de passar os dias de luto numa reluzente solidão, Avraham Mandelbaum viu-se cercado de uma multidão de pessoas que ia perguntar, cuidar, aconselhar, resgatar, pois afinal era uma "tragédia de todos", e "toda a colônia está com você".

Ele não os expulsou da casa. Em vez disso, expulsou-se de si mesmo. Os cômodos ficavam tão cheios de gente que ninguém percebia sua ausência. Ficava sentado horas inteiras nos degraus de pedra, olhando o sol que descia no mar, as mãos atraídas para as cartas de amor que permaneciam em seu bolso desde que voltara da guerra. Assim, sua mão ia da pedra vermelha à tenaz do escorpião e de volta, passando repetidamente os dedos sobre elas, como quem acaricia uma *mezuzá*. A tenaz do escorpião, que brilhava como mármore, e a pedra arroxeada, que fora lapidada por um mar que não existia mais e por ventos que tinham soprado e passado, eram revolvidas vezes seguidas nos dedos do *shochet*, que tinham em si um pouco de mar e de vento, pois sabiam o que era uma tristeza profunda e uma grande saudade.

Enquanto as mãos de Avraham Mandelbaum apalpavam a pedra, totalmente despertas, sua mente estava mergulhada numa espécie de sonolência. Desde o momento em que encontrara Rachel no açougue descera sobre ele uma névoa rala e branca, que cegava seus olhos e tapava seus ouvidos. Não sabia por que ela tinha subido no banquinho exatamente no dia em que os combates haviam cessado. Nunca lhe contara sobre o crânio esmagado que a tinha feito ir de Viena à colônia, e por isso não poderia adivinhar que aquele mesmo crânio a havia feito ir da colônia ao banquinho e à corda. Outros possíveis motivos ocorreram a Avraham Mandelbaum, sombrios e maus. Ainda não tinha conseguido vê-los, pois a bendita neblina em sua cabeça ocultava uma compreensão mais clara. Mesmo assim, através das nuvens brancas, felpudas, conseguia discernir um pensamento que se aproximava lentamente: o de um urso negro esperando sua presa. Às vezes a névoa se desfazia um pouco e o urso se aproximava. Avraham Mandelbaum se encolhia todo e dizia consigo mesmo: *Por minha causa. Por minha causa. Ela se enforcou por minha causa. Porque eu estava voltando.*

Então puxava a névoa branca para que cobrisse sua cabeça, como um menino que entra debaixo do cobertor com medo da noite, levava a mão à pedra e a apertava com mais força entre o polegar e o indicador. A natureza do consolo que ia buscar na pedra Avraham Mandelbaum não saberia dizer. Mas quando o urso negro lhe arreganhava os dentes, quando caía nas garras de alguma vizinha curiosa, quando era arrastado contra sua vontade para uma conversa com um dos lavradores, os dedos eram imediatamente atraídos para seu bolso, o que lhe dava algum alívio.

Só que certa manhã, quando despertou, a pedra não estava lá. O sol acabara de raiar, ninguém acordara ainda para ir preencher seu vazio existencial com uma visita de consolo. Avraham Mandelbaum livrou-se da roupa de dormir, vestiu a calça e pôs a mão no bolso, mas daquela vez seus dedos não acharam o que buscavam. Por um instante ficou petrificado, mas logo sacudiu o torpor e pôs a mão no outro bolso – talvez estivesse lá, talvez os tivesse mudado de lugar no dia anterior, num momento de distração. Mas o outro bolso não estava menos vazio que o primeiro, e a mão de Avraham Mandelbaum não achou nada a que se agarrar além de ar. De repente ouviu-se um ruído no quintal. Ele correu para fora, sem chegar a vestir a camisa. Quando saiu de casa, cujas cortinas estavam cerradas, foi ofuscado pelos raios de sol, e só ao cabo de um longo minuto conseguiu discernir o vulto do menino que balbuciava algo para a planta. Iotam era meia cabeça mais baixo que as roseiras, seus cabelos chegavam no máximo às pétalas mais baixas. Apesar de todos os dias que já vivera naquela terra, ainda olhava para as flores com uma admiração que não era menor – nem maior – que aquela com que olhava para um gafanhoto, para as pessoas e para um bule de chá. Iotam se enfiara entre os galhos com passos hesitantes, como se as pernas ainda não tivessem resolvido se queriam andar, correr ou flutuar. Estendia a mão para longe do corpo, caminhando pela terra úmida como o acrobata caminha sobre a corda. Os olhos de Avraham Mandelbaum foram atraídos para sua mãozinha cerrada em punho. O que o menino levava ali? Entre os dedos dele avistou de repente um matiz vermelho conhecido. A pedra. Em um só passo cobriu a distância que Iotam percorrera em pelo menos dez. Estendeu os braços e ergueu o menino, que ficou surpreso. Iotam agitou os braços em sinal de protesto, e a roseira lhe retribuiu arranhando sua mão. A pedra arroxeada de Avraham Mandelbaum, o sol do deserto egípcio que carregava no bolso e lapidava com os dedos, caiu entre as roseiras.

No mesmo instante o menino começou a chorar, não pela perda da pedra que tanto o encantara quando acordara de madrugada, pois de encantos como aquele o mundo estava cheio, mas pela traição das roseiras. Avraham Mandelbaum não deu a mínima para o choro do menino nem lambeu as gotas de sangue que brotavam na mão pequenina. Devolveu o filho que chorava ao chão e começou a rastejar entre as roseiras, procurando sua carta de amor para Rachel Mandelbaum em vão, levantando, esperançoso, uma ou outra pedra e jogando-a para longe com repulsa. O choro do menino foi aumentando, mas Avraham Mandelbaum continuou a se arrastar de quatro sobre a terra úmida, os olhos fixos nos torrões de areia. Não estava lá. Junto com a pedra desapareceu também a benfazeja névoa, erguendo-se ante os olhos de Avraham Mandelbaum como uma cortina de teatro, revelando o que até então não ousara ver: Rachel Mandelbaum nunca o quisera. Nunca o amara. Se havia um motivo para seu suicídio, não era outro senão ele mesmo.

Olhou então para as roseiras com olhos flamejantes. O esplendor do jardim de Rachel Mandelbaum. O único esplendor que reservava a si mesma. As vizinhas cochicharam que naquela mesma manhã em que fizera uma trança bem grossa no cabelo, pegara uma corda e se dirigira ao açougue, acordara cedo para regar as roseiras e acariciar suas folhas. Teria se dado ao trabalho de acariciar também o rosto do menino? Teria acariciado o rosto dele assim alguma vez?

Já haviam se passado muitos meses desde que Avraham Mandelbaum arrancara com as próprias mãos a alfarrobeira no campo. Agora arrancava com as próprias mãos as roseiras de seu quintal. Então, tinha se vingado da árvore que afrontara sua mulher, da solidão de Rachel, ajoelhada, para dar à luz sozinha. Agora se vingava da afronta de Rachel Mandelbaum a ele, da solidão que aumentava cada vez mais, que infectava seu sangue e tapava seus ouvidos ao choro do menino. Os espinhos protestaram, e as mãos de Avraham Mandelbaum tingiram-se de sangue vermelho, e o vermelho espalhou-se por seu rosto. O cheiro do sangue que saía de suas mãos se mesclava ao cheiro das rosas, doce e pesado ao sol cada vez mais ardente. Durante todo aquele tempo Iotam continuou a chorar: primeiro espantado, depois com raiva, por fim em longos e uniformes lamentos. Avraham Mandelbaum não prestou atenção, assim como não prestava atenção ao sangue e às rosas, apenas voltou a examinar o solo. Talvez agora a pedra aparecesse. Quando os colonos chegaram para visitar a família enlutada encontraram-no em seu quintal com as mãos sujas de sangue e as roseiras no chão como cadáveres.

6

Levaram o menino para Sônia. Além de Rachel Mandelbaum ninguém sabia que a tristeza de Zeev Feinberg tinha aumentado, inflado e engolido também sua mulher, tão cheia de vida. Para os colonos, Sônia continuava a ser quem sempre tinha sido: uma mulher capaz de, com vitupérios e xingamentos, fazer um homem voltar do mar, uma mulher cuja pele exala o cheiro dos laranjais, atrevida o bastante para afugentar ladrões de cavalo soltando uivos de lobo. Uma mulher assim, pensavam consigo mesmos os colonos enquanto levavam para ela o menino choroso, saberia o que fazer com o filho da mulher que se enforcara no açougue e do homem que arrancara do solo suas roseiras.

O som das batidas na porta rompeu o silêncio mortal que descera havia muito tempo sobre o lar de Sônia e Zeev Feinberg. A casa era tão silenciosa que as moscas tinham deixado de visitá-la, envergonhadas do zumbido de seu bater de asas preenchendo os quartos. Sônia não abriu a porta imediatamente. Por um longo momento continuou sentada no sofá, com os olhos perdidos no espaço, tentando interpretar o que eram aqueles ruídos. Mas então a voz de Iotam se sobrepôs ao som das batidas. Uma criança chorava. Uma criança chorava no quintal. Fazia muitos dias que ela não ouvia seu filho Iair chorar. O silêncio de seus pais o contaminara também, a ponto de quase não sair som algum de sua boca. Logo surgiu Zeev Feinberg, saindo do quarto. Nas últimas semanas seu sono ficara tão descontrolado que não distinguia a noite do dia, e ia para a cama toda vez que sentia o mínimo sinal de um abençoado cansaço. Adormecia por alguns momentos e depois tornava a acordar, às vezes aos gritos, às vezes com o corpo tremendo e os olhos arregalados de medo. Estava no limite entre o sono e a vigília quando ouviu de repente a voz de Iotam. Uma criança chorava. Uma criança chorava no quintal. Levantou-se de imediato e foi para a sala, onde encontrou Sônia correndo em direção à porta. Uma criança chorava. Uma criança chorava no quintal. Eles corriam para ela, sem saber se para salvá-la ou para que os salvasse.

Eram quatro. Michael Nudelman segurava o menino irrequieto com os braços estendidos à frente, como uma raposa capturada. Chaia Nudelman estava atrás do marido, sentindo-se muito caridosa e misericordiosa. Ieshaiahu Ron vinha atrás de Chaia Nudelman e fingia estar olhando para o menino que chorava, quando na verdade observava o traseiro dela. Sua mulher, Lea Ron, espremia-se entre ele e o portão de entrada, fazendo de conta que não percebia o que o marido fazia. Quando Sônia e Zeev Feinberg abriram a porta de sua casa todos os quatro entraram juntos, falando ao mesmo tempo.

"Enlouqueceu!"

"Sem dúvida!"

"Arrancou todas as roseiras!"

"Ainda por cima com as mãos!"

"Coitado do menino, vai crescer sem mãe!"

"E com um pai maluco!"

"Tem alguma coisa nele também!"

"Com certeza, chora sem interrupção!"

"Não parou nem um instante a caminho daqui."

"Também esperneou e arranhou, é um verdadeiro animal selvagem."

"É verdade, sorte nosso Michael ser forte assim."

"E sua mulher, tão piedosa."

"Obrigada, Ieshaiahu, é um elogio e tanto."

Enquanto falavam, examinavam o interior da casa, pois as bocas só camuflavam a investigação dos olhos. Zeev Feinberg e Sônia eram conhecidos por suas muitas qualidades, mas a limpeza nunca fora uma delas. Assim mesmo, não havia nada na aparência da sala de estar daquela mistura de estilos que caracterizara a casa no passado. No assoalho da sala amontoava-se todo tipo de objetos, os quais, apesar de ter uma relação totalmente casual entre si, assim mesmo criavam juntos um mosaico reconfortante. Bonecas de pano, uma calça remendada, três lápis – Sônia tinha a estranha capacidade de entretecer tudo para formar uma coisa só, mais elevada. Nunca colhia flores para pô-las sobre a mesa – toda vez que vinha do campo trazia na mão alguma outra coisa, diferente e estranha. A carapaça de um jabuti que virava cinzeiro. Uma folha seca cujas nervuras formavam a figura de uma mulher nua. A ferradura de um cavalo que, quando segurada em posição invertida, parecia uma boca sorridente. As mulheres da colônia torciam o nariz ao ver aquela sujeira e desordem, mas, quando voltavam para suas casas limpinhas e arrumadas, todas iguaizinhas, não conseguiam deixar de lembrar o olhar de discernimento que Sônia lhes lançava por cima da boca sorridente da ferradura, uma máscara de amuleto ridicularizando o azar. Agora, quando se valiam do pretexto de um menino em prantos para examinar o interior da casa, não encontraram nada que lembrasse aquela desordem reconfortante. A confusão continuava, mas parecia um monte de destroços, e não um parque de diversões. O ar pareceu ficar mais viscoso no momento em que passaram pela porta, e as palavras pesavam tanto na boca que aos poucos deixaram de pronunciá-las. Até mesmo Ieshaiahu Ron sentiu aquilo, e desviou por um instante seu olhar do traseiro de Chaia Nudelman para poder compreender o que estava acontecendo ali.

Embora suas mãos fossem muito ágeis, tanto no trabalho no campo quanto nas lides do amor, Ieshaiahu Ron era bastante obtuso. O que não queria dizer que fosse um idiota: era perfeitamente capaz de fazer cálculos sem usar os dedos e de fazer discursos inflamados que obtinham sucesso mediano, e mais do que isso. Sabia identificar facilmente o momento em que deixara de amar sua mulher, embora seu amor ainda tivesse corrido de um lado para outro antes de desaparecer, como uma galinha com a cabeça decepada. Mas quando as coisas chegavam à geologia da alma, a camadas ocultas aos olhos, Ieshaiahu Ron sentia-se perdido como uma criança. Como agora, quando desviava o olhar do traseiro absolutamente admirável de Chaia Nudelman. Não conseguia ver o que o oprimia tanto dentro da casa. Mudava o pé de apoio, desconfortável, como um animal que adivinhava a carga que se aproximava sem saber o que era. Mas o lugar parecia o mesmo do dia anterior e do outro, então por que não voltar àquele traseiro excitante? O que estava mantendo seus olhos pregados naquele aposento, e por que estava se sentindo a ponto de – se não estivessem ali todos os outros – chorar?

Ieshaiahu Ron sentia na carne a opressão da casa, mas sua origem estava acima de sua compreensão. E exatamente porque nada nela tinha mudado, exatamente porque a carapaça do jabuti continuava sobre a mesa e a folha seca se desfazia na prateleira, exatamente porque a ferradura de cavalo seguia em seu lugar de sempre, exatamente por tudo aquilo a casa era um corpo mumificado em sua estagnação. Até o dia em que viu Zeev Feinberg andando pelos caminhos com ácido nos olhos, Sônia estava em permanente mutação, e a casa a acompanhava. Às vezes levantava-se de manhã decidida a colocar a carapaça do jabuti numa árvore do quintal, pensando que talvez um passarinho fizesse nela seu ninho. Às vezes levava a ferradura do cavalo ao quarto de Iair, para diverti-lo imitando os sons do galope. E havia dias em que largava tudo – todos os enfeites que havia na casa – para tomar Iair nos braços dizendo: "Vem, vamos nos renovar". Mas desde o dia em que Zeev Feinberg voltara com o remorso pelo menino morto pesando sobre os ombros Sônia não saiu mais para procurar tesouros do cotidiano, e os que havia na casa voltaram a ser o que eram, afinal – objetos comuns e sem atrativos.

Ieshaiahu Ron não compreendeu. Zeev Feinberg e Sônia sentiam aquilo apenas vagamente. Quanto a Iotam, a opressão da casa em si mesma não o perturbava, pois agora já estava chorando havia mais de duas horas. Sua garganta estava seca, e no fundo do coração despertou um medo surdo de que continuaria assim para sempre, chorando e chorando e chorando, pois na verdade já tinha esquecido como parar. Não se lembrava das rosas, daquela maravilha vermelha em virtude da qual tinha saído para o quintal naquela manhã, nem da traição dos espinhos e dos arranhões que tinham deixado em sua mão. Agora chorava porque Michael Nudelman o segurava estendido à frente, e porque seu pai não estava lá, e porque sua mãe não estava lá, mas em outro sentido, embora não entendesse qual era. Então, através das lágrimas, seus olhos discerniram algo novo e maravilhoso: o bigode de Zeev Feinberg. Quando Zeev Feinberg aproximou-se para olhar o menino, seu majestoso bigode ficou exatamente acima do rosto de Iotam. E apesar de tudo o que sofrera, de estar até mesmo esfarrapado, o bigode conseguiu aquilo em que todos os outros tinham fracassado – fazer com que Iotam Mandelbaum parasse de chorar. O menino largou o choro assim como largava um brinquedo que estivesse segurando com toda a força à visão de outro. Aquele matagal de pelos pretos serpenteava acima dele, curioso e convidativo. O menino imediatamente levou sua mão ao bigode de Zeev Feinberg e puxou com força.

"Aiii", gritou Zeev Feinberg. No mesmo instante, ao golpe daquela única palavra, desfez-se o tenebroso encanto que envolvia a casa. Porque Sônia caiu na gargalhada, não havia como evitar. O olhar confuso de Zeev Feinberg no momento em que o menino puxara o esplendor de sua macheza a fez rolar e sentar no chão de tanto rir e rir e rir. Zeev Feinberg olhou para ela e começou a rir também. E Iotam, que durante muitos dias não tinha ouvido aquele doce som, que já se perguntava se os adultos seriam capazes de emiti-lo, puxou o bigode novamente e se desmanchou de tanto prazer. Sônia dirigiu seu olhar ao marido e soube que tinham sido salvos. O azul de seus olhos, que pela primeira vez em muito tempo não estava enevoado, era como uma vidraça que fora limpa depois de muitos, demasiados meses.

7

Já haviam se passado duas semanas do fim da guerra e Iaakov Markovitch ainda não tinha voltado para casa. Não tinha escrito cartas. Toda vez que Bela ia para o campo não conseguia evitar olhar para a estrada pensando se ia vê-lo voltando. À medida que transcorriam os dias, os olhares se tornavam mais frequentes. A qualquer momento poderia chegar. A qualquer momento poderia avistar sua figura encurvada, flácida, avançando pelo caminho sinuoso que descia da colina. Mais de uma vez seus olhos lhe pregaram uma peça: o caminhar lento do velho carteiro lhe pareceu, certa manhã, o de Markovitch, e a fez correr para dentro de casa. Quando chegou lá ficou indo de um lado para outro, confusa. Após um momento sentou-se na cama, retomando o fôlego, com o coração batendo descontrolado. O que diria a ele? O que diria a ele? Durante muito tempo passou por sua cabeça todo um desfile de possibilidades, até o carteiro bater à porta. Diante de seu rosto envelhecido ela ficou envergonhada por ter se enganado, mas em outro dia enganou-se novamente ao pensar que Ieshaiahu Ron, que passava pelo campo com a enxada ao ombro, não era outro senão Iaakov Markovitch voltando com seu fuzil. Daquela vez não entrou em casa, apenas ficou firme junto à cerca de pedra, com o corpo inteiro contraído, lutando para levar de volta a seus olhos o frio desprezo que durante tanto tempo não tinham assumido. Às vezes se perguntava se o fogo eterno do ódio poderia um dia se extinguir. E talvez, assim como o tempo apaga grandes amores, talvez não deixasse do ódio mais do que uma brasa. Porém os dias que passara sozinha, da mesma forma que tinham afastado dela a lembrança do pecado que Iaakov Markovitch cometera, também deixaram em sua boca o sabor da liberdade. E aquele sabor era tão doce, tão querido, que a ideia da volta de Markovitch tornava-se insuportável.

Iaakov Markovitch não abandonara sua paixão, não se esquecera de sua mulher na colônia. Mas tinha outra obrigação, mais urgente. Prometera a si mesmo que quando a guerra terminasse a primeira coisa que faria seria ir à casa de seus amigos. Visitaria as famílias do coxo, do bebedor e do apostador. Enquanto se demorava em suas perambulações, os nervos de Bela ficavam cada vez mais esgarçados. Voltaria ou não? E, assim como acontece muitas vezes no caso de nervos esgarçados, quando a pessoa fica cada vez mais enfurnada em si mesma num torvelinho interior interminável, foi o drama de outra pessoa que aliviou a tortura de Bela. Quando soube como Avraham Mandelbaum tinha massacrado as roseiras e se esquecido do filho, correu para a casa do *shochet*. Percorreu sozinha o caminho. Os vizinhos, que até aquela manhã se reuniam em grande número naquele lugar, agora se fechavam em suas casas e olhavam com rancor em direção à casa do *meshiguener*. Quando Rachel Mandelbaum se enforcara no açougue, eles o tinham entretido com conversas amenas, consolado-o com visitas inócuas. Agora ele também estava perdendo a razão, em meio a uma criminosa negligência. Não podiam culpar, e ao mesmo tempo não podiam deixar de culpar, uma pessoa que se entrega assim, voluntariamente, à loucura, envolvendo-a com os dois braços amplamente estendidos, trazendo a si mesmo – sim, trazendo a si mesmo – o aniquilamento. Quando uma pessoa contrai uma gripe, a doença se instala no corpo e ela não é culpada. Mas quando uma pessoa adoece na alma, entramos no terreno misterioso da escolha e da culpa, pois tragédias acontecem com todos nós, mas nem todos arrancamos roseiras com as mãos nuas e ignoramos nosso filho chorando, como se fosse um gato de rua abandonado, e talvez até mesmo com um gato nos comportássemos melhor. Rachel Mandelbaum tivera uma morte trágica, repentina. Mas todos conhecemos outras tragédias como aquela, e outras, e mesmo tragédias menores que parecem enormes a quem passa por elas, como no dia em que morreu o cãozinho do pequeno Asher Shachar, e seu choro fez toda a colônia estremecer. É preciso respeitar essas tragédias também, mantendo sempre o sentido da proporção.

A partir do momento em que os colonos decidiram atribuir a Avraham Mandelbaum a causa de sua própria tragédia, já não lhes restou uma só gota de comiseração por ele. Eles o excluíram de seu meio como eram excluídos – em outra colônia, em outra época – um leproso ou pestilento. A loucura de Rachel Mandelbaum estava morta. Mas a loucura de Avraham Mandelbaum estava viva e atuante. E talvez fosse contagiosa. Os colonos tinham um medo mortal de coisas contagiosas. Elas lhes roubavam o sentimento de simpatia e os faziam se afastar. Em vão tentavam convencer a si mesmos de que para eles a doença da alma era diferente da doença do corpo. Quando deparavam com alguém com uma doença física grave, também tentavam atribuir a culpa à pessoa. "Com certeza bebeu demais", "Viveu uma vida desregrada", "Dizem que não lavava muito as mãos", "Parece que sua casa é infecta". Assim ficavam especulando e buscando (talvez tenha demorado demais para deixar o leito; talvez o tenha deixado cedo demais) até encontrar alguma coisa. Então ostentavam um sorriso vitorioso, pois no momento em que encontravam um motivo para o colapso de seu companheiro sentiam que eles mesmos estavam protegidos. Pois aquele mundo, afinal, era um lugar muito ordenado, e ninguém cairia num buraco a não ser que o tivesse cavado antes para si mesmo.

Por isso os colonos se fecharam em seus lares e cerraram as cortinas para não ver nem mesmo a casa de Avraham Mandelbaum. Por isso não sentiram, nem poderiam ter sentido, o cheiro de fumaça vindo de seu quintal. Bela Markovitch o sentiu muito bem e correu atrás dele até o quintal traseiro. Lá encontrou Avraham Mandelbaum pondo fogo em todas as coisas de Rachel Mandelbaum, cinco vestidos, duas camisolas e muitas cortinas que tinha costurado no passado, do enxoval que havia carregado consigo.

"O que está fazendo?", gritou Bela Markovitch. Avraham Mandelbaum nem sequer se voltou para ela. Estava concentrado em rasgar em tiras uma camisola. Tinha esperado alguma resistência do tecido em suas mãos, o grito do algodão sendo rasgado, mas a camisola de Rachel comportou-se como o corpo que a tinha vestido, entregando-se quando a pressão tornou-se forte demais. Sem qualquer esforço, dividiu-se em duas nas mãos de Avraham Mandelbaum, e ele, enfurecido ante a rendição, jogou os pedaços no fogo.

"Por minha causa. Ela se enforcou por minha causa. Porque não queria que eu voltasse." Aquelas palavras de Avraham Mandelbaum ficaram entaladas em sua boca, e Bela não ouviu nada. Assim mesmo, entendeu. Esticou a mão para pousá-la no ombro de Avraham Mandelbaum, mas hesitou, pois ele era um homem grande, e sua raiva era ainda maior. Com o toque da mão de Bela em seu ombro ele acalmou-se imediatamente. Às vezes, um homem destroçado não precisa de mais do que o toque de uma mão em seu ombro.

No momento em que Avraham Mandelbaum relaxou, Bela percebeu algo que a fez dar um salto: lá dentro do fogo, entre as chamas, havia um caderno. Era pequeno, e a capa de couro o protegera por alguns instantes das chamas. Quando notou sua presença a encadernação já começava a ceder às chibatadas do fogo; mais um pouco e suas páginas e as palavras nelas escritas iam virar cinzas. "Miserável", gritou Bela. Avraham Mandelbaum olhou para ela surpreso. Uma fração de segundo antes um anjo tinha pousado sua mão redentora em seu ombro, e agora uma demônia o fustigava, o cabelo refulgindo à luz da fogueira e os olhos chamejando.

"Queimar o diário dela? As palavras dela? Ela quase não falava, tão delicada era, tão fechada em si mesma, e você vai queimar as únicas palavras que nos deixou?"

"Mas eu..."

Ela não o deixou falar. Um homem que põe fogo nas palavras de sua mulher morta está proibido de falar. Bela aproximou-se do fogo. Olhava ora para as chamas, ora para Avraham Mandelbaum, então para Avraham Mandelbaum e para as chamas. A comiseração que sentia pelo *shochet* enlutado fora substituída por uma raiva ardente do homem que preferira queimar toda lembrança da mulher que tinha amado, para que nada restasse daquela que não o quisera.

Sem compreender o que estava fazendo, Bela levou a mão ao fogo e tirou o caderno dali. A capa de couro, que se queimara ao calor das chamas, grudou em sua mão, causando uma queimadura profunda e brilhante. Mas Bela não largou o caderno até livrá-lo totalmente do perigo e deixá-lo cair no chão, agarrando então com a mão sadia o braço que tinha sacrificado, com um gemido de dor brotando da profundeza de sua garganta. Avraham Mandelbaum correu para sustentar Bela Markovitch antes que caísse. Ela não caiu. Nunca estivera tão firme. Estava de pé como nunca antes, as duas pernas fincadas no solo como torres de aço. Bela Markovitch olhou para sua mão, que não parecia humana. Os cinco dedos continuavam no lugar, mas a pele macia, sedosa, tinha se destacado totalmente do corpo e estava grudada na encadernação do caderno, que jazia no chão. Sem ela, a mão de Bela Markovitch estava nua, numa mistura de vermelho, roxo e amarelo, e um cheiro adocicado e enjoativo de carne queimada emanava. A mão de um monstro. De um monstro do fogo. Como poderiam reconhecer nela aquela mão nobre, delicada, que bastava encostar nas teclas de um piano para que começassem a tocar por si mesmas? E os dedos, tão parecidos com pétalas róseas alongadas que quando Bela adormecia no campo as borboletas corriam a pousar neles e as abelhas zumbiam em volta deles procurando o néctar? A mão de um monstro. Avraham Mandelbaum olhou aquela massa de tecido, curvou-se para o lado e vomitou a alma. Bela continuou a olhar para sua mão, não com horror, e sim curiosidade. Pensou: *Então é assim que eu sou, por baixo da pele.* E também: *Curioso, quando vai começar a doer de verdade?* E: *Agora, nunca mais um homem vai dizer que sou perfeita.*

Uma semana depois, quando as queimaduras na mão deixaram de produzir uma secreção amarela, Bela Markovitch abriu o caderno de Rachel Mandelbaum. Foi ler junto à alfarrobeira em cuja sombra sua amiga tinha dado à luz, ao pé do majestoso cadáver de seu tronco. Desde que Avraham Mandelbaum tinha arrancado a árvore com as próprias mãos, ninguém ousara tirá-la do caminho, nem mesmo partir seu tronco para produzir lenha. A árvore arrancada continuou a jazer ali, um monumento silencioso à força de Avraham Mandelbaum e à loucura de seu amor pela mulher. Se algum dos colonos era obrigado a passar perto da árvore ele apressava o passo, e só quando tinha certeza de não estar ao alcance dos galhos é que murmurava "*meshiguener*" e seguia seu caminho. Mas Bela buscara a proximidade da árvore, como alguém que perdeu um objeto de estimação e volta ao lugar onde o viu pela última vez. E fora ali que haviam visto Rachel Mandelbaum pela última vez, antes de se transformar numa pálida sombra de si mesma. Por isso Bela Markovitch se sentava na terra, as costas apoiadas no tronco ali estendido, deixava Tzvi a seu lado e lhe dava duas alfarrobas para brincar, como se fossem chocalhos, então pegava o caderno. Bela passava a mão sadia na encadernação de couro e estremecia ao lembrar sua carne queimando.

O que ia encontrar lá, do outro lado da encadernação que se encurvara ao fogo? Rachel nunca mencionara em suas conversas – com Bela e Sônia – que mantinha um diário. A simples ideia estava em contradição com a existência de Rachel Mandelbaum, que era tão frágil, tão precária, como as tasnas, que se transformam em flores fantasmas quando chegava o verão, e bastava respirar perto delas para que se pulverizassem e se espalhassem por todos os lados. Mas palavras em um diário eram pesadas, permanecendo em seu lugar muitos anos depois que todo o campo, com todas as suas flores, era arado, fertilizado, abandonado e preparado, e que casas eram construídas sobre ele. Como então Rachel Mandelbaum tinha mantido um?

Ela não tinha. Quando Bela finalmente ousou abrir a capa de couro (sua mão sã tremia, a mão queimada começava a arder), o que se revelou a seus olhos foram linhas curtas, ordenadas, escritas em alemão. Os poemas de Rachel Mandelbaum. Por três vezes Bela teve de enxugar as lágrimas antes de conseguir ler o que estava escrito. Aquela mulher, que desde o momento em que chegara jurara falar hebraico e somente hebraico, que ajudara Bela a aprender a língua nova e selvagem para que pudesse fazer uso dela, cujo riso – conquanto raro – assumira a guturalidade do hebraico em lugar da exuberância do alemão, aquela mulher escrevera em alemão. Poemas. A escrita de Rachel Mandelbaum na página era urgente, angulosa, como se as palavras escapassem correndo da margem esquerda para a margem direita, apressadas para atingir a linha de chegada antes de serem alcançadas por quem as perseguia:

o hebraico, a consorte legal, que não admitia concubinas, a época, que não permitia – entre combates cruéis, entre as pragas no laranjal que era preciso debelar, entre a roupa lavada que se tinha de pendurar – poemas quaisquer. O passado, um touro raivoso para o qual toda palavra em alemão era uma bandeira vermelha à sua frente, que logo vai atingir, com os chifres da saudade.

Por fim secaram as lágrimas de Bela Markovitch e ela finalmente voltou-se para os poemas. Mas mal haviam passado uns poucos minutos e ela já começava a lacrimejar novamente. Pois os poemas de Rachel Mandelbaum eram mais belos do que qualquer poema que tinha lido. As palavras do poeta de Tel Aviv comparadas com as dela pareciam excrementos negros de pombo pontilhando a página. Assim como os alquimistas, que com seus sortilégios sabiam transformar linho em ouro, Rachel Mandelbaum tinha o dom de destilar com suas palavras a jornada de seu dia em forma de lágrimas douradas e puras. E assim Bela passou todo aquele dia lendo os poemas de Rachel Mandelbaum, a mão sadia segurando o caderno, a mão destruída pousada no tronco da árvore. Quando terminou, sabia que ia traduzi-los. Aquela ideia lhe veio com tal serenidade, com tal clareza, que era como se toda a sua jornada até ali fosse destinada a fazê-la sentar-se junto à alfarrobeira e decidir traduzir os poemas de Rachel Mandelbaum. Bela tirou a mão queimada da árvore e passou pela encadernação. Com aquele contato, a secreção amarela tornou a sair das feridas. "Eu faria isso de novo", ela murmurou para si mesma. "Faria tudo de novo." Pois aquilo se destinava, com toda a certeza, a salvar da extinção os poemas de Rachel Mandelbaum, pequenos diamantes em alemão nas profundezas de uma mina escura na qual era preciso navegar quando a cabeça estava tonta e as pernas estavam cansadas.

Tzvi largou as alfarrobas e olhou para sua mãe com espanto. Fazia muito tempo que ela não o olhava, e seu corpo sentiu falta daquele olhar acariciante, como se sentisse fome. Ele soltou um breve gemido, interrogativo, como quem diz: "Você está aqui?". Bela apressou-se a fechar o caderno. Ela estava lá. Claro que estava. As palavras de Rachel Mandelbaum tinham esperado por tanto tempo que poderiam munir-se de mais um pouco de paciência. E Tzvi, quando sentiu novamente o olhar da mãe pousar nele, tornou a agarrar as alfarrobas e a sacudi-las e esfregá-las uma na outra, para anunciar ao mundo em alto e bom som que tudo era como deveria ser.

8

Ainda antes de ele completar trinta anos, três bebês já tinham recebido o nome do vice-comandante do Irgun. Efraim Iemini nasceu no *kibutz* Nitsanimem em 13 de junho de 1948. Entre uma e outra contração, quando os gritos da mãe eram abafados pelo estrondo dos obuses, ela pensou em dar-lhe o nome de Ishmael. Porém, três dias depois veio a ordem de evacuar as crianças do *kibutz*. Os egípcios estavam a caminho. A mãe, cansada, irrompeu a chorar e recusou-se a se levantar. Ainda não podia caminhar, e como iam alimentar o bebê sem ela? Naquela mesma noite os membros do *kibutz* acrescentaram um soporífero nas mamadeiras que dariam às crianças. Na creche havia muita gente, pois todos os pais queriam estar lá para segurar a mão de seus filhos e vê-los mais uma vez embalados no sono antes de se separarem por tempo indeterminado. Apesar do soporífero, as crianças demoravam a adormecer. Como dormir com os pais a seu lado, os mesmos que antes iam embora da creche depois do anoitecer, apesar das mais desesperadas súplicas para que ficassem, que vinham de gargantas sufocadas e olhos úmidos – "Mãe, me deixa dormir com você" – e que voltavam para seus quartos com o coração pesado, mas com a alma convicta. As crianças olhavam espantadas para os pais e os pais olhavam com saudade para os filhos, até o soporífero fazer efeito sobre aquele espanto da alma e os olhos das crianças se fecharem. Então os pais tiraram seus filhos da cama (tão pequenos, tão leves) e saíram com eles para o ar noturno.

Caminharam durante quase duas horas até encontrar os combatentes que tinham se infiltrado no cerco egípcio. Um último beijo, um último abraço, shhh! Sem acordá-los! Ainda dormindo, as crianças foram passadas das mãos dos pais para as dos soldados. Os pais as viam ser embaladas por braços musculosos, jovens, e se perguntavam se ainda voltariam a sentir o peso de seus filhos quando a guerra acabasse. E os soldados sentiam nos braços o peso das crianças e se perguntavam se ainda teriam a ventura de segurar assim os filhos que teriam, quando a guerra acabasse. E apenas o vice-comandante do Irgun se perguntava por que só estava vendo vinte e dois bebês, quando deveria haver vinte e três. Quando lhe disseram que aquele bebê era pequeno demais para deixar sua mãe, que por sua vez estava fraca demais para andar, ele decidiu: "Se é assim, vou levar os dois", e começou a correr em direção ao *kibutz*. Ao cabo de três horas voltou, com a mãe em suas costas, e em seu colo o bebê que deveria se chamar Ishmael e agora seria Efraim.

Efraim Sharavi nasceu alguns meses depois, apesar de ninguém poder garantir em que dia e em que hora. Seu pai, um atirador de elite, combatia naquele momento nas montanhas em torno de Jerusalém. Por vias precárias chegou-lhe a notícia de que sua mulher estava prestes a dar à luz. Um filho, ou uma filha, ou um macaco alado – não sabia. O vice-comandante do Irgun tomou conhecimento daquilo e ordenou que o pai fosse liberado para uma visita. Ele recusou. "Se em vinte e quatro horas, você não se apresentar a mim para me informar o que é que está lá escondido entre as pernas de sua mulher, vou arrebentar sua cabeça." O pai foi correndo para casa e descobriu que tinha um filho. Deu-lhe o nome de Efraim, voltou logo para o front e duas semanas depois foi morto.

Efraim Grinberg nasceu em Tel Aviv num dia sufocante de março. Da mãe herdou o nariz bulboso e o temperamento irritadiço, e do pai uma pele sempre em erupção e sobrancelhas que se uniam para formar uma linha reta. Era um bebê muito feio, embora sem dúvida houvesse bebês mais feios que ele. Sua mãe o via agitando o pequeno punho para cima e para baixo, e soube que um dia também ia agitá-lo na tribuna do parlamento de Israel. Por isso pensou no nome de algum líder importante para dar a ele. "David" já era muito usado: eram muitas, em demasia, as mães na maternidade que tinham escolhido esse nome. "Herzl" já se ouvia *ad nauseam* nos quintais e nas varandas. Iehuda Grinberg estava ao lado da cama de sua mulher, olhando emocionado para o filho. O menino começou a chorar e Fruma ofereceu-lhe um seio intumescido. Iehuda viu aquele seio imenso e lembrou-se de quando provara os seios de chantili de Fruma pela primeira vez. No navio, a caminho da Palestina. Depois que ela chegara ao porto seguro e tinham se realizado os divórcios, Fruma havia preferido percorrer o país e seus homens, mas afinal voltara para ele, para Iehuda, e se casaram de novo. Agora os seios de chantili tinham se tornado seios maternos. No mesmo instante, Iehuda Grinberg soube que ia dar ao menino o nome do vice-comandante do Irgun, que o tinha enviado àquela missão na Europa, da qual voltara casado. A homenagem mesclava em partes iguais sentimentos de gratidão e de inferioridade, pois na mesma medida em que queria agradecer a quem afinal fora o responsável por sua felicidade, comprazia-se em se imaginar repreendendo o filho – "Efraim! Você fez cocô fora do pinico?" –, submetido à sua autoridade. Ao outro Efraim não ousava dizer nada a não ser "Sim, comandante!". Iehuda Grinberg tratou logo de propor aquilo a Fruma Grinberg, que pensou e decidiu: "De fato, o homem ainda não é uma personalidade de destaque, mas sem dúvida está no caminho seguro para essa condição. Muito bem, vamos chamar o menino de Efraim". E aquele bebê muito feio, como se entendesse que estavam falando dele, deixou escapar um peido.

O vice-comandante do Irgun não falava muito sobre os bebês que levavam seu nome. Por isso, toda vez que a um de seus subordinados não ocorria um nome adequado – já que "Herzl" era lugar-comum e "David" estava muito batido, e não dava para homenagear um dos três patriarcas – ele logo resolvia chamar o filho de Efraim, ideia original segundo todas as opiniões. Nos seis meses seguintes, o vice-comandante do Irgun teve notícia de mais quatro bebês com seu nome, e teve de abraçar, erguer nos braços e acariciar todos, embora sua alma só quisesse saber de outro menino.

O vice-comandante do Irgun nunca tinha visto Iair Feinberg. Três meses depois daquele dia em que deitara com Sônia, Zeev Feinberg irrompeu em seu gabinete trazendo na mão uma garrafa de bebida, depositou-a sobre a mesa e berrou: "À saúde do menino!".

"Do menino?"

"Bem, talvez da menina. Vamos ter de esperar para ver. Meu Deus do céu, se for menina e tiver um perfume como o de Sônia, vamos ter de pegar metralhadoras e granadas para defendê-la dos rapazes!"

Ao dizer aquilo Zeev Feinberg soltou uma gargalhada estrondosa que foi ouvida em todo o comando, mas não pelo vice-comandante do Irgun. A palavra "menino" se aconchegou em sua cabeça bem junto ao tímpano, bloqueando qualquer outro som. Menino. Dentro de Sônia crescia um menino. Depois, Zeev Feinberg abriu a garrafa e os dois beberam dela, e beberam mais. Zeev Feinberg contou como o gosto da vagina de Sônia havia mudado, ficando muito mais doce, um verdadeiro pêssego, nunca tinha provado algo do tipo, talvez uma única vez no passado, naquela mulher de Gedera que tinha um olho azul e outro verde e que dera à luz gêmeos meio ano depois, um com olhos azuis, outro com olhos verdes. Em seguida Zeev Feinberg ficou em dúvida: seria mesmo pêssego? Pois também tinha a ameixa e o damasco, e como seria possível descrever com exatidão a doçura ou a tessitura? Durante todo aquele tempo uma gota da bebida brilhava no maravilhoso bigode eriçado de Zeev Feinberg, e o vice-comandante do Irgun ficava olhando para aquela gota, que refratava repetidamente uma única palavra: menino.

Por fim Zeev Feinberg levantou-se e foi embora, não antes de abraçar o vice-comandante do Irgun. Ele ficou sentado à sua escrivaninha por muito tempo, depois levantou-se e foi fazer a única coisa que sabia: matar árabes. Matou árabes na Galileia, em Hebron, nas ruas de Jerusalém e nos becos de Jaffa. Toda vez que a comunidade hebreia precisava de uma operação de represália ou de defesa, ou – em nome da retidão e da precisão histórica – de uma iniciativa coroada de êxito, o vice-comandante era o primeiro a dar o exemplo. E já havia bebês com seu nome antes mesmo de completar trinta anos.

Três dias após o fim da guerra ele voltou para casa faminto e cansado. Estava tão exausto que não notou Fruma Grinberg vindo da extremidade da rua em sua direção, de modo que foi caçado sem nenhum esforço por parte dela, como uma lebre apanhada no facho dos faróis de um carro.

"Que milagre encontrar você assim!"

O vice-comandante do Irgun, para quem a palavra "milagre" devia ser reservada a eventos especiais, como o daquele dia em que uma granada caíra no centro do acampamento e ele a pegara na mão e atirara de volta, só anuiu educadamente.

"Pois hoje é o dia do primeiro aniversário do pequeno Efraim! Vai ser muito bom se você se juntar à comemoração!"

O vice-comandante do Irgun compreendeu que tinha sido capturado. Em vão apontou para sua farda manchada de poeira e de sangue e disse que não seria adequado apresentar-se daquele modo numa festa. Fruma olhou para as manchas e seus olhos brilharam. Uma pedra insolente tinha se alojado nos rins de seu querido marido, afastando-o de toda missão onde pudesse haver um mínimo de heroísmo. Agora ela poderia festejar com um guerreiro de verdade. Imediatamente enfiou seu braço no do vice-comandante do Irgun e o levou para sua casa, onde o receberam com entusiasmo. Não era todo dia que uma pessoa dava de cara com uma personalidade tão importante quando estava indo se servir de mais um copo de limonada. Perguntaram a ele sobre suas façanhas no norte e sobre seus feitos no sul, murmuraram por cima de uma fatia de bolo de papoula: "É verdade que uma noite você se infiltrou no cerco jordaniano para pousar sua mão nas pedras do Muro?". Não esperavam pela resposta, pois para eles só havia uma possível. O vice-comandante do Irgun sorriu educadamente, deixando as histórias ganhar densidade em torno dele, como aquela montanha cercada de um véu de nuvens que enfeitava pratos de porcelana da China. Mas seu sorriso educado, em vez de deixar claro para os que o cercavam que aquelas histórias eram lenda pura, que nem sequer mereciam uma reação da parte dele, só os convenceu de que diziam a verdade. Era da natureza dos sorrisos educados que encontrassem neles a confirmação daquilo que queriam encontrar.

"Mostramos a eles como é que é!", exclamou um homem desconhecido que estava a seu lado, pingando suor e limonada. O vice-comandante do Irgun anuiu. Um gesto cordial como aquele não custava dinheiro e alegrava as pessoas. "Nós os afugentamos de Lida, os expulsamos de Jaffa, e agora o país vai ficar tranquilo por quarenta anos!"

O vice-comandante do Irgun parou no meio de seu gesto de anuência. "Não", disse. "Não vai." Pois apesar de saber anuir com muita credibilidade e de ter se acostumado a lorotas heroicas quando eram necessárias, não seria capaz de silenciar ante uma autonegação como aquela. Ele tinha visto os olhos dos árabes de Lida quando empacotavam seus poucos pertences e saíam em uma grande marcha. Tinha-os visto ao sol ardente. Vira uma mulher tentando amamentar um bebê morto. Quando olhava em seus olhos, nos olhos dos árabes todos, era como se olhasse os seus próprios, refletidos no espelho. Pois ele conhecia aqueles olhares. Conhecia o olhar de um homem que perdera para outro a única coisa que amava. Quando respondeu ao homem que pingava suor e limonada não estava vendo diante de si as paisagens do país nem o Mediterrâneo nem o lago Tiberíades. Só estava vendo os dois olhos de Sônia, separados demais um do outro, e a mão de Feinberg acariciando aquele ventre de mel onde tinha pousado a cabeça. Viu aquilo e disse: "Como seria possível este país ficar tranquilo?".

Sem se despedir de ninguém e ainda com uma fatia de bolo de papoula na mão, o vice-comandante do Irgun foi embora. Os convidados o observaram quando saía, dando de ombros. Que homem estranho! Matar ele sabia muito bem, mas sua capacidade de participar de conversas casuais não era maior do que a de um relógio de parede. No momento em que se serviam de mais um copo de limonada, o vice-comandante do Irgun estava a caminho de Jaffa. Tinha de saber se era verdade, se o olhar dos árabes para a terra era idêntico ao do homem que encara a mulher que ama.

Ao chegar em Jaffa, teve de percorrer as ruas para lá e para cá até encontrar um deles. Agarrou-o pela garganta e o encostou numa parede. Sob a luz pálida de um lampião de rua fitou-o longamente nos olhos. Se pelo menos visse neles sinal de medo... Mas o árabe devolveu ao vice-comandante do Irgun outro olhar, que ele conhecia muito bem, então o largou e deixou que fosse embora. Agora sabia que, assim como ia sentir o aroma de laranjas de Sônia aonde quer que fosse, aqueles homens iam sentir o das laranjas, das frutas cítricas, das olivas e das vinhas que tinham sido deles durante gerações.

Durante toda aquela noite o vice-comandante do Irgun perambulou pelas ruas de Jaffa. A noite pareceu tão longa e as ruas eram tão sinuosas que por momentos pensou que o sol tinha se posto por toda a eternidade, que ele ia caminhar para sempre por aquelas vielas estreitas, dobrando ora à direita, ora à esquerda, sempre descobrindo uma passagem para contornar aquela mesma ruela escura e mais uma curva na outra extremidade. Até que em um de seus desvios deu de cara com o sol. Ao olhar para ele, soube que a guerra tinha realmente acabado. E, ainda que devesse se alegrar com aquilo, na verdade se assustou muito. Assustou-se pela primeira vez na vida. O sol reluzente iluminava as lajotas e a rua toda mergulhada em ouro. Reinava o silêncio. Nenhuma explosão de obus, nenhum tiro de metralhadora, e do céu não vinha o assobio dos aviões e das sirenes. Comandantes não gritavam ordens, soldados não balbuciavam preces. Naquele silêncio, assustador e terrível, o vice-comandante do Irgun podia ouvir aquilo que a guerra fizera o favor de abafar: a voz de Zeev Feinberg contando que Sônia estava grávida.

9

Em sua procura pelas famílias de seus amigos mortos, Iaakov Markovitch chegou primeiro a Safed. Passou alguns dias com os familiares do coxo, contando a eles como tinha combatido, tendo o anjo Uriel diante dos olhos e nos lábios um canto a Deus. Quando rezavam, rezava com eles, e quando faziam as bênçãos às refeições, fazia com eles. Ao chegar a hora de ir embora, percebeu como fora reconfortado por aqueles ritos e regras, e que, assim como ele tinha em casa livros sobre o cultivo de cítricos, eles tinham livros sobre o cultivo do homem – como lhe dar de comer, como lhe dar de beber, como tratar dele quando sofria.

De lá seguiu para a casa do comerciante de Jaffa, onde foi recebido com um copo atirado contra o umbral da porta sob o qual estava postado. Iaakov Markovitch ficou pensando se o alvo fora sua cabeça e tinham errado ou se era daquele jeito que os donos da casa saudavam quem batia à porta. Um vidrinho de azeitonas que acertou em cheio sua barriga deixou claro que não se tratava de uma saudação. A mulher do comerciante de Jaffa, uma criatura corpulenta com braços de aço, jogou nele uma coleção de utensílios de cozinha e todo tipo de alimentos. Até Iaakov Markovitch conseguir abrir a boca, já tinha atirado quase metade do conteúdo da casa, e não teve pena de uma garrafa de vinho antigo nem de um bolo cheiroso que acabara de sair do forno.

"Fora! Agora mesmo! Ou vou jogar as facas também!"

Iaakov Markovitch pensou em recuar. Tinha estado em muitos combates, mas nunca sentira um perigo tão concreto como no momento em que ela pegou uma panela com leite fervendo e a ergueu bem alto.

"Pare! Sou amigo de seu marido!"

Iaakov Markovitch só teve tempo de pular para o lado para evitar ser atingido pelo líquido borbulhante. Gotas brancas atingiram seus sapatos, fervilharam por um instante e depois esfriaram.

"Mais um credor? Ou um importador de bebidas tocaiando sua presa? Talvez ele tenha prometido a você também uma de nossas filhas em troca de um bom trago?"

"Sou um lavrador", respondeu Iaakov Markovitch, e bastou aquilo para a mulher do comerciante de Jaffa largar o cesto de ovos que pretendia atirar nele. Atrás do cesto apareceu um rosto anguloso e cabelos cor de piche.

"Você cultiva vinhedos?"

"Não."

"Faz aguardente de maçã?"

"Não."

"Licor de ameixa?"

"Minha senhora, nunca vendi bebidas a seu marido."

"Então o deixou beber de graça?"

"Não, mas bebi em sua memória."

Dezenas de ovos se quebraram de uma só vez quando a mulher do comerciante de Jaffa se levantou e virou o cesto. O amarelo e o branco se misturaram no chão da casa.

"Em memória?" Pela primeira vez sua voz dura rachou e tremeu.

Iaakov Markovitch pigarreou. "Não lhe comunicaram?"

"Vieram pessoas, mas tranquei a porta e me recusei a abrir. Pensei que tinha desertado para procurar bebida e o estavam procurando. Joguei azeite fervendo sobre eles."

A mulher do comerciante de Jaffa sentou-se no chão imundo. Iaakov Markovitch hesitou por um instante, depois aproximou-se dela e sentou-se a seu lado.

"Bobo. Como ele era bobo." Lágrimas redondas começaram a correr, apressadas, sobre o rosto anguloso. "E preguiçoso. E prevaricador. Reconhece que era um prevaricador?!"

O rosto anguloso virou-se para encarar Iaakov Markovitch, que se remexeu desconfortavelmente e por fim disse: "Reconheço".

"Prevaricador e adúltero." A mulher do comerciante de Jaffa pôs a cabeça entre as mãos. O cabelo preto, desgrenhado, cobria quase todo o seu corpo. "E mentiroso." Iaakov Markovitch baixou os olhos e olhou para o chão, onde as lágrimas da mulher se misturavam ao leite e aos fragmentos de ovos que teria atirado nele. Quando ergueu o rosto, viu que o dela estava molhado de lágrimas.

"Concorda comigo que ele era um porco?"

"Definitivamente."

"Ahhh!" Agora a mulher se lamentava numa voz fina e alta.

Iaakov Markovitch ficou de repente muito concentrado numa pequena mancha de ovo em sua calça. Molhou um dedo em saliva e tentou limpá-la, esfregando sem sucesso. Não só a mancha se recusava a sair como seu foco nela recusava-se a fazer desaparecer o choro da mulher, que era difícil de suportar. Por fim, virou-se para ela e disse a única frase que conseguiu imaginar: "Mas saiba que ele morreu como um herói".

A mulher do comerciante de Jaffa parou de chorar. Com a mão suja enxugou as lágrimas e afastou uma mecha de cabelo preto. Quando foram afastados, a cortina de lágrimas e os cabelos que os separavam, Iaakov Markovitch percebeu que estava sentado muito próximo dela, e recuou um pouco. A mulher olhou para ele zombeteiramente.

"Não existe isso de morrer como herói. O que existe é morrer como morto."

Iaakov Markovitch não soube como responder a uma frase como aquela, que, embora parecesse simples e sincera, continha sementes de violência. Então se atreveu a dizer: "Mesmo assim, tem uma diferença".

Ao ouvir aquilo a mulher do comerciante levantou-se e dirigiu-se à cozinha. Iaakov Markovitch apressou-se a ir atrás dela. A maior parte dos utensílios e dos mantimentos tinha sido atirada daquela forma indesejável, e no balcão restava apenas um frango de aspecto gorduroso.

"Este frango, que limpei antes de você chegar. Diria que faz diferença se eu fizer bolinhos ou um *shnitzel* com ele?"

"Não é a mesma coisa, porque..."

"E meu homem", ela o interrompeu, "meu homem bobo e preguiçoso, prevaricador e adúltero. Faz diferença para ele se o consideram um herói ou um patife?"

Ela jogou também o frango em cima dele.

Confuso e coberto de restos de comida, Iaakov Markovitch chegou ao consulado americano para esclarecer se o apostador, que podia ou não ser judeu, tinha parentes. Teve de esperar quase duas horas para lhe dizerem que seu amigo não existia.

"Como assim, não existe?"

"Não aparece na documentação."

"Então procurem em outros documentos."

"Não existem outros documentos."

Não adiantou Iaakov Markovitch contar histórias do heroísmo do apostador na fortaleza nem fazer descrições emocionantes de sua morte gloriosa. Talvez o homem tivesse sido um herói, disse o cônsul, ajeitando os óculos no nariz, mas não era americano. Mais investigações em diversas instituições levaram a resultados idênticos, e Iaakov Markovitch começou a se perguntar quanto à veracidade da existência do apostador americano que podia ou não ser judeu. Que era viciado em apostas era certo. Mas americano?

Depois de desistir de procurar nas instituições oficiais, Iaakov Markovitch resolveu tentar a sorte falando com pessoas. As instituições podiam até ser mais preparadas, mais organizadas, e ter os fatos da vida classificados em pastas em ordem alfabética. Mas as pastas, a organização e a ordem podiam não reconhecer a existência de alguém, enquanto as pessoas reconheciam. Lembram-se delas não pelo número da carteira de identidade, o endereço e o código postal, e sim pelo cheiro de seu corpo, pelo modo de falar, pela maneira como apertava a mão dos conhecidos ou batia nos inimigos. Por isso Iaakov Markovitch deixou para trás cônsules e funcionários e foi procurar lugares onde se faziam apostas. Se alguém conhecia o apostador americano, que podia ou não ser judeu, era nesse tipo de lugar que estaria.

Seu nome era Andrei. Tinha nascido na França. A América, constatou-se, conhecera apenas em fotografias. Iaakov Markovitch soube os detalhes por intermédio de um homem alto que vestia um anoraque surrado e se recusava a dizer seu nome. Markovitch passara três noites nos clubes de apostas até conseguir extrair alguma informação sobre seu amigo. Os apostadores pareciam surdos a tudo o que não fosse o chacoalhar dos dados. Quando se dirigia a um deles encontrava olhos vidrados e uma boca cerrada. Por fim, decepcionado e irado, subiu numa cadeira de madeira que bamboleava e gritou em voz tonitruante: "Estou buscando informação sobre um grande amigo meu. Um de vocês. Pensei que era americano. Agora não tenho certeza. Ele me disse que seu nome era Jacob. Também não estou certo quanto a isso".

Os apostadores olharam para Iaakov Markovitch por um momento e voltaram a seus afazeres. A cadeira gemia sob seu peso, e ele tratou logo de descer. No mesmo instante aproximou-se um homem alto com um anoraque surrado. Seu rosto era mais facilmente definido pelo que não havia nele do que pelo que havia. Em sua boca faltavam três dentes. Suas bochechas eram afundadas. Aos olhos carecia expressão.

"Por que quer informações sobre o apostador americano?"

A suspeita expressa na voz do homem esclareceu finalmente a Iaakov Markovitch por que nenhum dos apostadores dava atenção a suas perguntas. Certamente o tinham por um credor à procura de um de seus colegas. Por isso tratou logo de tranquilizá-lo.

"Fique tranquilo, minhas intenções são boas."

O homem do anoraque olhou para ele com ar de dúvida. Iaakov Markovitch quase revelou o motivo de sua busca, mas após a experiência com a mulher do comerciante de Jaffa decidiu que não seria ele quem daria a notícia da morte.

"Ele é um amigo muito chegado."

Mas, em vez de desfazer as suspeitas do homem do anoraque, aquelas palavras só as transformaram numa raiva terrível. O rosto dele ficou totalmente vermelho, as narinas se distendendo a cada respiração. Sem que percebesse, Iaakov Markovitch deu um passo atrás.

"Amigo muito chegado? Se são mesmo tão chegados, por que não lhe disse seu nome e sua origem?"

Seus olhos examinaram Iaakov Markovitch com hostilidade. As bochechas encovadas estavam infladas de raiva. De repente ocorreu a Iaakov Markovitch que o homem à sua frente estava com ciúmes.

"Não, você não entendeu. Éramos amigos de armas. Combatemos juntos."

O homem do anoraque pareceu confuso e agitado. Antes que Iaakov Markovitch se desse conta do que acontecia, ele já o tinha agarrado pelo pescoço e empurrado com força de encontro à parede do clube. Nenhum dos apostadores levantou o olhar. Iaakov Markovitch lutava para respirar. Os dedos magros do homem apertavam seu pescoço como se fossem tenazes. Manchas roxas e azuis começaram a aparecer diante de seus olhos. Através delas viu o anel de ouro que o homem usava no dedo anular. Era um anel grande, com uma pedra vermelha engastada. Em sua consciência já enevoada Iaakov Markovitch lembrou-se de ter visto um anel idêntico no dedo do apostador americano que podia ou não ser judeu. O homem do anoraque aproximou seu rosto ao dele.

"Como vou saber se realmente é seu companheiro de armas? Como vou saber que a informação que eu lhe der não vai prejudicá-lo?"

Com lábios trêmulos e o que lhe restava de força, Iaakov Markovitch sussurrou: "Nada mais pode prejudicá-lo".

O pescoço de Iaakov Markovitch foi largado de uma vez. Quando ele recuperou o fôlego, olhou em volta e viu que o homem com o aperto de aço chorava copiosamente numa mesa próxima. Hesitante, Iaakov Markovitch aproximou-se. O homem puxou uma cadeira a seu lado e sinalizou para que sentasse. Iaakov Markovitch demorou um pouco, passando a mão em seu pescoço dolorido, mas finalmente sentou-se.

"Um anjo ingênuo como ele só", balbuciou o homem do anoraque. "Um anjo puro e ingênuo."

Iaakov Markovitch permaneceu calado. Apesar de gostar muito do apostador, "anjo puro e ingênuo" não seria exatamente o que diria dele.

"Tão doce, tão puro", continuou a balbuciar o homem.

Iaakov Markovitch olhou para ele, em dúvida. O bom senso e seu pescoço dolorido lhe diziam que se afastasse daquele brutamontes enlutado o mais rápido possível. Mas sua obrigação para com seu amigo e uma natural curiosidade lhe suplicavam que ficasse. Por fim reuniu coragem e perguntou: "Você o conheceu quando ele chegou da América?".

"América? Seu pé delicado nunca pisou na América!"

"Então de onde ele veio?"

"De Paris. Andrei sentiu saudades de um croissant digno desse nome em todas as manhãs de nossa vida."

Iaakov Markovitch teve de se esforçar ao máximo para montar em sua mente as peças daquele quebra-cabeça. Para decifrar sozinho o enigma do apostador americano que agora constatava não ser americano em absoluto. Por fim, desistiu.

"Diga-me, por favor: se ele nasceu na França, por que disse que era da América?"

"Para enganar seus credores na França. Uma cambada de lobos perseguindo a presa, não passavam disso!"

O homem do anoraque ergueu a cabeça e deu um soco na mesa, furioso. O copo de bebida que estava sobre ela caiu e se estilhaçou com um ruído que fez Iaakov Markovitch estremecer, mas não causou qualquer reação nos demais.

"Os canalhas o perseguiram por toda a Europa. Por fim ele compreendeu que, se quisesse sobreviver, teria de fugir do continente."

"Por que não fugiu para a América?"

"Todos fogem para a América. Ele fugiu para Israel. Só um doido fugiria para Israel."

"E por que dizia ser americano?"

O homem tirou uma garrafa de bebida do bolso do casaco e tomou um longo gole. "Já apostou alguma vez?"

"Não."

"Alguma vez quis algo a ponto de não poder desistir, mesmo ao preço de sua vida?"

"Sim."

O homem do anoraque olhou longamente para Iaakov Markovitch e estendeu-lhe a garrafa.

"Menos de duas horas após ter desembarcado do navio, no momento em que sua mão parou de tremer por causa do enjoo,

Andrei já estava numa mesa de jogo com dados na mão. Você sabe como a Palestina é pequena. Todos os pecados se amontoam aqui numa única e miserável rua. Em pouco tempo iam correr rumores sobre o apostador francês, os credores iam chegar e Andrei ia se ver pendurado em uma mesquita em Jaffa com uma bala na boca."

"Por isso se fez passar por americano?"

"Antes de cair na rede da deusa da fortuna ele era professor de línguas. Um prodígio, promissor. Especializou-se em inglês e grego antigo. Quando resolveu criar uma história como cobertura hesitou entre se identificar como apostador americano ou filósofo grego. Mas foi fácil decidir. Andrei tinha admiração por Hollywood. E detestava tragédia grega."

Enquanto falava, o homem do anoraque girava o anel em seu dedo. Agora Iaakov Markovitch estava vendo como era afiada a pedra vermelha engastada nele. Poderia facilmente dilacerar a garganta de uma pessoa. Iaakov Markovitch engoliu saliva. Buscava algo simpático para dizer ao homem que estava a seu lado. Por fim encontrou: "Suponho que a rivalidade de apostadores entre vocês se transformou, de algum modo, em amizade verdadeira".

O homem do anoraque acenou com a cabeça em negação. "Nunca me sentei com Andrei numa mesa de jogo."

"Então como se encontraram?"

Ele apontou para a parede de encontro à qual tinha empurrado Iaakov Markovitch.

"Aqui, nesta mesma parede." E continuou a falar, acariciando com saudade a pedra vermelha do anel. "Antes de Andrei chegar aqui fui contratado para cuidar de um apostador americano que tinha fugido de seus credores e vindo para Israel. Por muitos dias eu o embosquei nos clubes. Até que uma noite tive certeza de tê-lo encontrado: Andrei apareceu para jogar dados e só citava trechos de filmes de Humphrey Bogart. Quando se levantou para ir embora eu o peguei pela garganta e já ia enviá-lo para um mundo feito só de dados que param no seis. Mas ele começou a implorar por sua vida em francês. Por fim me convenceu de que não era o homem que eu estava procurando."

Uma lágrima salgada rolou dos olhos do homem do anoraque, caindo exatamente sobre a pedra vermelha e afiada.

"Claro que, em outro sentido, ele era o homem que eu estava procurando. Ficamos juntos um ano inteiro. Encomendei para ele um anel idêntico ao meu de presente de aniversário, para que pudesse se defender numa hora de aperto. Meu doce Andrei! Ele riu muito, disse que nunca ia conseguir cortar uma garganta com a joia que eu lhe dera. Era delicado como uma criança."

"Por que o deixou?"

No momento em que aquelas palavras saíram de sua boca Iaakov Markovitch compreendeu que cometera um amargo erro. A curiosidade, terreno tortuoso, tinha se apoderado de sua língua e dela expulsado a cautela e a sensatez, guardiões da alma. A mão do homem do anoraque parou sobre o anel. Ele lhe lançou um olhar hostil.

"Ele não me deixou, foi obrigado a fugir."

"É claro", apressou-se a concordar Iaakov Markovitch. "É claro."

"Um dia, voltei de viagem depois de uma semana e o apartamento estava vazio. Enquanto eu cuidava de um sujeito que tinha dado um golpe e fugido para Acre, chegaram três homens da França. Andrei percebeu a tempo e desapareceu. Houve quem dissesse que tinha fugido do país. E quem dissesse que havia se alistado. Mas eu sabia que ia voltar. Cuidei daqueles canalhas e fui procurá-lo entre os combatentes."

"Você se alistou?"

"Deus me livre. Trocar o anel por um fuzil? Abrir mão da intimidade, da morte artesanal, em prol de uma linha de produção alienada? Não, não. Fui um combatente de elite numa guerra industrial. Ninguém vai se lembrar de meu nome quando se reunirem para dar condecorações por bravura, mas que eu me dane se não matei com este anel mais árabes do que qualquer outro combatente. E até mesmo um oficial que me tratou com grosseria."

Então Iaakov Markovitch começou a contar ao homem do anoraque os atos de bravura de seu amante. Como tinha investido sobre a fortaleza, como caíra chafurdando no próprio sangue. Ele ouvia atentamente, acariciando distraído a pedra vermelha e afiada do anel. Quando Iaakov Markovitch terminou seu relato percebeu os minúsculos cortes que o anel fizera nele enquanto ouvia – gotículas de sangue pontilhavam a mesa, como pequenos cogumelos. O homem nem tinha notado. Estava concentrado no rosto de Iaakov Markovitch.

"E depois que todos os seus amigos morreram você foi percorrer o país dessa maneira? Numa comitiva de condolências de um homem só?"

"Quis ter certeza de que para cada um de meus amigos haveria um par de olhos derramando lágrimas."

"Por que lágrimas são importantes para eles? Se estão todos mortos."

"Elas limpam a poeira que se acumula em seus nomes."

O homem recostou-se, tirou um cigarro das profundezas do anoraque. "E achou as lágrimas que estava procurando?"

"Achei. A mãe do coxo de Safed acredita que seu filho está agora ao lado do anjo Uriel. Seus olhos estão voltados para cima, mas suas lágrimas caem no chão. A mulher do ébrio de Jaffa atirou em mim facas, ovos e um bolo, mas chorou sua morte antes de atirar um frango também. Você pensou em cortar minha garganta com este anel, mas teve pena de mim e está de luto pelo apostador. Agora temo que use o anel para cortar a própria carne."

O homem deu um longo trago no cigarro. Pela primeira vez pareceu que tinha notado as gotas de sangue na mesa.

"Não", disse, "não vou cortar minha própria carne. Tenho de ficar esperando pelo apostador americano que pode ou não ser judeu."

Por um longo momento os dois se calaram. Parecia não haver mais nada a ser dito. Iaakov Markovitch já estava pensando em se levantar quando o homem do anoraque tornou a fixar os olhos nele.

"Você disse antes que, assim como ele, deseja tanto uma coisa que não está disposto a abrir mão dela mesmo ao preço de sua própria vida."

Iaakov Markovitch pensou em Bela e respondeu: "Verdade".

"Então por que não voltou correndo para essa coisa, que imagino ser uma mulher? A guerra durou tanto tempo, e a cada dia você perde mais um pouco."

Iaakov Markovitch abriu um sorriso amargo e respondeu que ninguém pode perder o que nunca teve. Quando terminou de falar, antes de perceber de onde vinha, o homem tirou das profundezas de seu casaco um grosso envelope. "Pegue." Quando Iaakov Markovitch o abriu, viu aquilo que em geral homens com casaco põem em envelopes daquele tipo: dinheiro. Mas em geral não tanto assim. O envelope que o homem entregara a Iaakov Markovitch estava abarrotado de notas, até quase estourar.

"A única coisa que eu queria, estas notas não vão me dar. Quem sabe deem a você o que quer?"

Ao dizer isso, o homem do anoraque levantou-se, sinalizando que a conversa tinha terminado. Foi assim que Iaakov Markovitch voltou para casa como um homem rico.

10

Quando Iaakov Markovitch se aproximava da colônia, Bela estava na beira do campo. Buscava havia muito tempo uma rima em hebraico que traduzisse adequadamente uma das rimas em alemão deixadas por Rachel Mandelbaum. Toda vez que deparava com um verso especialmente complicado, levantava-se da cadeira e passeava pela sala. Com a movimentação, a saia se enredava em suas pernas, e naqueles arejamentos mentais secretos às vezes a rima correta aparecia de repente. Mas com frequência o hebraico se recusava a responder. Bela então abria a porta e saía para o quintal, caminhando um pouco em torno do canteiro. O cheiro de terra molhada em geral apaziguava as palavras, que faziam o favor de se apresentar onde eram necessárias. Às vezes o canteiro e o cheiro de terra fracassavam também, e Bela Markovitch era obrigada a transpor a cerca de pedra e ir em direção ao campo, atrás da casa. A distância que suas pernas percorriam era diretamente proporcional à intensidade da resistência da língua hebraica em colaborar com a tradução. Só algumas vezes tivera de se afastar até as margens do campo, e uma única vez chegara aos limites da colônia até finalmente gritar "*Ergá!*", a palavra hebraica para "saudade", e voltar correndo diretamente para a escrivaninha, entusiasmada.

Mas às vezes, em plena jornada em busca de uma almejada rima, Bela ficava subitamente paralisada. Tensa a qualquer ruído ou coisa avistada. Seus olhos percorriam rapidamente a linha do horizonte, os campos, o caminho que levava à casa de pedra. Só quando tinha certeza de que seus sentidos a tinham iludido, de que ainda estava sozinha, voltava lentamente a trabalhar nos poemas, a ponta do nariz ainda num frêmito de suspeita. Toda vez que Bela Markovitch virava a cabeça para olhar o caminho, Tzvi o fazia também. O que esperava ver ali não sabia, porém a tensão que havia nos movimentos da mãe, aquela corda interior que subitamente se distendia, dirigia seus olhos para a colina. Quando Bela mergulhava no trabalho de tradução e seus brinquedos o entediavam, ele às vezes olhava para o caminho com olhos interrogativos. Talvez surgisse a coisa que sua mãe esperava. E assim ficava ali de pé a esperar, sem saber o quê. Antes de completar quatro anos já era um especialista em questões de espera. O presente para ele não era mais do que um corredor pelo qual era obrigado a passar no percurso para seu verdadeiro objetivo, que desconhecia. Assim, sem perceber o que estava fazendo, Bela tinha transferido para o filho a mesma doença da espera que a perseguia desde a juventude.

No dia em que Iaakov Markovitch voltou para casa, Tzvi tinha se afastado alguns passos de sua mãe, olhando com interesse os insetos. Já tinha aprendido que em momentos como aquele, quando ela andava de um lado para outro, movendo os lábios sem emitir som, quando sua bela testa estava franzida em pensamentos, não devia perturbá-la. Bela estava à beira do campo, tentando obrigar as palavras a se submeter a ela mediante todo tipo de sussurros e juras, seduzindo-as com promessas em vão. Seus olhos muito abertos só enxergavam palavras, muitas palavras, irritantemente esquivas. Mas entre as letras divisou de repente um vulto a descer a colina. Deixou que o vulto avançasse sem lhe dedicar um pensamento a mais. O homem que caminhava ao longe era empertigado, seu andar era pura energia contida. Era impossível que fosse Iaakov

Markovitch. Bela voltou a seu namoro com o hebraico, e após alguns instantes, quando compreendeu que ele estava determinado a não ceder daquela vez, virou-se com raiva, chutando a terra. Ao fazer aquilo causou um desastre total a um pequeno besouro que estava sendo, fazia alguns minutos, a grande alegria de Tzvi. Mas o menino não chorou. Intimamente, sabia que besouros, por mais encantadores que fossem, eram apenas um sucedâneo barato, algo com que passar o tempo quando não estava esperando com o rosto voltado para o caminho que descia da colina. Por isso, tornou a virar a cabeça na direção da mãe, mas ela (irritada com seu fracasso, mas entretida também) já se aproximara da casa. Tanto fazia. Aquele homem descendo a estrada com certeza não era o que sua mãe esperava. Ele ia passar pela cerca de pedras e continuar seu caminho, como faziam todos.

Assim mesmo olhou para ele quando se aproximava, e a cada passo que o homem dava era como se abrisse uma pequena janela no peito de Tzvi. Pois aqueles passos o faziam lembrar uma coisa da qual não podia lembrar, e quando o homem estava a alguns metros da cerca de pedra os olhos do menino encheram-se de lágrimas. Porque aquele também ia seguir adiante, e besouros e brinquedos não iam mudar nada, restaria somente a expectativa e a espera, expectativa e espera cuja causa nem sequer sabia, e assim mesmo o obrigavam a olhar todo dia para aquele caminho e aquela colina, onde tantos descem e ninguém se detém. Mas então o homem continuou a andar na direção da casa, e Tzvi se arrancou de sua imobilidade e correu diretamente para os braços surpresos de Iaakov Markovitch.

De dentro da casa, através da porta aberta, Bela ouviu o som dos passos rápidos do filho. Do lugar em que estava não podia ver o que tinha atraído o menino. Talvez um passarinho. Talvez um gato. De qualquer forma, ele tinha de almoçar. Bela foi para a cozinha e pegou dois pratos. Estava com ambos na mão quando Iaakov Markovitch entrou em casa, com o filho dela nos braços.

Alguns dias depois, o menino já o chamava de "papai". Iaakov Markovitch espantou-se – nunca tinha dito aquela palavra para ele, e estava certo de que não a havia ouvido de Bela. De onde, então, tirara o termo, "papai", que provocava um sorriso nos lábios de Tzvi toda vez que o pronunciava e fazia passar pequenas ondas de calor pelo corpo de Iaakov Markovitch? Ele disse a Bela: "Com certeza ouviu um menino da colônia chamar assim seu pai". Ela conteve o impulso de anuir. Desde a volta de Iaakov Markovitch seu rosto era uma máscara imóvel de marfim. Inclusive durante o sono. Quanto a Tzvi, dormia cada vez menos. Era só pô-lo na cama e já se ouvia o leve ruído de seus passinhos no assoalho, indo apressados para o sofá onde ficava Iaakov Markovitch, para constatar que ele ainda estava lá. Às vezes Iaakov Markovitch acordava no meio da noite ao toque de pequenas mãos que apalpavam seu rosto fascinadas. Um rosto sem qualquer individualidade na opinião dos outros, um rosto imediatamente esquecido por quem o olhava, mas que, para o menino, era uma fonte inexaurível de interesse e prazer. Ele examinava os olhos um tanto fundos, as sobrancelhas ralas, as rugas e os vales nos cantos da boca, a elevação da testa. Iaakov Markovitch entregava-se ao exame com todo o seu ser, mesmo quando o menino lhe beliscava o nariz ou punha um dedo pouco cauteloso em seus olhos. Às vezes lhe parecia que até Tzvi começar suas investigações ele próprio nunca conhecera seu rosto. A cada apalpadela, beliscão, arranhão e cócega, Iaakov Markovitch sentia que se acrescentava mais uma evidência de sua própria existência.

Do quarto de dormir, Bela ouvia tudo. Ao som de seus passinhos até a sala, ficava amargurada. Embora durante muito tempo tivesse desejado que o menino parasse de perturbar seu sono com seus medos e seus devaneios, agora esperava, toda noite, que fosse para ela que se dirigisse. Queria ver seu rosto redondo espiando por uma fresta da porta, perguntando "Posso?" e correndo para sua cama antes mesmo que respondesse. Pedindo uma música, ou uma história, murmurando algo a respeito de um sonho e adormecendo antes de conseguir terminar. O prazer que seu filho obtinha brincando com aquele rosto odiado lhe despertava uma forte emoção. Levou muito tempo para identificar o que era. Ciúme. Estava com ciúme de Iaakov Markovitch. O fato pareceu-lhe tão infundado, tão repugnante, que Bela passou a evitar ainda mais olhar para o rosto do marido. Iaakov Markovitch percebeu aquilo, e não obstante não conseguia desviar dela seus olhos, pois era – ainda era – a mulher mais bonita que jamais vira. Contudo, já não era perfeita. Uma grande cicatriz cobria sua mão esquerda, tão apavorante que mesmo seus olhos não conseguiam ver beleza nela. Muitas vezes tentou perguntar de onde viera, mas em todas recebeu como resposta um olhar hostil. Decidiu então recorrer a Feinberg. Quando chegou à casa do amigo, encontrou-a fechada e trancada.

Dez dias antes Sônia tinha aparecido no gabinete do vice-comandante do Irgun. Ele estava absorto na leitura de um livro e quando ergueu os olhos deu com a presença dela ali. Como se sempre tivesse estado lá. Como se não tivesse erguido os olhos mil vezes no passado na expectativa daquela mesma visão, tendo de se satisfazer com a das portas da sala. Teve então de baixar os olhos para o livro e reerguê-los para constatar que não estava imaginando coisas. Mas ela ainda estava lá. Um pouco mais cheia, muito mais dura. Seus olhos cinzentos, afastados um do outro, olhavam diretamente para ele. Por um breve instante o vice-comandante do Irgun pensou que tinha chegado o dia em que se libertara de seu amor por ela. Pois quando olhou para Sônia por cima da mesa não sentiu nada além de surpresa. Seu coração não palpitou. O sangue continuou a correr preguiçosamente nas veias. A temperatura corporal não se alterou. Fora o crocitar de um corvo não se ouvia nenhum pio de passarinhos. Resumindo – a presença de Sônia na sala pareceu não causar nenhum efeito no vice-comandante do Irgun. Mas então, como aquelas bombas que ele acionava na guerra, cujo estopim ardia por alguns instantes antes de tudo ir pelos ares, o estopim que fora aceso com a presença de Sônia chegou ao fim. O coração do vice-comandante do Irgun começou a palpitar como a hélice enferrujada de um avião, o sangue inundou as veias, a temperatura corporal deu um salto e todos os pássaros de Tel Aviv (pardais nas ruas, pombos nas praças, melros nos fios elétricos, beija-flores nos jardins, gaivotas no cais e um papagaio num bordel) começaram a cantar de uma só vez.

Com o canto a lhe ensurdecer os ouvidos, o vice-comandante do Irgun perguntou a Sônia o motivo de sua visita. Estava certo de que o ruído dos pássaros tinha deturpado as palavras dela quando respondeu que tinha ido pedir que salvasse seu marido. "Salvar? Feinberg?" Na realidade queria dizer: Você quer salvar Feinberg? Feinberg, que dorme com você toda noite, abraça você pela manhã e tem o direito de passar a mão em seu rosto sempre que quiser, inclusive neste mesmo momento? Do que é que um homem desses tem de ser salvo? Que mal poderia ameaçá-lo?

Sônia sentou-se na cadeira de madeira que havia diante da mesa e inspirou profundamente. "Bem, é o seguinte." Ela contou ao vice-comandante do Irgun o que acontecera com Feinberg na guerra, como tinha ido para ela inteiro e ereto e voltara um caco, como perdera o sono durante as noites e o descanso durante os dias, como arrancava a pele esfregando-a com esponjas e pedras, como estava sempre contraído como um cão que é espancado a qualquer pretexto, como não era mais ele mesmo, contorcendo-se e sofrendo, devido a um segredo de cuja natureza ela não ousava se inteirar e que não dava trégua ao marido. "Quando o menino chegou pensei que talvez fosse salvá-lo", disse Sônia, e as orelhas do vice-comandante do Irgun estremeceram. Mas ela continuou a falar sobre um filho de conhecidos que fora levado a eles depois que sua mãe se suicidou e seu pai enlouqueceu de tanta tristeza. Contou que por alguns dias ainda mantivera a esperança de que bastaria a presença do menino para Feinberg voltar a ser quem era. Mas o consolo que lhe trouxera não durou muito tempo, foi só uma pausa entre chuvas, um raio de sol isolado após o qual o inverno voltara ainda mais enregelante.

"Agora tenho dois meninos para cuidar. Não posso cuidar de Zeevik, não sei como cuidar dele." O vice-comandante do Irgun olhou para os olhos de Sônia. Esperava ver neles lágrimas, mas em vez disso encontrou matacões silenciosos de granito cinzento.

"O que quer que eu faça?"

"Uma vez ele se refugiou em seu gabinete com Markovitch e pediu que salvasse a vida dele. Então o enviou para a Europa. Faça isso de novo."

"Enviá-lo para a Europa?"

"Esta terra é um veneno para ele."

O vice-comandante do Irgun observou que a terra europeia tampouco era especialmente conhecida por suas boas qualidades. E se ela mandasse Feinberg para uma casa de saúde? Sônia começou a rir. Não, ela não ia trancá-lo na companhia de mulheres emaciadas e artistas delirantes. Assim como não enviaria um tigre ferido para um estabelecimento agrícola. Não por se preocupar com os animais da fazenda, mas devido ao tédio absoluto que poderia prejudicar sua recuperação.

"Ele precisa de uma boa caça. Precisa de algo para perseguir. Algo para odiar e algo para amar, e uma distinção clara entre as duas coisas."

O vice-comandante do Irgun refletiu um instante sobre aquilo. De fato a temporada de caça estava em pleno vigor, e mais de uma vez tinha pensado em propor a Feinberg integrar-se às unidades que percorriam a Europa em busca de nazistas fugitivos. Mas sempre desistira da ideia. Sabia muito bem que não era em prol da vingança do povo judeu que queria enviá-lo para as florestas da Alemanha, e sim por um par de olhos cinzentos e um suave cheiro de laranjas, por um menino cujo rosto nunca tinha visto e mesmo assim provocava uma cavalgada de sinais de interrogação em sua cabeça. Só que agora a situação era diferente. Não era ele quem queria enviar Feinberg, era a própria Sônia. Antes de compreender o que sua boca estava fazendo, ele já dizia: "Com uma condição".

Ela empertigou-se, surpresa. A ideia de que o vice-comandante do Irgun pudesse estabelecer condições não tinha lhe ocorrido. Nem a ele.

"Venha trabalhar aqui, em Tel Aviv. Preciso de uma secretária. Enquanto Feinberg estiver na Europa não há nada que a ligue à colônia."

"Mas e quanto à casa?"

"Alugarei um apartamento para você."

"Suponho que espere ter uma chave."

"Eu lhe prometo que nem sequer baterei à sua porta se não me convidar."

Sônia olhou para o vice-comandante do Irgun e sorriu. "Desculpe, Efraim. Por um momento cometi um erro, pensando que queria se aproveitar de minha situação."

O vice-comandante do Irgun repreendeu-a. Impusera aquela condição por ela não menos do que por ele. De fato queria tê-la a seu lado todo dia (e toda noite, e nos interregnos lilases entre o dia e a noite e entre a noite e o dia), mas também ela estava cansada demais para voltar a esperar por Feinberg na praia, com uma criança em cada mão, noite e dia. Teria meninos para alimentar e uma rotina a seguir, e nenhuma mulher poderia se manter sem um emprego adequado. Sônia sabia que talvez fosse possível morrer de amor, mas era muito difícil viver dele.

"Que seja", disse Sônia. "Virei para cá." Porém logo advertiu que não deixaria pedra sobre pedra no gabinete dele, coberto de poeira, onde a luz do sol não entrava e por isso mais parecia a toca de uma toupeira. A cada palavra de censura alargava-se mais o sorriso do vice-comandante do Irgun. Muitas horas depois de ela ir embora o cheiro de laranjas ainda permanecia na sala.

II

Quando Iaakov Markovitch chegou à casa de Sônia e Zeev Feinberg ela já estava em Tel Aviv e ele, em pleno mar. O ar marinho lhe fez bem. A ondulação do navio na água o tranquilizava. Para um homem que vivia fugindo de seus pensamentos, era bom estar em constante movimento. Toda vez que a lembrança dos corpos da mãe e do filho assomava na escotilha de sua cabine, Zeev Feinberg corria para descartá-la no convés, e o navio seguia adiante singrando as águas. Repetidas vezes a lembrança assomava na cabine, repetidas vezes Zeev Feinberg a jogava no mar lá embaixo. Até que, lentamente, os intervalos entre um assomo e outro começaram a aumentar, e Zeev Feinberg já se via passando horas inteiras livre da imagem da mãe morta abraçando o solo enquanto o filho morto lhe abraçava as costas. Começou a sair da cabine. A princípio, só por alguns minutos. Olhava o sol, a água e o rosto das pessoas, então voltava para o quarto. Mas logo se deu conta de quão belos eram o sol, a água e, principalmente, os rostos, e passava boa parte do dia fora da cabine.

Quando compreendeu que voltara a estar na companhia de pessoas, ficou pensando em quando voltaria a falar com elas. Muito tempo já havia se passado. Às vezes, quando ouvia um daqueles palhaços de convés contar uma piada já batida, a língua se agitava em sua boca, querendo vencer a barreira do silêncio. Mas ele se recusava. Tinha medo de haver esquecido como falar com as pessoas. Até que uma noite, com a ajuda de alguns copos de bebida e de duas garotas que não paravam de rir, caíram as fortalezas do silêncio de Zeev Feinberg. E de uma só vez. Num instante estava ouvindo um homem na mesa ao lado arruinar uma boa e querida piada, e no seguinte explodia: "Não é assim que se conta! Você está tirando toda a graça!". Então tornou a contar a piada, para a alegria das garotas, e fez aquilo tão bem que até mesmo o homem, que no início ficara irritado, deu gargalhadas. Era como andar de bicicleta, pensou consigo mesmo. O corpo se lembra de tudo. Foi dormir alegre, e não sonhou com a mulher e seu bebê por muito tempo.

Porém, à medida que o navio se aproximava de terras europeias, Zeev Feinberg ficava mais inquieto. Tinha a impressão de que, enquanto estivesse navegando, não corria riscos. Mas, no momento em que se visse em terra, quando deixasse de se movimentar, as lembranças que tinha jogado sobre a amurada no convés voltariam subitamente para atacá-lo. Quando chegaram a seu destino, ele deixou o navio com decisão e começou a caminhar energicamente. Os que tinham ido recebê-lo tiveram de apressar o passo para acompanhá-lo. Entre os membros do grupo, Zeev Feinberg era o único que não havia estado na Europa durante a guerra. Antes de chegarem, pensaram que por causa disso ficaria para trás. Em missões como aquela, o envolvimento pessoal era vital. Mas rapidamente constataram o contrário. Zeev Feinberg não se detinha nem por um instante. No decorrer de um mês tinham percorrido metade do país, varrendo-o de aldeia em aldeia, vilarejo em vilarejo, num movimento constante. Mesmo quando a caça dava seus frutos, quando punham a mão num criminoso conhecido, Feinberg não deixava ninguém dormir sobre os louros. "Em frente. Tem mais." Seus companheiros louvavam sua determinação. Ninguém sabia que não era o apego ao objetivo que movia o caçador bigodudo, e sim o medo. Zeev Feinberg perseguia porque estava sendo perseguido, de modo que poucos conseguiam escapar dele.

Os raros momentos de felicidade ocorriam quando a perseguição atingia velocidades extremas. Então, quando o acelerador tocava o chão do veículo, quando os companheiros lhe gritavam que diminuísse a velocidade, Zeev Feinberg sabia que estava livre por um breve momento da mãe e do bebê, e o carro lançava-se à frente. Naquela região limítrofe entre os tempos, entre o lugar que tinham deixado e aquele aonde iam chegar, podia finalmente pensar em Sônia. Imaginava se agora também se postara na praia, blasfemando, xingando-o com palavras tão reles que a espuma do mar ficava enrubescida. Tentava adivinhar que termos teria escolhido, sua demônia querida, imaginado coisas vergonhosas e insultos que faziam cócegas em seu bigode. Zeev Feinberg imaginava os olhos flamejantes de Sônia e ria. Pensava então como estava distante o dia em que poderia voltar para ela, e ficava sombrio. Todo aquele tempo seus companheiros o olhavam com uma admiração que se mesclava ao medo, pelo modo como ia queimando, do jeito que dirigia, a terra da Alemanha.

Apenas um de seus companheiros não se assustava com a velocidade com que Feinberg dirigia. Janusz era um homem baixo e magro com cerca de trinta anos. Por sua aparência, parecia mais um bancário. Não tinha sobrenome. Quando lhe perguntavam, respondia que os nazistas tinham matado toda a sua família, e se não havia família não havia sobrenome. Os outros discutiam com ele – mesmo não havendo família, o sobrenome fica. Como memória. Mas Janusz segurava o cinto e respondia que como memória fazia outras coisas. Antes de Zeev Feinberg ter se juntado ao grupo, o cinto de Janusz já tivera tempo para se enrolar em torno do pescoço de vinte soldados alemães. No resto do tempo repousava em seu quadril, a camisa abotoada e enfiada dentro da calça. Janusz fechara um negócio simples com seus comandantes em Israel: para cada um que capturasse e entregasse às autoridades, teria o direito de matar outro. Assim o Estado de Israel teria sua vingança institucional, e ele a sua. Seus superiores deixaram bem claro que, se fosse capturado, aquilo deveria ser mantido em segredo absoluto. Mas não havia qualquer preocupação quanto a isso. Com seu corpo esquálido, sua camisa abotoada e seu cinto surrado, Janusz não despertava qualquer suspeita de caráter criminal. Com exceção, talvez, de sonegação fiscal.

Os companheiros se afastavam dele. Não bebia, não contava anedotas, não dava batidinhas no ombro após uma operação de caça bem-sucedida. Preferia fazer suas refeições sozinho. Mas tratavam Zeev Feinberg como um príncipe. O primeiro entre os caçadores durante o dia, o primeiro entre os que comemoravam à noite. Porque no momento em que a perseguição do dia chegava ao fim Zeev Feinberg tinha tanto medo que suas pernas o obrigavam a dançar. Assim, arrastava todos os outros a cabarés nas cidades, a bares nas aldeias, a qualquer lugar onde uma pessoa pudesse movimentar o corpo e acalmar a cabeça. Janusz nunca mostrava a cara em lugares assim, mas no fim da tarde – quando os outros cambaleavam para a cama ou eram carregados até ela – esperava por Zeev Feinberg junto a seu quarto. Então saíam os dois para sua caça noturna e silenciosa, com os ecos de seus passos a soar pelas ruas desertas. Andavam durante horas sem pronunciar uma só palavra, cada um em sua própria fuga. Zeev Feinberg nunca perguntou a Janusz seus motivos, e Janusz nunca perguntou a Zeev Feinberg.

Certa noite, quando caminhavam numa ruela importante, Janusz parou de repente. Zeev Feinberg olhou para ele espantado. Janusz nunca parava de andar antes das quatro da manhã, e não eram nem duas. Então notou os olhos do amigo fixados num homem que passava naquele momento pela rua em frente, empurrando um carrinho de bebê.

"Herman Ungeratt."

E antes que Zeev Feinberg pudesse dizer algo, Janusz já seguia nos calcanhares do homem. Feinberg correu para alcançá-lo. Estavam no coração da cidade, sem qualquer cobertura. Seria total suicídio tentar capturar o homem naquele momento. Deveriam segui-lo e voltar no dia seguinte para pegá-lo. Ao ouvir Feinberg dizer aquilo, Janusz parou por um momento, com os olhos acesos e a voz trêmula. "Prefiro morrer com ele aqui a permitir que durma uma só noite a mais." Janusz tornou a seguir atrás do homem que se afastava, com Feinberg a seu lado. Àquela altura o alvo tinha tirado o bebê do carrinho e o embalava nos braços, balbuciando palavras que Zeev Feinberg não conseguia decifrar, mas cujo sentido entendia muito bem. Ele também passeava assim com seu filho, muitas noites antes, tentando convencer o menino com súplicas e contramedidas a finalmente parar de chorar e cair no tão esperado sono. O homem tornou a mudar a posição do menino em seus braços, e o choro se aplacou um pouco. Ele o repôs no carrinho com delicadeza e continuou a andar. Enquanto o seguiam, Janusz falou sobre Herman Ungeratt. "O mais simpático entre os oficiais no gueto. Como era encantador. Um homem culto. Gostava de citar Goethe. Durante a tarde, quando o cansaço e a fome represavam as bocas, ele dizia com um sorriso a quem cruzava seu caminho:

Sobre os picos
Paz.
Nos cimos
Quase
Nenhum sopro.
Calam aves nos ramos.

Logo – vamos –
*Virá o repouso.**

Meu pai também gostava de Goethe, declamava-o de cor. Dizia sempre que o amor à poesia era a apólice de seguro do coração. E quando ouvia Herman Ungeratt declamar Goethe, acreditava que talvez nos ajudasse."

Estavam à sombra de uma castanheira, vendo o homem fumar um cigarro debaixo de um lampião de rua, com a mão esquerda no carrinho de bebê. Em sua postura ereta e com seu belo rosto, parecia uma estátua. "Quando começaram as ações contra os judeus, meu pai lhe enviou Sara. Ela tinha dez anos. Era linda como um anjo. Sabia Goethe de cor. Todos estávamos com uma aparência tão ruim, mas Sara, não sei como, mantinha as faces coradas mesmo no gueto. Talvez por causa do frio. E a fome fazia seus olhos ficarem mais azuis. Não estou brincando. Eu via neles o rio. Ninguém poderia fazer mal a um anjo daqueles. Certamente não alguém que gostava de poesia. O coração dessas pessoas é tão mole que parece creme de leite."

Janusz tirou o cinto. A camisa se desarrumou um pouco, uma parte saiu de dentro das calças. "Enviaram-na para que implorasse por nossas vidas. Colocamos um vestido branco nela. Um vestido de anjo. Sara só voltou de madrugada, com sangue no vestido. Quase não conseguia andar. Meu pai uivava de fúria. Ou de dor. Ou de culpa. Ela não quis mais sair da cama. Eles a levaram na ação seguinte."

Num gesto súbito Janusz saiu correndo da castanheira em direção ao homem que estava sob o lampião. De onde estava,

---

* "Canto noturno do andarilho", tradução de Haroldo de Campos para o poema "Wandrers Nachtlied", de Goethe. Em: "Da atualidade de Goethe", *Revista Colóquio/Letras*, n. 68, jul. 1982. [N. E.]

Zeev Feinberg podia ver Herman Ungeratt, com metade do corpo na sombra e metade na luz. Olhando surpreso para Janusz. Antes de Ungeratt entender o que acontecia, o cinto já estava em seu pescoço. A metade iluminada de seu rosto mudou de cor, passando de um róseo saudável ao vermelho, e do vermelho ao roxo. E do roxo ao cinzento. Zeev Feinberg deixou também a castanheira e aproximou-se de Janusz, aquele bancário baixo e magro, que apertava o cinto cada vez mais, até parecer que a cabeça ia se destacar do corpo a qualquer momento. Quando estava a poucos passos dos dois, Zeev Feinberg parou. Não devia intervir. Ficou olhando Herman Ungeratt, que amava Goethe e meninas de dez anos, cair de joelhos. Logo depois, ouviu o choro do bebê.

No primeiro momento pareceu que Janusz estava surdo ao choro que se elevava do carrinho. Talvez naquele momento ouvisse outros choros. Mas, quando deu um último puxão no cinto, deixando a cabeça do homem que jazia debaixo dele cair no chão com um ruído surdo, ele o notou. Por um longo momento ficou olhando o bebê deitado no carrinho. Então, num movimento mecânico, tirou o cinto do pescoço de Herman Ungeratt e armou nele um laço bem pequeno.

"Não!"

Zeev Feinberg saltou de onde estava e empurrou Janusz um instante antes que pusesse o cinto no pescoço do bebê.

"Não toque nele!"

Zeev Feinberg apressou-se a estender os braços para o pequeno pacote, porém Janusz atirou-se em cima dele. Era menor e mais magro que Zeev Feinberg, mas assim mesmo este não conseguiu se livrar dele.

"Sua sentença é de morte, Feinberg, não tente me deter."

Zeev Feinberg fitou Janusz nos olhos. Não viu ódio lá, nem vingança, mas puro desespero. Nunca mais dormiria se perdoasse o menino. Assim como Zeev Feinberg nunca mais dormiria se deixasse Janusz matá-lo. Então continuaram a lutar. Zeev Feinberg não sabia quanto tempo fazia que se digladiavam debaixo do lampião, junto ao bebê que chorava e do corpo já frio de Herman Ungeratt. Talvcz só tivesse durado alguns minutos, talvez uma hora. Mas sabia muito bem que Janusz estava vencendo. Já tinha quebrado três dentes seus e o espancado até quase desmaiar. De repente, acima do ruído dos socos, ouviu passos que se aproximavam. Estirado no chão, por cima do ombro de Janusz, que sentado em cima dele lhe batia sem piedade, Zeev Feinberg viu um guarda alemão se aproximar correndo. Um único tiro varou a noite. Janusz caiu a seu lado.

Zeev Feinberg recuperou o fôlego. O guarda, gorducho, assustado e muito corado, estava de pé acima dele.

"O que é isso? O que houve aqui?"

Zeev Feinberg olhou rapidamente para os dois corpos.

"Saí para dar um passeio noturno. De repente vi este doido aqui estrangulando aquele cara. Tentei intervir, mas ele me atacou também. Ia me matar se você não tivesse chegado."

"E o bebê?"

"É meu."

O guarda gorducho e assustado curvou-se para o corpo de Herman Ungeratt. Enquanto procurava documentos que lhe informassem quem era aquela vítima, Zeev Feinberg saltou sobre ele e o atingiu com um soco. Ficou olhando por um instante o guarda desmaiado, o nazista estrangulado e o sobrevivente abatido por um tiro. Então tirou o bebê do carrinho e saiu correndo.

Era uma menina. Com cerca de um ano e meio. Cabelos dourados, olhos azuis e um sorriso que fazia brotarem lágrimas nos olhos dele. Aos companheiros disse que era membro da família. Tinha ido com Janusz tirá-la de um orfanato. No caminho de volta deram com um ex-oficial nazista. Janusz cumprira com seu dever, mas levara um tiro de um guarda alemão. Ele próprio tinha lutado com o guarda e fugido. Não era uma história muito verossímil, mas Feinberg a repetia com tal convicção que as suspeitas se desvaneceram. Ao menos por algum tempo. Seu dinheiro, que até então gastava com danças e bebidas, agora era guardado para pagar amas de leite nas aldeias pelas quais passavam. Toda vez que saíam do carro em um daqueles lugares de telhados vermelhos e arbustos podados via-se segurando a menina mais firme, pois eram grandes as forças que lhe diziam para abandoná-la. Em silêncio perscrutava o rosto dos camponeses, tentando descobrir de quem era a mão que empunhava a enxada porém buscava o gatilho. Eles lhe devolviam um olhar nebuloso, temeroso, que era todo um grito só: "Eu não sabia!". Mas eles tinham sabido, pensava Zeev Feinberg enquanto limpava sua pistola, claro que sim. E aquela menina, filha do oficial do gueto Herman Ungeratt e de uma mulher incógnita, também. Se seu pai e sua mãe tinham sabido, de algum modo o bebê soubera, mesmo não sendo então mais do que óvulo e esperma separados.

À luz de uma luminária, Zeev Feinberg olhava os braços róseos do bebê, onde corria sangue ariano puro. Então pensou em todos os braços que tinham ficado azuis e cinzentos só porque neles não corria aquele sangue. Quando apagava a luz estava certo de que no dia seguinte iria embora sem ela. Ia deixá-la ali. Com seus cabelos dourados e olhos azuis certamente despertaria a compaixão necessária entre os habitantes da aldeia. Mas, quando amanhecia, ele a agasalhava muito bem e a levava consigo. Pois jamais ia se sentir mais forte do que naquele momento em que erguia nos braços uma bebê ariana órfã de pai. Quando se vingavam de algum oficial da S.S. nos campos de repolhos, a satisfação só durava alguns segundos, no decorrer dos quais viam sua imagem nos olhos do homem que implorava por sua vida. Era uma imagem das mais elevadas. Mas sabiam muito bem que os olhos do oficial tinham visto, eles mesmos, incontáveis súplicas iguais àquela, e ao se lembrarem daquilo sua vitória se tornava derrota, ainda antes de o sangue secar. Mas, no momento em que segurava a bebê, Zeev Feinberg tinha uma sensação de vitória que não passava tão depressa. Pois um homem nunca se sente mais forte do que na hora em que é misericordioso com alguém a cuja misericórdia ele mesmo estivera sujeito antes.

Já não saía à noite com os companheiros. Fechava-se em seu quarto, andando de um lado para outro com a bebê nos braços, tentando acalmá-la. Logo descobriu por que Herman Ungeratt estava com ela numa rua escura tarde da noite: só parava de chorar quando ele a embalava para lá e para cá ao ar livre. Zeev Feinberg, que se acostumara a caminhar até tarde da noite ao lado de Janusz, via-se agora caminhando até aquelas mesmas horas com uma menina no colo. E se, na escuridão de uma ruela distante, aproximavam-se dele aquela mãe morta e seu bebê, ele se virava com a bebê nos braços, e ambos recuavam. Era sua expiação.

I2

Todos aqueles dias que Zeev Feinberg perseguiu nazistas nas ruínas da Europa, Sônia passou em Tel Aviv. Deixara as crianças sob a guarda de Lea Ron, que tinha concordado – mediante uma pequena quantia – em alimentá-las, dar-lhes banho, pô-las para dormir e talvez até brincar um pouco com elas. Teria preferido deixá-las na casa de Bela, mas ela estava ocupada com os labores da tradução, e palavras e bebês não convivem bem sob o mesmo teto. Não quis levá-las para Tel Aviv. Sabia muito bem que teria de trabalhar da manhã à noite, então por que deixá-las sob os cuidados de estranhos? Sônia tinha outro motivo para não as tirar da colônia: Tzvi Markovitch. Os dentes de Iair e de Tzvi haviam despontado no mesmo dia. Eles tinham contraído catapora no mesmo dia, e sarado juntos. Adormeciam e acordavam na mesma hora, e se um deles começava a chorar, sua mãe sabia de imediato que logo também se ouviria o som de choro na casa no fim da rua. Por isso Sônia mudou-se sozinha para a cidade, com o coração acumulando saudades e culpa cinco dias por semana e se purificando com brincadeiras e mimos nas visitas de sexta-feira e sábado.

Ela passou a primeira semana em Tel Aviv reorganizando o gabinete do vice-comandante do Irgun. Limpava, varria, classificava documentos em pastas, cuidava de tudo – e quase morria de tédio. Na colônia pelo menos havia espaços abertos para onde erguer os olhos quando a rotina começava a ficar insuportável. Ali, só dava com classificadores, centenas de classificadores. Milhares de páginas. E tudo aquilo esperando por ela. Mas pior que os classificadores era o chá. Muita gente visitava o gabinete do vice-comandante do Irgun, e todos tomavam chá. Um gostava de forte, outro de fraco, um com limão, outro com leite, um em copo de vidro, outro em xícara de porcelana. Quando o trigésimo visitante a instruiu longamente quanto a como deveria mexer o açúcar, ela não resistiu ao ímpeto da língua: "Se me permite perguntar, quantos copos de chá o senhor toma por dia?".

O homem diante de Sônia ficou surpreso, pensou um pouco e respondeu: "Cinco. Talvez seis. Depende de como está o tempo".

"E o açúcar sempre é mexido no devido tempo?"

"Sem dúvida."

"Digamos então que o senhor representa o comportamento do homem médio em Tel Aviv. Digamos também que haja na cidade cinquenta mil homens, que tomam cerca de cinco copos de chá por dia, o que dá, se não me engano, duzentos e cinquenta mil copos de chá por dia. Quem mexe o açúcar desses duzentos e cinquenta mil copos de chá são secretárias, esposas, irmãs e filhas. Imaginemos agora o que aconteceria se vocês mesmos o mexessem. Enquanto conversam. No início seria um pouco difícil, mas ficaria surpreso ao descobrir como o corpo se adapta depressa a mudanças desse tipo. Quanta mão de obra estaríamos economizando?"

O homem tornou a olhar para Sônia atentamente. O vice-comandante do Irgun quase sufocou, perguntando-se por que, com um milhão de diabos, Sônia tinha de fazer seu discurso sobre chás justamente para o comandante do Irgun em pessoa. Mas Sônia não sabia diante de quem estava, e por isso manteve-se calma e segura, com o olhar firme e os olhos cinzentos, afastados um do outro, irradiando um leve ar divertido. O vice-comandante do Irgun estava a ponto de mandá-la sair da sala com uma inflexão de voz que esperava que tivesse tom de reprimenda quando percebeu que o próprio comandante do Irgun olhava para Sônia com um ar tão divertido quanto o dela.

"Com os diabos, Froike, como se atreve a manter essa mulher como secretária?"

O vice-comandante do Irgun estremeceu ao ouvir aquilo. Seu amor por Sônia o tinha iludido: o que tinha visto nos olhos do comandante do Irgun não era diversão, e sim raiva pela ofensa que sofrera. O vice-comandante do Irgun não era dos que logo se assustam, mas tampouco queria entrar em conflito com seu superior.

Enquanto ainda buscava uma resposta que conciliasse seu amor por Sônia com seu amor pelo cargo, o comandante do Irgun continuou a fuzilá-la.

"Você a prende num gabinete, a obriga a classificar documentos e preparar memorandos, esconde um diamante num monte de classificadores embolorados?"

O vice-comandante do Irgun olhou confuso para o comandante do Irgun, mas ele já tinha se virado para encarar Sônia diretamente: "Qual é seu nome?".

"Sônia."

"Sônia o quê? Não posso mandar que a registrem no papel só como 'Sônia'."

"Sônia Feinberg. A que papel o senhor se refere?"

"A seu papel de carta. Sônia Feinberg – encarregada da inclusão de mulheres na força de trabalho do Irgun."

Além de papel de carta, Sônia ganhou também um escritório, uma secretária e uma assinatura dos jornais noticiosos. O escritório ficava deserto, a secretária ninguém via e o jornais se amontoavam, abandonados, na soleira da porta. Sônia passava seus dias nas ruas e nas feiras, falando com mulheres e jovens, interrogando velhas e moças. Aos lugares aonde não conseguia chegar enviava a secretária, com instruções para registrar o que as entrevistadas sabiam fazer, o que sonhavam em fazer e o que estavam de fato fazendo. Lia os relatórios que lhe chegavam até a primeira luz da manhã e escrevia suas observações numa caligrafia redonda, com os movimentos da mão tão entusiasmados que muitas vezes o papel se rasgava.

Ao final da tarde ficava esperando o vice-comandante do Irgun embaixo do prédio do escritório. Caminhavam juntos pelas ruas, Sônia discorrendo sobre seus planos e o vice-comandante do Irgun ouvindo atentamente, embora às vezes pensasse que se tropeçasse e caísse nas profundezas do esgoto Sônia continuaria a caminhar e falar sem perceber nada. Os olhos cinzentos fitavam o espaço ao longe, onde Sônia avistava, através da fumaça dos ônibus e do emaranhado dos fios elétricos, uma sociedade israelense igualitária e justa. Sônia dizia aquilo sem a menor gota de cinismo, embora fosse bastante cínica em relação a todo o resto: para ela, reuniões eram festas em que se devoravam biscoitos, e nada mais. Recusava-se a fazer memorandos porque não eram senão "a transa de uma pessoa com um monte de páginas, e não com a realidade". Aconselhamentos longos demais com vários tipos de pessoas importantes faziam suas pernas se agitarem debaixo da mesa, e o som de seus saltos no assoalho era ouvido nitidamente na sala. Mesmo assim, ninguém se atrevia a chamar sua atenção. Os de mais baixo escalão temiam sua língua agressiva. Os de alto escalão identificavam nela uma qualidade esquiva da qual só em raras oportunidades alguém é dotado de forma tão evidente.

Passado um mês, o nome de Sônia já era conhecido por todos, mas apenas o vice-comandante do Irgun o balbuciava em seu sono. Aquele nome, que para os outros simbolizava uma determinação irredutível, para ele era um cobertor com o qual se envolvia. Pois, diferentemente da massa, que conhecia seus discursos nas praças e suas tiradas ferinas nas reuniões, o vice-comandante conhecia seus gemidos no momento do amor. Conhecia seu riso cascateante, suplicante, como uma leoa ronronando. E, apesar de terem passado três anos desde que a tivera pela última vez, ainda poderia, se assim quisesse, repassar na mente cada minuto daquela noite.

Às vezes, quando caminhavam juntos à noitinha, Sônia percebia o olhar do vice-comandante do Irgun em seu corpo, e então suas pernas a empurravam à frente e suas faces enrubesciam. Não por vergonha – sentimento tolo no qual as mulheres costumam se enredar sem necessidade –, e sim por uma súbita excitação, que tentava ocultar de Efraim. Quando o olhar dele pousava nela, tão cheio de desejo que quase deixava impressões digitais, o corpo de Sônia se arrepiava de prazer. Já fazia muito tempo que um homem não a olhava assim. Primeiro, tinha nascido Iair, e suas noites passaram a consistir no choro insistente dele e no sono perturbado. Depois, Zeev Feinberg tinha ido para a guerra, e suas noites eram de solidão. Então ele voltou da guerra, e, apesar de ter preenchido sua cama, a solidão só fez aumentar. Agora tinha viajado para a Europa, a sombra de um homem, e Sônia torcia para que voltasse de lá como uma pessoa inteira. Todo aquele tempo o corpo dela era prisioneiro de uma solidão permanente, quase esquecendo que não fora feito somente para comer e dormir, para planos, revoluções e muitos discursos, mas também para fazer amor. Então o olhar do vice-comandante do Irgun lembrou ao corpo o que o labor, a decepção e as saudades o tinham feito esquecer.

Apesar de Sônia ter apressado o passo, o vice-comandante do Irgun, um voyeur experiente como ele só, conseguiu ver a vermelhidão que se espalhara nas faces dela. Mil colibris batiam asas dentro de seu corpo. Mas logo tornou a se controlar: se Sônia soubesse que ele percebera o desejo que nela despertara, com certeza ia se afastar. Ele mesmo, depois de por tanto tempo ter ansiado por aquele momento, não tinha a menor noção do que aconteceria se seus desejos se realizassem. Por isso, Sônia e o vice-comandante do Irgun continuaram a caminhar na alameda, que árvores de fícus protegiam da luz lunar, e onde a presença de Zeev Feinberg pairava sobre os dois como aqueles morcegos que saem voando de repente das frondes dos fícus, sulcando a noite com seus gritos cegos e então desaparecendo.

Certa noite, quando ainda caminhavam pela alameda, Sônia percebeu que duas moças desviavam de seu caminho ao avistar o vice-comandante do Irgun. Mais de uma vez tinha notado que as mulheres mudavam seu comportamento quando ele passava por elas. As histórias de atos de bravura do vice-comandante do Irgun pairavam em torno dele como os sons de uma flauta, mesmo ficando calado, e as pessoas seguiam a música como se presas por um encantamento. O fato de o próprio vice-comandante do Irgun não dar a mínima para aquela influência só a fazia aumentar ainda mais. Sônia transferiu o olhar das moças sorridentes para o vice-comandante do Irgun. No lugar em que ele estava, sob o lampião de rua, ela pôde discernir os primeiros sinais de fios grisalhos em seus cabelos.

"Diga-me, Efraim, por que não se casa?"

Contrariando seus hábitos, o vice-comandante do Irgun não se apressou a voltar o olhar para ela. Durante mais um minuto continuaram a caminhar pela alameda, os olhos de Sônia fixos no vice-comandante do Irgun, os olhos do vice-comandante do Irgun fixos na calçada, até se deter e olhar para ela.

"E para que eu deveria me casar?"

Sônia ficou surpresa ao constatar que estava tremendo. "Não quer ter uma mulher? Um filho?"

Por um longo momento o vice-comandante do Irgun ficou olhando para Sônia. "Tenho mulher. E um filho."

E subitamente, sem compreender o que estava fazendo, Sônia desatou a chorar. O vice-comandante do Irgun ficou imóvel. Nunca a tinha visto chorar. Às vezes pensava que aqueles olhos, afastados um do outro um milímetro a mais do que postulava a estética, não eram providos de sacos lacrimais. Mas ei--la então diante dele, com lágrimas escorrendo por seu lindo e amado rosto.

"Você sabia?"

"Adivinhei."

"E não disse nada?"

"O que podia dizer?"

Agora Sônia chorava tão alto que alguns dos moradores da alameda apareceram nas janelas. Assim como, quando se enraivecia, entregava-se toda à sua ira, assim como, quando amava, entregava-se toda à sua paixão, quando chorava, fazia-o com entrega total. A ponto de alguém gritar da varanda: "Chamem a polícia!". O vice-comandante do Irgun tratou de levar Sônia para longe daquela alameda. Quando passavam por um labirinto de vielas e as passagens que havia entre elas, ocorreu-lhe de repente que fazia tempo que não era ele quem os estava guiando em sua caminhada. Sônia os conduzia através das lágrimas, e agora estavam diante da casa dela. Quando enfiou a chave na fechadura, o vice-comandante do Irgun viu que sua mão tremia. Tudo bem. A dele também. Lá dentro pairava um aroma delicado e doce. Como se alguém tivesse posto um laranjal inteiro entre as paredes do apartamento de um cômodo. Com pernas trôpegas, ele passou por cima da monstruosa pilha de jornais – e estava dentro.

"Sente-se. Vou trazer fotografias."

Mas, antes que ela se afastasse, ele segurou sua mão. "Não vale a pena, Sônia. Se não está disposta a me mostrar o menino, para que ver as fotos? E, se estiver disposta, se concordar em trazê-lo até aqui, deixar-me ver seu rosto, acariciar sua cabeça... nesse caso tampouco preciso delas."

Quando terminou de falar, continuou a segurar-lhe a mão. Ficou assim por um longo tempo. O momento parecia estar se alongando, parecia que ia poder tomar-lhe a outra mão e mais do que isso, então ouviram-se batidas à porta.

Era a secretária, com um monte de documentos. Sônia lhe ordenara naquela manhã que os entregasse quando terminasse de converter sua caligrafia entusiasmada em respeitáveis letras de imprensa. E ali estavam eles. Aquilo tinha lhe tomado muitas horas, mas assim mesmo havia terminado tudo no mesmo dia. As ideias da responsável pelo aproveitamento de mulheres eram realmente inspiradas, e quando há inspiração os dedos se movem mais rápido na máquina de escrever. Antes, tinha trabalhado com um advogado bem famoso. Heranças e legados, de vez em quando alguma questão imobiliária. Era inacreditável como então ela datilografava lentamente. Ela cumprimentou o senhor vice-comandante do Irgun e deu boa-noite.

Sônia começou a rir quando a secretária foi embora. Era uma boa moça, disse, conquanto às vezes um tanto cansativa. E tinha pernas fabulosas. O vice-comandante do Irgun anuiu meio distraído, porque quase não tinha notado as pernas da secretária.

"Vale a pena você se interessar por ela", disse Sônia. "Antes de começar a trabalhar como secretária era modelo de meias. Até chegarem as imigrantes da Alemanha as pernas dela eram tidas como as mais longas de Tel Aviv. Mediram e tudo."

"Se eu fosse olhar para pernas, olharia as suas."

Sônia deu uma palmada em suas pernas e bufou em desprezo. "Duas abobrinhas, Efraim. De um homem com o olhar preciso como o seu eu esperava mais."

Ia continuar falando, mas se calou. O olhar do vice-comandante do Irgun estava em suas pernas, e ela sentiu suas faces corando rapidamente. Não eram mais membros sobre os quais se postar e com que caminhar. Agora eram objeto de um grande desejo. E diante daquele desejo despertou também o desejo dela. Já fazia tanto tempo que Feinberg tinha viajado. E, apesar de se lembrar exatamente do cheiro dele, do peso de seu corpo quando deitava em cima dela, do doce murmúrio que soprava em sua orelha quando a penetrava, estava pronta a transferir tudo aquilo para um corpo com outro peso, outro cheiro e outro som prazeroso, contando que estivesse ali depois de tanto tempo que passara sozinha. Sônia estendeu sua mão para a do vice-comandante do Irgun e lhe disse: "Venha".

Dos lençóis emanava um leve cheiro de sabão. O cobertor era pesado demais. Entre o lençol e ele, Sônia e o vice-comandante do Irgun jaziam nus e abraçados, e assim ficaram por um longo tempo. Culpados demais para continuar. Excitados demais para voltar atrás. Apesar de os corpos estarem totalmente colados, de não se poder enfiar um alfinete entre eles, estavam separados pelo nome de Zeev Feinberg, que, embora não tivesse sido pronunciado, ecoava no quarto a cada inspiração e cada expiração. Então ficaram daquele jeito, no espaço intermediário em que não havia traição nem inocência, abraçados um ao outro sem se mover. O vice-comandante do Irgun percorria em pensamento todas as coisas que queria fazer com ela se apenas ousasse se mexer. Enquanto Sônia pensava em todas as coisas que gostaria de fazer com o corpo do vice-comandante do Irgun se sua alma lhe permitisse. Horas e horas ficaram cada um com seus sonhos, até que ante o longo desfile de pensamentos e imagens aquele enlace real dos corpos pareceu insatisfatório, fraco, um pouco tedioso. A primeira luz do amanhecer encontrou Sônia e o vice-comandante do Irgun exaustos de tanto desejo, mas inocentes quanto à sua concretização.

Na sexta-feira, o vice-comandante do Irgun e Sônia foram para a colônia. Viajaram em silêncio, Sônia pensando em seu filho, o vice-comandante do Irgun pensando no filho dele. Na mente dela a imagem era clara. Mas na mente dele havia uma nuvem opaca com fragmentos de rosto. Quando chegaram ao quintal de Lea Ron, o vice-comandante do Irgun avistou um menino junto a uma romãzcira. Seu coração subiu até a garganta. Embora a gordura infantil ainda escondesse as feições dele, não havia como se enganar quanto à linha do queixo, tão parecida com a do vice-comandante do Irgun. E as faces, arredondadas e sardentas como as da mãe, eram de fazer derreter o coração de quem as contemplasse. Já estava a ponto de sair correndo do carro quando Sônia lhe disse que o menino junto à romãzeira se chamava Iotam e era filho de Rachel Mandelbaum, que se suicidara, e de Avraham Mandelbaum, que enlouquecera de tristeza.

Ela ainda estava falando quando saiu correndo da casa um menino pequeno, com o rosto totalmente encoberto por mechas rebeldes de cabelo. "Iair!"

Num átimo Sônia já estava fora do carro, envolvendo com os dois braços o menino oculto sob o monte de cachos, o som de seus risos enchendo o quintal. Logo repreendeu a si mesma, largou o filho e correu para abraçar o outro menino, maior, que continuava postado sob a romãzeira, olhando para ela com desespero. "Iotam!" Mas o menino cacheado não estava a fim daquele tipo de subterfúgio, e logo elevou sua voz num grito terrível. Sônia então ergueu os dois meninos, suas costas quase desabando sob o peso, sua alma quase flutuando com a alegria do encontro. Lea Ron estava à porta da casa, com a boca contraída. O que poderia esperar de Sônia, que ia para Tel Aviv e deixava suas crianças para trás, depois voltava e os deixava gritar daquele jeito, sem um pingo de educação, em vez de ministrar uma boa palmada e acabar logo com o assunto. Mas quando Lea Ron viu o vice-comandante do Irgun dentro do carro, abriu um amplo sorriso. O vice-comandante do Irgun. Em pessoa. Que honra. Que honra.

Antes que Lea Ron tivesse tempo de saudar aquela respeitada personalidade, enquanto hesitava, pensando nas palavras adequadas para a ocasião, o vice-comandante do Irgun ligou o motor do carro e partiu. Arrancou de lá em altíssima velocidade. Lea Ron imaginou que estava com pressa. Sônia sabia que fugia. Enquanto fazia o caminho de volta para Tel Aviv, tornou a repassar mentalmente a imagem do menino, um par de braços e de pernas e um monte de cachos sob os quais havia um rosto que não vira. Não ousara ver. Pois quando vira Sônia erguer o garoto, quando ouvira seu riso, soubera muito bem que, se afastasse os cachos e olhasse para o rosto do filho, não conseguiria ir embora.

Alguns dias após o vice-comandante do Irgun fugir da colônia, Sônia voltou para Tel Aviv com os dois meninos. O tempo que passara na companhia de Lea Ron a convencera de que seria melhor para os meninos ir junto com ela do que ficar com aquela geleia de limão. Contratou uma mulher para passar o dia com eles e parou com suas andanças com o vice-comandante do Irgun para poder ficar em casa à noite. Não se encontraram mais, a não ser em reuniões com outras pessoas. Então trocavam sorrisos educados, cada um em sua cadeira, o mais distante possível uma da outra, para que o vice-comandante do Irgun não sentisse o aroma de laranjas de Sônia, para que Sônia não sentisse o cheiro do desespero do vice-comandante do Irgun.

13

Uma semana depois, quando o vice-comandante do Irgun voltou para seu gabinete após uma reunião sonolenta, surpreendeu-se ao ver Iaakov Markovitch a esperá-lo na porta. Muito tempo havia se passado desde seu último encontro. Enquanto as bocas trocavam cumprimentos de praxe, os olhos de um examinavam o outro febricitantes; a Iaakov Markovitch não escapou o leve tremor no lábio superior do vice-comandante do Irgun, sinal de grande excitação. E o vice-comandante do Irgun notou que as mãos de Iaakov Markovitch ficaram cerradas em punho durante toda a conversa, o que não podia ser outra coisa além de uma declaração explícita: quero uma coisa de você e não pretendo abrir mão dela. Quando cada um terminou de montar mentalmente um quadro informativo claro sobre quem estava diante de si, os dois se permitiram afinal abandonar as amenidades. Iaakov Markovitch parou de falar sobre os efeitos da estiagem, cerrou um pouco mais os punhos e perguntou: "Tem alguma notícia de Feinberg?".

O leve tremor no lábio superior do vice-comandante do Irgun aumentou um pouco. "Eu o mandei para a Europa. Está se saindo muito bem."

"E quando vai voltar?"

"Quando ele quiser."

Iaakov Markovitch pensou um pouco na resposta do vice-comandante do Irgun antes de dizer: "Isso não é natural".

A sobrancelha direita do vice-comandante do Irgun ergueu-

-se um pouco, dando a seu rosto uma expressão de divertido espanto, mesclado com algum desprezo. Quando jovem, passava horas diante do espelho exercitando o erguimento da sobrancelha exatamente daquele jeito, como se adivinhasse que lhe seria útil muitos anos depois, quando quisesse abalar a posição de um adversário num debate.

"Não é natural? Não lhe parece natural um homem ir vingar o sangue derramado de nosso povo?"

Iaakov Markovitch contraiu-se todo em sua cadeira. A contragosto lembrou-se da primeira vez em que estivera naquele mesmo escritório. De como ficara envergonhado e constrangido diante da energia fervilhante de Feinberg e do vice-comandante do Irgun. Como se sua simples existência fosse uma ofensa à hombridade. Agora, ante a sobrancelha levemente erguida do vice-comandante do Irgun, sentia-se pequeno e miserável, um simples lavrador incomodando pessoas mais importantes que ele com questões menores. Assim mesmo reuniu todas as suas forças e continuou falando.

"Encontrei Feinberg no dia em que a guerra começou. Sabe sobre o que falou? Sobre seu filho, que já tinha começado a andar. Sobre o cheiro do cocô dele. Você ouviu bem: o cheiro do cocô do menino."

O vice-comandante do Irgun ergueu um pouco mais a sobrancelha e se perguntou aonde Iaakov Markovitch queria chegar. O outro engoliu a saliva e prosseguiu: "Um homem como esse, para quem a guerra não é mais do que um ruído de fundo opaco em comparação à melodia cotidiana, um homem como esse não ia viajar assim que ela acabasse para caçar nazistas. Ele ficaria em casa, seguindo sua rotina. Se fugiu, com certeza teve motivo para isso".

"Digamos que havia um motivo. O que você tem com isso?"

Iaakov Markovitch inclinou-se para a frente em sua cadeira. "Sou amigo dele. Assim como você foi um dia. Não sei o que aconteceu por aqui depois que fui para a guerra. As línguas na colônia falam muito e dizem pouco. Mas entendo que algo aconteceu. Algo ruim. E agora Sônia está aqui, em Tel Aviv, e Feinberg está na Europa. Uma situação talvez muito boa para você, mas muito preocupante para mim."

O vice-comandante do Irgun respirou pesadamente. O tremor no lábio superior aumentou tanto que teve de cobrir a boca com a mão. Iaakov Markovitch não desviou os olhos dele. Já não parecia tão pequeno.

"Envie-me para a Europa para que eu possa voltar com ele."

"Somos uma organização para a salvação do país, Markovitch, não uma agência de viagens."

Iaakov Markovitch levantou-se da cadeira e se encaminhou para a porta. O vice-comandante do Irgun permaneceu em seu lugar. Ouviu a porta bater e os passos de Iaakov Markovitch indo em direção à saída do prédio. Continuou sentado por um longo tempo, acompanhando mentalmente Iaakov Markovitch, que tinha percorrido toda a distância da colônia até Tel Aviv e agora fazia o caminho de volta de mãos vazias. Só que ele não voltou para a colônia. Foi para o porto. Quando chegou ao píer onde atracavam os navios tirou do bolso o pesado envelope que recebera do homem do anoraque e pagou por uma viagem marítima para a Europa. O envelope ficou um pouco mais leve. Numa corrida desenfreada conseguiu embarcar num navio que ia zarpar a qualquer momento. Pouco antes da partida ainda conseguiu pagar a um jovem que prometera enviar um telegrama para Bela em seu nome: *Fui viajar. Voltarei com Feinberg.*

A Europa confundiu Iaakov Markovitch a partir do momento em que pisou em suas terras. Por mais que quisesse odiar aquele continente sombrio, acabava lembrando que fora daquela sombra que lhe surgira Bela. Que ele mesmo tinha surgido. Esperava encontrá-lo destroçado, esmagado, para que talvez assim pudesse perdoá-lo. Esperava ver ruínas, mas deu com estradas e ruas asfaltadas. E nelas, muita gente. Buscou nos rostos a lembrança de rostos que não existiam mais, sem sucesso. Seus pés pisavam calçamentos de pedra onde cabeças tinham sido esmagadas, porém, fora o ruído dos pés de meninas que brincavam de amarelinha, não ouviu nada. Quando se deu conta disso encheu-se de raiva daquela terra, tão pronta para esquecer. Mas de inveja também. Jurou que ia passar vinte e quatro horas inteiras nas ruas de Berlim sem pensar uma única vez na guerra. Caminhar pelas ruelas da cidade um dia inteiro sem carregar nos ombros seis milhões de testemunhas. Tirar de cima de si, nem que fosse por algumas horas, povo, pátria e passado. Mas não funcionou. Por mais que tentasse. Iaakov Markovitch disse a si mesmo: "É como se quisesse perambular durante um dia inteiro sem ter cheiro de corpo. É impossível separar esse cheiro, que grudou em nós sem que o soubéssemos – o cheiro das vítimas".

Nos dias seguintes flagrou-se usando o transporte público sem pagar. Sem que o tivesse planejado intencionalmente, começou a surrupiar lojas de comida, pondo no bolso doces e biscoitos. Às vezes esbarrava, não sem intenção, em homens que passavam pela rua. Era algo incrivelmente idiota, mas assim mesmo causava-lhe satisfação. Uma vez por dia entrava num café tranquilo e deixava cair da mesa uma bela xícara de porcelana. Quando a garçonete se curvava a seu lado reclamando não sentia um pingo de vergonha, e sim um leve arrepio de prazer. Não pela visão de seus seios através do decote, mas por estar se ajoelhando diante dele, reunindo as migalhas do bolo com os dedos. Num domingo foi à feira arquitetando algo vago envolvendo uma barraca de artefatos de vidro, tão quebradiços. Mas junto à barraca aconteceu-lhe um milagre.

Começaram a cair flocos de neve. Iaakov Markovitch apressou-se a se proteger sob a barraca, um grande espaço coberto de lona e cheio de caixotes, com candelabros, artefatos, copos e estatuetas de vidro amontoados e empilhados. Entre os caixotes passavam clientes que tinham ousado ir à feira num dia frio como aquele, erguendo a cada instante algum artigo para vê-lo melhor. Toda vez que alguém erguia um copo, prato ou castiçal de cristal, o artigo emitia um tilintar agradável ao esbarrar em outros objetos no caixote. E como eram muitas as pessoas na barraca coberta naquela manhã nervosa, eram muitos os tilintares. Ninguém falava. Só os artefatos de vidro cantavam uns para os outros, e a neve caía suavemente como alvas dançarinas.

Ante o milagre da neve que caía e da canção dos artefatos, Iaakov Markovitch desistiu de seu plano. Já não queria despedaçar aqueles objetos de vidro, que tinham gravado no verso o ano de fabricação. O fato de objetos tão frágeis terem durado mais que seus donos já não o enfurecia. Naquele mesmo dia, parou com suas vinganças mesquinhas e voltou a procurar seu amigo. Foi assim que se livrou do encanto daquela Europa, que agora não o deixava tão confuso quanto em sua visita anterior. Também deixou de se comportar com insolência, como estava fazendo dessa vez. Ele a percorreu em todas as direções, sem paixão ou raiva, mas com um simples desejo – reencontrar Zeev Feinberg.

Quando conseguiu, o envelope que tinha recebido do homem do anoraque estava muito mais leve. Nunca havia percebido com que rapidez o dinheiro ia se esgotando. Talvez porque antes não tivesse dinheiro. Além das despesas com pernoite, transporte e alimentação, havia outros gastos também: na Alemanha do pós-guerra as mulheres eram belas de doer e incrivelmente baratas. No rosto de todas elas havia a mesma expressão de espanto misturado com tristeza, como se ainda não tivessem interiorizado completamente sua decaída. Iaakov

Markovitch as tratava com delicadeza, quase medo. Sempre deixava na prateleira mais do que tinha sido combinado. Se sentia culpa, tratava logo de expiá-la nos braços de mais uma mulher. Fazia o mesmo quando sentia raiva. Descobriu que todos os sentimentos que acometiam uma pessoa – culpa, raiva, tristeza, saudade – se retraíam no ardor do desejo. Quando um lençol cobria seu corpo e um corpo de mulher se agarrava ao seu, Iaakov Markovitch esquecia por alguns momentos o que queria esquecer. Nunca pensara que aqueles seus momentos de esquecimento ficassem muito bem gravados na memória daquelas mulheres. Ele as pagava regiamente.

Aos poucos começou a reunir informações sobre o grupo de judeus chefiado por um gigante bigodudo. Não tinha dúvida de que se tratava de Feinberg. Mas quando soube que além de uma pistola o gigante também levava consigo uma bebê de cabelos dourados, sua certeza diluiu-se um pouco. Mesmo assim continuou a seguir a pista daquele grupo, fosse devido à esperança de que a figura descrita era realmente Feinberg, fosse porque não dispunha de nenhuma outra ponta à qual se agarrar. Por fim o localizou num vilarejo na fronteira da Áustria, tão remoto que até mesmo seus habitantes tinham esquecido o nome. Zeev Feinberg e seus companheiros haviam chegado alguns dias antes, atrás de informações que os levassem ao próximo objetivo. Mas o vilarejo era tão pequeno que logo se espalhou a notícia sobre o bando de judeus e a menina de cabelo dourado, e os locais calaram a boca. Como a menina era totalmente diferente dos homens, eles se interrogavam sobre sua identidade. Ninguém estava disposto a acreditar que era filha do gigante de bigode, apesar de ele mesmo insistir em afirmar aquilo a todas as garçonetes no único café existente. Já havia quem sussurrasse que era uma prisioneira de guerra para o sacrifício do Pessach. Talvez os judeus não tivessem encontrado um garoto cristão e o houvessem substituído por uma bebê. Mas logo aparecia quem o silenciasse com uma reprimenda: os tempos haviam mudado. Um bando de judeus andava pelas ruas com pistolas despontando no bolso. Melhor que os habitantes do vilarejo se preocupassem com os próprios filhos, e não com especulações perigosas sobre os filhos dos outros. Os membros do grupo perceberam os sussurros e já queriam ir embora, mas a bebê ficou com febre e foram obrigados a permanecer no vilarejo algumas noites.

Durante o dia, Zeev Feinberg ia em seu carro para aldeias vizinhas em busca de informações, a fim de sondar o rosto das pessoas atrás de algum sinal, mas à noite voltava com seus companheiros para a hospedaria, cumprimentava com um aceno o relutante dono e ia buscar a bebê com a ama de leite. Então a envolvia em muitos cobertores e saía com ela para seu passeio noturno, com os olhos dos locais a segui-lo como um bando de vaga-lumes.

Na noite em que Iaakov Markovitch chegou ao vilarejo, Feinberg havia saído para seu passeio, e de repente sentiu que não eram só vaga-lumes que tinha na retaguarda. Havia outra presença atrás dele, distante demais para que pudesse discernir sua natureza, perto demais para descartá-la sem lhe dar atenção. Com uma das mãos ainda aninhando a bebê, levou a outra à pistola. O vulto apertou o passo. Zeev Feinberg engatilhou a arma e virou para trás, direto para as mãos estendidas de seu amigo de longa data, Iaakov Markovitch. "Deus todo-poderoso, Markovitch, quase explodi sua cara!"

Muitos dias tinham se passado desde a última vez que Zeev Feinberg e Iaakov Markovitch tinham se encontrado, na véspera do início da guerra. Abraçaram-se, então, longamente. Zeev Feinberg segurava a bebê com um dos braços e abraçava Markovitch com o outro. E Markovitch, apesar de impaciente para perguntar quem era – com os diabos – aquela menina, adiou aquilo para aproveitar o momento. O envelope do homem com o anoraque já lhe tinha comprado muitos abraços pela Europa, mas nenhum deles tocara sua alma tanto quanto o de Zeev Feinberg. Agora sabia que sua jornada não fora em vão.

Zeev Feinberg soltou Iaakov Markovitch e ficou olhando para ele. "Você se tornou um homem."

Na verdade, em sua compleição corporal, Iaakov Markovitch ainda estava magro como sempre, e seus olhos permaneciam aguados. Mesmo assim, era impossível não notar a mudança pela qual passara. Quando e como ocorrera, Zeev Feinberg não podia saber. Mas percebeu que o homem que estava diante dele em terras europeias era diferente daquele que encontrara às vésperas do início da guerra. Tão diferente que, por um momento, Zeev Feinberg se perguntou se era o mesmo, mas logo parou, pois ninguém mais do que ele sabia que uma pessoa não continua igual após sair para a guerra e voltar dela.

"E você", Iaakov Markovitch dirigiu-se ao amigo, "você, que era um homem, o que se tornou?"

Zeev Feinberg ficou sério ao ouvir a pergunta. Após um longo momento respondeu: "Eu me tornei um nômade".

"Um nômade? Mas você tem uma casa. Uma mulher. E um filho."

Antes de Iaakov Markovitch terminar de dizer aquelas palavras, Zeev Feinberg já tinha se virado e desviado o olhar para um ponto distante. No outro lado da rua as casas preparavam-se para dormir. Luzes eram apagadas, risos silenciavam. Os homens do vilarejo começavam a se despedir do dia que passara, preparando-se para a mescla dos sonhos noturnos. Com os olhos fixos nas janelas, Zeev Feinberg disse a Iaakov Markovitch com a voz trêmula: "Não posso voltar para lá, Markovitch. Não posso. Fiz Sônia se apagar. Nunca pensei que houvesse no mundo algo capaz de apagar aquela mulher. Mas parece que há: eu. E a casa não era mais casa. Era um túmulo. E o menino, você vai acreditar em mim se eu lhe disser que durante muitos dias ficou junto a mim sem que eu olhasse para ele? Que chorava e eu não o tomava nos braços?".

"Mas agora", insistiu Iaakov Markovitch, "você parece estar bem. Por que não volta?"

Zeev Feinberg suspirou. "No momento em que eu parar de me movimentar, tudo voltará a ser como antes."

Iaakov Markovitch ouviu aquelas palavras através do sangue pulsando em seus ouvidos. Seu melhor amigo, seu único amigo, tinha deixado a colônia e seus laranjais, a mulher e o filho, ele próprio, para vaguear pela Europa com uma pistola e uma bebê que ainda precisava explicar. E não tinha intenção de voltar.

"Você não é um nômade, Feinberg, é um canalha. Chafurda em sua culpa e em sua tristeza como um porco numa poça de lama, fazendo com que todos sofram com a sujeira e o cheiro. E quanto a Sônia? E quanto a Iair? E quem é essa menina, com todos os diabos?"

Zeev Feinberg olhou para ele, assombrado. Nunca tinha visto Iaakov Markovitch tão furioso. Por um momento pensou que ia bater nele, até esperou que o fizesse, pois então pararia afinal de falar e o ferro em brasa de suas palavras seria retirado de sua pele. Mas Iaakov Markovitch não ergueu a mão, embora sem dúvida tivesse pensado naquilo. Por fim Zeev Feinberg não conseguiu mais suportar os gritos do outro. Quando abriu a boca sua voz ressoou pela rua.

"Quem é você para me julgar, Markovitch? Você, que mantém prisioneira em sua casa uma mulher que não é capaz de amá-lo? Quando compreendi que não era mais capaz de amar, levantei-me e fui embora. Que mal há nisso? Quem é você para julgar?"

Alguns moradores espiavam de suas janelas os dois homens que gritavam numa língua desconhecida. Iaakov Markovitch quis responder, mas a voz exaltada de Zeev Feinberg tinha acordado a bebê, que chorava amargamente. Eles tiveram de caminhar de um lado para outro da rua quase quatro vezes até ela tornar a dormir. Durante todo aquele tempo não trocaram uma só palavra. Quando finalmente se detiveram, Iaakov Markovitch começou a falar: "Você perguntou como posso julgá-lo. Acredite em mim, Feinberg, é melhor eu julgá-lo do que você se julgar. Pois foi isso que fez, não é? Foi o promotor e o juiz, e não houve advogado de defesa. Prendeu a si mesmo, fustigou a si mesmo, desterrou a si mesmo. Não vim aqui para julgar. Vim aqui para libertar você. Não sei o que fez, mas nada é tão terrível assim".

Zeev Feinberg ficou calado. Eles continuaram a caminhar ao longo da rua antes de voltar para a única hospedaria na cidade. Quando chegaram ao balcão da recepção, Zeev Feinberg disse boa-noite e subiu para o seu quarto. Iaakov Markovitch respondeu para as costas de Zeev Feinberg que se afastavam, pensando se tornaria a ver o amigo ou se acordaria para descobrir que a hospedaria estava deserta.

Na manhã seguinte Zeev Feinberg acordou e continuou deitado na cama. Esperando que o medo, a culpa ou o hábito movessem suas pernas e o tirassem da cama para a perseguição, para a constante movimentação. Mas elas ficaram onde estavam. Permaneceu assim até o meio-dia. Quando os companheiros bateram à sua porta, disse-lhes que sua jornada com eles havia terminado. Estava pronto para voltar para casa. Saiu então da cama e foi bater à porta do quarto de Iaakov Markovitch. "Vou com você. Mas a menina também."

Naquele mesmo dia foram para a cidade. Com Iaakov Markovitch a seu lado e a menina em seus braços, Zeev Feinberg foi até um falsificador de documentos que o tinha ajudado muito em suas diversas missões de caça e pediu-lhe que preparasse os documentos necessários para identificá-la como sua filha. O falsificador o encarou longamente através dos óculos. Durante toda a guerra tinham ido até ele judeus e seus filhos, com olhos súplices, pedindo que fizesse mágica, que imprimisse um carimbo que transformasse aquelas crianças em gentias. E agora lhe vinha um judeu com uma menina em seus braços, pedindo-lhe que fizesse alguma mágica, usasse algum carimbo, para transformá-la em judia? Zeev Feinberg bufava e espumava, fazia tremer seu bigode e fervia de cólera. Como ousava o homem à sua frente duvidar de que era judia? Era órfã, mas totalmente judia. E se no peito do falsificador pulsava um coração judeu, ia ajudá-lo imediatamente a levá-la para Erets Israel.

"Uma pessoa que vive de mentiras sabe identificar outra quando a vê. A menina é tão judia quanto você é ariano."

Zeev Feinberg suspirou. "É verdade. E mesmo assim, por mim, faça com que seja judia."

O falsificador acenou com a cabeça negativamente. "As mentiras que propaguei e os documentos que falsifiquei foram para salvar judeus. Por que ajudaria uma deles?"

"Porque, se fizer isso, estará salvando um judeu."

"Quem?"

"Eu."

Quatro dias depois eles deixaram a Europa. Os passageiros do navio concordaram que nunca tinham visto um pai tão apegado à filha quanto Zeev Feinberg a Naama.

14

Mais uma vez Zeev Feinberg e Iaakov Markovitch estavam navegando juntos. Na primeira vez que tinham partido, eram os dois solteiros, fugindo para a Europa com medo da faca de Avraham Mandelbaum. Na segunda vez, estavam casados, Zeev Feinberg desejando se divorciar e voltar para Sônia, enquanto no coração de Iaakov Markovitch cada vez mais amadurecia – ou talvez apodrecia – a recusa em se divorciar de Bela. E eis que na terceira viagem marítima os dois eram pais, Iaakov Markovitch de um menino que sabia não ser seu filho, e Zeev Feinberg de um menino que deixara em Israel e de uma menina que levava consigo. Mas, em vez de meditar sobre as mudanças que o tempo e o acaso lhes tinham trazido, em vez de se agarrar aos eventos do passado ou se perguntar sobre as reviravoltas do futuro, Iaakov Markovitch e Zeev Feinberg estavam atarefados a ponto de não dar conta. Cuidar de Naama era muito mais difícil do que qualquer missão que tivessem enfrentado. Sentiam-se impotentes ante os ataques de choro, os vômitos e as fraldas de pano que se amontoavam. Toda a famosa determinação de Zeev Feinberg desmoronou após a quarta noite sem dormir, pois a bebê não se sentia segura no navio, e começava a berrar à menor oscilação. O espírito enérgico e a dedicação de Iaakov Markovitch também fracassaram ante o choro da menina, que era tão contínuo e monótono a ponto de ele, em geral equilibrado, quase atirar a bebê gritando na água. Antes de subir no navio, sentiam-se tranquilos, acreditando piamente que iam encontrar alguém para amamentá-la, ou uma babá, ou simplesmente uma mulher cujos sentimentos maternais a aproximassem da menina. Mas por falta de sorte ou intencional maldição nada daquilo aconteceu. O navio estava cheio de mulheres, mas entre elas não havia nenhuma ama de leite, nenhuma babá. As mães estavam atarefadas com seus próprios filhos, que choravam, vomitavam, corriam e faziam uma balbúrdia capaz de enlouquecer qualquer criatura humana. E as jovens comportavam-se como jovens, conversando, rindo e transando, em segredo ou nem tanto, imaginando que país encontrariam do outro lado. Nenhuma delas quis interromper as conversas, os risinhos, as transas e a própria imaginação para cuidar de uma bebê que não parava de berrar.

Zeev Feinberg e Iaakov Markovitch se revezavam nos cuidados da menina, de modo que um descansasse enquanto o outro trabalhava. Aquela divisão de trabalho era muito eficaz, exceto pelo fato de que eliminava quase totalmente a possibilidade de uma conversa entre os dois. De fato às vezes havia uma hora em que os dois estavam no convés ao anoitecer, com a bebê dormindo a seu lado. Em geral Naama acordava poucos instantes após terem começado a conversar, o que significava o fim imediato da conversa. Na troca de turnos conseguiam relatar um pouco como transcorrera o dia (quantas vezes fizera cocô, quando tinha comido, quantos sorrisos dera ao marinheiro com o papagaio no ombro), porém não mais do que aquilo. Parecia que nunca chegaria o momento em que Iaakov Markovitch poderia dizer: Conte-me, Feinberg, por que fugiu? Assim como Zeev Feinberg sempre estava assoberbado demais para perguntar: Diga-me, Markovitch, como Bela o recebeu quando a guerra acabou? E apesar de ambos estarem desejosos de uma verdadeira e demorada conversa, por outro lado algo dentro deles agradecia à menina pelas interrupções.

Pois no momento em que parasse de chorar cada um deles teria de revelar suas dores e seus sofrimentos, e contemplar as feridas do outro.

À medida que se aproximavam de Israel, Iaakov Markovitch ia ficando mais inquieto. Durante as noites pensava em Bela. No que diria a ele em sua volta. Ou se não diria nada. Quantas palavras podia uma só mulher silenciar? Ficava deitado em seu catre lembrando a indiferença com que o tratara quando voltara da guerra. Não, ele se corrigiu, não se tratava de indiferença. Pois era evidente o esforço que fazia para ignorá-lo. E tamanho esforço, certamente, não era sinal de indiferença. Era sinal de ódio. Aquela ideia consolava um pouco Iaakov Markovitch, pois ele sabia muito bem que o contrário absoluto do amor não era o ódio, e sim a apatia. Durante muitos anos as pessoas o tinham tratado com indiferença. E a indiferença ia subtraindo cada gota de sua existência. Mas o ódio de Bela não só não subtraíra nada de sua existência como a fizera mais presente. Apesar do medo e da preocupação que o assomavam quando pensava em sua casa de pedra na colônia, preferia o ardor do ódio de Bela ao olhar frio e indiferente de todos os outros.

A emoção de Zeev Feinberg ia crescendo junto com os temores de Iaakov Markovitch. Em breve ia rever Sônia. Sabia muito bem onde ia encontrá-la: na praia. Amaldiçoando seu nome e xingando-o com palavras ardentes saindo de sua língua desenfreada. Quando a imaginou lá, toda belicosa e desafiadora, pela primeira vez em muito tempo avolumou-se nele o desejo. Só com muito esforço conseguia evitar falar com Iaakov Markovitch sobre Sônia, pois não queria magoar seu amigo com descrições de encontros de amantes quando o próprio Markovitch navegava para um polo coberto de gelo. Markovitch tampouco falava sobre Sônia com Zeev Feinberg, pois temia que seu amigo lhe perguntasse o que ela andava fazendo, e não saberia o que lhe responder. Assim, viajaram juntos durante longos dias, um com expectativas e o outro com temores, as expectativas e os temores dentro da garganta, enquanto as palavras eram leves como bolhas de sabão: "Que tempo maravilhoso esta manhã", "Talvez seja melhor colocar mais uma blusa nela", "A bebê já comeu hoje?", e mais, e mais. Antes de chegarem, quando a linha do litoral começou a se desenhar na neblina matinal, Iaakov Markovitch insistiu com Zeev Feinberg para que revelasse o segredo que envolvia a bebê. Os outros segredos poderiam esperar, estavam entranhados profundamente nos corações. Mas o que dizia respeito à bebê era impossível de ser ignorado. De onde tinha vindo? Por que Zeev Feinberg a levara consigo? Iaakov Markovitch não achava que estivesse vasculhando o que não lhe dizia respeito – depois de tê-la banhado, limpado, alimentado e vestido, achou que era seu direito saber. Zeev Feinberg tentou se esquivar. Queixou-se de fome, sede e tontura, mas Iaakov Markovitch não arredou pé. Quando compreendeu que não ia se livrar do questionamento do amigo, Zeev Feinberg inclinou-se com as mãos apoiadas na amurada e disse: "É filha de minha prima, fruto de um amor proibido com um jovem alemão. Ela morreu no parto e o garoto desapareceu. Senti-me na obrigação de trazê-la comigo".

Quando Zeev Feinberg se virou para Iaakov Markovitch esperava vê-lo em lágrimas de solidariedade e tristeza. Em vez disso, deparou com um olhar frio, quase zombeteiro: "Se pretende se agarrar a essa mentira, Feinberg, é melhor praticá--la mais".

Iaakov Markovitch desceu do convés e foi para a cama. Estava com raiva do amigo por não confiar nele. Com raiva da menina, para a qual estava sendo, durante tanto tempo, metade mãe e metade pai, mas sem saber nada sobre ela. Com raiva de que a viagem estivesse no fim e da ideia de que só lhe restava voltar para a casa. Agora que os combates tinham terminado, que as perambulações por todo o país se extinguiam, que a busca por Feinberg chegara ao fim, só lhe restava voltar a ser como as outras pessoas. Semear, colher e semear novamente, chegar em casa do campo e ver as costas da mulher mais bonita do mundo. Ela não ia se virar para ele. Não ia lhe dirigir a palavra. Ele semearia, colheria e semearia de novo. Talvez plantasse figueiras. Talvez um vinhedo. Levaria os frutos para ela, tão doces, mas mesmo se os comesse não ia se dirigir a ele. Semearia, colheria e semearia de novo. A figueira cresceria. Também o vinhedo. Haveria dias em que desejaria ouvir finalmente o assobio de balas no céu, mais uma guerra. Algo que rompesse o silêncio entre os dois. Mas o assobio não viria. Ele semearia, colheria e semearia de novo. E, nas noites de verão, ficaria sozinho, cada um sob seu vinhedo e sob sua figueira, sob a carga de sua culpa.

Iaakov Markovitch estava mergulhado em seus pensamentos, que, como acontecia muitas vezes, tinham se tornado um sono perturbado. Acordou com fortes batidas à porta. O navio já atracara havia algum tempo. Todos os passageiros tinham desembarcado. Poderia fazer o favor de liberar a cabine? Agitado e confuso, desceu para o cais, à procura de Zeev Feinberg, varrendo os transeuntes na esperança de captar num relance um bigode espesso, ou o brilho dos cachos dourados de Naama. Em vão. De repente viu uma mulher corpulenta com quatro filhos, da qual se lembrava bem da viagem – ele e Feinberg a tinham olhado com admiração quando viram a habilidade tranquila com que controlava aqueles quatro cavaleiros do Apocalipse. Imediatamente foi até ela para perguntar se tinha visto seu amigo.

"O grandalhão com a menina? Claro. Como seria possível não ver? Foi o primeiro a descer do navio. Passou à frente de todos. Mas tinha um bom motivo. Ele disse que sua mulher, com certeza você a conhece, o esperava havia muitos meses. É um desses românticos. Deixaram que passasse."

Iaakov Markovitch sorriu. Não sentiu nem um pingo de irritação com Zeev Feinberg, apesar de ter desaparecido sem esperar por ele. Era exatamente daquele homem que tinha saudades. Era aquele Feinberg que tanto quisera reencontrar. Quando o vira na Europa, uma sombra de si mesmo, só queria que seu amigo voltasse a ser o homem de antes, com cento e vinte quilos de vivacidade. Embora estivesse preocupado com o momento em que Feinberg descobriria a distância que havia entre a expectativa e a realidade, isso apequenou-se diante do alívio que sentia: Zeev Feinberg voltara a se comportar como uma flecha disparada. Nem por um momento duvidou de que, não fosse a menina, teria pulado no mar quando o navio passasse perto da colônia, nadando até a praia no fervor de suas saudades de Sônia.

15

O tempo nunca foi tão preguiçoso quanto no dia em que Zeev Feinberg desceu do navio, com o coração em busca de Sônia. Os minutos grudavam uns nos outros, viscosos como cera. As rodas do ônibus se arrastavam na estrada parcialmente asfaltada, tão lentos que duas vezes Zeev Feinberg considerou sair correndo daquele jumento motorizado e doente e seguir seu caminho a pé. Olhava o relógio a cada instante, e o que via nele o irritava tanto que acabou por desviar o rosto com raiva, como uma pessoa que se irrita com um amigo que não concorda com ela. Durante todo o tempo Naama olhava para aquele país novo com olhos arregalados. Se Feinberg estivesse prestando atenção perceberia que ela tinha parado de chorar no momento em que o navio atracara no cais. Mas ele estava ocupado com outras coisas, e assim a bebê ficou pendurada em seu pescoço, com os olhos grudados na janela do ônibus, e os olhos dos passageiros grudados nela, que era mesmo um encanto.

Finalmente o ônibus passou perto da praia onde Zeev Feinberg tinha encontrado Sônia no fim de sua viagem anterior. Embora ainda estivessem a uma distância de uma hora da colônia, ele deu um salto e pôs-se de pé. Indiferente aos olhares espantados dos passageiros e às perguntas do motorista, desceu do animal de carga chacoalhando. Com a bebê num braço e a mochila no outro, chafurdou a areia das dunas em direção à faixa de mar azul à distância. A cada passo a faixa azul crescia, e a cada passo a excitação de Zeev Feinberg aumentava. Quanto mais se aproximava da água mais aumentava o ruído do vento em seus ouvidos. De repente pareceu-lhe ouvir também a voz de Sônia a xingá-lo. Começou a correr. No barulho das ondas estava certo de reconhecer o riso dela, rouco e em cascata. Logo ia vislumbrá-la. Logo ia vê-la de pé ali. Uma deusa cananeia, de coxas sólidas e queixo altivamente erguido. E a boca, mais do que tudo tinha saudades da boca. Pólvora e chocolate. Suas palavras cheias de cólera atingiam a água como pedrinhas redondas e perfeitas. Ela não teria a menor ideia de que ele estava ali. Ele ia se aproximar por trás. Ela estaria olhando para o mar, e não poderia adivinhar que daquela vez viria da terra firme, não teria como antecipar os braços estendidos atrás dela, envolvendo-a de repente, e a interrupção de seus impropérios com um beijo. Como ficaria surpresa. Como ficaria contente. Ele ia se ajoelhar de novo, como se ajoelhara então, e deixaria que despejasse sobre ele uma chuva de maldições e imprecações, chuva abençoada sobre uma terra em ruínas.

Mas, quando chegou à praia, Zeev Feinberg viu que estava deserta. Gaivotas alçaram voo. Caranguejos fugiram para suas tocas. Por um longo momento, ele ficou calado na linha d'água – então virou-se e começou a voltar por onde viera. Como fora bobo ao pensar que Sônia o esperava ali. Não era mais uma moça, e sim mãe, e filhos não podem ficar esperando na praia dias inteiros. Eles têm de comer, brincar, ser banhados e dormir. Quanto mais Zeev Feinberg pensava naquilo mais claro ficava seu engano. Não era na praia que ia encontrar Sônia, e sim em sua casa. Na casa deles. Da cozinha sairia aquele cheiro conhecido de pão queimado e do doce que fizera para camuflar o erro. Os lençóis teriam cheiro de laranja. E Iair. Como devia ter crescido o menino. Zeev Feinberg teria de ter cuidado para não quebrar seus ossos com um abraço. Ao pensar naquilo, começou a correr, tão impaciente estava para chegar logo.

Mas Zeev Feinberg encontrou a casa trancada. Por muito tempo ficou postado diante da porta fechada, até que Chaia Nudelman, que morava em frente, o avistou. "Feinberg! Você voltou! Zahava, veja quem está aqui!"

Zeev Feinberg suspirou. Queria tanto que o primeiro rosto a ser visto na colônia fosse o rosto amado de Sônia, e eis que teria de enfrentar primeiro um exército vasculhador de vizinhas. Antes que conseguisse pensar em uma boa estratégia para se esquivar, viu-se cercado de mulheres. Parecia que todas as portas da colônia tinham se aberto, menos a dele. Chaia Nudelman, Zahava Tamir e Lea Ron – todas queriam saudar aquele que partira e voltara. Quando viram a bebê em seus braços, aquele interesse amigável – desde o início mesclado a um quê de curiosidade – transformou-se num verdadeiro ataque. "Quem é esta?" "Como se chama?" "De onde veio?" Desde que Markovitch o advertira, Feinberg tinha aprimorado e lapidado sua história, e respondeu às perguntas com total segurança: tinha encontrado a menina num orfanato na Alemanha. Seus pais eram judeus. Seu coração não lhe permitiu que a abandonasse. Daquela vez a explicação foi muito bem-sucedida, ou porque parecia mais verossímil, ou porque agradava às mulheres, de modo que pouco importava se era verdadeira ou não. Quando Feinberg terminou de falar, ousou finalmente fazer ele mesmo uma pergunta: onde estava Sônia?

A algaravia das mulheres interrompeu-se subitamente. Não imaginavam que Zeev Feinberg não soubesse nada de sua mulher desde o dia em que saíra de casa. "Ela não lhe contou que mudou para Tel Aviv?", perguntou Chaia Nudelman, inflada de tanto prazer. "Não sabia que agora é uma dirigente?", gorgolejou Zahava Tamir. "Principal assessora do comandante do Irgun!", exclamou Rivka Shacham. Zeev Feinberg apressou-se a responder que os deveres de sua missão impediam qualquer contato, e as mulheres acenaram com falsa anuência. "Mas agora que você voltou, com certeza vai voltar também", disse Chaia Nudelman. As outras concordaram enfaticamente. Desejavam aquilo por elas mesmas tanto quanto por Zeev Feinberg. A ideia de que uma mulher podia um belo dia assumir um cargo tão honroso era de perturbar seu sono. Que Sônia voltasse a queimar o pão e deixar passar o ponto do jantar, que esquecesse a roupa no varal. Então talvez fosse embora aquele pica-pau que chegara no dia em que ela viajara, e que ficava bicando sem parar o coração das mulheres, fazendo-as perguntar a si mesmas se suas vidas poderiam ser parecidas com a dela.

Sônia repreendeu o funcionário do correio até suas orelhas ficarem vermelhas. "Cartas, meu caro amigo, se destinam a ser lidas. Se uma carta não chega a seu destino é como se nunca tivesse sido enviada. Fico pensando em quantas das cartas que escrevi esta semana chegaram e quantas afundaram para sempre nas profundezas dessa sua pasta." O funcionário a fitou com hostilidade. Tinha de reconhecer que às vezes demorava um pouco a entregar a correspondência, devido a questões climáticas ou às revistas especialmente eletrizantes que chegavam à banca ao lado. Mas ser repreendido daquele modo por uma mulher? Não podia aceitar aquilo. Ainda estava pensando no que responder à bruxa de olhos cinzentos quando ouviram batidas à porta do gabinete de Sônia. O funcionário respirou aliviado. A encarregada de assuntos referentes a mulheres tornaria a cuidar de questões referentes a mulheres, e ele poderia voltar afinal a seus assuntos (os quais, com base na nova revista que tinha comprado e enfiado no fundo da pasta, também eram referentes a mulheres, embora em aspectos distintos).

Sônia continuou de pé, de costas para a porta, com os olhos pregados no funcionário do correio. Sem se virar, transmitiu suas instruções: "Pode deixar os relatórios sobre a mesa, vou examiná-los antes da reunião desta tarde". A porta do gabinete se abriu. Ela continuou a repreender o funcionário. "Se pensarmos no atraso acumulado, veremos que..." De repente parou de falar, pois o som dos passos atrás de si não lembrava em nada o dos saltos da secretária. Tinham bastado três passos para concluí-lo. O que não parecerá milagroso se ressaltarmos que Sônia tinha excelente ouvido musical, era um verdadeiro prodígio. Seu avô paterno era um afinador de pianos com um ouvido tão delicado que era capaz de saber o ano de fabricação do instrumento com base em um único acorde, e qual fora a última música tocada nele com base em três. Sônia, sem dúvida, tinha herdado parte daquela aptidão, ou não seria possível explicar como tinham lhe bastado três passos para saber que Zeev Feinberg estava atrás dela.

Ela não se virou de imediato. Estava com medo de olhar para o rosto do homem que chegava à sala. Os passos continuavam os mesmos, o que era tranquilizador. Mas e quanto aos olhos? Ao bigode? Enquanto estava de costas para ele, Sônia podia conservar em sua mente a imagem de Zeev Feinberg como queria se lembrar dele, uma impressionante estátua de bronze cujas manchas acumuladas nos meses que antecederam sua partida ela polira. Se virasse, teria de encarar sua imagem verdadeira, que estaria fora de seu controle. Por isso esperou mais um instante, e talvez esperasse ainda mais se Zeev Feinberg não tivesse dado mais três passos e tocado seu ombro.

O gemido que saiu da boca de Sônia foi ouvido em todo o prédio. Secretárias pararam de pôr documentos em pastas e ergueram a cabeça. Diretores pararam de tagarelar e abriram as orelhas. Os encarregados da limpeza pararam com um rodo ou um pano na mão. O funcionário do correio repreendido esqueceu por um momento a revista que tinha na pasta. Um gemido como aquele, uma fusão de alívio, desejo, culpa e saudades, não se ouvia havia muito tempo. Pois no momento em que Zeev Feinberg tocou seu ombro Sônia soube que ele tinha voltado para ela, voltado de verdade. Não era um fantasma do homem que amava, mas a pessoa em si mesma, carne, osso e duas mãos poderosas. Os dedos de Zeev Feinberg pareceram grandes e quentes, e seu enlace era firme. Com aqueles dedos, risonhos e investigativos, ele a tinha agarrado em sua primeira noite. Com aqueles dedos, a tinha agarrado em todas as noites subsequentes. Com aqueles dedos também a tinha agarrado quando ela arranhara todo o seu corpo depois de saber que, apesar de suas promessas, tornara a prevaricar e tinha deitado com Rachel Mandelbaum. Apesar de sua pele ter sangrado sob as unhas dela, ele a agarrou e prometeu que ia agarrá-la de novo depois que o *shochet* se acalmasse e pudesse voltar para a colônia. E de fato voltara. Sônia o tinha esperado junto ao mar e ele voltara para ela. E agora, quando já deixara de esperar, quando o anel em seu dedo se tornara apenas um hábito, uma lembrança antiga e nada mais, ele voltava mais uma vez.

Sônia afinal se virou e ficou frente a frente com Zeev Feinberg. Os olhos dele estavam mais azuis do que nunca, seu bigode, atrevido. E por baixo os mesmos lábios carnudos e fornidos. Era quase embaraçoso pensar que lábios tão sensuais pertencessem a um homem, e talvez por aquele motivo Zeev Feinberg tinha o cuidado de escondê-los debaixo de um bigode desgrenhado. Agora aqueles lábios se abriam para Sônia em um sorriso travesso. "Estou aqui."

Zeev Feinberg ainda não terminara de pronunciar aquelas palavras e o corpo de Sônia já se colara no seu, a cabeça dela a se esfregar em seu bigode, seus lábios, seu pescoço. Ele aspirava seu cheiro e ela lhe mordia o lóbulo da orelha. O funcionário repreendido contemplou a cena com bastante interesse durante algum tempo, até perceber que era melhor se esgueirar do escritório da responsável por questões referentes a mulheres. De fato as mulheres da revista que estava dentro de sua pasta não se equiparavam à demonstração de ardor e desejo de Sônia, mas estavam bem acostumadas a ser olhadas e seus sorrisos eram muito convidativos, enquanto a encarregada de questões referentes a mulheres seria capaz de não sorrir nem um pouquinho quando percebesse sua presença.

Zeev Feinberg e Sônia ficaram a sós no escritório, enroscando-se e se cheirando durante um bom tempo, até que de repente Sônia se afastou de Zeev Feinberg e gritou: "Meu Deus, estou atrasada para a reunião das quatro!".

Quando se dispôs a correr para a porta, Zeev Feinberg segurou seu braço (fornido, gorducho como um pão doce de *shabat*, com as sardas fazendo o papel de passas). "Sonitchka, como é possível me deixar agora? Diga a eles que façam a reunião sem você."

Mas Sônia libertou o braço da mão de Feinberg e disse com um sorriso: "Como é possível fazer a reunião sem mim se sou a diretora?".

E, antes que Zeev Feinberg conseguisse dizer qualquer coisa, sua saia já roçava o umbral da porta num aceno de despedida. Ele ficou sozinho no espaçoso escritório da responsável pela inclusão de mulheres na força de trabalho do Irgun.

Ao cabo de alguns minutos entrou a secretária, levando café. "A senhora disse que o senhor toma café quente, quase fervendo, de fazer queimar a língua."

Zeev Feinberg tomou um gole de café e o devolveu à secretária. "Não leve isso para o lado pessoal. Ninguém sabe queimar café como Sônia."

A secretária deu de ombros. "Ela também disse que quando o senhor terminasse o café devia ir ver seu filho e o outro menino, para liberar a babá, na rua Trumpeldor, número 48. A senhora vai se juntar a vocês quando a reunião terminar."

As últimas palavras a secretária dirigiu às costas de Zeev Feinberg, que deixou o escritório da responsável por questões referentes a mulheres de imediato. Desceu correndo três lances de escada, quase tropeçou no funcionário do correio que olhava a revista furtivamente, agradeceu à secretária que brincava com Naama no andar térreo e saiu com a menina sentada em seus ombros, para vcr o filho.

16

A babá que Sônia tinha contratado olhou para Feinberg com olhos inquisidores. "E quem é o senhor?"

Pronunciou aquelas palavras com tal sequidão que parecia lhe ser indiferente se respondesse "o rei da Inglaterra" ou "Isaac Luria, o santo".

"Zeev Feinberg. Marido de Sônia."

"É mesmo?"

O olhar da babá ia de Zeev Feinberg para a menina de cabelo dourado em seu colo. Zeev Feinberg franziu o cenho, irritado. A babá olhava para ele com calma. Cuidara por tempo demais de crianças resmunguentas para que um homem raivoso conseguisse tirá-la de sua tranquilidade. Seu rosto era pequeno e enrugado, e acima dos lábios estendia-se um bigode que não ficava muito a dever ao do próprio Feinberg. Nunca tinha se casado e nunca se arrependera. Os homens para ela eram como máquinas de fazer bebês, nada mais, e como por dever estava sempre cercada dos pequenos não precisava absolutamente deles. Gostava de crianças muito mais do que de adultos, por isso preferia cuidar de um menino até seu *bar mitsvá* a ter seu próprio filho, que com certeza seria uma gracinha no início, mas cedo ou tarde ia perder sua doçura para se tornar um homem de verdade, com mãos grandes, pés fedorentos e uma boca para zombar de mulheres com bigode.

"Vim buscar meu filho!"

"É mesmo?"

Zeev Feinberg bateu o pé, impaciente. "Veja, sou o marido de Sônia Feinberg. Voltei da Alemanha. Sei que meu filho está aqui, neste apartamento. Agora deixe-me vê-lo!"

A babá não saiu do lugar. "Como vou saber se realmente é pai do menino?"

A voz de Zeev Feinberg trovejou no vão da escada. "Claro que sou o pai do menino! O que você acha, que eu fico andando pelas ruas coletando crianças?!"

Enquanto Zeev Feinberg gritava, a babá tornou a olhar para Naama. "E quem é essa? Não é possível que seja filha de Sônia."

Zeev Feinberg hesitou antes de responder. Aquilo bastou para convencer a babá a fechar rapidamente a porta e passar o ferrolho. Zeev Feinberg bateu com uma força que poderia derrubar o prédio inteiro. A babá abriu só uma fresta.

"É uma longa história, mas acredite em mim: sou o pai do menino. Se fizer o favor de trazê-lo aqui, ele logo vai me reconhecer."

Mal acabara de dizer aquilo, Zeev Feinberg viu seu filho se aproximando pelo corredor, atrás da bola que lhe fugira. "Iair! Iair!" Ao ouvir seu nome, o menino ergueu os olhos. No fim do corredor, do outro lado da porta, viu um homem bigodudo, com o rosto vermelho de raiva e o olhar desesperado, gritando seu nome em altos brados. Iair esqueceu a bola e começou a chorar, assustado. A babá de bigode correu para abraçar com a mão direita a criança que chorava, e com a esquerda fechou a porta na cara de Zeev Feinberg.

Antes de entrar em casa, Iaakov Markovitch vestiu seu casaco. Estava convencido de que a hostilidade de Bela era muito mais enregelante do que os ventos de inverno do lado de fora. Mas quando pôs os pés na soleira da porta descobriu que o lugar estava quente. Alguns instantes se passaram até compreender que o calor não era natural. Era exagerado. Bela fervia de raiva e as paredes da casa ferviam junto. Daquela vez, para variar, sua raiva nada tinha a ver com Iaakov Markovitch.

"Eles recusaram. Sem exceção. Todos recusaram."

Estava sentada num banquinho na extremidade da sala. Os olhos úmidos, a testa franzida em rugas de irritação. A volta de Iaakov Markovitch para casa após dois meses de perambulações não a afetara em nada, exceto que agora olhava para ele enquanto falava, quando antes fazia discursos inflamados para a cômoda de pinho.

"Como é possível que tenham recusado? São uns porcos, recusariam até mesmo ouro puro se tivessem a oportunidade."

Iaakov Markovitch ouviu por mais alguns minutos a falação tempestuosa de Bela a respeito de porcos, cães e vermes que recusavam ouro, diamantes e pérolas antes de se atrever a perguntar do que, afinal, ela estava falando.

"Os poemas de Rachel, Markovitch. Eles não os querem. Ninguém quer."

Iaakov Markovitch compreendeu então em que tradução Bela estava trabalhando quando voltara da guerra, e o que não chegou a compreender ela tratou logo de explicar. A ofensa daquela recusa era tão forte que Bela esqueceu o juramento que fizera de eliminar Markovitch de sua vida, respondendo com eloquente silêncio a todas as tentativas de contato dele.

"Eu os traduzi, por noites e dias. Acredite-me, nunca tinha visto algo tão belo. Eles mesmos disseram isso, os editores. Reconheceram que nunca tinham visto poemas assim por aqui."

"Então por que não vão publicá-los?", espantou-se Iaakov Markovitch.

Bela levantou-se do banquinho num salto. "Por que não vão publicá-los, você pergunta? Por quê?" Iaakov Markovitch pensava se Bela realmente esperava uma resposta, mas ela foi mais rápida. "Porque Rachel não serve de exemplo!"

"O que quer dizer isso?"

Bela não respondeu. Seus pés agitavam-se pelo quarto como uma mariposa frenética, da cômoda até a mesa, da mesa até a janela. Temia que, se parasse, o assoalho queimaria debaixo dela, tal era sua raiva.

"Disseram que uma mulher assim, que se suicida no dia em que o povo judeu conquista o direito de ter sua pátria, que escreve numa língua de *goiim*, que deixa para trás um menininho órfão devido a seu egoísmo e sua fraqueza, não serve de exemplo."

Àquela altura Bela estava a poucos centímetros de Iaakov Markovitch. Seus olhos ardiam. "Eles não vão publicar." Subitamente, começou a chorar. Iaakov Markovitch quis tomá-la nos braços, mas não teve coragem. Ela ficou ali chorando grossas e majestosas lágrimas, assoando o nariz e dizendo: "Essa escória não vai publicá-los". Iaakov Markovitch ficou imóvel em seu constrangimento, e Bela ergueu a mão esquerda para enxugar as lágrimas do rosto. Iaakov Markovitch estremeceu ao ver a cicatriz em sua mão, mas não disse nada. Sua recusa em lhe contar a origem daquilo, sua recusa em lhe revelar o que quer que fosse, deixara um resíduo em sua memória. Bela notou o olhar de Iaakov Markovitch e abriu um sorriso torto. "Tirei os poemas de Rachel Mandelbaum do fogo com esta mão. Avraham queria queimá-los. Não suportei a ideia de que se perderiam para sempre." Enquanto falava, Bela pôs a mão sadia sobre a da cicatriz. "E, veja só, assim mesmo perderam-se para sempre. Um poema que ninguém lê vira pó. Se eu deixasse que Avraham Mandelbaum queimasse o caderno pelo menos as pessoas veriam por um momento a fumaça."

Iaakov Markovitch levou a mão ao bolso do casaco. Entre as dobras de feltro estava o envelope que tinha recebido do amante do apostador, muito mais leve do que no dia em que lhe fora entregue, mas, mesmo assim, recheado de notas.

"Pegue." Iaakov Markovitch tirou o envelope do bolso e o estendeu a Bela. Quando viu o que continha, os olhos dela se arregalaram de espanto. "Se as editoras não querem publicar os poemas de Rachel, publicaremos nós mesmos."

Quando Iaakov Markovitch pronunciou aquela palavra, "nós", espalhou-se por seu corpo um calor tão agradável que seu rosto enrubesceu. Bela pôs o envelope sobre a cômoda e pegou o braço de Iaakov Markovitch, alternando entre a mão sadia e a mão com a cicatriz. Continuou a segurá-lo por um longo tempo, até que Tzvi chegou correndo do campo, notou a presença de Iaakov Markovitch e gritou: "Papai!".

As semanas seguintes foram as mais belas da vida de Iaakov Markovitch. Desde que tinha combatido com seus amigos na fortaleza não experimentara um sentimento de união como aquele. E que a união fosse com ninguém menos que Bela, nunca tinha esperado. Juntos, organizaram os poemas de Rachel segundo sua temática. Juntos, hesitaram quanto a qual seria o de abertura e qual seria o de fechamento. Juntos viajaram para a cidade para avaliar gráficas e procedimentos. Durante todo o tempo, Tzvi os acompanhava. Seu olhar ia da mãe para o homem que chamava de pai, e dele de volta para a mãe. Como a temer que, se parasse por um só instante de voltar seu olhar de Bela para Markovitch, de Markovitch para Bela, um deles aproveitaria a oportunidade para desaparecer. Vã preocupação – nenhum dos dois considerava aquilo. Bela Markovitch nunca se sentira tão próxima da publicação dos poemas de Rachel Mandelbaum. E Iaakov Markovitch nunca se sentira tão próximo de Bela. Continuava a preferir textos de botânica a livros de poesia, e sem dúvida a poda de romãzeiras lhe dizia muito mais do que uma imagem poética expressiva, mas as rimas de Rachel tocavam seu coração. Pois o ligavam à mão que as tinha traduzido, uma mão marcada por uma cicatriz num corpo perfeito.

Logo descobriram que precisavam de mais dinheiro. Poesia era uma coisa cara, constataram. Bela propôs que procurassem

Sônia. A encarregada da inclusão de mulheres na força de trabalho certamente ia gostar de ajudar na publicação de uma poeta talentosa como Rachel Mandelbaum. Assim, tornaram a viajar para Tel Aviv. Sônia recebeu-os com abraços calorosos e belas palavras, mas deixou claro que não poderia ajudar.

"Ela se enforcou enquanto o filho brincava no quintal. Realmente, Bela, você não espera que o escritório para questões referentes a mulheres a transforme num símbolo."

Bela olhou para Sônia com surpresa. Será que esquecera os dias que tinham passado as três juntas, junto ao regato ao lado da figueira? O cheiro dos pães que Rachel assava – um para comer ali e um para que Sônia, que sempre reclamava dos tijolos duros como pedra que saíam de seu forno, levasse?

Os olhos cinzentos de Sônia responderam com agressividade. "Meu Deus, até quando vão pensar que não há heroísmo maior para uma mulher que assar um pão? Tento fazer delas professoras, médicas, até mesmo engenheiras, e você vem pedir que eu subvencione poemas?"

"Mas que poemas, Sônia! Se você pelo menos os lesse!"

"Com certeza suaves. Prazerosos. E muito, muito tristes. E no fim, solidão, ou vazio, ou uma mão buscando o pescoço. Assim são nossas poetas. Se pelo menos fustigassem um pouco os outros, e não apenas elas próprias."

Bela Markovitch abria e fechava a boca intermitentemente, sem dizer uma só palavra, tão chocada estava com a mudança por que passara a amiga. Seria a mesma Sônia que se encarregara de cuidar do filho de Rachel Mandelbaum? A mesma que tinha guiado os passos de Bela desde o dia em que chegara à colônia? Quando reencontrou sua voz, descobriu que estava trêmula. Em vão tentou explicar a Sônia que poesia também era luta. Que uma mulher como Rachel, que ajudava a limpar o sangue do chão do açougue e depois se sentava para escrever, que segurava a pena na mão calejada de tanta costura, roupa suja e limpeza, que consegue extrair da alma uma poesia verdadeira por entre o zumbido interminável de canções de ninar para o filho que chora, é uma combatente.

Sônia acenou com a cabeça em negativa. "Não é para essa guerra que encaminho minhas mulheres." As duas ficaram se encarando, olhos cinzentos fitando olhos cinzentos. Então Bela levantou-se da cadeira numa majestosa lentidão. Iaakov Markovitch a seguiu. Estava ouvindo havia muito aquela discussão amarga e pungente, cujo significado não compreendia de todo, por isso tinha preferido ficar em silêncio. Mas mesmo sem descer à profundeza das coisas entendia muito bem que aquelas duas mulheres, que no início do encontro tinham se atirado uma nos braços da outra como irmãs, já não o eram mais.

Antes de sair da sala, Iaakov Markovitch ousou dirigir-se a Sônia e perguntar-lhe onde poderia encontrar Zeev Feinberg. Nem um só músculo se moveu em seu rosto quando respondeu que fosse à rua Trumpeldor, número 48.

17

Quando chegaram a uma distância de cinquenta metros, Iaakov Markovitch e Bela já sabiam qual era o apartamento para o qual estavam indo. Os gritos de Zeev Feinberg ecoavam por toda a rua. "Sou um assaltante malvado! Sou um pirata terrível!" Os gritinhos de prazer e de medo das crianças levaram um sorriso aos lábios de Iaakov Markovitch enquanto batia à porta. Teve de bater várias vezes para Zeev Feinberg interromper a brincadeira e resmungar: "Um momento, já vou abrir". Quando finalmente abriu a porta e viu quem eram os visitantes, o resmungo deu lugar a uma exclamação: "Markovitch! Bela! Que alegre surpresa!". Ela exibiu um sorriso pálido, ainda mergulhada na recusa de Sônia. Iaakov Markovitch abriu um largo sorriso, pois seu bom amigo carregava nos ombros nem uma nem duas, mas três crianças. No ombro direito estava Naama, com o cabelo dourado preso numa fita. No ombro esquerdo, Iotam Mandelbaum, com olhos castanhos como os de Rachel e cabelo preto como o de Avraham, mas um sorriso que não herdara nem da mãe nem do pai. E, atrás de seu pescoço, montado no cangote, com as pequenas mãos agarradas aos cabelos de Zeev Feinberg como se fossem rédeas, Iair gritava: "Eia!".

Zeev Feinberg mandou as crianças irem brincar na sala, pedindo a Iotam que ficasse de olho em Iair, e a Iair que cuidasse de Naama, e a Naama – embora fosse duvidoso que tivesse entendido alguma coisa – que tomasse conta da boneca de pano, que não era muito menor do que ela. Então

Zeev Feinberg pôs um bule com água para ferver no fogão, e seu olhar ia o tempo todo do bule para as crianças, das crianças para o bule. Iaakov Markovitch esperou que Bela saísse da sala e cochichou na orelha do amigo: "Diga-me, como é que Sônia recebeu a bebê?".

Zeev Feinberg deu de ombros. "Você sabe como é o coração dela. Vai daqui até Petah Tikva. Quando compreendeu que era minha vontade, ela a aceitou sem hesitar."

Zeev Feinberg não era dos que fugiam à verdade. Sua relação com a realidade era em geral das mais confiáveis. Mesmo agora não estava mentindo. O quadro que apresentou a Iaakov Markovitch era como uma vidraça encoberta por vapores, a realidade lá fora oculta por alguma interferência interior. Era verdade. Sônia não o tinha torturado com perguntas sobre a menina. Não exigira que lhe contasse de onde era nem que dissesse por que a tinha trazido. Mas fora exatamente aquela indiferença em relação à bebê que o abalara. O fato de não ter exigido nada, de não ter nem questionado – com os diabos –, perturbava sua tranquilidade. Pois, por mais que tivesse desejado na Europa que Sônia aceitasse a presença da menina e não o pressionasse com perguntas, por mais que dissesse que não queria retornar àquela noite na ponte, no fundo da alma esperava que ela lhe arrancasse seu segredo. No lugar mais secreto de seu coração Zeev Feinberg queria contar a Sônia por que tinha fugido de Israel e por que voltara para ela, queria pousar a cabeça em seu colo e falar sobre o bebê morto e a bebê que salvara.

Porém Sônia não perguntou, apesar de estar devorada pela curiosidade. Tinha medo de que suas perguntas abalassem o delicado equilíbrio que permitira que Zeev Feinberg voltasse para casa. Logo convenceu a si mesma de que não fazia a menor diferença saber de onde viera a bebê, contanto que tivesse sido nos braços de Feinberg. Quando despertava no meio da noite com seu débil choro e ficava sozinha junto à cama da bebê, perguntava-se quem era aquela menina cuja fralda trocava, e dizia a si mesma que Zeev Feinberg também estava cuidando de um menino cuja origem ignorava. Assim era o mundo. Assim se comportam as pessoas que tentavam se orientar nele, atravessar o campo minado que ficava entre a verdade e a mentira.

Eram raras as vezes em que Sônia se via no meio da noite junto à cama da bebê. Em geral ficava imersa num sono profundo, após um dia inteiro de lutas e reuniões. Zeev Feinberg acordava com o choro, levantava-se meio tonto do leito quente e ia para a sala que servia provisoriamente como quarto das crianças. Lá trocava a fralda de Naama, acalmava Iair, que acordava com o barulho e começava a chorar também, e agradecia em seu íntimo a Iotam por continuar deitado com os olhos fechados e a respiração regular, mesmo com tudo aquilo. Nas primeiras semanas após sua volta Zeev Feinberg extraía de suas atividades noturnas uma estranha espécie de prazer. Estava convencido de que tornava a conquistar um lugar no coração do filho. E, de fato, depois de uma semana o menino parou de chorar em sua presença, contentando-se com um olhar desconfiado e cheio de dúvida. Mais uma semana de paparicos fez com que até sorrisse para Zeev Feinberg. Após três semanas, já estava grudado ao pai tanto quanto o pai vivia grudado nele.

No momento em que Iaakov e Bela Markovitch bateram à porta da casa, Zeev Feinberg era um homem feliz. Tinha sido um assaltante, um pirata e um gigante, tudo antes das dez da manhã. Mas no momento em que abriu sentiu que algo o estava perturbando, e não sabia o que era. Só quando serviu chá a Bela e notou seu olhar, percebeu que estava embaraçado.

"E então, Feinberg, Sônia dirige o mundo e você cuida das crianças?"

Zeev Feinberg não sabia nada da conversa entre Sônia e Bela, de modo que não sabia que Bela queria alfinetar Sônia, e não ele.

"É uma situação provisória", respondeu. "Totalmente provisória."

Tomaram chá, comeram biscoitos e se despediram com calorosos abraços. Quando a porta se fechou atrás de Iaakov e Bela Markovitch, as crianças correram para Zeev Feinberg e pediram que continuasse a brincar, mas ele fechou a cara. Já não estava se sentindo um pirata ou um assaltante, e sim um homem de quem algo tinha sido roubado. Pensava em todas as noites em que Sônia dormia enquanto ele se levantava da cama para atender uma criança que chorava. Quando Iair tinha nascido ele nem sequer considerava a possibilidade de se levantar da cama, pois estava muito claro – para ele e para Sônia – que aquela tarefa noturna cabia a ela, assim como o labor diurno cabia a ele. De uma vez só Zeev Feinberg esqueceu o prazer que sentia ao brincar com as crianças, a sensação agradável de sua pele macia em seus dedos quando lhes dava banho, a serenidade que sentia quando conseguia pôr todos para dormir e voltava satisfeito para sua cama. As paredes da casa agora se fechavam em cima dele. Queria sair. Queria brigar, perder as estribeiras, ver muitos olhos se fixarem nele, muitas bocas sussurrando: Isso é que é homem! Queria, mas não podia, pois tinha despedido a babá no mesmo dia em que chegara, no momento em que Sônia voltara para casa e confirmara que Zeev Feinberg era mesmo ele. Ao som do choro de Iair, que protestava contra o estranho que entrava, avisara Sônia que nos dias seguintes ficaria com as crianças. Sozinho. E ela concordara. Despedira a babá sem hesitar. Por que deveria negar?

Ao voltar para casa ao final daquele dia, Sônia encontrou suas coisas empacotadas. Zeev Feinberg estava sentado no sofá, cercado de malas, mas levantara-se quando ela entrou.

"Chegou a hora de voltarmos para a colônia."

Sônia olhou para ele admirada. Havia muito já anoitecera. "Agora?"

"Não, as crianças estão dormindo. Amanhã de manhã. Cedo."

Zeev Feinberg falou numa voz baixa e autoritária. No apartamento às escuras seus olhos brilhavam como os de uma pantera. Uma pantera que voltara da Europa, instalara-se em sua casa e agora ameaçava devorar tudo o que ela tinha construído para si. Sônia demorou um pouco a responder. Examinou com um olhar as três malas.

"Não posso ir amanhã de manhã."

Zeev Feinberg não se mexeu. "Neste caso venha juntar-se a nós ao meio-dia."

"Nem ao meio-dia. Tenho trabalho a fazer, Zeevik, e isso não dá para enfiar em uma mala."

Por fim chegaram a uma solução com que concordaram, embora fosse na mesma medida contra a vontade dos dois. Zeev Feinberg voltou para a colônia e para os campos. Seus músculos tornaram a inchar com o trabalho braçal. Seu discurso ficou cada vez mais pungente, de um congresso de lavradores para outro. Era de novo um homem entre homens, exceto pelo fato de sua casa ficar deserta durante metade da semana. Sem uma refeição quente a esperá-lo ao voltar do trabalho, sem o aroma de uma mulher e sem o riso de crianças. Sônia passava três dias por semana em Tel Aviv, toda manhã confiando as crianças às mãos experientes da babá bigoduda e correndo para o escritório. Três dias xingando Zeev Feinberg por sua teimosia, enquanto ele a xingava pela teimosia dela. A responsável por questões referentes a mulheres dirigia, organizava e planejava com autoridade, mas durante todo o tempo tinha saudades do toque da mão do gigante bigodudo. A mesma mão que segurava com força a enxada e desferia golpes com grande energia. Zeev Feinberg pensava num ombro sardento. Às quartas-feiras, quando Sônia chegava na colônia com as crianças, Zeev Feinberg estava frio e raivoso, e Sônia, orgulhosa e decidida. O gelo entre eles ia derretendo gradualmente no decorrer da noite, e a luz matinal da quinta-feira já os encontrava enlaçados um no outro, ou desfalecidos de prazer. A sexta-feira ainda era de gentilezas e delicadezas, mas no sábado já pressentiam a despedida, irritados e raivosos. As crianças aprenderam logo que era melhor brincar no quintal, pois a sala era lugar de briga, gritos e um ou dois pratos se espatifando. Até mesmo a compra de pratos novos era motivo de discussão, já que Zeev Feinberg insistia que Sônia os comprasse em Tel Aviv, e Sônia teimava que seus dias eram assoberbados e tentava transferir a responsabilidade para ele, até que finalmente tiveram de comer num mesmo prato, pois todos os outros tinham se despedaçado no chão. A comida era insípida, pois Sônia queimava tudo e Zeev Feinberg recusava-se a tentar a sorte na cozinha. Apesar de tudo, eles se amavam muito.

O livro de poemas de Rachel Mandelbaum foi impresso com uma tiragem de setecentos exemplares, em brochura, numa pequena gráfica no sul de Tel Aviv. Iaakov Markovitch depositou na mão dos donos do estabelecimento o envelope com dinheiro que recebera do homem do anoraque, e mais algumas notas que tinha economizado para uma emergência. Bela tomou nas mãos cada uma das cópias e fez um carinho de despedida antes de distribuí-las pelas livrarias. Dois meses depois, quando já não havia possibilidades ou esperança, foram chamados para recolhê-las, ou iriam para a lata de lixo. Setecentos exemplares em brochura que nunca tinham sido abertos. Ninguém comprara o livro de poemas de Rachel Mandelbaum. Um dia após terem terminado de recolher os exemplares, Iaakov Markovitch trabalhava no campo quando viu uma grande fogueira perto de sua casa. Largou imediatamente a enxada e começou a correr. Quando chegou em casa, encontrou Bela diante de um monte de livros pegando fogo. Setecentos exemplares em brochura, cujos poemas iam para o céu em forma de fumaça negra. O fogo ardeu por mais de uma hora, e todo aquele tempo Iaakov Markovitch e Bela ficaram lado a lado, olhando o papel se consumir. Iaakov Markovitch quis estender a mão para tocar na de Bela, que estava pousada no rosto dela, as lágrimas salgadas escorrendo pelos dedos queimados e pelas cicatrizes. Quando o fogo apagou, Bela virou-se e entrou em casa. Não disse uma só palavra a Iaakov Markovitch. Ele ainda ficou por um longo tempo diante das brasas que sussurravam: "Setecentos exemplares em brochura viraram fumaça, assim como seu 'nós'. O estar junto que você cultivou, irrigou e cuidou, que germinou e floresceu em três meses de caridade, queimou e não voltará mais". Iaakov Markovitch entrou em casa e viu Bela sentada à mesa da cozinha. Não ergueu os olhos para ele. Mais uma vez, era cada um por si.

Seria possível pensar que nunca envelheceriam. Até mesmo exigi-lo. Pessoas daquele tipo não estavam destinadas a envelhecer. Toda vez que o tempo lançava sobre elas sua mão esquálida, vinha a mitologia rechaçar seu impacto. Eles, não. A eles não conseguiria corromper. Iaakov Markovitch continuaria a manter seu amor e seu pecado até o fim dos dias. E o amor e o pecado continuariam a ser novos e frescos como eram no dia em que nasceram. Bela continuaria a ser a mulher mais bonita que vira em sua vida, e seu ódio a Iaakov Markovitch permaneceria forte como sempre. Zeev Feinberg e Sônia continuariam a brigar em altas vozes e a transar em vozes mais altas ainda. E o vice-comandante do Irgun seria para sempre o vice-comandante do Irgun, e jamais o *comandante* do Irgun, como tampouco seria o vice-comandante do Irgun aposentado. Decididamente, seria de imaginar que nunca envelheceriam. Mesmo assim, foram envelhecendo. Não aconteceu de imediato. Nunca acontece, e aí reside sua força. A pessoa dedica sua atenção a coisas triviais – criar os filhos, ter um trabalho bem remunerado, fazer uma ou duas boas refeições –, e de repente ergue a cabeça e vê que está velha. Sendo assim, fica muito difícil determinar a data exata em que transeuntes deixaram de virar a cabeça para Bela quando passava, ou achar o registro do dia em que o vice-comandante do Irgun passou doze horas inteiras sem pensar uma única vez em Sônia. Os historiadores, que se dedicam a localizar documentos e certificados, nunca serão capazes de estipular se foi na primavera ou no inverno que Iaakov Markovitch se deu conta pela primeira vez de que sua capacidade de manter Bela a seu lado estava desaparecendo.

Todas aquelas coisas, embora tivessem realmente ocorrido, não eram facilmente assimiladas pela razão. Com os diabos, aquelas pessoas tinham agarrado dragões pelas asas, galopado segurando os chifres pontiagudos, montado leões. Tinham feito coisas impossíveis mil vezes, e mais, até o maravilhoso e o fantástico se tornarem para elas coisas habituais. É tentador, tentador demais dizer que sua queda começou quando a guerra acabou. Como se houvesse, na expectativa por uma pátria, uma força animadora e estimulante que se extinguisse no momento em que a paixão se consumava e se tornava realidade. Como se uma paixão platônica pudesse se manter para sempre. O principal foi: os anos passaram, e os sentimentos, as paixões e os pensamentos passaram junto. Células do corpo morreram e foram substituídas por outras. Fios de cabelo caíram e nem sempre foram substituídos por outros. Assim mesmo as pessoas continuaram a se comportar como de hábito. Como se as células e os cabelos – sem mencionar os sentimentos, as paixões e os pensamentos – lá estivessem, presentes e atuantes. Não fosse assim, teriam sentido que os dias os levavam de um a outro horizonte, impotentes, como uma fileira de formigas pretas carregando nas costas um inseto preto para seu amargo fim. E como dentro de alguns instantes vai aparecer uma página em branco, e em seu verso a história vai continuar, dez anos depois, é preciso se apressar e apresentar alguns acontecimentos relevantes que ocorreram durante esses dez anos. Em primeiro lugar, em respeito aos personagens, para que não se sintam subitamente como títeres pendurados por fios e jogados de um lado para outro de forma descuidada. Uma experiência como essa pode ser muito traumática. Em segundo lugar, porque a necessidade de saltar dez anos não nos poupa da sensação de desconforto causada por passagens abruptas, pois, realmente, como seria possível que uma página em branco contivesse em si dez anos inteiros, como se uma pessoa pudesse ser enviada de um mundo a outro numa espécie de máquina fantástica? Finalmente, o ato de se deter em acontecimentos que ocorreram durante os dez anos omitidos é vital para a distinção entre ocorrências relevantes e ocorrências triviais. Se as pessoas fossem um pouco mais aptas a fazer essa distinção, a vida delas seria totalmente diferente, na maioria das vezes para melhor.

Por exemplo, não há a menor necessidade de se deter no dia em que Iaakov Markovitch voltou para casa mais cedo e encontrou Bela trepada num lavrador de uma colônia vizinha. E é claro que a trepada, e o lavrador, são totalmente destituídos de significado. Peões sem importância na guerra que Bela começou no dia em que percebera que já não olhavam para ela quando passava na rua. Essa guerra consumia a maior parte de seu tempo, e era às vezes mais intensa do que sua guerra com Markovitch. A única coisa maior era sua falta de esperança e expectativa, sobre a qual vale a pena se deter, pois Bela nunca se sentira tão oca quanto no momento em que o lavrador a penetrara.

Outros acontecimentos relevantes que vale a pena mencionar são:

a) Uma fria manhã de janeiro na qual Avraham Mandelbaum bateu à porta de Sônia e Zeev e pediu para levar seu filho. Em uma das mãos trazia um buquê de rosas, na outra uma declaração da casa de saúde atestando sua sanidade. Sônia recebeu as rosas, recusou-se a ler o atestado e chamou Iotam. Avraham Mandelbaum foi embora com o menino para um dos *kibutzim* da Aravá, o mais longe possível da colônia e das línguas que lá sussurravam. Três anos depois teve amputado o braço esquerdo, quando seu carro passou sobre uma mina. Mesmo assim ainda conseguia abater uma ovelha com uma só mão.

b) Uma noite quente em agosto em que Iaakov Markovitch desceu da cama, ficou olhando longamente para o rosto de Bela, que dormia, e se perguntou o que, afinal, queria dela. Para ele era claro e evidente que, se a esposa acordasse de repente e se levantasse para abraçá-lo, fugiria correndo da casa, pois aquela situação durava havia tanto tempo que ele não saberia o que fazer se de repente tudo mudasse.

c) Uma noite quente em agosto em que Bela, deitada em sua cama, sentiu o olhar de Iaakov Markovitch sobre ela e continuou a fingir que dormia. Se abrisse os olhos, teria que fixá-los naquele rosto inexpressivo e dizer: "Liberte-me". Sem dúvida ele anuiria.

d) A primeira noite em que Sônia e o vice-comandante do Irgun se cruzaram sem se cumprimentar, ela voltou para o apartamento da rua Trumpeldor e começou a chorar. Ele ficou acordado na cama durante toda a noite.

e) A primeira noite em que Sônia e o vice-comandante do Irgun se cruzaram na rua sem se cumprimentar e sem sofrer por causa disso. Ela continuou seu caminho, comeu uma torta num café na companhia de uma amiga e só pensou no vice-comandante do Irgun por um momento, quando foi ao toalete. Ele também continuou seu caminho, comeu uma quiche na casa de uma amiga e só pensou em Sônia quando a amiga adormeceu com a cabeça em seu braço.

f) Alguns poentes excepcionais. Uma tempestade de raios. Os aniversários de Iaakov Markovitch, comemorados em magnífica solidão. Uma noite em que Zeev Feinberg, bêbado, passou no regaço de Lea Ron quando Sônia estava em Tel Aviv e Ieshaiahu Ron em Tiberíades. A noite em que Zeev Feinberg tentou contar a Iaakov Markovitch sobre a noite que passara no regaço de Lea Ron e não conseguiu. Dentes de leite que caíram nos assoalhos da casa de Iaakov Markovitch e da casa de Zeev Feinberg. O som dos passos das crianças, cada vez mais forte, e o som dos passos dos adultos, cada vez mais fraco.

depois

I

Quando ainda era muito jovem, a pele de Iair Feinberg exalava um aroma de pêssego. Não era preciso ser um grande biólogo para compreender que o aroma do menino não era senão uma variação genética do cheiro de laranja da mãe, assim como seus olhos azuis não eram senão um híbrido dos olhos cinzentos de Sônia e das profundezas dos olhos do vice-comandante do Irgun. Só que, diferentemente da cor dos olhos, reconhecível desde a hora do parto ou logo após, as pessoas não perceberam de imediato o aroma de pêssego. No início era um cheiro tão delicado que quase não o sentiam, embora suscitasse sorrisos. Olhavam para o menino e sorriam, sem saber de que e por quê. Quando ele cresceu um pouco, o cheiro ficou mais forte, e as pessoas olhavam de um lado para outro quando falavam com ele, procurando a fruta que com certeza estava por perto. Ao chegar à idade escolar, todas as pessoas da colônia já sabiam que havia um pomar de pessegueiros nos poros da pele de Iair Feinberg, não adiantava procurá-los plantados na terra. Todos gostavam dele. Principalmente quando não era a estação dos pêssegos. Com seu cheiro agradável e suas faces róseas, Iair Feinberg parecia inocente como um anjo. E, como não era um anjo, mas um menino, aproveitava-se de seu aspecto para fazer travessuras e traquinagens.

A todo lugar que Iair Feinberg ia, ia também Tzvi Markovitch. Eram tão ligados que as pessoas da colônia os chamavam de "gêmeos siameses", embora não se parecessem em nada. Iair era bonito, o candidato perfeito a figurar num pôster sobre a história da colônia, ou num anúncio de talco. Já Tzvi Markovitch, conquanto fosse filho da mulher mais bonita de lá, não escapara de uma aparência inexpressiva, que corrompia suas feições e as tornava terrivelmente vulgares. Bela às vezes desconfiava que os traços fisionômicos de seu filho eram muito mais próximos dos de Iaakov Markovitch do que dos do poeta que era pai dele. Essas coisas, apesar de improváveis, são muito frequentes.

Enquanto o cheiro e a doçura de Iair Feinberg o protegiam de todo o mal, as suspeitas dos professores se grudavam no rosto de Tzvi Markovitch como dedos se grudam em favos de mel numa colmeia. Quando uma mão anônima trancou o bode de Schechter na sala de aula deserta, Tzvi Markovitch foi submetido a um interrogatório cruzado, enquanto Iair Feinberg o esperava no campo. Quando alguém derramou compota de ameixa na soleira da professora, foi Tzvi Markovitch quem raspou a massa doce, com reprimendas a soar em suas orelhas, enquanto Iair Feinberg lhe acenava de longe. Mas um dia Iair Feinberg voltou de uma visita à mãe em Tel Aviv e não encontrou o amigo na sala de aula. Quando perguntou à professora onde estava, ela respondeu que daquela vez ultrapassara todos os limites. Um latão cheio de creme de leite tinha desaparecido da estação de ordenha de Stranger, e algo do tipo não se podia deixar passar em silêncio. As faces coradas de Iair Feinberg ficaram ainda mais vermelhas quando ele respondeu: "Mas o que alguém pode fazer com um latão inteiro de creme de leite? De qualquer maneira ia azedar em pouco tempo".

A professora acenou com a cabeça, concordando, e respondeu: "Ele tem uma mente demoníaca, esse Markovitch. Após algumas palmadas de Stranger, confessou que levou o latão até a fonte, para refrescá-lo na água fria, de modo que não azedasse. Deus sabe de onde tirou forças para fazer isso sozinho".

A essa altura o rosto de Iair queimava em rosa e vermelho. "Stranger bateu nele? Mas a ideia foi minha! Carregamos o latão juntos!"

Levou muito tempo para Iair convencer a professora de que estava sendo sincero ao confessar sua cumplicidade no crime. Ele foi correndo à estação de ordenha de Stranger e contou o que tinha acontecido. Parecia tão inocente e puro, com suas bochechas rosadas, seu aroma de pêssego e lágrimas de arrependimento nos olhos, que Stranger lhe deu uma vasilha de creme de leite como consolo. Iair Feinberg foi para a casa de Tzvi Markovitch e eles o comeram juntos.

Pouco tempo após o desfecho do incidente do creme de leite chegaram ao fim as traquinagens de Iair Feinberg. O motivo para tanto não foi o fato de ter sido pego em uma de suas travessuras, pois todos os envolvidos concordaram que era um fato isolado, já que se tratava de um menino tão íntegro e doce. Foi o cheiro de pêssego que Iair deixava em sua casa. Agora era tão forte que denunciava seu dono até mesmo no meio da noite. Já não conseguia se esgueirar protegido pela escuridão. O cheiro de seu corpo o antecedia como um arauto, estendia-se atrás dele como um longo e continuado assobio. Zeev Feinberg ouviu o assobio e seu rosto ficou sombrio. O cheiro que emanava de seu filho o deixava acordado no leito. Não era natural. Algo estava errado. Que uma mulher exalasse cheiro de laranja, canela ou até mesmo cravo era muito bom e bonito, excitante, motivo de alegria. Mas quem tinha ouvido falar de um homem cuja pele recendia a pêssego? Enquanto Iair era criança, Zeev Feinberg podia convencer a si mesmo de que o cheiro ia desaparecer quando crescesse, como dentes de leite, a gordura infantil ou a fé no bom Deus – coisas que um homem deixava cair sem olhar para trás. Mas dentro de alguns meses o menino ia completar treze anos. Como era possível que continuasse a cheirar a torta de frutas? Fenômenos como aquele deviam ser detidos quando estavam ainda em botão. Zeev Feinberg levantou-se da cama, acordou Iair e lhe disse que tomasse banho. Aquilo certamente não aconteceria se Sônia estivesse em casa, mas ela estava em Tel Aviv, por isso não podia dizer nada enquanto Zeev Feinberg esfregava a pele de Iair até sair sangue. Já passava muito da meia-noite quando ele abandonou a esperança de que uma lavagem bastasse para depurar o aroma. "Vá dormir", disse ao garoto. "Amanhã continuamos."

Continuaram mesmo no dia seguinte. E no dia que se seguiu a ele. Até o dia em que Sônia voltou para a colônia a pele do garoto ficara colorida de tanta esfregação e tanto creme. O cheiro, apesar de tudo, continuou o mesmo. "Com os diabos, o que você está fazendo?", berrou Sônia quando chegou em casa e viu seu filho todo coberto de um pó verde que uma velha árabe de Paradis alegara que removia tudo – desde o cheiro indesejado até uma lembrança incômoda. Antes que Iair conseguisse responder, Zeev Feinberg disse em tom peremptório: "Estamos tirando isso dele".

"O quê?"

"Isso."

Sônia olhou para o rosto do marido. Desde que fracionara seus dias – três em Tel Aviv, quatro na colônia – aprendera a reconhecer aquela expressão em seu olhar, que dizia: sinto raiva por você não estar aqui. Um olhar por trás do qual, se penetrasse fundo o bastante, encontraria o tesouro arqueológico que a poeira do dia a dia tinha coberto – saudades dela. Mas, deixando de lado as saudades, seu filho estava coberto de um pó verde que era preciso retirar dele de imediato. Logo Sônia e Zeev Feinberg estavam gritando um com o outro com grande veemência, ela o acusando de louco, ele a culpando pela maldição que transmitira como herança ao filho. Iair escapou de lá e foi para a fonte.

Labutou muito tempo para tirar o pó verde do corpo, e agora estava nu, com as pernas mergulhadas na água e a cabeça imersa em pensamentos. Um cheiro que não era natural, tinha dito o pai. Voltou a mergulhar na fonte, deixando a água cobrir todo o corpo, preencher todos os poros, até os pulmões não aguentarem mais, então tornar a emergir. Por um momento, um doce momento, não foi capaz de sentir cheiro algum, a não ser do musgo na fonte e dos figos ainda verdes na árvore acima dele. Seus pulmões pediram então mais um fornecimento de ar, e ele o puxou numa inspiração profunda, então soube que tinha fracassado – o cheiro de pêssego havia voltado e o fustigava sem piedade. Iair saiu da água, enxugou o corpo com a blusa e voltou derrotado para casa.

Por um longo momento reinou na fonte o silêncio. A água devolvia à lua sua imagem sorridente. Os figos balouçavam no galho, acumulando a doçura daquela noite à doçura das noites seguintes. Então a água estremeceu novamente ao toque do corpo de Naama Feinberg. Durante todo o tempo em que Iair se banhara, Naama ficara escondida nos arbustos, vendo sem ser vista, olhando seu amado irmão, tão lindo. Quando saíra de casa, caminhara atrás dele em silêncio, pisando nos mesmos lugares em que tinha pisado com muita, muita habilidade. Não hesitou um só instante, nem pensou como reagiriam seus pais se fossem verificar sua cama e a descobrissem vazia. Sabia muito bem que não iam verificar. Que gostavam mais dele. Não que não a abraçassem. Eles abraçavam. Muitas vezes, até. Mas a Iair aguardavam com os braços abertos, sempre abertos. E Naama os dois abraçavam quando pedia. Quando chorava. Quando ela os abraçava. Naama arrancava seus abraços da rocha, enquanto Iair era esperado por eles. Um tesouro recheado de suavidade, que o garoto tratava distraidamente. Naama queria odiá-lo, queria muito. Odiar aquelas bochechas infladas e aqueles cabelos cacheados. E aquele cheiro, que não dava trégua. Mesmo assim, nunca conseguira. Não com convicção. Enquanto metade dela estava disposta a matá-lo, a outra metade estava disposta a morrer por ele. Era o bastante para mantê-lo vivo.

Pouco depois que Iair deixou a fonte e voltou para casa, Naama despiu sua camisola e entrou. Talvez ocorresse um milagre e nela aderisse um pouco daquele tom róseo, daquele tão almejado cheiro de pêssego. Estava disposta a aceitar qualquer outro aroma, de caqui a ameixa, contanto que sua pele deixasse de ter aquela aridez tão trivial e se parecesse com a pele de Iair e de Sônia. Porque o cheiro do irmão não era senão outra encarnação do cheiro da mãe. Enquanto o corpo de Naama era inodoro, destituído de qualquer odor especial. Em vão esfregava sua pele com cascas de frutas cítricas. Em vão tinha dispensado todo alimento e vivera uma semana inteira só de gomos de laranja. Sua pele continuava a ser como era. Mergulhou vezes seguidas na água fria, puxando ar e descendo às profundezas, como fizera Iair pouco tempo antes. Então a ânsia dos pulmões por ar se impôs à sua vontade e ela tornou a emergir. Por um momento, por um doce momento, pensou que talvez o cheiro de figo que a envolvia emanasse de seu corpo. Mas seus pulmões exigiam mais ar, e quando ela inspirou profundamente soube que tinha fracassado – que o aroma de figo pertencia às frutas ainda verdes que estavam acima dela, e não a si mesma.

Sônia até que tentava amá-los na mesma medida. Realmente tentava. Assim como um menino que usa óculos promete a si mesmo que nunca vai rir dos deficientes visuais, assim como uma menina gorda jura que mesmo se um dia se tornar um cisne nunca zombará dos patinhos feios. A própria Sônia, muito antes de se tornar Sônia, quando ainda era Sonitchka, com seis anos, tinha jurado que sempre, sempre, ia amar seus filhos na mesma medida. Sua mãe trouxera ao mundo três meninos robustos e uma menina feia, que fazia brincadeiras de homem e cujos olhos cinzentos eram distantes um do outro e causavam à mãe certo desconforto. Sônia lembrava muito bem do espanto que assomara quando descobriu que existia aquele tipo de coisa, um filho que se amava mais. Sempre se agarrara àquela mentira convencional – todos são amados, cada um de uma maneira. Por fim compreendeu que todos realmente tinham saído do mesmo útero, mas que o cordão umbilical nunca fora cortado de verdade. E sua mãe, que deveria espalhar seu amor em quatro fatias iguais, amava, mais que todos, o filho mais velho. E, depois, os outros dois meninos. Por último, a ela. E agora a própria Sônia era mãe. E amava mais Iair. O reconhecimento disso nunca lhe chegara aos lábios. Nem ela deixara que ecoasse em sua cabeça, com medo de que fosse ouvida. Assim mesmo, todos sabiam. Naama sabia. Zeev Feinberg sabia. E Iair também.

2

Na véspera da festa de Shavuot, quando tinha catorze anos, Tzvi Markovitch descobriu que Iaakov Markovitch não era seu pai. Estava passando por trás de uma das carroças de cereais que se enfileiravam na rua principal da colônia e levava na mão um grande cesto com morangos, que só por milagre ele e Iaakov Markovitch tinham conseguido encher de frutos. Iaakov Markovitch era o único entre os agricultores da colônia a acreditar que o solo da região era propício ao cultivo de morangos. Tinham lhe dito que não conseguiria cultivá-los. E que, mesmo que conseguisse, não seria em quantidade suficiente. E que, mesmo se chegasse a uma boa quantidade, não seriam doces o bastante. *Nosso solo*, tinham lhe dito, *é compacto demais para nele cresceram coisas tão doces. Laranjas, sim. Pêssegos, sim. Mas essas frutas se obtêm com sofrimento, nascem de uma árvore rija e alta. Morangos não têm galhos nem tronco, só uma doçura vermelha, estourando a poucos centímetros do solo. Para cultivá-los, a terra tem que estar louca por seu dono, flertar com ele. Como na América. Na Califórnia, os morangos crescem aos montões, mas onde está o milagre? Tudo lá cresce aos montões. Uma orgia de frutas, produtos naturais e cédulas aos montões. Mas nosso solo não é tão coquete assim. Uma pessoa tem de trabalhar muito duro para extrair dele uma pitada de doçura.*

Iaakov Markovitch ouviu respeitosamente e depois foi plantar morangos ao longo de todo o canteiro norte, com o filho atrás, estendendo-lhe cada muda, que tirava de um carrinho de mão. Os vizinhos pensaram que tinha enlouquecido. Zeev Feinberg foi tentar demovê-lo. "Plante no jardim na frente de sua casa, Markovitch. Em jardineiras, penso eu. Mas por que no campo?" Iaakov Markovitch ouviu o que dizia seu amigo e lançou algumas migalhas de pão para os pombos. Dez anos haviam se passado, portanto eram outros pombos, mais jovens. Mesmo assim ainda estavam ligados às migalhas de pão em geral, e a Markovitch em particular. Concentravam-se em torno dos pés dele, e Zeev Feinberg pensou em seu íntimo que naquele momento seu amigo parecia um daqueles santos com animais a admirá-lo e rodeá-lo.

"Quero morangos, Feinberg. Quero que esta terra me dê morangos. E ela vai dar."

"E se não der você estará condenando todos os moradores desta casa ao vexame da fome."

Mas os outros moradores da casa pareciam indiferentes à possibilidade. Bela nunca perguntava a Iaakov Markovitch o que ele plantava em seus campos, e não abandonaria o hábito daquela vez. Quando as mulheres da colônia lhe perguntaram que estratégia adotava para enfrentar as loucuras de seu marido, ela se esquivou de falar a respeito. Não porque confiava que Iaakov Markovitch faria tudo certo. Ao contrário, às vezes ficava pensando se toda aquela louca empreitada dos morangos não seria um castigo que aplicava a ela. Mas, se fosse falar com ele sobre o que plantava e semeava, aquilo encurtaria o caminho para falar também sobre o que ceifava e colhia, e daí à questão das frutas, às compras e vendas, e a um pouco de política, cultura, e opa! Eis aí um casal em todos os sentidos. E com isso ela não poderia concordar. Sua beleza a estava abandonando, escorria dela enquanto dormia. Já não lia poesia desde o dia em que jogara no fogo os poemas que uma vez salvara de outro fogo. Seu ódio a Iaakov Markovitch, conquanto amainado, era a única coisa que conservava do ardor de sua juventude.

Enquanto isso, Tzvi Markovitch confiava no pai e em tudo o que fazia. Se Iaakov Markovitch pudesse se ver pelos olhos do filho certamente ia se espantar com sua própria beleza. Seus olhos eram confiantes. O nariz, orgulhoso. O queixo espetado e a testa vigorosa. As mãos, com que tantas vezes não sabia o que fazer, seguravam a enxada como um combatente segura um fuzil. A figura do pai era tão maravilhosa na mente do filho que só havia a lamentar o fato de que em algum momento Tzvi Markovitch teria de vê-lo como realmente era, e não como queria que fosse. Mas o momento ainda estava distante, e, por isso, quando Tzvi Markovitch ouvia seus amigos zombarem daquela maluquice do pai com os morangos, batia neles com todas as suas forças, e certamente voltaria para casa sem um ou dois dentes se Iair Feinberg não se postasse a seu lado com os punhos cerrados.

Bela estava enganada ao pensar que a questão com os morangos era apenas um castigo de Markovitch, uma arma contra a hostilidade dela. Pessoas vivem uma ao lado da outra durante muitos anos, olham-se dias e noites, e ainda ficam cegas na escuridão, pois de outro modo seria impossível explicar como Bela, uma mulher que todos tinham como inteligente, não compreendia que os morangos não eram mais que outra paixão que Markovitch alimentava em substituição à paixão por ela. Porque, de fato, chega o momento em que as grandes paixões tornam-se paixões um pouco menores, depois pequenas mesmo, e depois desaparecem. Iaakov Markovitch, que amava Bela havia mais de uma década, começara a cansar. O primeiro indício fora ter voltado a visitar a mulher de Haifa. Dez anos haviam se passado, mas ela tinha a mesma idade e produzia os mesmos gemidos. O nome, claro, era outro. Quando ele se dispunha a ir embora ela lhe servira morangos, presente do cliente anterior. Iaakov Markovitch dera uma mordida e seus olhos haviam se iluminado. O gosto de mofo que a mulher deixara em sua boca dera lugar a uma doçura intensa, cheia de vida. Em todo o percurso de volta até a colônia ele ficara pensando naquele fruto vermelho. Morango. Pronunciara a palavra em voz alta e descobrira que os lábios se contraíam, como na expectativa de um beijo. Decidira cultivar o fruto em seus campos. Vira-se andando por um tapete vermelho, aveludado, e colhendo com os morangos toda a sua paixão.

À noite Iaakov Markovitch saía de sua cama e ia ver se as mudas estavam bem. Embora fosse, por natureza, um homem tranquilo, estava disposto a combater todo roedor que ousasse tentar fazer mal a seu canteiro. Durante horas seguidas percorria o campo de ponta a ponta, e como costuma acontecer com alguém que caminha sozinho à noite, começou a falar sozinho também. Contava para as mudas de morango sobre sua infância e seus pais. Sobre a aridez de sua vida. Sobre o momento em que tudo tinha mudado, quando vira o rosto de Bela num salão superlotado, numa cidade enregelada. E quando começava a falar dela não conseguia parar, relatando toda a história de seu amor frustrado. Elogiava sua pele, louvava seus olhos, enaltecia seus cabelos e até descrevia seus seios. As mudas de morango ouviam caladas, e Iaakov Markovitch não precisava de mais do que aquilo. Com os olhos brilhando, falava de seu caminhar tão nobre, da postura majestosa de sua cabeça, do talhe de seu nariz. As horas passavam e Iaakov Markovitch continuava a falar. Quando não conseguia mais andar deitava-se de costas no solo, cuidando para não esmagar as mudas, e sussurrava para a terra todo o resto. Falava em sussurros do maravilhoso triângulo do sexo de Bela, que só tinha visto num único minuto de caridade. Sussurrava sobre seu ventre. Sobre a maciez de seus membros. Era assim que adormecia um pouco antes do nascer do sol, derramando sua paixão na terra, as folhas dos morangueiros cobrindo seu rosto e protegendo-o da claridade.

Pouco tempo depois toda a colônia já sabia das perambulações noturnas de Iaakov Markovitch. Muitos lavradores iam conversar de vez em quando com os cereais ou se entreter com as frutas, mas nenhum deles fazia de suas saídas noturnas um hábito constante. Mas, desde o momento em que os morangos chegaram a suas terras, Iaakov Markovitch não passou em sua cama uma única noite. Diziam que lia para os morangos o jornal vespertino. Insinuavam que compunha para eles poemas obscenos. Sussurravam que mais de uma vez tinha derramado seu sêmen no solo, para ter uma boa colheita. Iaakov Markovitch tapava as orelhas à falação. Seus longos anos na colônia tinham murado seus sentidos contra críticas e reclamações. Já não via o menear de cabeças nem ouvia o estalar de línguas. Mas os olhos de Tzvi Markovitch enxergavam e seus ouvidos ouviam, por isso todo o seu corpo estava coberto de equimoses. Quase todo dia metia-se numa briga com algum garoto por causa do pai. A qualquer momento podia contar em seu corpo pelo menos cinco machucados. Ele os ostentava orgulhosamente, assim como um soldado ostenta condecorações por bravura, mas tinha jurado não contar ao pai sua origem.

Sessenta dias após ter começado a cortejá-la, a terra começou a corresponder a Iaakov Markovitch. As mudas de morango, que toda noite escutavam os sonhos eróticos daquele lavrador tão determinado, não ousaram voltar-lhe as costas também. Durante sessenta noites Iaakov Markovitch tinha caminhado entre elas, as abraçado em seu sono, se coberto de terra em sua paixão, mas agora via uma bênção. O fruto vermelho veio da terra com um suspiro de prazer após uma longa transa. Iaakov Markovitch viu e não acreditou, pois bem no íntimo temia que a terra também ia se negar a ele. E eis que toda ela dizia sim, sim, sim, e mais uma vez sim, um morango e mais um morango e mais um, até todo o campo gritar, num grito vermelho, prolongado. Era época de Shavuot, e o gemido da terra de Iaakov Markovitch foi ouvido em toda a colônia. Escutaram-no com uma curiosidade que se mesclava à inveja, como quando uma pessoa ouve seus vizinhos fazendo amor. Tzvi Markovitch andava pelas ruas com um sorriso de vitória no rosto. Agora todos reconheceriam a grandeza de seu pai. Na véspera da festa enchera um cesto com os melhores frutos, tão doces que não conseguiram sair pela porta da casa. Toda vez que Bela pegava um morango, Iaakov Markovitch fazia um gesto de aquiescência e Tzvi era obrigado a completar a cesta antes de sair. "Excepcionais", disse Bela, e Iaakov Markovitch anuiu. Tzvi, que não se lembrava de ter visto seu pai e sua mãe se tratarem com tanta leveza, tratou de sair de casa antes que o momento passasse.

Agora caminhava com os outros rapazes pela rua principal da colônia, cada um deles levando consigo um cesto do bom e do melhor. Naama Feinberg caminhava a seu lado, os cabelos dourados presos no alto da cabeça. Do outro lado estava Iair Feinberg com uma expressão grave, levando um carrinho de mão cheio de abóboras. Estava firme em sua negativa, recusando-se a pôr ali um só pêssego, sendo obrigado a rechaçar um número nada pequeno de lavradores cheios de boa vontade que queriam fazê-lo. Tzvi Markovitch caminhava entre seu bom amigo e sua linda irmã mais nova, tendo na mão um cesto cheio de morangos e no coração uma sensação que nunca tivera em sua vida: naquele momento não havia nada que ele quisesse mudar. Nem mesmo a voz fanhosa de Zahava Tamir e de Rivka Shacham atrás dele conseguia interferir na doçura do momento.

"Veja como são bonitos os filhos de Feinberg, merecem sair no jornal. Pena que o filho de Markovitch, tão feio, esteja no meio dos dois."

"Pelo menos os morangos em seu cesto têm uma aparência bonita."

"Bem, estava na hora de Iaakov Markovitch produzir algo direito. Se sua mulher odeia você e você cria um filho que não é seu, pelo menos que saiba ganhar a vida."

Não foi imediatamente que Tzvi Markovitch deixou cair o cesto. Durante cinco minutos, continuou a caminhar com ele, as pernas como se fossem dois blocos de massa dos biscoitos que a mãe fazia para ele quando estava de bom humor. Tzvi Markovitch se apoiava nelas e sentia como se desmoronassem internamente, como se fosse um menino de massa queimando, cada vez mais escuro. E todo o tempo caminhavam a seu lado Iair Feinberg e seu carrinho com abóboras, e Naama Feinberg com suas laranjas, olhando para ele furtivamente para ver se ouvira. Disseram para si mesmos que não tinha ouvido, tranquilizaram-se achando que as palavras tinham voado acima dele, pois já haviam se passado cinco minutos inteiros e o rosto de Tzvi Markovitch não denotava nada. Então Tzvi Markovitch parou de repente e deixou cair o cesto com os morangos. Os frutos vermelhos rolaram pelo chão e foram pisoteados pelos que passavam, comemorando a data. Alguém balbuciou algo sobre o "menino desajeitado". Alguém exclamou: "Isso é sinal de sorte". Tzvi Markovitch não estava escutando. Dentro dele estrondava um desmoronamento, colunas de pedra e tijolos de mármore desabavam, pedregulho, areia e pedras se esfarelavam ao cair. Uma nuvem de poeira elevou-se e cobriu o templo que Tzvi Markovitch tinha construído para seu pai em sua própria cabeça, e que agora tinha virado pó.

Naama Feinberg correu para juntar os morangos. Iair agachou-se a seu lado. Tzvi Markovitch continuou de pé, com os olhos perdidos no espaço. Diante dele juntavam-se fragmentos de frases que ouvira em casa, sussurros de vizinhos, olhares de professores. E de repente a verdade ficou tão clara como se sempre tivesse estado lá. No mesmo instante Tzvi Markovitch percebeu que ia vomitar.

Virou-se e começou a correr. Para longe das carroças com as primícias, carregadas do bom e do melhor. Para longe das abóboras, das laranjas, dos pêssegos, dos morangos. Ao cabo de alguns minutos parou e vomitou na estrada principal. Um vômito vermelho, espesso, todos os morangos que tinha ingerido desde a manhã. A massa vermelha no solo lembrava as tripas de um animal. Na garganta restava um gosto adocicado e enjoativo. Vomitou mais. E mais. Vomitou muito depois de passar a náusea. Vomitou muito depois de já não restar nada para vomitar. Assim mesmo enfiou o dedo bem fundo na boca e esperou, então vomitou de novo, e se obrigou a vomitar mais, pois não sabia o que ia fazer quando parasse. Vomitou mais e mais, sem conseguir tirar de dentro dele as palavras de Rivka Shacham, que se depositavam em sua barriga e envolviam seus órgãos internos como dedos contraídos. Até que vieram outros dedos e seguraram sua mão, e Naama Feinberg disse: "Basta".

Tzvi Feinberg livrou-se de seu toque, tornando a enfiar o dedo na boca. Mas antes que vomitasse de novo, ela tomou sua mão e repetiu: "Basta". Daquela vez ele não a afastou. De uma rua próxima, ouviam-se vozes cantando. Mais um pouco e chegaria o desfile das primícias. "Venha", disse Naama Feinberg a Tzvi Markovitch, puxando-o pela mão. Já se viam numa curva os que seguiam na frente, e Naama Feinberg apressou o passo. Só quando chegou no outro lado da alameda de ciprestes diminuiu o ritmo. Continuou a segurar a mão dele em todo o percurso até a fonte. Ainda a segurava quando se sentaram na terra úmida, sujando as roupas brancas de festa.

"Peça agora."

"O quê?"

"Peça à fonte o que você quiser. Ela realiza desejos. Minha mãe me disse."

"Você não está falando sério."

"Mas falo, e como. Funcionou comigo."

"Pediu alguma coisa e obteve?"

"Pedi duas coisas. Uma eu obtive. Isso quer dizer que a probabilidade de êxito é de cinquenta por cento."

"O que você pediu?"

Naama Feinberg olhou para a água antes de responder. "Uma coisa que não aconteceu e outra que aconteceu. Vou lhe dizer o que aconteceu: pedi que as frutas do pessegueiro amadurecessem."

Tzvi Markovitch emitiu um som de desdém. "Mas elas amadurecem de qualquer maneira."

A mão de Naama Feinberg contraiu-se dentro da sua. "Não diga isso."

Então ele não disse. Ficou ali sentado e calado, segurando a mão de Naama Feinberg, pensando que uma fonte que realiza desejos era a coisa mais idiota de que tinha ouvido falar. E pensou que os adultos eram as figuras mais maldosas com que tinha deparado na vida. E pensou que a mão de Naama Feinberg era a coisa mais agradável que já tinha segurado.

Desde aquele dia Tzvi Markovitch não voltara a segurar a mão de Naama Feinberg. Quando o sol já ia caindo na fonte, os dois se levantaram e foram cada um para sua casa. Tzvi Markovitch para uma casa vazia (pois Iaakov Markovitch tinha saído para o campo e andava como um bêbado entre os morangueiros, enquanto Bela já se enjoara de morangos, horas a fio ele só falando de morangos, e tinha escapado do sufoco da casa pelos caminhos da colônia) e Naama Feinberg para uma casa cheia (porque Sônia antecipara a vinda de Tel Aviv devido à festa e já se altercava com Zeev Feinberg quanto a quem cabia a responsabilidade de que houvesse na mesa uma torta de queijo, ele dizendo que era dela, ela retrucando irritada que era dele, e já agarrando uma tigela com queijo que estava sobre a mesa da cozinha – queijo destinado a virar uma torta, conquanto não estivesse claro por obra de quem – e jogando um pouco no rosto dc Feinberg, e então ele, com pedacinhos de queijo pingando do bigode, lançava-se sobre ela num brado em que se mesclavam riso e raiva). Enquanto Zeev Feinberg e Sônia digladiavam, Iair cobrou uma explicação à irmã: para onde tinham ido? Pois num momento se curvava com ele para recolher os morangos, e no seguinte ele estava sozinho. Tzvi Markovitch tinha desaparecido. Sua irmã tinha desaparecido. Ele os procurara durante quase duas horas. Toda a colônia se perguntava aonde tinham ido. E ali estava ela, como se nada tivesse acontecido, com o vestido branco coberto de lama. O rosto corado.

Naama encarou o irmão e declarou que não lhe devia nenhum relatório. No entanto ficou tocada que lhe pedisse explicações, que se importasse com seu vestido sujo, com seu atraso, com todas as coisas que Zeev Feinberg e Sônia não tinham notado lá da tigela de queijo. Ao ouvir a resposta da irmã, Iair Feinberg fechou a cara e foi para o quarto. Naama correu atrás dele, decidida a apaziguá-lo. Sugeriu que lessem juntos um livro, ou jogassem cartas com o baralho que tinha tirado uma vez do filho nojento de Ieshaiahu Ron, depois que lhe puxara os cabelos. "Vá jogar com ele, se quiser", disse Iair Feinberg, e bateu a porta.

Por muito tempo Naama permaneceu na zona intermediária entre a porta trancada de Iair e a briga de seus pais. Da cozinha ainda vinham os gritos de uma alegre discussão entre Feinberg e Sônia. Um cheiro penetrante de pêssego atravessava a porta do quarto de Iair, sinal de que se despira. Naama ficou diante da porta fechada enchendo os pulmões do perfume, que se misturava com o cheiro de laranja que pairava na casa sempre que sua mãe estava lá. Pêssego e laranja, laranja e pêssego. E a fonte, que sua mãe dissera que realizava desejos. O fruto da figueira que tinha amadurecido. A pele dela, que não amadurecera. E de repente soube que não ia suportar se a porta do quarto de Iair continuasse fechada. Se também fosse tirado dela o cheiro de pêssego. Decidiu então que nunca, de maneira alguma, tornaria a segurar a mão de Tzvi Markovitch.

3

Iaakov Markovitch vendeu os morangos com grande lucro. Pela primeira vez na vida soube regatear, pois despedir-se das frutas era como despedir-se de alguém amado. Com o dinheiro da venda foi comprar para Bela uma echarpe de seda vermelha. Poucos dias depois constatou que ela tinha feito da echarpe um pano para enxugar pratos. Mas em lugar de dar de ombros e voltar a se aninhar entre os morangueiros, daquela vez sua paixão pela mulher tornou a se avolumar. Coisa estranha: o fato de a terra ter correspondido a seu capricho incrementou seu agarramento a Bela. Como se a primeira ter se rendido a ele indicasse que a segunda também acabaria por se entregar, se a cortejasse bastante. Por isso voltou a tentar ganhá-la como nos primeiros tempos, em que tinha ido morar com ele. Quanto mais sentia seu desejo por ela, mais hostil Bela ficava. Assim se agitavam pelos cômodos da casa durante alguns dias, ele se aproximando e ela se afastando, e tão mergulhados naquilo estavam, ele em seu desejo e ela em seu rancor, que só duas semanas após a festa de Shavuot Iaakov Markovitch percebeu que seu filho deixara de chamá-lo de "pai".

Duas semanas nas quais Tzvi Markovitch observara os dois com cuidadosa atenção, como um pesquisador acompanha o comportamento de animais num aquário. Ele via a dança da corte de Iaakov Markovitch e os espinhos de Bela se eriçando para ele. Via as bolhas de veneno que ela expelia e as oferendas que ele levava. Afinal de contas não eram em nada diferentes do polvo e do peixe-lua que tinha visto quando fora visitar com sua turma os laboratórios do Technion. O polvo tenta envolver o peixe, venenoso e esquivo, com seus oito braços. Mas, diferentemente do polvo e do peixe-lua, que podiam ficar circulando um em torno do outro para sempre, fosse nas profundezas do mar, fosse diante dos olhos arregalados de quarenta jovens, Iaakov Markovitch e Bela começaram a sentir os olhares que os contemplavam. Aos poucos foram parando com seus giros vertiginosos, incomodados com a nova presença. O menino nunca tinha olhado para eles daquela maneira. No início nem sequer souberam definir que maneira era aquela, ou explicar a si mesmos o que havia naquele olhar que os paralisava e imobilizava. Até que finalmente compreenderam, cada um a seu modo, a mudança que ocorrera com o rapaz: esvaziamento. Tzvi Markovitch olhava para os pais com um olhar sem ilusões. Iaakov Markovitch já não resplandecia num brilho precioso. Bela já não estava envolta num suave halo dourado. Ele os via como eram, de modo que foram obrigados a ver a si mesmos como tais. E doeu.

Pouco tempo depois de Iaakov Markovitch compreender aquilo, percebeu que seu filho deixara de chamá-lo de "pai". Apesar de não ter conversado com Bela a respeito, sabia muito bem que ela também tinha notado. A esposa agora se comportava com mais cuidado, não se esquivava a Markovitch com uma rudeza tão evidente. Como se temesse que, se o ignorasse, o menino também faria o mesmo. Pois ele não era seu pai. Mas naquilo ela se enganava, pois ele era seu pai. Tinha o acalmado após pesadelos quando tinha quatro anos e montado sua bicicleta quando tinha cinco. Fora com ele que trocara suas primeiras palavras. Markovitch desinfetara suas feridas e seus arranhões. Seu amor pelo menino estava sempre presente, sem qualquer ligação com seu amor pela mãe. A distância que agora se manifestava entre eles o perturbava tanto quanto a Bela. Mesmo assim não perguntou ao garoto o que tinha acontecido. Toda vez que o via as palavras ficavam entaladas na garganta, pesadas, sendo mal balbuciadas, gaguejadas. Antes nunca tinha precisado de palavras em sua relação com o garoto. Talvez por isso suas relações haviam sido tão boas. Livres de palavras ficavam seus corpos suados, dividindo o trabalho diário no campo. Livres de palavras abriam um para o outro um sorriso de entendimento no fim do parto de um animal. Livres de palavras seus olhares se encontravam quando Iaakov Markovitch tratava de suas feridas com dedos hábeis, só o tremor em seu lábio superior a esconder a raiva que sentia de quem machucara seu filho. Mas, desde o Shavuot, Tzvi Markovitch não tornara a pedir ao pai que pusesse uma atadura numa contusão que sangrava. As brigas cessaram de todo. Já não lutava com outros rapazes. Agora lutava consigo mesmo. As equimoses, quando apareciam, espalhavam-se da pele para a carne por dentro, não eram visíveis à luz do sol. Mesmo assim, Naama as enxergava.

"Por que estão brigando?", ela perguntou a Tzvi Markovitch no pátio da escola, num meio-dia que desfalecia de calor.

"Quem está brigando?"

"Você com você mesmo."

Ele bufou com desdém e se virou para ir embora, mas Naama, que já estava treinada em interpretar cheiros, identificou em seu hálito que tinha razão, e também a humilhação da mão que não tornara a segurar. Tzvi Markovitch afastou-se dela e voltou para sua casa e seu posto de observação. Muitas vezes Iaakov Markovitch se postava junto à porta do quarto do rapaz, com a mão erguida para bater. Em todas deixou cair a mão e foi embora. O silêncio ia envolvendo a casa como uma teia de aranha.

Um dia, quando estava deitado à sombra dos ciprestes com Naama e Iair, Tzvi Markovitch finalmente abriu a boca e disse em voz alta o que durante semanas só pronunciara nas profundezas do coração.

"Quero ir embora daqui. Deixar este lugar."

O dia estava quente. A terra ardia. A sombra dos ciprestes não era senão um esboço escuro no solo. Iair Feinberg voltou o rosto para seu amigo numa preguiçosa curiosidade. Seus cachos negros estavam pousados na testa, os lábios róseos de pêssego um pouco entreabertos.

"Para onde?"

Tzvi Markovitch hesitou. Tinha lutado muito consigo mesmo quanto a ir ou não, mas até então não se perguntara uma única vez para onde. Pior – pareceu discernir um sinal de zombaria nos olhos do amigo, como se Iair Feinberg achasse engraçado que uma pessoa pudesse estar tão decidida a abandonar o lugar onde estava sem ter a mínima noção de para onde iria. Mas para se sair numa jornada basta que se tenha um lugar de onde partir. Por que então o olhar de dúvida no rosto de Iair?

Mas o olhar de Iair não era dirigido a Tzvi Markovitch, e sim a Naama, cujos olhos brilharam no momento em que o amigo dissera aquilo. Levantar-se e ir embora. Como não tinham pensado antes? Fugiriam os três, talvez ainda naquela noite. Se andassem o bastante poderiam estar no Kineret, o lago de Tiberíades, dentro de uma semana. Comeriam peixes e tâmaras. Nadariam no lago. Ninguém ia saber quem eram. Ninguém ia saber que preferiam Iair. Mas, quando pronunciou em voz alta a ideia de ir para o Kineret, Iair desatou a rir.

"Vamos morrer de insolação em menos de duas horas."

"Então vamos à noite."

"Talvez seja melhor não ir a pé."

"E vamos de quê?"

"Vamos nos esgueirar e entrar num dos caminhões de cereais. Saltamos onde der. Isso não importa. Jamais voltaremos à colônia."

Ao ouvir aquelas palavras apagou-se a centelha nos olhos de Naama. Jamais? Da alameda de ciprestes via-se a colônia dormitando a sesta ao meio-dia, sem ter ideia da traição que se estava tramando. As galinhas cacarejavam ao longe, a terra respirava pesadamente.

"Não", disse Naama. "Não é possível deixar a colônia. Ninguém fez isso. Fora Avraham Mandelbaum, que todos dizem que estava maluco, e alguns pioneiros que se assustaram com a malária, de quem até hoje se ri na aulas de história."

Agora finalmente se afrouxava a corda que estivera tensa nas costas de Iair Feinberg. Ele rolou o corpo e tornou a ficar de costas, com os olhos fixos no céu. Muito bem. A irmã ficaria.

Mas Tzvi Markovitch não desistiu. Ficou de pé e perguntou agressivamente: "Mas por que não?".

Iair e Naama Feinberg continuaram deitados. "Porque lavradores não abandonam a colônia", respondeu Iair, "do contrário seremos iguais a eles."

4

A repulsa a "eles" foi Zeev Feinberg quem incutira em seus filhos, com grande devoção. Tinha uma rixa pessoal com Tel Aviv. Desde que Sônia fizera da cidade sua segunda casa, não conseguia mais suportar a visão da grande cidade. Quase tinha esquecido que ele mesmo, recém-chegado às praias da Palestina, tinha hesitado antes de optar por uma vida de lavrador. O tempo que decorrera desde então apagara os pontos de interrogação, e as encruzilhadas tinham se tornado caminhos retilíneos, nos quais marchava decididamente.

"Uma coleção de funcionários, secretários e comerciantes. Em toda a cidade não há um só homem de verdade."

"Nem um só?"

A voz de Sônia soou divertida, suas sobrancelhas expressavam dúvida. Desde que voltara na véspera para a colônia, ela e Feinberg estavam brigando, reconciliando-se e começando tudo de novo. Na hora do jantar de sexta-feira já estava de bom humor, suficiente para identificar na rejeição de Feinberg à cidade um reflexo do seu amor por ela.

"Realmente, Sônia, este rapaz aqui é mais forte do que eles."

Quando Iair Feinberg ouviu aquilo, seu rosto brilhou de prazer. Desde que Zeev Feinberg tinha declarado um boicote ao cheiro de pêssego, não elogiava muito o rapaz. Obrigava-o a longos banhos de banheira e cuidava de manter as janelas abertas o tempo todo, para que o aroma não pairasse entre os cômodos da casa. Tal elogio vindo de seu pai, mesmo se dito distraidamente, tinha grande valor. Zeev Feinberg não percebeu a alegria do filho e continuou a falar: "Eu assino embaixo, Sônia, na cidade eles não têm um único homem de verdade. Com exceção de Froike".

Quando Zeev Feinberg pronunciou o nome do vice-comandante do Irgun, o rosto de Sônia ficou sombrio. Ele não percebeu, mergulhado que estava em seus pensamentos sobre o amigo. Iair Feinberg não percebeu, mergulhado que estava em sua vontade de satisfazer o pai. Quanto a Naama, sempre tensa e à espera dos restos de estima que Sônia pudesse lhe dedicar, percebeu a sombra que passou pelo rosto da mãe e a guardou no coração.

"Sim", repetiu Zeev Feinberg. "Froike é um homem de verdade."

"Por quê?", perguntou Iair Feinberg, decidido a descobrir o que fazia a pessoa ser um homem de verdade, elevando-o de uma existência cotidiana à maravilhosa esfera dos homens dos quais seu pai falava com olhos a expressar admiração. Então Zeev Feinberg começou a contar os feitos do vice-comandante do Irgun, e foi se entusiasmando enquanto Sônia ia se encolhendo. Em seu entusiasmo, Zeev Feinberg esqueceu que havia muitos anos não via seu amigo, o qual recusava com diversos pretextos todo convite para ir visitá-lo. Coisas do tipo não eram mais que miudezas. O importante era aquela mistura de óleo de fuzil com lama, o cheiro de pólvora e de sangue, sinais que permitiam reconhecer um homem de verdade.

"Você compreende, menino. Um homem como Froike era capaz de esmigalhar o nariz de um guarda inglês com uma das mãos e tocar sua gaita com a outra. Qualquer combatente daria o fora de lá de imediato, mas Froike continuava a tocar a música até o fim, e só depois ia embora. Lentamente, como um cavalheiro. E sem deixar rastros. Nunca o pegaram. Não é como você, com seu cheiro de compota, que em meio minuto ia ser alcançado por toda uma companhia."

Ao ouvir as últimas palavras de Zeev Feinberg, Sônia lançou-lhe um olhar de censura, mas ele foi bater em seus olhos vidrados e ricocheteou adiante. Pois Zeev Feinberg havia algum tempo já não estava na casa. Em vez da mesa de madeira à sua frente enxergava agora o fosso onde ele e o vice-comandante do Irgun tinham se escondido muitos anos antes, a caminho de explodir os muros da prisão dos imigrantes ilegais. O cinturão com os explosivos envolvia seus quadris como uma amante libidinosa. A proximidade da morte aguçava as sensações e fazia o mundo parecer maravilhoso. As estrelas nunca tinham brilhado no céu como brilhavam acima deles naquela noite, quando cinquenta quilogramas de explosivos se esfregavam em sua pele a cada passo que davam. Sem que percebesse, os dedos de Zeev Feinberg iam para o surrado cinturão de couro em seu quadril, onde recentemente tivera de fazer um furo a mais para conseguir fechar. Com que facilidade trocaria o quarto quente por um silencioso rastejar noturno. Mas os dias de rastejamento já tinham passado. Agora havia contas a pagar e arados quebrados a consertar, além de crianças de quem tirar cheiros estranhos. Pela primeira vez desde a noite em que havia matado por engano a mãe e o bebê, Zeev Feinberg sentiu que tinha saudades da guerra. E como acontece frequentemente as saudades assumiram imagem e forma: a figura do vice-comandante do Irgun. Pois, enquanto Zeev Feinberg estava ocupado com filhos e com o trabalho na terra, Efraim continuava a ser o que era: um combatente. Não era a prole que ele tinha pendurada no ombro, e sim uma arma. Dedicava seus dias a planejamentos estratégicos de grande importância. Zeev Feinberg continuou evocando a figura de Efraim e as ações que tinham realizado juntos. Iair Feinberg ouvia, gravando as palavras em seu coração. Agora sabia o que devia fazer, como se livrar da decepção que via nos olhos do pai. Assim, numa noite de sexta-feira no final de agosto, diante de um prato de batatas queimadas, Iair Feinberg decidiu que seu futuro era ser um combatente.

O campo de treinamento foi instalado na extremidade do uádi e mantido em segredo total. Tzvi Markovitch e Naama Feinberg eram os únicos associados, e juraram fidelidade absoluta num ritual complexo que incluiu juramento de sangue e a cabeça decepada de um gafanhoto. Exercitavam-se em corridas e saltos, emboscadas e estratagemas, e mais do que tudo exercitavam sua repulsa a "eles". Passavam noites inteiras em conversas cheias de desdém sobre jovens que naquele momento dormiam em seus leitos, que não sabiam se orientar pelas estrelas ou eliminar seus rastros. Jovens que seriam apanhados em minutos se saíssem para uma emboscada. Sem mencionar as possibilidades de o próprio Iair Feinberg ser pego, pois ao completar treze anos seu aroma de pêssego ficara ainda mais pesado, incrivelmente adocicado. Às vezes, quando se apertavam os três atrás de um matacão de rocha, emboscando um sabotador que nunca chegava, o braço de Tzvi Markovitch roçava por acaso no dorso da mão de Naama. Naqueles momentos, dos quais nunca falavam, ele sentia que valiam a pena todas aquelas noites sem dormir.

Quando o inverno chegou, Tzvi Markovitch pensou que achariam outras coisas para fazer. Muito rapidamente descobriu que tinha se enganado. Iair Feinberg viu no frio e na chuva uma oportunidade de ouro, instrumentos para fortalecer sua resistência e seu espírito. Nem mesmo a pneumonia que contraíram os três, após tê-los obrigado a atravessar o reservatório nadando, diminuiu sua determinação. Ainda antes de sua febre ceder ele começou a se esgueirar da cama para os exercícios matinais. Tzvi Markovitch continuou guardando o leito muito depois que seus amigos tinham sarado, cuspindo e tossindo, até o médico declarar que não se tratava de uma simples pneumonia, e sim de um caso grave de asma. Iair Feinberg ouviu a notícia e empalideceu. Sabia muito bem que um caso grave de asma retirava o amigo das operações bélicas e o empurrava para o âmbito do "eles". Quando Tzvi Markovitch deixou seu leito de enfermo nenhum deles voltou a mencionar a palavra "asma", assim como não mencionavam o cheiro de pêssego de Iair ou a feminilidade de Naama. Sobre aquelas coisas, que separavam quem eram de quem se sentiam obrigados a ser, não havia qualquer necessidade de falar.

Quando chegou a primavera e as noites ficaram menos frias, voltaram ao uádi e às emboscadas. Porém rapidamente descobriram que tinham perdido a graça. A doçura do perigo havia passado e agora o que restava na boca era o gosto amargo do tédio. Já não ficavam tensos ao menor ruído. Sabiam muito bem que se tratava de algum animal noturno, ou no máximo de um casal procurando um lugar onde se isolar. Em sua busca por outros pontos de interesse foram até a outra margem do uádi, na encosta da montanha, para as ruínas de uma aldeia árabe que estava deserta desde a guerra. Então a cor voltou e se espraiou no rosto de Naama, assim como o brilho aos olhos de Iair. "Temos de defender este lugar", ele explicou, entusiasmado. "Para o caso de os árabes quererem voltar." Tzvi Markovitch anuiu. A qualquer momento a aldeia poderia se encher de novo de arruaceiros árabes, os quais, tomando posição atrás das paredes de pedra, iam perfurar com suas balas nojentas os corpos dos combatentes judeus. De fato três pessoas era um número assustadoramente baixo para defender uma posição estratégica tão importante, porém desde sempre os hebreus tinham sido poucos contra muitos, e os três – apesar de serem apenas garotos – estavam soberbamente treinados e muito determinados. Todo dia esperavam impacientes as aulas terminarem e corriam para o uádi. Quando se aproximavam da aldeia bastava um aceno de cabeça para começarem a caminhar agachados, impedindo que o inimigo percebesse as forças que se aproximavam. Os últimos cinquenta metros entre a sebe de sabras e a primeira casa da aldeia eles sempre atravessavam rastejando, e se um deles fizesse o menor ruído, por ter um espinho ou uma pedra machucando sua carne, os outros dois lhe lançavam tal olhar de repreensão que se calava envergonhado na hora. Ao chegar à primeira casa corriam para tomar posição de defesa entre as paredes semidestruídas e vigiar, pelas janelas, as demais construções. Só depois de terem certeza de que nenhum agente inimigo se aproveitara do tempo em que estiveram estudando matemática, literatura e geografia para invadir a aldeia, saíam da emboscada. No tempo que restava até o pôr do sol colhiam sabras e patrulhavam entre as casas. À medida que as sombras iam ficando mais compridas, eram tomados daquela inquietude que uma pessoa sente quando caminha numa aldeia em ruínas e abandonada, parecendo ouvir uma mãe chamando seus filhos para o jantar, ou ver um homem voltando do trabalho no campo. Mesmo assim se obrigavam a ficar lá até escurecer, talvez então as forças da escuridão saíssem de seus esconderijos. Já perto das sete e meia, quando era evidente que qualquer atraso adicional suscitaria perguntas e esclarecimentos desnecessários em torno da mesa do jantar, começavam a correr em direção à colônia. Junto à cerca de ciprestes se despediam com um aperto de mão, gesto que consideravam adequado como conclusão de operações daquele tipo. Iair e Naama iam para a casa deles, e Tzvi Markovitch para a sua, embora em sua imaginação continuasse a caminhar ao lado de seus amigos, uma das mãos pousada no ombro de Iair Feinberg numa fraternidade de combatentes, a outra segurando a de Naama, numa fraternidade cuja natureza ainda não ousara definir para ele. Mesmo quando estava à mesa com seus pais continuava a pensar em seus amigos, fosse porque lhe era agradável pensar em Iair e Naama, fosse porque a presença de Bela e Iaakov Markovitch lhe era insuportável. Já fazia muitos meses que tinha pouco contato com eles, e os dois, em vez de obrigá-lo a dizer o que se passava, ficavam também à sombra de seu silêncio.

Enquanto na casa de Iaakov Markovitch e Bela reinava o silêncio, a casa de Zeev Feinberg e Sônia fervilhava de palavras. Desde que tinha despertado em Zeev Feinberg a saudade dos combates e das operações, ele a toda oportunidade falava das virtudes e dos feitos do vice-comandante do Irgun, espojando-se naquilo como alguém se espoja na lembrança de uma pessoa amada que lhe escapou. Iair Feinberg ouvia, eletrizado, como tribos de bárbaros beduínos tinham sido expulsas das fronteiras do sul, ouvia boquiaberto histórias de arrepiar o cabelo sobre batalhas nas montanhas de Jerusalém. Mas em uma das noites, quando Zeev Feinberg contou como se tinha aberto caminho para as colônias da Galileia e sobre atos de bravura na planície litorânea, a expressão do rapaz ficou sombria. De repente compreendeu que tudo aquilo já tinha sido realizado. As forças do inimigo haviam sido todas expulsas para além das fronteiras do país. Não tinha restado um único árabe que ele pudesse derrotar com as próprias mãos. De fato até pouco tempo antes os soldados do Exército de Defesa de Israel ainda arriscavam a vida na guerra contra os *fedayun*, os terroristas árabes, mas ela também havia terminado sem que ele tivesse participado. No dia seguinte, num silêncio furioso, caminhou até a aldeia abandonada. Quando passaram pela sebe de sabras, Naama e Tzvi apressaram-se a se jogar no solo, mas Iair continuou de pé. "Isso não tem graça", disse a seus perplexos amigos. "Não há ninguém aqui. E nunca haverá. Nenhum árabe vai voltar para cá."

E de uma só vez acabou o encantamento. Aquela mentira tácita, que os mantivera unidos durante longas semanas, que os enchera de prazer, de medo, que os fizera partilhar um segredo, despedaçara-se em pequenos fragmentos. O terreno inimigo e perigoso à sua frente não era senão um conjunto de casas destruídas. Fora as sabras não havia nada ali que lhes pudesse fazer mal. Envergonhados, Naama e Tzvi se levantaram. Com dedos hesitantes, sacudiram a areia e a poeira que grudara em suas roupas. Agora, olhavam para Iair com olhos que oscilavam entre interrogação e culpa. E agora?

Iair os ignorou e sentou-se no chão com as pernas abertas e estendidas, seu corpo relaxado a declarar que tinha certeza de não haver vivalma a não ser eles naquele lugar. Naama e Tzvi sentaram-se a seu lado. Por um longo momento ninguém disse nada. No pesado silêncio quase ouviam a terra daquele país zombando deles – que utilidade poderiam ter um rapaz asmático, um moleque com cheiro de pêssego e uma garota com os seios despontando debaixo da blusa, por mais que tentasse esconder? Grandes guerras exigem grandes combatentes. Aqueles tinham ficado com toda a glória não deixando nada para Iair, Naama e Tzvi.

Iair Feinberg colheu um senécio e começou a desmembrá-lo. Seu pai nunca ia olhar para ele com a admiração a que tanto aspirava. Falaria eternamente do heroísmo do passado, com o olhar vidrado. Tzvi Markovitch arrancou um trevo azarado e começou a despedaçá-lo. Tinha acabado. À noite voltariam para suas casas e não tornariam a tomar o caminho do uádi. O centro de seu mundo voltaria a ser a colônia, com suas línguas sussurrantes e seus olhares, e sua casa, que nela se erguia como uma ferida latejante. Ele gostava tanto daquela aldeia, em ruínas e abandonada, tão distante que nada conseguia atravessar a sebe de sabras que havia em sua entrada.

Naama olhava para os dois rapazes, que descarregavam sua raiva nas plantas silvestres, dois combatentes derrotados e sem esperança. Como poderia deixar que Iair se entregasse a tal depressão, que fizera seu cheiro ficar mais pesado do que nunca, como o aroma de uma fruta um momento antes de a podridão tomar conta dela? Pôs-se imediatamente de pé e falou numa voz séria e enérgica, imitando o melhor que podia a fala de Iair quando os incentivava a mais uma atividade: "Mesmo que tudo já tenha sido feito aqui, dentro das fronteiras deste país, ainda existem lugares para o heroísmo e a ousadia". E começou a falar sobre o palácio de pedra que havia nas profundezas do deserto jordaniano, citando de memória informações que tinha lido no jornal, mas completando com sua imaginação alguns detalhes necessários. De fato, já tinham estado lá antes deles, mas não muitos. E, quando voltassem, todos saberiam como era grande a coragem da juventude israelense.

Tzvi e Iair olhavam estupefatos para Naama. Conheciam muito bem aquelas lendas: um reino vermelho oculto no coração do deserto, do outro lado da fronteira. Um reino para o qual poucos tinham se arriscado a ir, e do qual menos ainda tinham voltado. Estaria a menina de cabelo dourado diante deles sugerindo que tomassem aquelas lendas e as transformassem em suas próprias vidas? Sim, era exatamente o que estava propondo, e a ideia parecia ser a cada minuto mais atraente, mais possível. Afinal, estavam bem treinados em longas caminhadas, exercitados em se camuflar, experimentados em se orientar e em carregar provisões para o caminho. Depois de tantas emboscadas e operações, depois dos testes de coragem e das missões, não era possível simplesmente voltar para a colônia, para uma existência que era toda ela uma monótona rotina. Iair Feinberg já começava a desenhar mentalmente o dia em que voltariam de sua jornada. Sua mãe cairia em seus ombros em lágrimas, e seu pai exigiria que contasse onde estivera. Não ia responder, só encarar o pai num silêncio de combatentes, cheio de determinação. Tiraria então do bolso uma pedra vermelha como sangue (ou talvez até mesmo uma cornija inteira do palácio, se não fosse muito pesada), colocaria sobre a mesa e iria embora. Zeev Feinberg ia identificar imediatamente de onde o filho tinha vindo – onde mais uma pessoa ia conseguir pedras vermelhas assim? – e sairia apressado atrás dele. Com um sorriso no rosto Iair imaginou seu pai lhe implorando que revelasse mais detalhes sobre aquela corajosa jornada, e como ele finalmente concordaria em contar, numa voz serena e controlada. O pai, depois de ouvir de que heroicos feitos se estava falando, correria para seu esconderijo acima da cômoda e tiraria de lá uma garrafa de bebida, servindo um cálice para cada um. Na verdade Iair detestava o gosto da bebida, que lhe causava náuseas toda vez que sub-repticiamente ia até a garrafa para tomar um gole. Mas agora tinha certeza de que após ter completado sua jornada e voltado com a cornija na mão ia se tornar um homem e ia gostar do sabor da bebida, como todos os outros homens.

Tzvi Markovitch largou o trevo e mergulhou também em conjecturas. A ideia de atravessar o deserto provocou um arrepio frio em seu corpo. Lembrava-se muito bem do acesso de tosse que o acometera quando saíra para um passeio nas montanhas de Eilat, resultado da poeira levantada na estrada e de sua tentativa de correr para chegar primeiro no cume e de lá acenar para Naama. Mas, por mais que a ideia da aventura o fizesse se retrair, a ideia de ficar de fora era pior. Pois Naama e Iair iriam mesmo sem ele, e a expressão sonhadora em seus rostos não deixava qualquer dúvida. Se decidisse ficar, iriam os dois, e ele ficaria sozinho na colônia, com seu pai, sua mãe e os morangos. A mão de Naama ia se afastar cada vez mais, e quando voltasse não permitiria que a segurasse. E por que uma garota que passara por tais aventuras ia querer segurar a mão de um garoto medroso? Agora sabia que não havia lugar para hesitação. Tinha de ir com eles.

Naquele dia deixaram a aldeia em ruínas muito antes do pôr do sol. Saíram de lá caminhando eretos, tranquilos, como se nunca houvessem se retirado com manobras espertas. Quando desciam o uádi Tzvi olhou para trás, para a sebe de sabras, pintalgada de frutos cor de laranja. Iam ficar ainda mais laranja, pensou, iam ficar mais laranja e depois vermelhos, então apodreceriam, pois ninguém iria até ali para comê-los. Do outro lado da sebe o contemplavam as casas da aldeia, através das janelas escancaradas e das portas arrombadas. E por um momento pensou que aquele medo conhecido, infantil, estava voltando. A aldeia em ruínas já não o atemorizava, era impossível que continuasse a lhe causar medo. Ao contrário, quase se via sentindo saudades dela. Tzvi Markovitch virou-se, da aldeia abandonada para o caminho que serpenteava pela descida do uádi, sabendo que não era mais um menino.

5

Em certa manhã Iaakov e Bela Markovitch acordaram para descobrir que seu filho não estava lá. Na mesma manhã Zeev Feinberg despertou e viu que as camas das crianças estavam vazias. Até o anoitecer, Iaakov Markovitch e Bela pensaram que o garoto estava com seus amigos. Zeev Feinberg pensou exatamente a mesma coisa. Somente quando Bela chegou à casa de Feinberg para reclamar que o jantar estava esfriando, todos viram que tinham se enganado.

"Quem sabe foram para Tel Aviv, visitar Sônia no trabalho?", sugeriu Markovitch.

"Sem avisar ninguém?", exasperou-se Bela.

"Com certeza acharam que iam conseguir voltar no mesmo dia", disse Feinberg. "Sônia com certeza lhes deu uma bela de uma reprimenda."

Porém, quando finalmente atendeu o telefone em seu gabinete, Sônia parecia certa de que era uma pegadinha. "Muito engraçado, Zeevik, agora posso voltar para a reunião?"

"Eles não estão com você?"

"Claro que não estão comigo. Por que estariam? Tem certeza de que não inventou isso para me fazer voltar para você um dia antes?"

"Sônia, os meninos não estão aqui."

Procuraram por eles a noite toda. Zeev Feinberg e Iaakov Markovitch mobilizaram os rapazes da colônia e saíram para uma varredura nos campos. Sônia percorreu as ruas da cidade, pensado que talvez as crianças tivessem mesmo ido até lá. Quando amanheceu, os olhos de todos estavam vermelhos de falta de sono, e de uma ou duas lágrimas derramadas em segredo. Às dez da manhã, quando Iaakov Markovitch, Bela e Zeev Feinberg se reuniram para pensar no que fazer, Sônia chegou agitada em sua casa na colônia. "Digam-me que os encontraram." Zeev Feinberg não precisou se forçar a responder, um só olhar lhe bastou. Às onze horas os membros da colônia se dividiram em grupos de busca organizados e voltaram às varreduras. Ao meio-dia juntaram-se a eles contingentes da polícia e voluntários das colônias vizinhas. Eles mergulharam na fonte, varreram o uádi, cruzaram a sebe de sabras e percorreram as casas da aldeia abandonada, olharam para o mar com o cenho franzido. De vez em quando lançavam um olhar enviesado a um dos pais, para verificar se continuava firme. A pele de Bela estava pálida, os olhos, vazios. Quando um dos voluntários foi lhe mostrar uma camisa que tirara do mar, ela desabou no chão. "Pertence a algum deles?" Bela balançou a cabeça num sinal negativo, mas assim mesmo não se levantou. A simples possibilidade de a camisa pertencer a seu filho fora o bastante para paralisá-la.

Enquanto Bela ficava ali sentada na praia, pálida como um cadáver, Iaakov Markovitch agia com uma energia que nunca demonstrara na vida, o sangue a lhe ferver nas veias e a empurrá-lo para cá e para lá, com os outros voluntários correndo atrás sem conseguir alcançá-lo. Após algum tempo os voluntários compreenderam que aquela busca caótica não ia levar a nada, por isso deixaram de acompanhar Iaakov Markovitch e voltaram a uma varredura mais metódica. Ele continuou a andar em círculos, gritando repetidamente o nome do filho, até deparar com Bela sentada na praia.

"Venha", ele lhe disse, "vamos continuar a procurar."

Bela continuou sentada, com os olhos no mar. "E se ele estiver lá?", perguntou, acenando com a cabeça para as águas escuras.

Iaakov Markovitch ajoelhou-se a seu lado e tomou sua linda cabeça entre as mãos. "Ele não está lá", disse. "Está em outro lugar, e vamos encontrá-lo. Prometo." Disse aquelas palavras, tão desprovidas de fundamento, com tal convicção, que Bela começou a chorar. Iaakov Markovitch tomou sua mulher nos braços, para consolá-la.

No mesmo momento Sônia estava negociando com Deus. Embora em seu trabalho fosse considerada dura, agora prometia tudo, sem exceção, contanto que as crianças voltassem. Até Zeev Feinberg, que durante a vida toda comia, toda manhã, uma fatia de presunto no pão com manteiga, redescobria o Deus dos judeus. Assim, rezavam e procuravam, procuravam e rezavam, até que viram as luzes dos faróis de um carro que vinha em direção à colônia. Como já anoitecera e não acontecia muitas vezes de alguém se dirigir à colônia a uma hora daquelas, Zeev Feinberg e Sônia correram para ver se traziam notícias. Os faróis ofuscavam sua visão, por isso passaram-se alguns segundos até Sônia compreender que estava olhando para o rosto torturado do vice-comandante do Irgun.

Zeev Feinberg caiu sobre os ombros de seu bom amigo. Sônia ficou parada, imóvel.

"Venham, vamos entrar na casa", disse o vice-comandante do Irgun. "O que tenho a lhes dizer é melhor que ninguém ouça."

No momento em que a porta da casa se abriu, foi impossível não identificar o cheiro de pêssego. Já haviam se passado quase quarenta e oito horas desde que Iair Feinberg tinha saído de casa, mas o aroma de seu corpo permanecia, intenso. Involuntariamente o vice-comandante do Irgun virou-se e olhou surpreso para Sônia. Conhecia muito bem o cheiro de laranja da mulher que amava, mas nunca esperaria aquele cheiro de pêssego. Sônia esquivou-se de seu olhar e foi preparar um chá, enquanto Zeev Feinberg inalava a plenos pulmões aquele cheiro e corria para fechar as janelas da casa, para que não se dissipasse.

"Ouvi no rádio sobre as crianças", disse o vice-comandante do Irgun, "e mobilizei tudo o que pude para obter informações. Há três horas veio me procurar um jovem de Iotbata. Eles estão a caminho de Petra."

"O quê?"

"O rapaz, um dos melhores combatentes que já comandei, voltou há pouco tempo de uma jornada à Rocha Vermelha. Vocês sabem como é, os boatos ganharam asas, e muitos jovens iam ouvir as aventuras que ele tinha para contar. Há um mês recebeu uma carta de três jovens da colônia de vocês – todos tinham dado baixa recentemente de unidades de elite – que queriam saber detalhes da jornada. Ele os forneceu, acrescentando um mapa que ele mesmo desenhou, então lhes desejou sucesso."

O vice-comandante do Irgun calou-se por um breve instante. Foi o bastante para Sônia explodir de raiva. "E daí? Não há nesta colônia jovens o bastante que se interessem por uma jornada idiota como essa?"

O vice-comandante do Irgun respondeu sem afastar o olhar da mesa de madeira. "Ontem à noite chegaram ao *kibutz* dele três jovens, dois rapazes e uma moça. Pediram para se abastecer de água e disseram que estavam indo para as montanhas de Eilat. Esta manhã, quando começaram a dar notícias no rádio, meu rapaz se deu conta e saiu à procura de rastros. Estão indo para leste." O vice-comandante do Irgun ergueu os olhos da mesa de madeira e os pôs diretamente em Zeev Feinberg. "Proponho que saiamos para procurá-los. Sem exército e sem polícia, sem nada que possa deixar os jordanianos nervosos."

Zeev Feinberg levantou-se da cadeira e começou a caminhar de lá para cá na sala de estar. Lembrava-se muito bem das longas noites em que ficava contando para Iair histórias de heroísmo, temperadas com lições de moral. Agora o garoto tinha ido em busca de suas próprias aventuras, e ninguém sabia se ia voltar. Sônia ergueu para Zeev Feinberg um par de olhos cinzentos. Por um instante o mesmo pensamento que o torturava passou por sua cabeça – a culpa era dele, toda aquela loucura e a culpa era dele –, mas logo afastou a ideia e levantou-se para abraçar o marido. Ela acolheu aquele homem agigantado em seus braços, com o bigode a arranhar seu pescoço e sua respiração quente e dolorida em sua nuca. O vice-comandante do Irgun desviou o rosto. Só por acaso estava envolvido naquilo, nas coisas secretas que existem entre um homem e uma mulher, entre o homem que jogava xadrez com ele num periclitante barco com imigrantes ilegais e a mulher cujo cheiro era capaz de identificar com os olhos fechados. Passado um minuto Zeev Feinberg livrou-se do abraço de Sônia, foi até o vice-comandante do Irgun, e tocou em seu ombro. "Venha, vamos chamar Markovitch."

Viajaram em silêncio durante muitas horas. Zeev Feinberg imerso em seus pensamentos e o vice-comandante do Irgun imerso nos dele. Diante deles, as palavras pronunciadas pareciam ser insignificantes, por isso ambos se mantinham calados. Iaakov Markovitch manteve-se calado também. Dentro de algumas horas chegariam a Iotbata e, esgueirando-se, iriam em direção à fronteira. Era exatamente na descrição de jornadas como aquela que Zeev Feinberg se esparramava à mesa das refeições, ao evocar lembranças de sua juventude. Mas agora, sentado ao lado do amigo no carro que se lançava à frente, não sentia nada a não ser a secura da língua em sua boca.

Enquanto deixavam Beer Sheva para trás, Iaakov Markovitch estava mergulhado num sono agitado no banco traseiro.

O vice-comandante do Irgun dirigiu-se então a Zeev Feinberg, dizendo: "Conte-me sobre o garoto". Zeev Feinberg ficou grato pelo pedido do amigo. Já havia algum tempo que o silêncio se avolumava como dormência em suas pernas, como as areias movediças do deserto. Falar sobre o garoto talvez aliviasse o peso da língua em sua boca. Por isso começou a contar das ágeis pernas de Iair ("Ninguém na colônia consegue alcançá-lo! Nem mesmo os cães!"), da artimanha pela qual tinha surrupiado um latão de creme de leite da estação de ordenha, da esperteza com que descobria repetidas vezes onde estavam escondidos os doces e as balas. O vice-comandante do Irgun ouvia calado, o rosto imóvel exceto um leve tremor no lábio superior que o acometera desde o momento em que Zeev Feinberg tinha começado a falar. "Sabe", acrescentou Feinberg, "antes de ele nascer, eu... eu pensei que talvez tivesse algum problema com essa coisa." O vice-comandante do Irgun segurou o volante com mais força e continuou a olhar para a estrada. "Pus a culpa em Sônia. Para dizer a verdade, foi bem desprezível de minha parte. Então veio a gravidez de Bela e piorou as coisas. Aí veio Iair, e tudo se ajeitou novamente." Zeev Feinberg hesitou antes de continuar. Pela primeira vez na vida dizia em voz alta coisas que antes não conseguia articular nem em sua mente. Teve medo de estar constrangendo o vice-comandante do Irgun com suas palavras, por isso voltou a cabeça para seu interlocutor. E logo soltou um grito, pois ele dirigia com os olhos fortemente cerrados, os lábios comprimidos e as mãos agarradas ao volante como se fossem as garras de um animal. "Froike!" O vice-comandante do Irgun abriu os olhos. "Que foi? O que está doendo?"

"Nada, nada, já passou."

"Quer que eu dirija?" O vice-comandante do Irgun sinalizou com a cabeça que não. "Tem certeza de que está bem?"

Por um momento, o vice-comandante do Irgun pensou em todas as respostas que poderia dar, mas por fim bastou-se com um "sim". Por vários minutos ficaram em silêncio. Então o vice-comandante do Irgun falou a Zeev Feinberg numa voz contida. "Conte-me mais." Zeev Feinberg não precisou de mais do que aquilo. Virou-se para o amigo e começou a contar sobre o nascimento do garoto, que todos concordavam que era o bebê mais bonito da colônia, sobre como tinha primeiro engatinhado para trás e depois para a frente. Zeev Feinberg contava e contava, e o vice-comandante do Irgun ouvia e registrava na memória, cobrindo com a mão seu lábio trêmulo. De vez em quando fazia mais perguntas, que surpreendiam Zeev Feinberg, do tipo: "E ele chorou quando arrancaram um dente de leite que nasceu fora do lugar?". Ou: "E de que se fantasiou no ano passado?". Zeev Feinberg respondia de forma elaborada. Quando amanheceu, o vice-comandante do Irgun já era um especialista na história da vida de Iair Feinberg, desde sua reprovação na prova de conhecimento da Bíblia até o fato de gostar de geleia de figos.

6

Iair Feinberg sabia onde exatamente tinham começado a errar o caminho. Naquela divisão do leito seco do riacho em dois, não muito longe da acácia. Ele dissera que deveriam ir para a esquerda, mas Naama teimara que deveriam ir pela direita, e Tzvi concordara com ela. Mesmo se propusesse que seguissem para baixo, perfurando o solo, ele ficaria do lado dela. Por um momento Iair pensou em se virar para trás e dizer aquilo na cara de Tzvi Markovitch, mas sua garganta estava seca demais para palavras desnecessárias. Por isso continuou a arrastar as pernas enquanto formulava consigo mesmo alguns insultos, que se diluíram com a pulsação do sangue em suas têmporas. Por trás dos insultos e da pulsação surgiu e cresceu o pânico. Enregelante, paralisante, ameaçando deitá-lo por terra. Iair Feinberg lutou com ele com todas as forças, mas com o correr do tempo, o pânico ia aumentando, obscurecendo a lucidez e a lógica como uma gangrena a se espalhar. Por um instante cedeu à tentação de olhar para trás, e logo apressou-se a desviar o olhar. O medo no rosto de Naama e de Tzvi era claro e evidente. E contagioso. Todos sabiam que se trocassem olhares não teriam forças para seguir adiante, por isso olhavam os três para a frente empenhando-se com toda a sua força em continuar caminhando. Ninguém propôs que retrocedessem. Lembravam-se bem da aridez do deserto em todo o percurso até Iotbata. E à sua frente havia uma fonte, ou pelo menos era o que dizia o mapa. Se continuassem a caminhar, chegariam a ela. Mas a caminhada ficava cada vez mais difícil. O pulsar do sangue nas têmporas de Iair aumentava e a garganta doía de tanta sede. Iair Feinberg nunca tinha imaginado que sede podia doer. Quando pensou naquilo o pânico subiu pelas suas costas como se fossem dezenas de pequenas cobras. Lutou para rechaçá-las, ativando o cérebro com cálculos matemáticos complexos: nove litros de água divididos por trinta e uma horas de jornada, o que queria dizer que tinham de se manter os três com zero vírgula duzentos e noventa litro de água por hora, o que dava zero vírgula zero noventa e seis litro de água por pessoa. Mas o cálculo não era exato, pois nas oito horas anteriores estavam caminhando sem água, por isso tinha de dividir tudo por vinte e três horas, e talvez acrescentar a água que tinham bebido antes de começar a jornada. Os números eram muito úteis para afastar o pânico, então Iair Feinberg continuou a fazê-los, e sua mente estava tão ocupada com o cálculo de horas e litros e quilômetros que no primeiro momento não ouviu Tzvi Markovitch cair, nem o grito de Naama.

Quando virou a cabeça descobriu que seu amigo estava estirado com o rosto voltado para o solo, e que sua irmã estava curvada sobre ele, sacudindo-o. Iair Feinberg voltou correndo de imediato, virou Tzvi Markovitch de costas e aplicou leves batidas em seu rosto. Seus olhos se abriram numa pequena fresta. De sua boca saíam murmúrios quase indistintos, mas que não suscitavam dúvida: "Água". Com suas últimas forças, Iair e Naama arrastaram Tzvi para a esquálida sombra de uma acácia isolada. O esforço os deixou muito ofegantes, e tornou a dor na garganta mais aguda e permanente. Não era mais possível controlar o pânico, que disparou em Iair e Naama, bloqueando em seu rastro todo resquício de pensamento.

"Vamos voltar", disse Naama.

"Trinta horas sem água? É melhor continuarmos."

"Mas Tzvi não vai conseguir."

"Vou carregá-lo nos ombros."

"E aí você também vai desmaiar e eu vou carregar os dois?"

"Tem uma ideia melhor?"

Naama calou-se por um instante, depois sussurrou baixinho: "E se pedirmos socorro?".

"Você não está falando sério. Os jordanianos vão atirar em nós."

"Talvez não atirem", disse Naama, "afinal somos apenas crianças." Quando disse aquilo, os dois se calaram. Tão idiota e precipitada parecia agora aquela aventura, uma jornada de bebês. Iair Feinberg sentiu a dor da sede em sua garganta se agigantar com a raiva que nela assomava. Seria aquilo o que ele era realmente, um menino se fazendo de homem?

"Você fica aqui com Tzvi. Vou trazer água."

"Perdeu a razão? É proibido se separar. Você mesmo disse isso em todos os exercícios que fizemos."

"Isto aqui não é um exercício, Naama. É tudo, menos um exercício. Precisamos de água. Tzvi não é capaz de caminhar, e é impensável que o deixemos aqui. A fonte deve estar perto. Vou correr para procurá-la e já volto."

A garganta de Naama Feinberg estava seca demais para que conseguisse falar, por isso só sacudiu a cabeça sinalizando que não, repetidas vezes. Iair continuou de pé. Naama sacudia a cabeça com mais veemência, mas continuava sentada.

"Um assobio como sinal de perigo. Dois assobios caso eu ache água. Vai lembrar?"

Naama continuou a sacudir a cabeça negando, mas sabia muito bem que ia lembrar. Afinal fora ela quem ensinara Iair a assobiar, torturando-o com tentativas sem fim, até conseguir extrair da garganta um som forte e uniforme. Como tinha ficado irritado com o fato de que o assobio dela saía com facilidade, enquanto ele fracassava seguidamente. E que prazer teve ao descobrir algo em que ela era superior ao irmão. Um assobio para perigo, dois assobios para uma alegre descoberta – era assim que avisavam um ao outro da aproximação do diretor da escola, ao achar um objeto estimado que fora perdido, do momento adequado para se esgueirar para o esconderijo da geleia de figo. Iair Feinberg começou a caminhar, sentindo nas costas o olhar de Naama, até chegar ao ponto em que o leito do riacho fazia uma curva. Então ela não conseguia mais vê-lo. Agora caminhava sozinho. Uma onda de excitação invadiu seus membros. Sozinho no deserto. Como nas histórias que seu pai contava sobre seu amigo Froike, atravessando sozinho as dunas a caminho de resgatar pessoas cercadas em Nitsanim. A sede diminuíra um pouco, e ele apressou o passo. Sentia-se mais forte do que antes, mas um olhar de fora, se o contemplasse, ia se assustar com o aspecto de seu rosto queimado de sol e seus olhos desfocados. Iair Feinberg sabia exatamente para onde estava indo – se cortasse caminho escalando a colina chegaria depressa à bifurcação do leito do rio em dois, onde tinham errado o caminho, e de lá para a esquerda, para a fonte que aparecia no mapa. Lá o esperava água límpida e potável. Ao evocar a imagem, apressou ainda mais os passos. Imaginava estar correndo para a fonte, com firmeza, varando montanhas, saltando sobre colinas. Na verdade avançara algumas centenas de metros, caminhando como um bêbado, com as pernas fraquejando. Mas, depois da próxima curva, depois da próxima curva já sentia o cheiro da fonte. Já ouvia o murmúrio da água. Iair Feinberg pôs dois dedos na boca, preparando-se para dar dois potentes assobios.

Iaakov Markovitch os viu antes. Duas crianças desmaiadas de sede e de calor à sombra da acácia. O grito de alegria que irrompeu de sua boca foi o primeiro som emitido por um deles em muitas horas. Desde que tinham saído seguiam com precisão as pegadas dos garotos e falavam o menos possível. Baseavam-se nas marcas dos pés das crianças na areia e no mapa que tinham recebido do jovem de Iotbata, o qual era idêntico – assim dissera – ao que tinha dado aos garotos. Mas acima de tudo seguiram aquele aroma delicado, quase subsensorial, de pêssego. Quase vinte e quatro horas separavam a jornada das crianças no deserto daquela de seus pais, mas a terra quente tinha absorvido o suor de Iair, e o ar parado conservara seu cheiro. Quando ficavam em dúvida quanto à direção correta, paravam, debruçavam-se sobre o solo e inalavam profundamente. Em geral era Zeev Feinberg quem se erguia primeiro e indicava com um sinal de cabeça em que direção continuar. Afinal, todo dia ele cheirava o garoto quando saía do banho, tenso para discernir o menor sinal daquele cheiro que odiava, e o mandava tornar a se lavar quando identificava o pêssego em seus poros. Iaakov Markovitch apressava-se a se erguer e a seguir seu amigo, enquanto o vice-comandante do Irgun demorava mais um instante junto ao solo, de olhos fechados, aspirando para dentro de si a memória da presença do garoto.

Quando Iaakov Markovitch percebeu os vultos estendidos à sombra da acácia começou a correr para eles. Zeev Feinberg e o vice-comandante do Irgun seguiram atrás. Estavam convencidos de que do outro lado da árvore estaria o vulto que faltava, mas quando chegaram perto se deram conta de que tinham se enganado. Deram de beber a Naama e a Tzvi e bateram em seus rostos até abrirem os olhos. Estavam muito fracos e desidratados, mas o fato de estarem à sombra da árvore os protegera do calor abrasador do sol. Repetidas vezes Zeev Feinberg e o vice-comandante do Irgun tentaram obter dos garotos a direção que Iair tinha tomado, mas os dois estavam fracos demais para falar. Ao cabo de alguns instantes decidiram se separar: Iaakov Markovitch ficaria ali, com as crianças, e Zeev Feinberg e o vice-comandante do Irgun continuariam em busca do rapaz desaparecido. Os dois se inclinaram e inalaram o ar próximo ao solo. Logo se ergueram num movimento só e começaram a correr na direção da curva do leito do rio, e de lá colina acima. Não havia como errar quanto às pegadas do garoto na areia. Mas, enquanto as pegadas eram claras e visíveis, o cheiro de pêssego ficava cada vez mais fraco. Zeev Feinberg percebeu aquilo, e o vice-comandante do Irgun também. Eles se entreolharam temerosos enquanto continuavam a correr seguindo as pegadas. Zeev Feinberg e o vice-comandante do Irgun inspiravam profundamente, o corpo todo contraído na tentativa de absorver o cheiro do garoto. Mas a cada inspiração ficava mais difícil localizar o cheiro de pêssego. Um instante antes de chegar a mais uma curva os dois puxaram o ar mais uma vez, numa inspiração longa e forte, obstinada. Exatamente no momento em que constataram que não estavam sentindo cheiro algum, ultrapassaram a curva e descobriram o corpo estirado de Iair Feinberg.

O grito agoniado de Zeev Feinberg continuou a ecoar entre as colinas durante muitas horas após partirem em direção à fronteira, com as crianças no colo. Iaakov Markovitch seguia por último, resfolegando, com seu filho estendido sobre seus ombros, entre desmaiado e desperto. O sol ardente e o peso do garoto não perturbavam Iaakov Markovitch, pois quando o tomara nos braços, junto à acácia, ele lhe abrira um débil sorriso e sussurrara: "Pai". A palavra foi o bastante para manter Iaakov Markovitch de pé apesar das dificuldades da jornada. Zeev Feinberg caminhava próximo a ele, levando Naama nos ombros. Estava convencido de que a menina não retomara totalmente a consciência durante todas aquelas horas de percurso, mas não era verdade. Quando Iaakov Markovitch lhe dera água, junto à acácia, ela começara a melhorar, mas os gritos de agonia que tinham vindo do outro lado da curva a haviam calado. Quando Zeev Feinberg e o vice-comandante do Irgun voltaram correndo com Iair, ela cerrou os olhos para se proteger daquela visão. "Rápido", gritara o vice-comandante do Irgun, "para a fronteira. Talvez ainda seja possível salvá-lo." Em instantes os três homens já estavam correndo de volta, cada um levando uma criança no ombro. Durante todas as horas que se passaram desde então, Naama manteve os olhos fechados, com o grito do vice--comandante do Irgun a lhe ressoar na cabeça: "Talvez ainda seja possível salvá-lo". Queria poder mergulhar de novo naquela obscuridade do desmaio em que estava quando os tinham encontrado, após só Deus sabia quantas horas de espera à sombra da acácia. Mas a cada momento sentia-se mais desperta, mais consciente, e assim não conseguia ignorar a respiração ofegante de Zeev Feinberg e o forte tremor em seus ombros. Mesmo sem ver seu rosto Naama sabia que o homem que a carregava para casa estava chorando durante todo o caminho até a fronteira.

Cinco metros à frente de Zeev Feinberg e Iaakov Markovitch ia o vice-comandante do Irgun, com o corpo inconsciente de Iair estendido sobre seus ombros, sua mão abraçando o quadril do garoto. No próximo verão ele ia completar quarenta e um anos. Numa gaveta de seu apartamento em Tel Aviv havia três condecorações por bravura e uma carta de agradecimento do primeiro-ministro, cujo conteúdo era sigiloso. Pelo menos cinco meninos tinham recebido seu nome. Pelo menos cinquenta homens tinham morrido ao enfrentá--lo. Tinha transado com onze mulheres. Amava uma delas. E ele daria tudo aquilo, sem pestanejar, para levar o garoto vivo até seu país. Atrás de si ouvia os gemidos de dor de

Zeev Feinberg, mas ele mesmo não emitia um som sequer. Nem uma palavra. Nem uma lágrima. Só caminhava apressado, sem interrupções, até a fronteira. Enquanto conseguisse continuar a andar, enquanto conseguisse traduzir o furacão em sua alma em atos corporais, o furacão ia se submeter a seu domínio.

7

Tzvi Markovitch não saberia dizer quanto tempo transcorrera desde o momento em que soldados do exército israelense correram a seu encontro até aquele em que se viu entre os lençóis engomados de um leito de hospital. Não sabia quando sua mãe chegara lá e em que altura daquele processo fora introduzido em seu quarto o leito de Naama Feinberg. Quando abriu os olhos teve a impressão de que havia passado muito tempo, talvez anos, pois sua mãe subitamente lhe parecia muito velha. Bela Markovitch beijou o rosto do filho muitas e muitas vezes. Depois foi até Iaakov Markovitch, pegou sua mão e a beijou também. Tzvi Markovitch ficou constrangido ante a cena e desviou o rosto para o leito de Naama. Os olhos da garota estavam fechados, mas ele soube de imediato que não estava dormindo. As pálpebras estavam apertadas demais, testemunhas do esforço com que as mantinha cerradas. Se abrisse os olhos talvez descobrisse que seu antigo sonho, secreto, tinha se realizado – ela era a única filha de seus pais. Então se recusava a abrir os olhos, e Tzvi Markovitch não tinha a menor intenção de obrigá-la a fazê-lo. Em vez disso, estendeu uma mão tateante e fez o que estava querendo fazer havia muitos e longos meses – segurou a mão dela.

Iaakov e Bela Markovitch saíram do quarto e juntaram-se ao vice-comandante do Irgun, Zeev Feinberg e Sônia na sala de espera. Quando o médico se aproximou todos se levantaram para recebê-lo, menos Sônia, que continuou sentada com os olhos fixos no chão de linóleo. "As probabilidades são baixas", ele disse. "O rapaz sofreu uma insolação muito grave. É de supor que ficou horas deitado lá, sob o sol ardente."

"Mas talvez aconteça um milagre", interveio Iaakov Markovitch.

"Sim", disse Bela, "talvez aconteça um milagre."

"Talvez aconteça um milagre", concordou o médico.

Sempre concordava quando mencionavam milagres. No silêncio que se fez após as palavras do médico, todos olharam para Zeev Feinberg e Sônia, mas foi o vice-comandante do Irgun quem desatou num choro convulsivo, incontrolável. Treze anos de espera e de frustração saíam de sua garganta em longos e desesperados lamentos. Zeev Feinberg olhou para ele com uma expressão de surpresa, que foi ficando cada vez mais sombria. Iaakov Markovitch olhou para Zeev Feinberg e compreendeu que seu amigo começava a suspeitar de algo que ele mesmo já adivinhara havia muito tempo. Com a testa franzida, Zeev Feinberg pensou nas perguntas do vice-comandante do Irgun sobre o menino durante a viagem para o sul, na sua insistência em carregá-lo sozinho durante todo o caminho de volta, na acentuada palidez de Sônia quando começara a chorar. Num movimento súbito Zeev Feinberg virou-se e saiu tempestuosamente da sala de espera, e Iaakov Markovitch apressou-se em segui-lo. No corredor, passaram por uma mulher grávida, por um jovem com as pernas quebradas e por quatro idosos gemebundos, sem prestar atenção a nenhum deles. A porta de entrada, que separava o mundo dos enfermos e o mundo dos sadios, estremeceu fortemente quando Zeev Feinberg irrompeu por ela com grande força para a rua lá fora.

Iaakov Markovitch continuou a seguir atrás de seu amigo na rua. Hesitava, não sabendo se devia abordar Zeev Feinberg em toda a sua ira ou deixá-lo em paz, e por fim decidiu não fazer nem uma coisa nem outra. Continuou a caminhar a uma distância discreta, que permitiu a Zeev Feinberg, alguns momentos mais tarde, se dirigir a ele sem erguer a voz, com as feições torturadas pela dúvida.

"Você acha que é isso mesmo?"

"Não sei."

"Não perguntei o que sabe. Perguntei o que acha."

"Acho que sim."

"Mas por que ela fez uma coisa dessas?", Zeev Feinberg perguntou, porém não ousou articular a resposta que começava a se formar em sua mente. Iaakov Markovitch também teve o cuidado de não expressar coisas que ficavam melhor guardadas.

"Pessoas fazem diversas coisas por diversas razões."

"E eu?", perguntou Feinberg. "O que farei eu?"

Iaakov Markovitch ficou calado. Ao cabo de um instante disse: "Como vou aconselhá-lo, Feinberg? Um amor como o de vocês eu só posso contemplar de fora, como um homem que olha para uma vitrine".

"De que vitrine está falando?!", urrou Zeev Feinberg. "É isso que pensa do amor?"

"Sim", respondeu Iaakov Markovitch, numa voz tranquila e segura. "É exatamente isso que penso do amor. E, acredite em mim, um homem que vive sem amor sabe reconhecê-lo de longe."

Zeev Feinberg não respondeu. A humilhação e a raiva faziam todo o seu corpo estremecer. Transeuntes o olhavam preocupados. Ele encarava tudo em volta com olhos flamejantes, procurando algo que pudesse despedaçar com as próprias mãos. Embora notasse a presença de alguns candidatos perfeitamente viáveis – um banco de madeira ali perto, um rapaz mal-encarado, uma placa de rua mal colocada –, permaneceu parado ali, com as mãos cerradas em punho. Sabia muito bem que, mesmo se destruísse toda a cidade, o que acabara de saber continuaria em sua cabeça. Iaakov Markovitch ficou olhando para o amigo por vários minutos. Depois voltou para o hospital com passos lentos e pesados.

Quando entrou na sala de espera, Sônia ergueu os olhos esperançosos, então viu que voltara sozinho e cobriu o rosto com as mãos. Iaakov Markovitch sentou-se a seu lado, hesitante. As palavras, traiçoeiras como sempre, lhe escapavam. Não tinha a menor ideia do que dizer a ela, aquela leoa enlutada. Finalmente, ergueu a mão para pousá-la em seu ombro. Mas, antes que tivesse tempo de fazê-lo, outra mão antecipou-se, grande e quente: a mão de Zeev Feinberg. Sem dizer nada, Iaakov Markovitch levantou-se e cedeu o lugar ao amigo. Zeev Feinberg sentou-se em silêncio ao lado da mulher. Por um instante seu rosto permaneceu sombrio e o bigode, espetado de raiva – então ele relaxou e sussurrou: "Sonitchke". Sônia ergueu o rosto e o enterrou no peito de seu marido. Através do tecido da camisa, dos cachos empoeirados, da pele suarenta, o coração de Zeev Feinberg pulsava de encontro à face de Sônia em fortes batidas.

Tão delicada era a cena que todos os que entravam na sala de espera logo desviavam os olhos. Não era destinada a eles. Todos, menos Iaakov Markovitch. Ele olhava para Zeev Feinberg com os olhos arregalados, pois, havia menos de um minuto, ele urrava fora do hospital, agarrado à sua humilhação, rangendo os dentes. E agora tinha se livrado dela, deixando para trás a carcaça apodrecida, e voltado para consolar sua mulher. Enquanto Iaakov Markovitch chafurdava em sua humilhação havia muitos e longos anos, agarrado à amada que se negava a ele, recusando-se a ir embora. Ante o comportamento de Feinberg, sua insistência em se agarrar a Bela parecia-lhe miserável, tamanha a falta de perspectiva. Por muito tempo Iaakov Markovitch se agarrara a Bela, que não o queria. Sua mão estava agarrada a seu vestido, sem nunca largar. Quando olhou para a mão de Zeev Feinberg estendida sobre o ombro de Sônia, lembrou-se de repente da caridade que existe em dedos estendidos. E de repente pensou se poderia tornar a fazê-lo. Mas logo recuou temeroso de tal pensamento. Largar Bela? Como seria possível? Durante tantos anos tinha mantido a mão cerrada que agora não conseguiria fazer outra coisa. A negativa se tornara um modo de vida.

Durante todo o percurso até a colônia no carro do vice-comandante do Irgun, Iaakov Markovitch ficou olhando para Bela com perplexidade, como se a estivesse vendo pela primeira vez. O vice-comandante do Irgun e Bela se esforçavam para manter uma conversa comum e rotineira, como se o filho dele e o filho dela não estivessem agora num hospital, esperando o pronunciamento do tempo e do acaso, enquanto Iaakov Markovitch, afundado no banco traseiro, fitava o perfil de sua mulher, que dizia alguma coisa sobre os figos aquele ano estarem demorando a amadurecer. Ainda restavam resquícios de sua majestosa beleza de antes. Mas seus olhos já se cobriam com aquela delicada rede de finas teias, anunciando as rugas que estavam por vir. Já tinham começado a aparecer nos cantos da boca. Rugas delicadas, suaves, como linhas de um esboço desenhado levemente a lápis, um minuto antes que o artista voltasse para traçá-las fundo na tela, num súbito ímpeto. Apesar do frescor que ainda fulgurava em seu rosto, já se podia adivinhar qual seria sua aparência na velhice. O tempo ia desfazer a escultura de seus lábios e sulcar em sua testa novas linhas de expressão. Mas por mais que ele escrevesse e apagasse, por mais que o rosto de Bela fosse reescrito, nunca ia se apagar dele a expressão de recusa, que se transformara numa segunda natureza.

Pois as rugas que havia e as rugas que haveria não mudavam nada no que concernia a Iaakov Markovitch. Sabia muito bem que sempre ia desejá-la, jovem ou velha, florescendo ou fenecendo. Não era a mordida dos dentes do tempo que o fazia se encolher no banco traseiro, e sim a expressão de recusa no rosto de Bela, que era bem evidente mesmo tarde da noite num carro às escuras. Escondia-se nas sobrancelhas, entranhava-se nas faces, infiltrava-se no azul dos olhos, como veneno num cálice. Mesmo quando Bela Markovitch segurou as mãos de Iaakov Markovitch num impulso de gratidão por ter trazido seu filho de volta, a recusa continuava em seu rosto. Pela primeira vez ele se perguntou se passaria o resto de sua vida olhando para uma mulher mesmo que cada músculo e cada tremor em seu rosto lhe dissesse "não", só porque era a mais bonita que tinha visto.

O carro continuou varando a noite escura e silenciosa, interrompida às vezes pela conversa entre Bela e o vice-comandante do Irgun, uma ou duas frases que logo tornavam a se dissolver no silêncio. Sentado no banco traseiro, Iaakov Markovitch se perguntava se uma mão cerrada em punho podia se tornar de novo uma mão aberta, assim arbitrariamente, numa decisão momentânea, e as bruxuleantes luzes noturnas lhe respondiam de longe: assim como em outra noite, longe daqui, nasceu em você o "não", então poderia agora, nesta noite, nascer em você o "sim". A possibilidade pareceu a Iaakov Markovitch tão espantosa que ele nem percebeu que já tinham chegado à colônia, e apenas quando Bela abriu a porta do carro e agradeceu ao vice-comandante do Irgun pelo favor, lembrou-se de murmurar alguma coisa e abrir a sua porta. Estavam diante da porta de casa, Bela falando das coisas que eles tinham de providenciar para voltar ao hospital no dia seguinte, Iaakov Markovitch olhando para ela em silêncio; e já estavam na sala, onde Bela descalçou os sapatos e os pés mais bonitos que já tinha visto se revelaram a ele só para tornar a desaparecer em chinelos de pano. Iaakov Markovitch pensou na mão de Zeev Feinberg estendida sobre o ombro de sua mulher. Pensou na eterna recusa no rosto de

Bela. Pensou no modo maravilhoso, milagroso com que o "não" podia amadurecer e se transformar em "sim". Por fim, parou de pensar e começou a falar.

A princípio Bela Markovitch pensou que os ruídos da noite a estavam iludindo. O vento roçava na buganvília lá fora e passava por uma pessoa, um chacal uivava ao longe com voz de gente. Iaakov Markovitch teve de repetir suas palavras para que Bela as ouvisse direito, e mesmo então não acreditou que tinham realmente saído da boca dele. Iaakov Markovitch viu sua mulher inclinar-se para a frente para ouvir melhor o que estava dizendo, então repetiu uma terceira vez. "Vou lhe dar o divórcio, se quiser." A expressão de Bela não mudou, a não ser por um rápido pestanejar, como um passarinho que agita desenfreadamente as asas quando abrem a porta de sua gaiola, mas não sai do lugar. Ela continuou ali de pé, sem se mexer, mesmo depois de Iaakov Markovitch ter certeza absoluta de que tinha ouvido o que dissera. À medida que o tempo passava e sua mulher continuava onde estava, ele começou a pensar se o impossível se tornara possível bem diante de seus olhos. Se palha se transformara em ouro. Se lobo e cordeiro lambiam um ao outro com afeto. Se milhões de ossos secos estavam desfilando pelos becos de Jerusalém, na grande jornada da ressurreição. Em resumo: seria possível que Bela Markovitch, criatura altaneira e majestosa que até então estivera presa a correntes de ferro, continuasse ali de pé na soleira da porta mesmo depois de ter sido removido o cadeado, se Iaakov Markovitch não tivesse decidido lhe dizer que tinha a intenção de continuar a sustentar o menino, quer ela fosse embora, quer ficasse? Bela Markovitch passou à frente dele e foi para o quarto. Um gemido de gratidão já estava se formando nos lábios do marido quando a ouviu chamar por ele das profundezas do quarto porque não estava conseguindo encontrar a mala.

Iaakov Markovitch a tirou do armário e foi para seu leito na sala. Tinha passado tantas noites naquele sofá que não sabia como suas costas iam reagir ao colchão, que a partir do dia seguinte voltaria a ser seu. Do quarto ouviam-se os passos de Bela enquanto reunia seus pertences. Rapidamente os ruídos silenciaram. Teria tão pouca coisa a ponto de empacotar tudo em meia hora? Quando o sol nascesse, iria embora. Durante mais algum tempo a casa ficaria impregnada dela: um fio de cabelo dourado que acharia no colchão, uma meia esquecida, impressões digitais num prato que não fora bem enxugado. Aos poucos os sinais desapareceriam, até a casa ficar despida e desnuda, com Iaakov Markovitch dentro dela. Teria de deixar a colônia. Quanto àquilo não tinha dúvida, do contrário a habitação vazia ia levá-lo à loucura. Venderia sua parte e procuraria outro lugar como aquele. Ou talvez não. Talvez fosse atrás dos pombos na cidade grande. Em suas últimas visitas a Tel Aviv eles tinham lhe arrulhado de forma convidativa. Mas o que seria das mudas de morango? Iaakov Markovitch ficou tentado a se erguer do sofá, atravessar os quatro passos entre a sala e o quarto, e implorar por sua vida. Mas ficou onde estava, com o corpo encolhido sob o cobertor num casulo feito de tendões, músculos e pensamentos. No dia seguinte ela não estaria mais ali. Deveria acompanhá-la até a porta de manhã bem cedo? Apertar sua mão? Ou melhor, sairia mais cedo para o campo, mourejaria na terra sem dó enquanto um vulto esguio e esbelto se afastava na estrada? De repente Iaakov Markovitch ficou imobilizado no leito. Do quarto ouvira o som da mala sendo arrastada. Então ela decidira partir de imediato. Sem mais demora. Ainda antes do amanhecer. Ébria de liberdade, preferira seguir sozinha pelos caminhos da colônia na noite fria a passar mais algumas horas deprimentes sob o mesmo teto que ele. Iaakov Markovitch ousou abrir os olhos para verificar. A mulher mais bonita que tinha visto na vida estava à porta do quarto. Ele apressou-se a fechar os olhos, antes que a visse ir embora.

De repente sentiu o cobertor deslizar sobre seu corpo quando Bela deitou-se a seu lado no sofá. Suas mãos – uma perfeita, a outra com uma cicatriz – encontraram as mãos trêmulas dele. "Uma noite, Markovitch. Uma noite vamos dormir juntos como marido e mulher." Ele não respondeu. A caridade que fazia, Iaakov Markovitch não tinha como retribuir.

8

Durante a noite inteira a mão de Sônia Feinberg ficou na de Zeev Feinberg, os grandes e quentes dedos dele envolvendo-a como um casulo. Durante toda aquela noite a mão de Zeev Feinberg suou, às vezes cobrindo os dedos de Sônia com uma umidade salgada, às vezes secando subitamente. Se ela sentia o pranto daquela mão, não disse nada. A dela própria ficou imóvel, indiferente aos ciclos de maré cheia e vazante do suor de Zeev Feinberg. Ele chorava pelas mãos, e as mãos de Sônia silenciavam. Aquela mulher invencível fechou-se num porão interior e trancou a porta. Um furacão aproximava-se da casa. O vento assobiava em seus ouvidos. Agora não lhe restava outra coisa senão esperar que passasse, e esperar em silêncio, sem se mexer, nas profundezas do porão. Quando tudo terminasse, quando aquele ronco se afastasse para ir fustigar outras casas, abriria novamente a porta para ver o que a tempestade tinha poupado e o que carregara consigo.

Por volta das três e quarenta da madrugada, no mesmo momento em que Bela Markovitch entrava sob os lençóis do marido, Sônia implorava ao sol que adiasse seu raiar. No corredor do hospital as luzes fluorescentes brilhavam como sempre, mas Sônia enviesava um olhar preocupado para a escuridão que se diluía além da janela. Logo viria o alvorecer trazendo as notícias de um novo dia. Tivera a certeza de que naquela noite o menino não morreria. Mas, pela manhã, teria de abrir a porta do porão para ver se a casa ainda estava de pé ou se fora arrancada pelo vento, deixando-a entre os destroços. Por isso falava silenciosamente com o sol, na língua das estrelas, dizendo-lhe que viesse mais devagar, por favor, mais devagar. E, naquele mesmo momento, Iaakov Markovitch, deitado em sua cama, que pela primeira vez era também a cama de Bela Markovitch, implorava: mais devagar, por favor, devagar. E o sol, apesar de cientistas que insistiam em que não era mais que uma fusão de hidrogênio e hélio, não podia negar as súplicas. Pois o sol – independentemente do que dissessem os cientistas – amava as pessoas em sua totalidade, na medida em que a distância permitia. Não fosse assim não circularia em torno delas dia e noite com preocupação, com dedicação maternal. E mesmo se cientistas dissessem que não era o sol que girava em torno das pessoas, e sim as pessoas em torno dele, e, mais grave ainda, que o giro nada tinha a ver com amor ou preocupação, e fosse motivado apenas por leis físicas, não haveria como contestar nem por um segundo aquilo que o olho enxergava e o coração sabia.

E, de fato, os jornaleiros contemplavam um horizonte que não se alterava com olhos de espanto. Padeiros erguiam a cabeça e olhavam surpresos para a janela ainda escura. Galos esgravatavam a terra com os pés e sufocavam seu canto. Lavradores se reviravam nas camas e voltavam a sonhar. Pois o sol, apesar de lhe custar muito sofrimento e afetar enormemente os horários, atendia às súplicas de Sônia Feinberg e de Iaakov Markovitch e lhes concedia mais vinte minutos completos. Durante aquele tempo, Iaakov Markovitch ficou deitado de olhos abertos, inalando o hálito da respiração da mulher a seu lado. Durante aquele tempo, Sônia Feinberg ficou sentada com as costas eretas, a mão na mão de Zeev Feinberg, que não suava. Mas quando chegou ao fim o vigésimo minuto, ela sabia que o sol não podia demorar mais. Ainda que se apiedasse do homem deitado em sua cama e da mãe que temia pelo filho, em contraposição ao bem dos dois havia milhões de outras pessoas que precisavam trabalhar, amar, comer, preocupar-se, rir e muitas outras coisas que viriam com o raiar do sol. Assim, às seis e vinte, vinte minutos depois do esperado, o primeiro raio de sol iluminou a colônia e o vale, os laranjais e os campos de concreto da cidade, a casa vazia de Sônia e Zeev Feinberg, e a casa de Iaakov e Bela Markovitch, que nunca estivera tão cheia.

Entre as três e quarenta da madrugada e as seis e vinte, Iaakov e Bela Markovitch ficaram deitados abraçados no sofá. Iaakov Markovitch aspirava o cheiro dela, roçava o rosto na maciez de seu ombro, ouvia sua respiração. Suas mãos não paravam de tremer. Foi a noite mais bela de sua vida. Às seis e vinte Bela Zeigerman ergueu-se do sofá, beijou-o no rosto e deixou a casa.

Também às seis e vinte, os jornaleiros voltaram a atirar com mão segura as notícias do dia nas portas das casas. Os padeiros correram para preparar a massa do pão. Os galos finalmente soltaram seu tão esperado canto. Os lavradores abriram os olhos. E enquanto todos eles se espreguiçavam, vestiam a roupa e ferviam a água para o chá, o médico foi até Sônia e Zeev Feinberg e anunciou que seu filho tinha morrido.

Sônia compreendeu de imediato que tinha se enganado. Ao abrir a porta do porão não deparou com destroços, e sim com o próprio furacão. O vento rugia em seus ouvidos, rasgava seu corpo por dentro num grande turbilhão. Não importava o quanto gritasse, o furacão gritava mais. Ouvia-se a voz do destino acima dela, muito mais forte. Pessoas se apressavam pelo corredor. Falavam com ela. Uma mão num avental branco deu-lhe um tapa no rosto. Uma mão num avental branco deu-lhe um comprimido e exigiu que o engolisse. Mas Sônia fora tomada pelo rugir do furacão, pela tempestade que deixava tudo em pedaços. Agora era levada pelo ar por uma força imensa, tendo em volta casas, árvores e vacas, e de cima via tudo o que antes existira e agora se perdia, desejando o momento em que finalmente seria arremessada ao solo, num golpe que não importava o quanto doesse, pois a dor nunca ia se equiparar à que sentia no momento. Mas, durante todo o tempo em que rodopiava e redemoinhava, em que era jogada e despedaçada, sentia, bem longe, na extremidade de seu corpo, a mão de Zeev Feinberg, que não a largava. Ele não permitiria que a tempestade carregasse sua mulher. Já bastava ter carregado o menino. Continuou a segurar sua mão durante toda a manhã. E em todas as seguintes.

Enquanto Iaakov Markovitch ainda ouvia o ruído da porta se fechando atrás de Bela para sempre, enquanto Zeev Feinberg ainda segurava a mão de sua mulher em meio à tempestade, o vice-comandante do Irgun olhava para o sol nascente com olhos inexpressivos. Não dera maior atenção ao atraso no nascer do sol. Não tinha ido até ali para prestar atenção em miudezas. Estava sentado fora do carro, no topo de uma colina de calcário, nas areias que ficavam ao norte de Tel Aviv. Um dia iam se ouvir ali os apitos de um trem numa estação próxima, e os gritos e reclamações de motoristas nas estradas principais, sempre engarrafadas. Mas pelo momento só se ouvia o murmúrio dos arbustos quando uma lebre perdida ou uma perdiz hesitante os atravessa.

Uma primeira rajada de vento agitou dezenas de grãos de areia, arrastando-os pela colina para depositá-los no lado oposto. Se o vice-comandante do Irgun soubesse ouvir o vento talvez escutasse os resmungos dos estudantes saindo da estação ferroviária que seria construída na encosta da colina, indo para a universidade que seria construída em seu topo. Mas como podia uma pessoa ouvir o vento quando ventos interiores sacudiam sua alma para todos os lados, como um bote com imigrantes ilegais numa noite tempestuosa? E, mesmo se ouvisse, que diferença faria? Todo mundo sabia que outras pessoas tinham vivido antes dela e outras viveriam depois. O conhecimento quanto ao passado e ao futuro, conquanto seja muito interessante do ponto de vista intelectual, não consegue aliviar uma dor de dente no presente. Nem um coração partido. Uma dor assim só pode ser encoberta por outra, maior do que ela. Por isso o vice-comandante do Irgun esperava o sol nascer, para que pudesse olhar diretamente para ele.

A bola de fogo começou a surgir além das colinas a leste, e ele inalou profundamente, preparando-se. Ia começar um novo dia, e olharia direto em seu cerne, sem desviar o olhar, como fazia com seus comandados indisciplinados até que chorassem, ou com prisioneiros árabes até que falassem. O sol e ele iam olhar um para o outro para sempre, e se perdesse a visão como consequência daquele encontro com a grande luz, que assim fosse. Havia momentos em que era preferível ser cego. Já que nunca mais tornaria a ver Sônia ou o menino.

A bola de fogo já se mostrava em todo o seu esplendor, acima das colinas. Lá estava também o vice-comandante do Irgun, focalizando seus olhos no grande astro, ordenando-lhes que continuassem fixos nele mesmo quando o desconforto se transformou em dor, que se transformou em sofrimento, que se transformou em tortura, que se transformou em pupilas queimadas, que se transformaram numa cortina escura e opaca.

Mesmo assim fizeram dele ministro dos Transportes. Os óculos escuros que foi obrigado a usar desde aquela manhã até o dia de sua morte não prejudicavam sua imagem. Ao contrário. Proporcionavam um ar de dignidade que se somava à sua pujança natural. As mães e os pais que tinham dado seu nome aos filhos quando era apenas o vice-comandante do Irgun podiam agora anuir satisfeitos. Efraim Grinberg tinha progredido muito bem. Com dois anos e um mês desligou-se dos seios de chantili de sua mãe, embora continuasse a olhar para eles com saudades até completar quatro. Já adulto, foi avaliador imobiliário, um dos mais importantes do país. Efraim Sharavi recebeu suas divisas de oficial numa cerimônia festiva, por volta do Rosh Hashaná, e foi morto no primeiro dia da guerra do Iom Kipur, dez dias depois. Efraim Iemini deixou o *kibutz* e foi viver na cidade, onde cultivava o prazer de espiar mulheres em andares térreos, até ser pego e preso, depois de solto se tornar religioso, e a partir de então só ficar espiando as páginas da *Guemará*. Outros bebês que tinham recebido o nome de Efraim cresceram e se tornaram homens que eram chamados de Efraim, em tom de afeto ou de reproche, com ternura ou com respeito. O vice-comandante do Irgun, agora ministro dos Transportes, raramente os encontrava, e pouco interesse manifestava por eles. Passava seu tempo livre jogando xadrez por correspondência com enxadristas amadores de todo o mundo. Gostava especialmente de jogar com Gula Iardeni, que vivia em Paris, e enviava-lhe cartas com jogadas brilhantes e polidas invectivas. Finalmente, casou-se com uma mulher chamada Edna, embora também pudesse se chamar Chana ou Tsila, sem que mudasse coisa alguma. Ele a tratava dignamente e ela lhe deu em retribuição duas gêmeas. Quando andava com elas na rua, segurando uma mãozinha confiante em cada mão, sentia algo que decididamente pode-se definir como felicidade. Se saíam de carro para um passeio de sábado e passavam por acaso por um laranjal, de imediato mandava fechar as janelas. Após sua morte, seu nome foi várias vezes lembrado em reuniões nas quais se escolhiam os nomes para novas ruas, mas sempre era preterido pelo de um alto oficial, ou um poeta, ou outro ativista sionista.

Difícil saber o que se pode aprender da história do vice-comandante do Irgun a partir de uma descrição tão lacônica, pois os fatos secos de uma vida não substituem a vida em si mesma, em carne e osso. Mas a verdade histórica obriga a reconhecer que desde o dia em que deixara Sônia e o garoto no hospital e fora olhar para o sol, o vice-comandante do Irgun ficara fechado e selado como um túmulo. Em seu sepultamento, que foi muito honroso e coberto por necrológios nos jornais vespertinos, sua mulher contou que nunca o viu chorar.

depois de depois

"A *shivá* será na casa do falecido." Iehuda Grinberg ficou vários minutos diante do anúncio fúnebre, trazendo Iaakov Markovitch das profundezas, evocando sua figura frágil, flácida, que se folheava a cada dia, a cada mês, como um caderno por cujas páginas se passa rapidamente para que desenhos de figuras estáticas no canto da página se transformem num homem vivo. Pois, apesar de sempre ter sido um velho, Iaakov Markovitch, uma figura silenciosa com pele enrugada e olhos fundos, assim mesmo, pareceu um dia ser ainda mais velho do que no outro, pois do contrário seria impossível explicar como ficou velho o bastante para morrer quando aparentemente aquilo não acontecera alguns dias antes.

Entre a mercearia e o jardim de infância, mais um anúncio fúnebre sobre Iaakov Markovitch queria resgatar sua honra. Iehuda Grinberg quase já tinha esquecido. A dez passos do anúncio anterior pensava na lista de compras e na inflada conta de luz que tinha de pagar, e vinha-lhe um breve pensamento sobre sexo. Tudo aquilo era agora embaraçoso ante a folha de papel com uma moldura preta. Pois como é possível sequer pensar nos seios de Fruma, pendendo como um suicida por cima de seu umbigo, a pele de um branco muito, muito claro, mamilos de cidra, enquanto Iaakov Markovitch ia murchando, passando do agora para o então; queria saber quando fora a última vez que Iaakov Markovitch tocara em seios, se é que alguma vez o tinha feito.

Não ficava bem pensar assim sobre Iaakov Markovitch, tampouco ficava bem colar tantos anúncios fúnebres, como se só para irritar, numa rua tão pequena. Alguém tinha feito seu trabalho com demasiada diligência. De repente, sentiu um aperto no coração. Talvez os netos de Iaakov Markovitch, se é que os tinha, sentindo-se culpados, tivessem enchido a rua de vida com seu avô morto. Enquanto vivia nunca tinham percorrido com ele um só quilômetro de eternidade, entre sua casa e o parque, e agora faziam aquele mesmo percurso erguendo monumentos de papel e fita adesiva a cada metro. Diante do anúncio seguinte, Iehuda Grinberg se deteve e leu atentamente: Iaakov Markovitch tinha três netos. Mesmo assim estava claro que não estavam envolvidos naquilo. Era tarefa tediosa demais para jovens, cansativa demais para seus pais. Um garoto fora encarregado, e com olhar opaco, com pressa para terminar, enchera a rua de Iaakov Markovitch com os anúncios e cumprira sua tarefa.

E para confirmar aquilo bastava passar às ruas laterais e descobrir os muros das casas livres da lembrança de Iaakov Markovitch e o quadro de avisos só com o de uma garota de doze anos que se oferece para cuidar de seus filhos e o de um grupo de danças folclóricas aberto no Centro de Cultura Juventude e Esporte. O som da lambreta do garoto que colara os anúncios enche os ouvidos de Iehuda Grinberg, partindo em direção a outro bairro, levando no porta-objetos uma grande quantidade daqueles anúncios. Ante o ruído do motor não resta a Iehuda Grinberg senão se agarrar aos seios de Fruma, aos mamilos de cidra, ao cheiro doce de suor e de perfume sob o qual se esconde outro cheiro, de um corpo que chegou ao fim.

O temor de Iehuda Grinberg talvez fosse um pouco menor se soubesse que na manhã de sua morte Iaakov Markovitch acordou com uma expressão radiante. Seu nariz adivinhava o cheiro de pão durante todo o percurso até lá embaixo, pela escada ou pelo elevador que finalmente fora instalado, e de lá subindo a rua numa distância de três prédios até a mercearia. Apesar do reumatismo e do chão gelado ele se levantou da cama, apesar de tudo se levantou da cama, aleluia, e começou a se vestir. Escovou os dentes, com o cuidado de não olhar para o espelho. No elevador, descendo, Iaakov Markovitch reconheceu o seguinte milagre: uma pequena célula o estava envolvendo como um útero, e ele estava pendurado no ar, sendo baixado gentilmente por fios de aço até o térreo.

Então a rua. Fazia mais calor que no dia anterior. No inverno era impossível errar, mas o verão era enganoso. Iaakov Markovitch arrastou os pés subindo a rua, mais dois prédios e pronto, e no caminho lembrou uma frase que recortara uma vez de um jornal: "O florescer da cerejeira não simboliza a primavera, o florescer da cerejeira é a primavera". Mesmo sem ter compreendido, prendeu o recorte com um ímã na porta da geladeira.

Gostava da porta da geladeira mais do que de qualquer outra parte da casa. Uma ao lado da outra haviam sido lá penduradas essências de sabedoria, palavras que tinham sido trabalhosamente refinadas a partir de livros inteiros, suplementos de jornais, discursos de dirigentes. Palavras que se não lidas perdiam o sentido, como uma árvore caída no meio da floresta, apodrecendo sem ser vista. Mas a geladeira – que frescor, que rubor de dança ininterrupta quando se tirava o leite para o café da manhã ou quando ali se punham as compras ou dela se roubava mais uma colherzinha de geleia antes do almoço. A cada vez, o olho batia em alguma frase. Podia ser Ben Gurion, Weizmann, ou um vidro inteiro de pepinos em conserva ante o irado protesto de Jabotinsky.

Finalmente chegou à mercearia. O rádio lhe murmurava uma saudação matinal. Lá atrás o vendedor descarregava alguns caixotes. Embora soubesse o que queria, olhou em volta.

Embalagens coloridas de doces e balas o cercavam. Vermelho, verde, amarelo e azul, numa alegria ridícula. Só o pão, com sua cor simples, seu cheiro. Um pão. Por ele tinha ido. E o havia encontrado. Quatro liras e setenta, no balcão. Aleluia.

Ao sair da mercearia, viu uma mulher e sua filha. A mulher abriu para ele um sorriso radiante. "Iaakov, como vai?" Ele ficou sabendo que ela e o filho dele tinham sido amigos. Markovitch lhe lançou um olhar profundo, procurando em seu rosto sinais conhecidos. Mas o rosto não se deixava reconhecer. O cabelo pintado, os cachos, que ele não sabia se eram ou não verdadeiros, os óculos escuros cobrindo seus olhos. Mas havia lábios por baixo do batom, podia começar por ali. E ele olhava para os lábios e lembrava, no crepúsculo de sua memória, como se contraíam no choro quando ela dormia, no hospital, no leito ao lado de seu filho. E ele, Iaakov, sentava-se a seu lado e lhe contava de terras distantes e de princesas próximas. E quando ela adormecia ele ajeitava seu cobertor, alegre e um pouco triste, pois poderia ter lhe contado mais.

A mulher o beijou no pescoço e disse à filha que desse um beijo no vovô Iaakov. Ele, vendo a menina se retrair, apressou-se a dizer: "Não precisa, não precisa". Sabia que tinha cheiro de velho. As crianças o sentiam. Os adultos também. Só não podiam demonstrar. E a ele incomodou a retração da menina assim como a educação da mãe. Pegou seu pão e foi embora.

A caminho do parque, com o pão junto à coxa, num saco farfalhante, ele viu pais levando os filhos ao jardim, mães e pais indo trabalhar, com pressa, todos com pressa. À sua volta fragmentos de palavras ditas de forma apressada: não esqueça o sanduíche, volto ao meio-dia, mas por quê?, basta de discussão, vou pagar a empregada. Iaakov Markovitch ouvia aquilo como se fosse uma música conhecida tocando no rádio, quase podia cantar o refrão. Então a gente fala depois, nos vemos ao meio-dia, ligo à noite. Todo um presente falando o futuro.

E só Iaakov estava ali, tão ali, já passava pela cerca do jardim de infância, olhava para dentro e continuava sua jornada. Dentro, num relance, viu uma cena que o preencheu até quase transbordar: duas crianças, numa atenção suprema, observando uma tartaruga.

Um velho passou por ele e acenou com a cabeça em cumprimento. Iaakov Markovitch respondeu ao aceno. Não lembrava o nome do velho, talvez nunca tivesse sabido qual era, mas um ano antes, quando de repente deixou de vê-lo diariamente na esquina, ficou triste como alguém que tivesse perdido um amigo. Ao cabo de alguns dias, o velho tornou a aparecer e Iaakov Markovitch quase falou com ele, quase violou dez anos de cordiais silêncios, mas por sorte conseguiu se conter – afinal, os pombos esperavam, e realmente lá estavam, na entrada do parque, arrulhando para ele numa delicada melodia de fome, cobrança e gratidão.

Após o chão frio, o milagre do elevador, a mercearia multicolorida, o refrão da rua, Iaakov Markovitch sentou-se no banco molhado. E os pombos, bem treinados, se reuniram em torno dele num meio círculo, como crianças disciplinadas diante do rabino. E Markovitch cantarolou para eles palavras e sons, reclamou um pouco por ser tão cedo, contou de seu longo percurso e os cumprimentou, mais por educação. Um transeunte qualquer que passasse por lá se compadeceria daquele velho que falava com as aves em hebraico e em iídiche. Que desperdício de compaixão, por sorte o parque estava deserto. Faltava no mínimo uma hora para as crianças chegarem em suas roupas de ginástica para a corrida matinal. Ele gostava de contemplá-las toda manhã, tentando captar o momento exato em que se daria a mudança – o olhar congelaria, a máscara de gesso solidificaria, o menino viraria homem. Sempre perdia o momento, como se observasse uma mágica e fracassasse em descobrir o instante exato do truque.

Mas juro que antes havia aqui um passarinho, como pode ter desaparecido dentro do chapéu? Nunca soube pôr o dedo na hora certa, sempre descobria depois do fato consumado. O garoto sardento que um dia parara de se balançar no galho do pinheiro, ou um menino gordinho de quem todos gostavam no início do ano por causa das coisas que inventava, mas que agora repudiavam.

Um primeiro pombo atreveu-se a sair do semicírculo a seus pés e trepar no banco. Seus colegas o olharam espantados. Iaakov Markovitch sorriu ante a ousadia e lhe serviu uma migalha especialmente grande. Mais um pombo pousou no banco. E mais um. E mais um. O rufar de suas asas encheu o parque em geral, e Iaakov Markovitch em particular. Lamentou não ter trazido mais um pão. Assim era todo dia, lamentava não ter trazido mais um pão. Mas de repente todos os pombos alçavam voo, e ele estava sozinho no banco, olhava em volta, quem foi que expulsou o momento de graça em seu dia? Eram quatro. Três homens, uma noiva. Um deles segurava uma filmadora, o outro uma câmera fotográfica, o terceiro, a mão dela. E logo começaram uma coreografia complicada: os dois homens com as câmeras andando em torno dos noivos, que andavam um em volta do outro, nenhum percebendo a presença do pão, dos pombos e de Iaakov Markovitch.

Ele ficou amassando o miolo em suas mãos, cavando mais e mais o pão ferido. Quem sabe o padeiro escondera ali algum milagre para ele? Um pombo isolado pousou no banco. Iaakov reconheceu nele o atrevido de antes e lhe prometeu, em seu íntimo, que teria uma longeva dinastia de pombos corajosos e impecáveis. Um grito agudo espantou o pombo e interrompeu sua profecia. O vestido da noiva estava manchado de resina, com certeza acontecera quando ela se deixara fotografar abraçando um dos pinheiros. Os homens entoaram palavras tranquilizadoras, mas a mulher se recusou a ouvi-las – só o aluguel do vestido custara cinco mil shekels, Deus sabia quanto iam cobrar pelo prejuízo. Iaakov Markovitch se perguntou quantos pães podia comprar com cinco mil shekels. Enquanto ainda calculava, um dos fotógrafos dirigiu-se a ele, perguntando se poderia sair dali, só por uns minutos, para uma última série de fotos no banco. Iaakov teve vontade de dizer: Por que não? Tem muito lugar. Eles podem sentar a meu lado para que os fotografem o quanto quiserem. Mas não disse. Por que manchar com sua velhice o dia festivo deles? De repente compreendeu: dois e dois eram quatro. O sol se punha no oeste. Em breve ele ia morrer.

Iaakov Markovitch, mais só do que nunca, ergueu-se do banco, amassando o que restava do miolo em suas mãos. O parque estava deserto e silencioso, e ele se permitiu ficar com raiva. Sua raiva era imensa e terrível, de fazer a terra se abrir. Depois se permitiu ficar com inveja. A pele da noiva era rósea e bela, e a inveja dele, ardente. Por fim, ele se permitiu amar. O céu não ficou mais azul, mas seus olhos umedeceram. Talvez por isso não percebeu a princípio a presença dos pombos. Azuis, arroxeados, cinzentos, avermelhados. Todos arrulhavam para ele numa só voz, muito nítida. Iaakov Markovitch partiu um pedacinho de pão e estendeu a mão. O pombo mais atrevido subiu em sua palma. Não comeu o pão, mas bicou um pouco a carne de Iaakov. Ele foi subtraído do equivalente a uma migalha. Mais um pombo foi até ele. E mais um. E mais um. Iaakov Markovitch pensou na porta da geladeira, depois pensou em Jabotinsky e na resina no vestido da noiva, depois pensou na mulher mais bonita que vira na vida. Por fim, não pensou mais. O bando de pombos terminou seu trabalho e alçou voo, todos juntos. Iaakov Markovitch se elevou tempestuosamente ao céu. Aleluia.

Glossário

(Por ordem de aparecimento na narrativa)

Irgun: Irgun Tzevai Leumi, Organização Militar Nacional, foi um grupo operacional militar clandestino que lutava (como outros grupos semelhantes) contra o mandato inglês sobre a Palestina e pelo estabelecimento de um Estado judeu. Era de tendência política "mais à direita" em relação ao estamento político que se estabeleceu nos primeiros governos de Israel.

Jabotinsky: Vladimir Jabotinsky, líder do movimento político sionista revisionista, de direita, do qual o Irgun era o braço militar.

chalá: pão trançado adocicado, em geral com passas, que se come principalmente nas refeições do *shabat*, sexta-feira à noite.

ieshivá: escola superior de estudos religiosos, inclusive para formação de rabinos.

mitsvá: mandamento, obrigação religiosa, muitas vezes em benefício de alguma causa boa, nobre, ou de interesse público.

"o vale": referência sintética ao vale de Jezreel, no centro-norte de Israel, uma das primeiras regiões da Palestina resgatadas pelos pioneiros judeus no início do século xx, que o transformaram de região pantanosa infestada por doenças numa das mais férteis do país, pontuada de colônias agrícolas coletivas (*kibutzim* e *moshavim*).

golem: qualquer corpo em estado bruto ou disforme. Especificamente, corpo com formato humano feito de barro, ao qual se insuflava vida (com o nome de Deus) para combater os perpetradores de ataques aos judeus. A lenda do *golem* do gueto de Praga na Idade Média, destruído após cumprir sua missão, é famosa.

Noite dos Cristais: noite de 9 de novembro de 1938 na Alemanha, quando membros das milícias nazistas atacaram, destruíram e incendiaram lojas de judeus e sinagogas. O nome alude às vitrines, janelas e vitrais quebrados.

Erets Israel: Terra de Israel, nome com que os judeus se referiam à Palestina. O termo "Palestina" foi usado pelos conquistadores romanos para descaracterizar a soberania judaica na Judeia e aludia aos filisteus, povo não semita que na Antiguidade chegou pelo Egeu, ocupou um pequeno território no litoral sul do país e desapareceu sem deixar rastros. Os palestinos nada têm a ver com os filisteus.

tribunal rabínico: no contexto do livro, tribunal religioso que é o único órgão que concede divórcios em Israel. Casamentos e divórcios no país são regidos por rigorosas regras ortodoxas (atualmente existe forte campanha para que passem a ser regidos pela lei civil, com resistência do setor religioso).

tahará: literalmente, purificação. Pelas leis religiosas judaicas, lavagem e purificação de um corpo antes do sepultamento.

bar mitsvá: instância e cerimônia religiosa (e evento social nessa oportunidade) judaica de quando um menino completa treze anos e com isso assume a maioridade religiosa, o que o torna responsável por cumprir os mandamentos e se tornar um membro da comunidade, "contável" nos eventos e rituais religiosos (que só se realizam com a presença de pelo menos dez homens).

kibutzim: hebraico, plural de *kibutz*, núcleo populacional coletivista e cooperativo, basicamente agrícola, mas eventualmente industrial, onde, originalmente, não havia propriedade privada (ainda há *kibutzim* com esse modelo), constituindo uma comunidade que compartilha serviços, ativos econômicos, sociais e culturais.

Trinta e seis justos: Tradição judaica segundo a qual existem no mundo, a cada momento, trinta e seis pessoas totalmente "justas", ou seja, probas, piedosas, caridosas, que justificam perante Deus a existência de toda a humanidade. Quando um deles morre, é substituído por outro, cujas atitudes o fazem merecedor disso. A identidade deles em geral é secreta.

Bialik: Chaim Nachman Bialik (1873-1934), poeta judeu que escreveu principalmente em hebraico sobre o povo judeu e Israel. Considerado o poeta nacional judeu por sua inspiração sionista.

Raquel, chorando seus filhos, e Ester, que salvara seu povo, e Jael, com os seios empinados e a cabeça de Sísara na mão: Segundo a história, **Raquel** preferiu o sacrifício de seus sete filhos a permitir que os sírios helênicos obrigassem os judeus da Judeia a cultuar seu deus antes da revolta dos macabeus. **Ester** foi a esposa judia do rei Assuero, que com sua influência salvou os judeus da Pérsia de ser aniquilados num pogrom perpetrado pelo ministro Haman. **Jael**, ou Iael, foi uma mulher nômade, não judia, que matou **Sísara**, ou Sésera, líder dos inimigos dos judeus, no tempo da juíza e profetisa Débora.

mazal tov: "boa sorte", cumprimento tradicional em momentos marcantes como nascimento, aniversários, casamentos etc.

livro sagrado na Simchat Torá: o livro sagrado é a Torá (rolo manuscrito que contém o Pentateuco); Simchat Torá é a festa que comemora o fim da leitura cíclica anual da Torá, em que se dança com o livro sagrado.

chamsin: vento quente e seco que sopra da direção do deserto, muitas vezes trazendo pó, areia e muito desconforto.

mezuzá: pedaço de pergaminho manuscrito com orações

judaicas dentro de um pequeno estojo (de metal, cerâmica etc.) que se prende nas ombreiras das portas, para abençoar e proteger a casa.

meshiguener: corruptela em iídiche do hebraico *meshugá*, que significa "maluco", "doido".

Aravá: região desértica que se estende para o sul do Mar Morto até o golfo de Aqaba, ao longo da fronteira entre Israel e Jordânia.

Shavuot: festividade judaica de caráter agrícola que ocorre sete semanas depois de Pessach (que comemora a libertação dos judeus da escravidão no Egito, há mais de 3300 anos), na qual se comemora a colheita dos primeiros frutos da estação, de modo que também é chamada de Festa das Primícias (*bikurim*). Nela se comemora também a entrega da Torá ao povo judeu no monte Sinai.

Technion: importante instituto de tecnologia localizado em Haifa para a formação de engenheiros e cientistas, e a realização de pesquisas e experimentos tecnológicos e científicos.

uma fatia de presunto num pão com manteiga: pelas leis dietéticas da religião judaica é proibido comer laticínios com carne bovina (para não haver o risco de ingerir o leite da mãe com a carne que possa ser de sua cria).

Rosh Hashaná: comemoração do início do ano religioso judaico, que ocorre mais ou menos entre setembro e outubro.

Iom Kipur: Dia da Expiação, o mais sagrado da religião judaica, dedicado a orações e meditação em jejum total, para expiação dos pecados.

Guemará: texto de interpretação da *Mishná*, que por sua vez é a interpretação da Torá, ou Pentateuco.

shivá: sete primeiros dias de luto dos familiares do falecido, contados após o sepultamento.

Ben Gurion: David Ben Gurion, líder sionista do partido

Mapai, depois Avodá (os dois trabalhistas), depois Rafi. Primeiro, e por muitos anos, primeiro-ministro de Israel.

Weizmann: Chaim Weizmann, destacado químico, presidente da Organização Sionista Mundial e primeiro presidente do Estado de Israel.

Agradecimentos

A Eshkol Nevo, pelas quatro estações do ano.

A Igal Schwartz, ele mesmo uma figura mitológica de algum livro.

A Neta Galinsky-Galili e Esti Halperin-Maimon, por seu olhar perspicaz e agudo, e pelas observações.

A Dorit Rabinyan, que me ensinou a apagar.

© Ayelet Gundar-Goshen, 2012.
Publicado mediante acordo com The Institute
for the Translation of Hebrew Literature.

Todos os direitos desta edição reservados à Todavia.

Grafia atualizada segundo o Acordo Ortográfico da Língua
Portuguesa de 1990, que entrou em vigor no Brasil em 2009.

capa
Elisa v. Randow
imagem de capa
A partir de ilustração da marca Yokohl.
EUA, década de 1920
composição
Jussara Fino
preparação
Lígia Azevedo
revisão
Ana Alvares
Huendel Viana

3ª reimpressão, 2022

Dados Internacionais de Catalogação na Publicação (CIP)

Gundar-Goshen, Ayelet (1982-)
Uma noite, Markovitch / Ayelet Gundar-Goshen ;
tradução Paulo Geiger. — 1. ed. — São Paulo : Todavia, 2018.

Título original: Layla Echad, Markovitch
ISBN 978-85-93828-54-6

1. Literatura israelense. 2. Romance. 3. Ficção israelense.
I. Geiger, Paulo. II. Título.

CDD 892.436

Índice para catálogo sistemático:
1. Literatura israelense : Romance 892.436

Bruna Heller — Bibliotecária — CRB 10/2348

todavia
Rua Luís Anhaia, 44
05433.020 São Paulo SP
T. 55 11. 3094 0500
www.todavialivros.com.br

fonte
Register*
papel
Pólen natural 80 g/m²
impressão
Geográfica